HEYNE BÜCHER

W0369690

SCIENCE FICTION

Herausgegeben
von Wolfgang Jeschke

Von **Lois McMaster Bujold** erschienen in der Reihe
HEYNE SCIENCE FICTION & FANTASY:

Die Quaddies von Cay Habitat · 0605243

DER BARRAYAR-ZYKLUS:

Scherben der Ehre · 0604968
Barrayar · 0605061
Der Kadett · 0605020
Der Prinz und der Söldner · 0605109
Ethan von Athos · 0605293 (in Vorb.)
Grenzen der Unendlichkeit · (in Vorb.)
Waffenbrüder · (in Vorb.)
Spiegeltanz · (in Vorb.)

Lois McMaster Bujold

DIE QUADDIES VON CAY HABITAT

Roman

Aus dem Amerikanischen übersetzt
von
MICHAEL MORGENTAL

Deutsche Erstausgabe

WILHELM HEYNE VERLAG
MÜNCHEN

HEYNE SCIENCE FICTION & FANTASY
Band 0605243

Titel der amerikanischen Originalausgabe
FALLING FREE
Deutsche Übersetzung von Michael Morgental
Das Umschlagbild malte Michael Hasted

Redaktion: Wolfgang Jeschke
Copyright © 1988 by Lois McMaster Bujold
Mit freundlicher Genehmigung der Autorin und
Paul & Peter Fritz, Literarische Agentur, Zürich
(# 17371)
Erstausgabe by Bean Publishing Enterprises, New York
Copyright © 1995 der deutschen Ausgabe und der Übersetzung
by Wilhelm Heyne Verlag GmbH & Co. KG, München
Printed in Germany 1995
Umschlaggestaltung: Atelier Ingrid Schütz, München
Technische Betreuung: M. Spinola
Satz: Schaber Satz- und Datentechnik, Wels
Druck und Bindung: Elsnerdruck, Berlin

ISBN 3-453-07965-5

KAPITEL 1

Der leuchtende Rand des Planeten Rodeo drehte sich schwindelerregend am Ausguckfenster der orbitalen Transferstation vorbei. Eine Frau, in der Leo Graf eine seiner Mitreisenden vom Sprungschiff erkannte, spähte ein paar Minuten lang erwartungsvoll hinaus, dann wandte sie sich ab, blinzelte, schluckte und setzte sich ziemlich abrupt auf einen der hellen, gepolsterten Sessel in der Wartehalle. Sie schloß die Augen, öffnete sie wieder und fing Leos Blick auf; verlegen zuckte sie die Achseln. Leo lächelte voller Mitgefühl. Da er selbst gegen die verschiedenen Raumfahrtkrankheiten immun war, übernahm er ihren Platz an dem kristallklaren Aussichtsfenster.

Eine spärliche Wolkendecke wirbelte tief unten durch die dünne Atmosphäre und verhüllte kaum die ausgedehnten Flächen roten Wüstensandes. Rodeo war eine marginale Welt; auf ihr gab es nur die Bergwerks- und Bohranlagen von GalacTech und deren Unterstützungseinrichtungen. Aber was tat er hier? fragte sich Leo aufs neue. Unterirdische Operationen gehörten kaum zu seinem Fachgebiet.

Als Folge der Rotation der Station glitt der Planet aus dem Gesichtskreis. Leo ging zu einem anderen Fenster, um einen Blick nach innen, auf die Nabe der radförmigen Station, zu bekommen. Dabei bemerkte er die Belastungspunkte und überlegte, wann sie wohl zuletzt auf sich unsichtbar ausdehnende Risse geröntgt worden waren. Die zentrifugalen Gravitationskräfte hier am Rand, wo sich der Wartesaal für Passagiere befand, schienen etwa nur die Hälfte des Erdstandards zu betragen; das war vielleicht ein bißchen leicht. War die Beanspruchung absichtlich reduziert worden, da man Probleme in der Konstruktion voraussah?

Aber er war hier als Ausbilder, hatte man ihm in der

GalacTech-Zentrale auf der Erde gesagt, um Unterricht in Qualitätskontrollverfahren für Schweißen und Konstruktion in der Schwerelosigkeit zu geben. Wen sollte er unterrichten? Warum hier, am Ende der Welt? ›Das Cay-Projekt‹ war eine seltsam nichtssagende Bezeichnung für seinen Auftrag.

»Leo Graf?«

Leo wandte sich um. »Ja?«

Der Sprecher war groß und dunkelhaarig, vielleicht dreißig, vielleicht vierzig Jahre alt. Er trug konservativ modische Zivilkleidung, aber eine unauffällige Anstecknadel wies ihn als einen Mitarbeiter der Gesellschaft aus. Hervorragender Typ eines firmentreuen Angestellten, urteilte Leo. Die Hand, die der Mann Leo zur Begrüßung entgegenstreckte, war gleichmäßig gebräunt, aber weich. »Ich bin Bruce Van Atta.«

Leos kräftige Hand war bleich, aber mit braunen Flecken übersät. An die Vierzig, schneidig und stämmig, trug Leo einen bequemen roten Firmenoverall, teils, um sich unauffällig unter die Arbeiter zu mischen, die er beaufsichtigte, vor allem aber, damit er nie Zeit und Gedanken auf die Entscheidung zu verschwenden brauchte, was er am Morgen anziehen sollte. ›Graf‹ stand auf dem Namensschild auf seiner linken Brusttasche, so daß seine Identität kein Geheimnis darstellte.

»Willkommen auf Rodeo, dem dreckigsten Loch des Universums«, sagte Van Atta grinsend.

»Danke.« Automatisch erwiderte Leo das Lächeln.

»Ich bin jetzt der Leiter des Cay-Projekts; ich werde Ihr Boss sein«, erläuterte Van Atta. »Ich habe Sie persönlich angefordert, wissen Sie. Sie werden mir helfen, diesen Bereich endlich auf Trab und auf Touren zu bringen, den Leuten hier Feuer unterm Arsch zu machen. Sie sind wie ich, das weiß ich, Sie haben keine Geduld mit Mehlsäcken. Ein Mordsjob, was man mir hier aufgehalst hat, *diesen* Bereich profitabel zu machen – aber wenn ich es schaffe, dann bin ich ein gemachter Mann.«

»Mich angefordert?« Der Gedanke, daß sein Ruf ihm vorausgeeilt sei, war ja ein Ansporn, aber warum konnte man nicht mal von jemandem angefordert werden, der in einer Gartenlandschaft residierte? Ach, na ja … »In der Zentrale hat man mir gesagt, daß ich hierher geschickt werde, um eine erweiterte Version meines Kurzkurses über nichtdestruktives Testen abzuhalten.«

»Ist das alles, was man Ihnen gesagt hat?« fragte Van Atta erstaunt. Als Leo bejahend die Achseln zuckte, warf er den Kopf zurück und lachte. »Sicherheitsgründe, nehme ich an«, fuhr Van Atta fort, nachdem er aufgehört hatte zu glucksen. »Da steht Ihnen ja noch eine Überraschung bevor. Nun gut, ich werde sie nicht verderben.« Van Attas verschmitztes Grinsen war so irritierend wie ein freundschaftlicher Rippenstoß.

Zu freundschaftlich – verdammt, dachte Leo, dieser Bursche *kennt* mich von irgendwo her. Und er denkt, ich kenne ihn auch … Leos höfliches Lächeln erstarrte in sanfter Panik. In seinem achtzehnjährigen Berufsleben war er Tausenden von GalacTech-Mitarbeitern begegnet. Vielleicht würde Van Atta bald etwas sagen, um die Möglichkeiten einzuengen.

»Meine Instruktionen führten einen Dr. Cay als den nominellen Leiter des Cay-Projektes auf«, sondierte Leo. »Werde ich ihn treffen?«

»Veraltete Informationen«, sagte Van Atta. »Dr. Cay ist letztes Jahr gestorben – einige Jahre nach dem Zeitpunkt, wo er meiner Meinung nach hätte zwangsweise pensioniert werden sollen, aber er war ein Vizepräsident und Hauptaktionär und fest in der Firma verwurzelt – doch das ist der Schnee von gestern. Ich bin sein Nachfolger.« Van Atta schüttelte den Kopf. »Aber ich kann es kaum erwarten zu sehen, was für ein Gesicht

Sie machen, wenn Sie sehen – kommen Sie mit. Ich habe ein privates Shuttle für uns.«

Abgesehen vom Piloten hatten sie das für sechs Mann bestimmte Personalshuttle für sich allein. Der Passagiersitz verformte sich während der kurzen Perioden der Beschleunigung und paßte sich Leos Körper an. Diese Perioden waren sehr kurz; offensichtlich wurde nicht zum Wiedereintritt in die Planetenatmosphäre gebremst. Rodeo drehte sich unter ihnen und blieb weiter zurück.

»Wohin fliegen wir?« fragte Leo Van Atta, der neben ihm saß.

»Ah«, sagte Van Atta. »Sehen Sie das Pünktchen etwa dreißig Grad über dem Horizont? Beobachten Sie es. Das ist die Heimatbasis für das Cay-Projekt.«

Das Pünktchen wuchs schnell zu einer ausgedehnten chaotischen Struktur heran, voller Winkel und vorspringender Teile; seine scharf abgegrenzten Schatten waren mit konfettibunten Lichtern übersät. Leos erfahrene Augen machten Anhaltspunkte für die Funktion der Konstruktion aus, die Tanks, die Luken, die Treibhausfilter, die in der Sonne blinkten, die Größe der Sonnenkollektoren im Vergleich zum geschätzten Volumen der Struktur.

»Ein Habitat in der Umlaufbahn?«

»Sie haben's kapiert«, sagte Van Atta.

»Es ist riesig.«

»Das kann man wohl sagen. Wie viele Leute passen da Ihrer Meinung nach rein?«

»Oh – fünfzehnhundert.«

Van Atta hob die Augenbrauen, vielleicht etwas enttäuscht darüber, daß er keine Korrektur anbringen konnte. »Fast exakt. Vierhundertundvierundneunzig turnusmäßig wechselnde GalacTech-Mitarbeiter und tausend ständige Bewohner.«

Leos Lippen wiederholten das Wort ›ständig‹...

»Apropos Wechsel – wie erzielen Sie bei Ihren Leuten die Null-Ge-Dekonditionierung? Ich ...« – seine Augen wanderten über die enorm große Struktur – »ich sehe gar kein Trainingsrad. Gibt es keinen rotierenden Turnraum?«

»Es gibt einen Null-Ge-Sportraum. Das wechselnde Personal bekommt nach jeder Dreimonatsschicht einen Monat Aufenthalt auf dem Planeten.«

»Das ist teuer.«

»Aber wir haben das Habitat dort droben für weniger als ein Viertel der Kosten von Unterkünften gleichen Volumens in Ein-Ge-Kreiseln errichtet.«

»Aber Sie werden sicher das, was Sie an den Baukosten gespart haben, im Laufe der Zeit an den Ausgaben für Personaltransport und medizinische Betreuung verlieren«, argumentierte Leo. »Die zusätzlichen Shuttleflüge, die langen Urlaube – jeder Pensionist, der sich bis zum Tage seines Todes einen Arm oder ein Bein bricht, wird GalacTech auf Erstattung der Kosten plus Schmerzensgeld verklagen, ganz egal, ob bei ihm eine signifikante Demineralisation der Knochen stattgefunden hat oder nicht.«

»Dieses Problem haben wir auch gelöst«, sagte Van Atta. »Ob die Lösung kosteneffektiv ist – nun, das sollen Sie und ich hier zu beweisen versuchen.«

Das Shuttle näherte sich behutsam einer Luke an der Seite des Habitats und legte mit einem beruhigend deutlichen Klicken an. Der Pilot schaltete seine Systeme ab und löste seinen Gurt, dann schwebte er an Leo und Van Atta vorbei und überprüfte die Lukenverschlüsse. »Bereit zum Aussteigen, Mr. Van Atta.«

»Danke, Grant.«

Leo löste seine Sitzgurte und dehnte und entspannte sich in der Gewichtslosigkeit, die ihm angenehm vertraut war. Ihm bereitete 0 Ge nicht die bedauerliche Übelkeit, die die Effizienz so vieler Angestellter untergrub. Unten auf einem Planeten war Leos Körper ganz normal; aber hier, wo Selbstbeherrschung und Übung und Intelligenz mehr zählten als Kraft, da war er endlich ein Athlet. Er lächelte in sich hinein und folgte Van Atta von Handgriff zu Handgriff und durch die Luke des Shuttles.

Ein Techniker mit rötlichem Gesicht bediente eine Steuertafel direkt am Beginn des Lukenkorridors. Er trug ein rotes T-Shirt mit dem Logo von GalacTech über der linken Brust. Die kurzgeschnittenen dichten blonden Locken erinnerten Leo an einen Schafspelz; vielleicht war das eine Wirkung des offensichtlich jugendlichen Alters des Mannes.

»Hallo, Tony«, grüßte ihn Van Atta mit munterer Vertrautheit.

»Guten Tag, Mr. Van Atta«, erwiderte der junge Mann respektvoll. Er lächelte Leo an und signalisierte mit einer Kopfhebung pantomimisch den Wunsch, Van Atta möge sie miteinander bekanntmachen. »Ist das der neue Lehrer, von den Sie uns erzählt haben?«

»Ja, das ist er. Leo Graf, das ist Tony – er wird zu Ihren ersten Kursteilnehmern gehören. Er ist einer der *ständigen* Bewohner des Habitats«, fügte Van Atta mit besonderem Nachdruck hinzu. »Tony ist Schweißer und Löter, im zweiten Grad – und arbeitet, um den ersten Grad zu erreichen, nicht wahr, Tony? Gib Mr. Graf die Hand!«

Van Atta grinste. Leo hatte den Eindruck, Van Atta wäre auf den Absätzen gehüpft, wenn er sich nicht in der Schwerelosigkeit befunden hätte.

Tony gehorchte und zog sich über die Steuertafel hoch. Er trug rote Shorts ...

Leo blinzelte und hielt geschockt den Atem an. Der Junge hatte keine Beine. Aus seinen Shorts ragte ein weiteres Paar Arme hervor.

Funktionsfähige Arme; er benutzte eben jetzt seine ... – seine untere linke Hand, vermutete Leo, müßte er sie wohl nennen –, um sich festzuhalten, während er sich Leo entgegenstreckte. Sein Lächeln war völlig unbefangen.

Leo hatte seinen eigenen Griff losgelassen und mußte ihn herumtastend wiedersuchen und reckte sich linkisch, um die dargebotene Hand zu ergreifen. »Guten Tag«, brachte er heiser hervor. Es war fast unmöglich, nicht auf die unteren Gliedmaßen des Jungen zu starren. Leo zwang sich, seinen Blick auf die lebhaften blauen Augen des jungen Mannes zu richten.

»Hallo, Sir. Ich freue mich, Sie kennenzulernen.« Tonys Händedruck war schüchtern, aber ehrlich, seine Hand trocken und stark.

»Hm...«, stotterte Leo, »hm, wie ist Ihr Familienname... äh... Tony?«

»Oh, Tony ist nur mein Spitzname, Sir. Meine volle Bezeichnung ist TY-776-424-XG.«

»Dann... hm... werde ich Sie wohl Tony nennen«, murmelte Leo, zunehmend verblüfft. Van Atta kam ihm nicht zu Hilfe, sondern schien Leos Unbehagen ganz und gar zu genießen.

»So nennt mich jeder«, sagte Tony liebenswürdig.

»Hol Mr. Grafs Reisetasche, ja, Tony?« sagte Van Atta. »Kommen Sie, Leo, ich werde Ihnen Ihr Quartier zeigen, und dann können wir den großen Rundgang machen.«

Leo folgte seinem schwebenden Führer in den Querkorridor, auf den er wies, und blickte mit erneutem Erstaunen über die Schulter zurück auf Tony, der sich genau auf der anderen Seite des Raumes abstieß und durch die Shuttleluke schwang.

»Das«, Leo schluckte, »das ist der ungewöhnlichste Geburtsfehler, den ich je gesehen habe. Da hatte jemand eine geniale Idee, ihm einen Job in der Schwerelosigkeit zu besorgen. Auf dem Planeten wäre er ein Krüppel.«

»Geburtsfehler.« Van Atta Gesicht verzog sich zu

einem Grinsen. »Ja, so kann man es beschreiben. Ich wünschte, Sie hätten den Ausdruck auf Ihrem Gesicht sehen können, als er plötzlich auftauchte. Ich gratuliere Ihnen zu Ihrer Selbstbeherrschung. Ich mußte fast kotzen, als ich zum erstenmal einen sah, und ich war darauf vorbereitet. Man gewöhnt sich allerdings ziemlich schnell an die kleinen Schimpansen.«

»Gibt es mehr als einen?«

Van Atta öffnete und schloß seine Hände in einer Geste des Zählens. »Ein rundes Tausend. Die erste Generation von GalacTechs neuen Superarbeitern. Das Spiel heißt Biotechnik, Leo. Und ich habe vor, dabei zu gewinnen.«

Tony, der mit seiner unteren rechten Hand Leos Reisetasche hielt, sauste in dem zylindrischen Korridor zwischen Leo und Van Atta hindurch und bremste vor ihnen mit drei flinken Berührungen der Handgriffe, an denen er vorüberschwebte.

»Mr. Van Atta, kann ich auf dem Weg zum Besucherflügel Mr. Graf jemandem vorstellen? Es ist kein *großer* Umweg – nur zur Hydrokultur.«

Van Atta schürzte die Lippen, dann verzog er sie zu einem freundlichen Lächeln. »Warum nicht? Die Hydrokultur steht sowieso auf dem Programm für unseren Rundgang heute nachmittag.«

»Danke, Sir«, rief Tony und sauste mit Begeisterung los, um am Ende des Korridors die Luftsicherheitsschleuse vor ihnen zu öffnen. Er wartete, bis sie hindurch waren, und schloß sie dann hinter ihnen auf der anderen Seite.

Leo richtete seine Aufmerksamkeit auf die Umgebung; er hielt dies für weniger taktlos, als den Jungen verstohlen zu mustern. Das Habitat war in der Tat billig gebaut, es bestand zum größten Teil aus vorgefertigten Modulen, die auf verschiedene Weise miteinander kombiniert waren. Kein sonderlich ästhetisch eleganter Bauplan – eine gewisse kunterbunte Zufälligkeit ließ erkennen, daß das Habitat seit seiner Gründung anscheinend organisch gewachsen war: hier und da waren Einheiten angefügt worden, um neue Bedürfnisse zu befriedigen. Aber gerade seine primitive Anordnung enthielt Sicherheitsvorteile, die Leo gut fand, zum Beispiel die Auswechselbarkeit der luftdicht abschließenden Module.

Sie kamen an Flügeln mit Schlafräumen vorbei, an Küchen- und Speisebereichen, an einer Werkstatt für kleine Reparaturen – Leo hielt kurz inne, um in sie hineinzuschauen, und mußte sich dann beeilen, um seinen Führer wieder einzuholen. Anders als in den meisten schwerelosen Lebensräumen, in denen Leo gearbeitet hatte, bemühte man sich hier nicht, ein willkürliches Oben und Unten beizubehalten, um der optischen Psychologie der Bewohner entgegenzukommen. Die meisten Räume waren zylindrisch konstruiert, wobei die Arbeits- und Lagerbereiche effizient die Wände besetzt hielten und die Mitte frei von Hindernissen gehalten wurde, als Passage für die – na ja, man konnte sie wohl kaum Fußgänger nennen.

Unterwegs kamen sie an ein paar Dutzend der – der Vierhändigen vorbei, der neuen Modellarbeiter, Tonys Leute, oder wie immer sie genannt wurden – hatten sie, überlegte Leo, eine offizielle Bezeichnung? Er starrte sie verstohlen an und brach immer den Blickkontakt ab, wenn einer von ihnen den Blick erwiderte, was oft vorkam; sie starrten ihn offen an und flüsterten miteinander.

Er verstand, warum Van Atta sie Schimpansen nannte. Sie hatten schmale Hüften, da ihnen die kräftigen lokomotorischen Gesäßmuskeln fehlten, die Menschen mit Beinen hatten. Das untere Paar Arme tendierte sowohl bei den männlichen wie bei den weiblichen Individuen dazu, muskulöser zu sein als das obere. Sie waren kraftvolle Greiforgane und erschienen deshalb auf den ersten Blick kurz im Vergleich zu den oberen Armen; wenn Leo die Augen zusammenkniff, verschwammen sie zu O-Beinen.

Die Vierhändigen trugen meist die bequeme, praktische Kleidung wie Tony, T-Shirt und Shorts, deren Farben offensichtlich einen Code darstellten, denn Leo kam an einer Gruppe vorbei, die alle gelb gekleidet waren und sich aufmerksam um einen normalen Menschen in einem GalacTech-Overall scharten, der eine Pumpe zerlegt hatte und über ihre Funktion und Reparatur dozierte. Leo fühlte sich an eine Schar Kanarienvögel erinnert, an fliegende Eichhörnchen, an Affen, Spinnen, flinke lebhafte Eidechsen, die geradewegs eine Wand hochlaufen können.

Er fühlte den Impuls zu schreien, fast zu weinen, und doch lag es nicht an ihren Armen oder den flinken, zu vielen Händen. Er hatte fast die Abteilung Hydrokultur erreicht, bevor er sein intensives Unbehagen analysieren konnte. Es waren ihre Gesichter, die ihn so beunruhigten, erkannte Leo. Es waren die Gesichter von Kindern …

Eine Tür mit der Aufschrift ›Hydrokultur D‹ glitt zur Seite und gewährte den Blick auf einen Vorraum und einen großen, luftigen Hauptraum, der etwa fünfzehn Meter lang war. Filterfenster auf der Sonnenseite und eine Reihe von Spiegeln auf der dunklen Seite füllten den Raum mit funkelndem Licht, das von grünen Pflanzen gedämpft wurde, die in einem sorgsam arrangierten Ensemble von Pflanzrohren wuchsen. Die Luft roch stark nach Chemikalien und Vegetation.

Ein Paar der vierarmigen jungen Frauen, beide in Blau gekleidet, war im Vorraum an der Arbeit. Ein plexiplastisches Pflanzrohr von drei Metern Länge war da fest verankert, und sie schwebten an ihm entlang und pflanzten winzige Sprößlinge aus einer Keimbox in eine spiralförmige Folge von Löchern in dem Rohr um, eine Pflanze pro Loch, und befestigten sie mit einem elastischen Dichtungsmittel um jeden zarten

Stengel. Die Wurzeln würden nach innen, in das Rohr hinein, wachsen und zu einem verknäuelten Geflecht werden, das den hydroponischen Sprühregen aus Nährmitteln aufsog, der durch das Rohr gepumpt wurde, und die Stämme und Blätter würden sich im Sonnenlicht zu Büschen entwickeln und schließlich die Früchte tragen, die ihrer genetischen Bestimmung entsprachen. Hier wahrscheinlich Äpfel mit Geweih, dachte Leo in einer sanften Hysterie, oder Kartoffeln mit Augen, die einem freundlich zublinzelten.

Das dunkelhaarige Mädchen hielt inne, um ein Bündel unter seinem Arm zurechtzurücken... Leo blieb der Verstand stehen: Das Bündel war ein Baby.

Ein lebendiges Baby – natürlich war es lebendig, was erwartete er denn? fragte sich Leo insgeheim. Das Kleine spähte um den Rumpf – seiner Mutter? – herum, beäugte mißtrauisch den Fremden und packte mit allen vier Händen seine Heimatbasis fester, wobei es mit einem abwehrenden Griff auch eine der Brüste des Mädchens faßte, als befürchtete es Konkurrenz. »Ack, ack«, stieß es aggressiv hervor.

»Au!« Das dunkelhaarige Mädchen lachte und löste mit einer unteren Hand die kleinen, dicken Finger, ohne daß die oberen Hände auch nur einen Moment ihre Tätigkeit unterbrachen, nämlich das Dichtungsmittel rings um einen Stengel festzuklopfen. Sie beendete den Arbeitsgang mit einem schnellen Spritzer eines Fixativs aus einer Tube, die praktischerweise neben ihr schwebte, außerhalb der Reichweite des Kindes.

Das Mädchen war schlank, elfenhaft und für Leos Augen, die einen solchen Anblick nicht gewohnt waren, seltsam unirdisch. Ihr kurzes feines Haar schmiegte sich eng an ihren Kopf, umrahmte ihr Gesicht und lief in ihrem Nacken in eine Spitze aus. Es war so dicht, daß es Leo an ein Katzenfell erinnerte: man konnte es streicheln und dadurch besänftigt werden.

Das andere Mädchen war blond und hatte kein Baby. Sie blickte als erste auf und lächelte. »Besuch kommt, Claire.«

Das Gesicht des dunkelhaarigen Mädchens strahlte freudig und warm. Leo errötete. »Tony!« rief sie glücklich, und Leo erkannte, daß er nur eine zufällige Dosis dieses Freudenstrahls abbekommen hatte, als der über ihn hinwegstrich auf sein eigentliches Ziel zu.

Das Baby löste drei Hände und winkte mit ihnen eifrig. »Ah, ah!« Die junge Mutter wandte sich in der Luft um, den Besuchern zu. »Ah, ah, *ah!*« wiederholte das Baby.

»Oh, schon *gut*«, lachte die als Claire Angesprochene. »Du möchtest zu Pappi fliegen, nicht wahr?« Sie hakte eine kurze Leine los, die von einer Art weichem Gurtwerk am Rumpf des Babys zu einem Gürtel um ihre eigene Taille lief, und hielt das Baby ausgestreckt. »Zu Pappi fliegen, Andy? Zu Pappi fliegen?«

Das Baby zeigte seine Begeisterung für den Vorschlag, indem es lebhaft mit allen vier Händen herumwedelte und eifrig quiekste. Claire schubste das Baby in Richtung auf Tony los, und das mit beträchtlich höherer Geschwindigkeit, als Leo es gewagt hätte. Tony, der fröhlich grinste, fing das Kleine geschickt auf.

»Zu Mammi fliegen?« fragte Tony seinerseits. »Ah, ah«, stimmte das Baby zu, und Tony setzte es in der Luft ab, zog zart seine Arme in die Länge – wie wenn man einen Seestern geradezieht, dachte Leo – und versetzte sie in eine Drehung, die das Baby wie ein Rad durch die Luft rollen ließ. Es ballte die Fäuste, zog in einer synchronen Anstrengung den Kopf ein und drehte sich schneller, und lachte dann gurgelnd über den Erfolg seiner Bemühungen. Bewahrung des Winkelmoments, dachte Leo. Natürlich …

Claire warf das Kind ein weiteresmal seinem Vater zu – es war verblüffend, in diesem blonden Jungen einen Vater zu sehen – und folgte selbst hinterher. Sie bremste und hielt in Tuchfühlung mit Tony an, der automatisch ihr hilfreich eine Hand entgegenstreckte. Daß die beiden sich dann weiter an den Händen hielten, war deutlich mehr als nur ein höfliches Haltgeben.

»Claire, das ist Mr. Graf«, stellte Tony ihn vor, doch es klang eher, als präsentierte er stolz einen Preis. »Er wird mich in fortgeschrittenen Schweißtechniken unterrichten. Mr. Graf, das ist Claire, und hier ist unser Sohn Andy.« Andy war auf den Kopf seines Vaters geklettert, steckte eine Hand in Tonys blondes Haar, faßte mit einer anderen eines seiner Ohren und blinzelte Leo zu wie eine kleine Eule. Tony befreite sanft sein Ohr und lenkte den Griff des Kleinen auf den Stoff seines roten T-Shirts. »Claire war ausgewählt worden, um unter uns die allererste natürliche Mutter zu werden«, fuhr Tony stolz fort.

»Ich und vier andere Mädchen«, verbesserte Claire bescheiden.

»Claire war auch in der Schweißerabteilung, aber jetzt kann sie nicht mehr draußen arbeiten«, erklärte Tony. »Seit Andy geboren ist, arbeitet sie in der Hauswirtschaft, in der Ökotrophologie und der Hydrokultur.«

»Dr. Yei sagte, ich sei ein sehr wichtiges Experiment, um zu sehen, welche Arten von Produktivität am wenigsten beeinträchtigt werden, wenn ich mich gleichzeitig um Andy kümmere«, erklärte Claire. »Mir fehlt schon irgendwie die Außenarbeit – sie war aufregend –, aber mir gefällt es auch so. Mehr Abwechslung.«

Erfindet GalacTech die Frauenarbeit neu? dachte Leo verwirrt. Werden wir auch eine Forschungs- und Entwicklungsgruppe auf die Anwendungsmöglichkeiten des Feuers ansetzen? Aber ja, sie ist gewiß ein Experiment... Sein höfliches, zurückhaltendes Gesicht spiegelte seine Gedanken nicht wider. »Freut mich, dich kennenzulernen, Claire«, sagte er ernst.

Claire gab Tony einen Stups und nickte in Richtung auf ihre blonde Kollegin, die herübergeschwebt war, um sich der Gruppe anzuschließen.

»Oh – und das ist Silver«, fuhr Tony gehorsam fort. »Sie arbeitet die meiste Zeit in der Hydrokultur.«

Silver nickte. Ihr mittelkurzes Haar legte sich in sanfte platinfarbene Wellen, und Leo überlegte, ob ihr Spitzname von ihrer Haarfarbe kam. Ihre Gesichtsknochen waren von jener kräftigen Art, die mit dreizehn hart und herb wirkt, mit dreiunddreißig jedoch fesselnd elegant, und dieser Übergang war noch nicht zur Hälfte vollzogen. Ihr blauer Blick war kühler und weniger schüchtern als der der vielbeschäftigten Claire, die schon ein neuer Wunsch ihres Sohnes ablenkte. Claire nahm das Baby wieder an sich und befestigte wieder seine Sicherheitsleine.

»Guten Tag, Mr. Van Atta«, fügte Silver ausdrücklich hinzu. Sie vollführte in der Luft eine Pirouette, mit Augen, die stumm riefen: Nehmen Sie mich wahr! Leo bemerkte, daß alle ihre zwanzig gepflegten Fingernägel rosa lackiert waren.

Van Atta antwortete mit einem heimlichtuerischen und selbstgefälligen Lächeln: »Tag, Silver. Wie geht's?«

»Nach dem Rohr hier müssen wir noch eins bepflanzen. Wir werden noch vor dem Schichtwechsel damit fertig sein«, erklärte Silver.

»Hübsch, hübsch«, sagte Van Atta freundlich. »Ach – denk dran, dich mit der richtigen Seite nach oben zu halten, wenn du mit einem Planetarier redest, Süße.«

Silver drehte sich schnell um, damit sie Van Attas Orientierung entsprach. Da der Raum radial eingerichtet war, bedeutete ›die richtige Seite nach oben‹ lediglich, sich parallel zu Van Atta ausrichten, stellte Leo nüchtern fest. Wo war er nur diesem Mann schon zuvor begegnet?

»Schön, macht weiter, Mädels.« Van Atta schwebte hinaus, Leo folgte ihm, und Tony bildete bedauernd die Nachhut, wobei er noch über die Schulter zurückblickte.

Andy hatte seine Aufmerksamkeit wieder auf seine Mutter gerichtet. Seine entschlossenen kleinen Hände suchten unter ihrem Hemd, auf dem in einer automatischen Reaktion dunkle Flecke erschienen. Anscheinend gab es da ein Stückchen uralter Biologie, das die Firma nicht verändert hatte. Die Milchspender waren sicherlich von vornherein dem Leben in der Schwerelosigkeit ideal angepaßt. Und selbst Windeln hatten in der Anfangszeit der Raumfahrt eine heroische Rolle gespielt, wie Leo gehört hatte.

Sein kurzes Amüsement verebbte, und er stieß sich ab, um Van Atta zu folgen, schweigend und nachdenklich. Er schob sein Urteil noch auf, beruhigte er sich selbst, er war nicht gelähmt. In der Zwischenzeit würde Schweigen den Zufluß von Informationen nicht behindern.

An Van Attas Habitat-Büro hielten sie an. Als sie eintraten, schaltete Van Atta die Lichter und die Belüftung ein. Aus dem schalen Geruch schloß Leo, daß das Büro nicht oft benutzt wurde. Der Projektleiter verbrachte wahrscheinlich den größten Teil seiner Zeit bequemer unten auf dem Planeten. Ein großes Aussichtsfenster umrahmte eine spektakuläre Sicht auf Rodeo.

»Ich bin in der Welt ein bißchen nach oben gekommen, seit wir uns das letztemal begegnet sind«, sagte Van Atta und blickte in die gleiche Richtung. Aus diesem Blickwinkel erzeugte die obere Atmosphäre an Rodeos Rand einige großartige prismatische Lichteffekte. »In mehrfachem Sinn. Mir macht es nichts aus, den Gefallen zu erwidern. Ein Mann an der Spitze muß sich daran erinnern, wie er dahin gekommen ist, meine ich. Noblesse oblige und dergleichen.« Van Attas hochgezogene Augenbrauen luden Leo ein, die Zufriedenheit zu teilen, mit der Van Atta sein Glück genoß.

Erinnern. Ganz recht. In Leo wuchs ein quälendes Unbehagen, da er sich an nichts erinnern konnte. Er lächelte stumm, und während Van Atta seine Kommunikationskonsole auf dem Schreibtisch aktivierte, benutzte er die Pause, um sich abzuwenden und eine langsame Runde höflichen Wartens durch den Raum zu absolvieren, als musterte er müßig dessen Einrichtung.

Eine kleine Plakette an der Wand fiel ihm ins Auge. Sie trug ein humorvolles Motto. *Am sechsten Tag sah Gott, daß er nicht alles machen konnte,* stand da, *deshalb schuf er INGENIEURE.* Leo prustete leicht amüsiert.

»Mir gefällt das auch«, bemerkte Van Atta, der aufgeschaut hatte, um nachzusehen, was der Grund für Leos Heiterkeit war. »Meine Exfrau hat es mir geschenkt. Das war praktisch das einzige Stück, das diese habgierige Schlampe nicht mitgenommen hat, als wir uns trennten.«

»Waren Sie ein...?« begann Leo und verschluckte das Wort *›Ingenieur‹*, als er sich endlich erinnerte, und sich dann wunderte, wie er es je hatte vergessen können. Damals hatte er Van Atta jedoch als untergebenen Ingenieur gekannt, nicht als leitenden Vorgesetzten. War dieser aalglatte Draufgänger derselbe Idiot, den er ungeduldig die Treppe hinauf in die Verwaltung geschubst hatte, einfach, um ihn im Projekt auf der Morita-Station aus dem Weg zu bekommen – vor jetzt zehn, zwölf Jahren? Brucie-Baby. O ja. Oh, zum Teufel...

Van Attas Komkonsole gab ein paar Datendisketten frei, die er herausnahm. »Sie haben mich auf Trab gebracht. Ich habe immer gedacht, da Sie soviel Zeit mit Unterricht verbringen, müßte es Ihnen ein Gefühl der Befriedigung vermitteln zu sehen, wie einer Ihrer alten Schüler Erfolg hat.«

Van Atta war kaum fünf Jahre jünger als er. Leo unterdrückte eine tiefe Irritation – er war nicht der neunzigjährige pensionierte Sonntagsschullehrer dieses Bürohengstes, verdammt noch mal. Er war Ingenieur, der praktisch arbeitete und sich auch nicht scheute, sich die Hände schmutzig zu machen. Seine technische Arbeit kam der Perfektion so nahe, wie seine unnachgiebige Gewissenhaftigkeit es schaffte; seine Leistungen auf dem Gebiet der Sicherheit sprachen für sich selbst ... Mit einem Seufzer ließ er seinen Ärger verrauchen. War es nicht immer so? Dutzende von Untergebenen hatte er erlebt, die sich vorankämpften, oft Männer, die er selbst ausgebildet hatte. Tja, und im Falle von Van Atta erschien es ihm als Schwäche und nicht als Grund zum Stolz.

Van Atta wirbelte ihm die Datendisketten durch den Raum zu. »Hier sind Ihr Dienstplan und Ihr Lehrplan. Kommen Sie, ich zeige Ihnen einen Teil der Geräte, mit denen Sie arbeiten werden. GalacTech hat zwei Projekte in Aussicht, auf die man endlich diese Quaddies vom Cay-Projekt losschicken möchte.«

»Quaddies?«*

»Der offizielle Spitzname.«

»Ist das nicht etwas ... hm ... abwertend?«

Van Atta starrte ihn an, dann prustete er. »Nein. Allerdings sollte man sie nicht laut ›Mutanten‹ nennen, denn nach dem Fiasko mit dem militärischen Klonen von Nuovo Brasil herrscht eine genetische Paranoia. Dieses ganze Projekt hätte man viel bequemer auf der Erde durchführen können, wenn es dort nicht allerlei juristische Hysterie wegen der Manipulation menschlicher Gene gäbe. Wie dem auch sei, die Projekte also. Eines besteht darin, im Orbit um Orient IV Sprungschiffe zusammenzubauen, ein anderes, eine Transferanlage im tiefen Raum zu errichten, in einem Nexus irgendwo weit draußen jenseits von Tau Ceti namens

---

* Verballhornt aus *Homo quadrimanus* = vierhändige Menschen. – *Anm. d. Hrsg.*

Station Kline – eine unangenehme Arbeit, denn in diesem System gibt es keine bewohnbaren Planeten und seine Sonne ist ausgeglüht, aber der Lokalraum verfügt über nicht weniger als sechs Wurmlochausgänge. Möglicherweise sehr profitabel. Eine Menge zu schweißen unter den schwierigsten Bedingungen der Schwerelosigkeit …«

Leos kurzzeitige Besorgnis wich dem Interesse. Immer war es die Arbeit selbst, die ihn in Bann schlug, nicht die Bezahlung und die Vergünstigungen. Zum Teufel mit den Privilegien eines leitenden Angestellten – bedeuteten die nicht meistens, daß man auf dem Planeten festhing? Er folgte Van Atta aus dem Büro hinaus in den Korridor, wo Tony noch geduldig mit Leos Gepäck wartete.

»Ich nehme an, es war die Entwicklung der Uterusreplikatoren, die all das ermöglicht hat«, meinte Van Atta, während Leo seine Sachen in seiner neuen Unterkunft verstaute. Die Kammer war mehr als nur eine bloße Schlafkabine; sie verfügte über private sanitäre Installationen, eine Komkonsole sowie eine bequem wirkende Schlafhalterung – bei diesem Job wird es keine morgendlichen Rückenschmerzen geben, dachte Leo mit einer gewissen Befriedigung. Kopfschmerzen waren ein anderes Problem.

»Ich hatte etwas über diese Dinger gehört«, sagte Leo. »Wieder eine Erfindung von Kolonie Beta, nicht wahr?«

Van Atta nickte. »Die äußeren Welten werden neuerdings verdammt clever. Die Erde wird ihre Spitzenstellung verlieren, wenn man sich dort nicht zusammenreißt.«

Nur allzu wahr, dachte Leo. Aber die Geschichte der Innovationen legte den Gedanken nahe, daß dies ein unvermeidliches Muster war. Ein Management, das in ein System riesige Kapitalmengen investiert hatte, rangierte es nur sehr ungern aus, und so setzten sich die Zuspätgekommenen an die Spitze – zur Frustration der loyalen Ingenieure... »Ich hatte gedacht, die Verwendung von Uterusreplikatoren sei auf geburtshilfliche Notfälle beschränkt.«

»Tatsächlich besteht die einzige Einschränkung für ihren Gebrauch darin, daß sie schrecklich teuer sind«, sagte Van Atta. »Es ist wahrscheinlich nur eine Frage der Zeit, bis reiche Frauen überall anfangen, sich ihren biologischen Pflichten zu entziehen und ihre Kinder in solchen Replikatoren zusammenzubrauen. Aber für GalacTech bedeutete es, daß endlich Experimente in der Humanbiotechnik durchgeführt werden konnten, ohne daß man eine Menge verrückter Leihmütter engagieren mußte, um die eingepflanzten Embryos auszutragen. Eine hübsche, saubere, beherrschbare ingenieurmäßige Methode. Noch besser: diese Quaddies sind totale Konstrukte – das heißt, ihre Gene wurden aus so vielen Quellen genommen, daß es auch unmöglich ist, ihre genetischen Eltern zu identifizieren. Das erspart eine Menge juristischen Kummer.«

»Ganz gewiß«, sagte Leo matt.

»Wie ich gehört habe, war diese ganze Geschichte die Obsession von Dr. Cay. Ich bin ihm nie begegnet, aber er muß einer von diesen charismatischen Typen gewesen sein, wissen Sie, daß er ein Projekt durchboxen konnte, das eine solche enorme Vorlaufzeit hat, bevor es einen Gewinn abwirft. Der erste Schub wird gerade zwanzig. Die Extraarme sind der wildeste Teil...«

»Ich habe mir oft gewünscht, ich hätte vier Hände, in der Schwerelosigkeit«, murmelte Leo und versuchte dabei, nicht zu unsicher zu klingen.

»... aber die meisten Änderungen betrafen dieses ganze Stoffwechselzeugs. Sie bekommen nie Kinetose – da wurde irgendwie das vestibuläre System umgestaltet – und ihre Muskeln bewahren ihren Tonus bei einem Bewegungspensum von lediglich fünfzehn Minuten maximal am Tag – kein Vergleich mit den Stunden, die Sie und ich während eines langen Aufenthalts bei 0 Ge einzulegen hätten. Ihre Knochen werden überhaupt nicht in Mitleidenschaft gezogen. Sie sind sogar noch resistenter gegen Strahlung als wir. Knochenmark und Gonaden vertragen vier- oder fünfmal soviel Rem, wie wir absorbieren können, bis GalacTech uns runter auf den Planeten holt – obwohl die Mediziner darauf drängen, daß die Quaddies ihre Fortpflanzung früh in ihrem Leben erledigen, solange alle diese teuren Gene noch ursprünglich sind. Danach ist das ein richtig warmer Regen für uns: Arbeiter, die nie einen Urlaub auf dem Planeten brauchen, so gesund, daß sie immer weiter und weiter machen, keine hohen Kosten mehr wegen Fluktuation von Arbeitskräften; sie reproduzieren sich sogar selbst.« Van Atta kicherte.

Leo brachte die letzten seiner wenigen persönlichen Habseligkeiten unter. »Wohin... kommen sie, wenn sie... hm... in Ruhestand gehen?« fragte er vorsichtig.

Van Atta hob die Schultern. »Vermutlich wird die Firma da etwas ausarbeiten müssen, wenn die Zeit kommt. Glücklicherweise ist das nicht mein Problem; ich werde vor ihnen in Ruhestand gehen.«

»Was geschieht, wenn sie – kündigen, woandershin gehen? Angenommen, jemand bietet ihnen eine bessere Bezahlung? GalacTech hat ja in die ganze Forschung und Entwicklung sehr viel investiert.«

»Ach so. Ich glaube, Sie haben noch nicht ganz kapiert, wie schön der ganze Plan ist. Die kündigen nicht. Sie sind keine Angestellten, sondern lebendes Inventar. Sie werden nicht mit Geld bezahlt – obwohl ich mir wünsche, *mein* Gehalt würde dem entsprechen, was GalacTech pro Jahr für den Unterhalt der Quaddies ausgibt. Aber das wird besser werden, wenn der letzte Schub aus den Replikatoren älter wird und sich selber unterhält. Man hat die Produktion neuer Quaddies vor etwa fünf Jahren eingestellt, sehen Sie, in Erwartung, daß diese Aufgabe ihnen selber übertragen wird.« Van Atta leckte die Lippen und hob die Augenbrauen, als freue er sich über einen deftigen Witz. Leo konnte nicht bedauern, daß ihm die Pointe entging.

Er wandte sich um, rollte sich in der Luft zusammen und überkreuzte die Arme. »Die Raumfahrergewerkschaft wird es Sklavenarbeit nennen, wissen Sie«, sagte er schließlich.

»Die Gewerkschaft wird noch schlimmere Bezeichnungen dafür haben. Ihre Produktivität wird schlecht aussehen«, knurrte Van Atta. »Scheißgerede mit lauter Reizwörtern. Diese kleinen Schimpansen haben Sicherheit von der Wiege bis zum Grab. GalacTech könnte sie nicht besser behandeln, wenn sie aus massivem Platin hergestellt würden. Sie und ich, wir sollten so gut behandelt werden, Leo.«

»Ach ja«, sagte Leo nur.

KAPITEL 2

Die Beobachtungskabine an der Seite des Cay-Habitats verfügte über einen Televiewer, wie Leo zu seiner Freude entdeckte, und überdies war sie im Augenblick unbesetzt. In seiner eigenen Unterkunft fehlte ein Ausguckfenster. Er schlüpfte in die Kabine. Sein Zeitplan räumte ihm diesen einen freien Tag ein, damit er sich von den Strapazen der Reise und des Wurmlochsprungs erholen konnte, bevor sein Kurs begann. Nach einer Nacht guten Schlafs in der Schwerelosigkeit hatte sich seine Stimmung schon beträchtlich verbessert, im Vergleich zum Vortag, wie sie nach dem Rundgang mit Van Atta gewesen war, den Leo nur als ›Desorientierungstour‹ bezeichnen konnte.

Rodeos gekrümmter Horizont nahm etwa die Hälfte der Aussicht ein, dahinter sah man das Sternenmeer. Gerade in diesem Augenblick kroch einer von Rodeos winzigen Monden über das Panorama. Ein Glitzern über dem Horizont fiel Leo ins Auge.

Er stellte den Televiewer auf eine Nahaufnahme ein. Ein GalacTech-Shuttle brachte einen der gigantischen Lastbehälter herauf, vielleicht Petrochemikalien aus der Raffinerie oder eine große Menge Kunststoffe, die für die Erde bestimmt waren, wo es kein Erdöl mehr gab. Eine Ansammlung ähnlicher Behälter schwebte in der Umlaufbahn. Leo zählte. Eins, zwei, drei ... sechs, mit dem gerade eintreffenden sieben. Zwei oder drei kleine bemannte Schubschiffe begannen schon, die Behälter zu bündeln, um sie aneinanderzukoppeln und an eine der großen, den Orbit durchbrechenden Beschleunigereinheiten anzuhängen.

Sobald die Behälter gruppiert und an ihren Beschleuniger angehängt waren, wurden sie auf den fernen Wurmlochsprungpunkt ausgerichtet, den Zugang zum

Lokalraum von Rodeo. Hatten sie die gewünschte Richtung und Geschwindigkeit, so löste sich der Beschleuniger wieder von ihnen und kehrte für die nächste Ladung in den Orbit von Rodeo zurück. Das unbemannte Bündel der Behälter setzte dann seinen langsamen, billigen Weg zu seinem Ziel fort, als eines in einer langen Reihe, die sich von Rodeo bis zu jener Anomalie im Raum erstreckte, die den Sprungpunkt bildete.

Dort angekommen, wurden die Lastbehälter eingefangen und von einem ähnlichen Beschleuniger abgebremst und für den Sprung positioniert. Dann wurden sie von den Supersprungschiffen (auch Superjumper genannt) übernommen, von Frachttransportern, die ebenso wie die Beschleuniger speziell für ihre Aufgabe entwickelt worden waren. Die monströsen Frachtsprungschiffe bestanden aus kaum mehr als einem Paar von Necklinfeldgeneratorstäben, die in ihren Schutzgehäusen so positioniert waren, daß sie eine Konstellation von Behälterbündeln umschlossen, dazu kam ein umklammerndes Paar normaler Raumtriebwerksarme und ein kleiner Steuerraum für den Sprungpiloten und sein neurologisches Kopfaggregat. Ohne die Behälterbündel erinnerten die Superjumper Leo an außerordentlich seltsame und dünne langbeinige Insekten.

Jeder Sprungpilot, der neurologisch mit seinem Schiff verkabelt war, um es durch die schwankenden Realitäten des Wurmlochraumes zu navigieren, machte zwei Sprünge pro Tag: einen in Richtung Rodeo mit leeren Behälterbündeln, und dann wieder einen hinaus mit Fracht. Darauf folgte ein freier Tag. Auf zwei Monate Dienst folgte ein unbezahlter, aber obligatorischer Gravitationsurlaub, der gewöhnlich mit Shuttledienst finanziell aufgebessert wurde. Sprünge waren für einen Piloten strapaziöser als 0 Ge. Die Piloten der schnellen Passagierschiffe wie dem, auf dem Leo tags zuvor angekommen war, nannten die Superjumperpiloten Pfützenspringer und Karussellreiter. Die Frachtpiloten nannten die Passagierschiffpiloten einfach nur Snobs.

Leo grinste und dachte über die Kette an Reichtum nach, die da durch den Raum schwebte. So faszinierend das Cay-Habitat auch war, so war es doch zweifellos nur ein Anhängsel am Ganzen von GalacTechs Rodeo-Unternehmen. Eine einzige Beschleuniger-Ladung von Frachtbehältern, wie die, die jetzt gerade zusammengebündelt wurde, konnte einer ganzen Stadt von aktienbesitzenden Witwen und Waisen ein ganzes Jahr lang einen angemessenen Lebensstandard sichern. Die Grundstoffproduktion war wie eine umgekehrte Pyramide: die Leute an der nach unten gerichteten Spitze ernährten einen breiter werdenden Berg von Zinsempfängern, eine Tatsache, die bei Leo gewöhnlich mehr geheimen Stolz als Irritation auslöste.

»Mr. Graf?« unterbrach eine Altstimme seine Gedanken. »Ich bin Dr. Sondra Yei. Ich leite die Psychologie- und Schulungsabteilung von Cay-Habitat.«

Die Frau, die in der Türöffnung schwebte, trug einen blaßgrünen Overall der Gesellschaft. Auf angenehme Weise häßlich und auf das mittlere Alter zugehend, hatte sie die strahlenden mongolischen Augen, die breite Nase, die breiten Lippen und die milchkaffeefarbene Haut ihrer gemischtrassigen Herkunft. Mit den genauen, entspannten Bewegungen der an die Schwerelosigkeit Gewöhnten schob sie sich durch die Öffnung.

»Ach ja, man hat mir gesagt, daß Sie mit mir sprechen wollen.« Leo wartete höflich darauf, daß sie sich festhielt, bevor sie sich die Hände schüttelten.

Er zeigte auf den Televiewer. »Ich habe hier eine schöne Aussicht auf die Zusammenstellung der Fracht im Orbit. Es scheint mir, daß das vielleicht eine weitere Aufgabe für Ihre Quaddies wäre.«

»Tatsächlich machen sie es jetzt schon ein Jahr.« Yei

lächelte befriedigt. »Sie finden es also nicht zu schwierig, sich an die Quaddies anzupassen? Das hat ja schon Ihr psychologisches Profil nahegelegt. Schön.«

»Oh, die Quaddies sind in Ordnung.« Leo hielt sich zurück und ließ sich nicht über sein Unbehagen aus. Er war nicht sicher, ob er es überhaupt in Worte fassen konnte. »Ich war am Anfang bloß überrascht.«

»Das ist verständlich. Sie glauben also nicht, daß Sie Schwierigkeiten haben werden, sie zu unterrichten?«

Leo lächelte. »Sie können kaum schlimmer sein als die Mannschaft von Schauerleuten, die ich auf der Jupiter-Orbitalstation Nr. 4 unterrichtet habe.«

»Ich hatte nicht an Schwierigkeiten *von* den Quaddies gedacht.« Yei lächelte wieder. »Sie werden entdecken, daß sie sehr intelligente und aufmerksame Schüler sind. Aufgeweckt. Gute Kinder, ganz buchstäblich. Und darüber möchte ich mit Ihnen reden.« Sie hielt inne, als würde sie ihre Gedanken zusammenstellen wie die entfernten Frachtschubschiffe ihre Behälter.

»Die Lehrer und Trainer von GalacTech nehmen hier in der Habitat-Familie eine Elternrolle ein. Obwohl sie selbst elternlos sind, müssen die Quaddies eines Tages selbst... – in der Tat werden schon einige von ihnen Eltern. Von Anfang an haben wir uns Mühe gegeben sicherzustellen, daß sie über Rollenmodelle für stabile erwachsene Verantwortlichkeit verfügen. Aber sie *sind* noch Kinder. Sie werden Sie genau beobachten. Ich möchte, daß Sie sich dessen bewußt sind und achtgeben. Sie werden noch mehr als nur das Schweißen von Ihnen lernen. Sie werden auch Ihre anderen Verhaltensmuster aufgreifen. Kurz gesagt, wenn Sie schlechte Gewohnheiten haben – und wir alle haben welche –, dann müssen sie unten auf dem Planeten geparkt werden, für die Dauer Ihres Aufenthalts hier. In anderen Worten«, fuhr Yei fort, »geben Sie auf sich acht. Geben Sie auf Ihre Sprache acht.« Ein unwillkürliches Lächeln ließ Fältchen um ihre Augen entstehen.

»Zum Beispiel benutzte jemand von unserem Krippenpersonal in irgendeinem Zusammenhang einmal die Redewendung ›Jetzt spuck's schon aus!‹. Die Quaddies dachten nicht nur, das wäre sehr lustig, sondern es begann noch unter den Fünfjährigen eine Epidemie des Spuckens, und wir brauchten Wochen, um das wieder abzustellen. Nun, Sie werden mit viel älteren Kindern arbeiten, aber das Prinzip ist das gleiche. Zum Beispiel… äh… haben Sie persönliches Lese- oder Videomaterial mitgebracht? Vid-Dramas, Nachrichtendisketten, was auch immer.«

»Ich bin kein großer Leser«, gestand Leo. »Ich habe mein Kursmaterial mitgebracht.«

»Technische Informationen gehen mich nichts an. Aber wir haben in letzter Zeit ein Problem mit… hm… Romanen gehabt.«

Leo hob die Augenbrauen und grinste. »Pornographie? Ich weiß nicht, ob ich mir darüber Sorgen machen würde. Als ich ein Junge war, da tauschten wir…«

»Nein, nein, nicht Pornographie. Ich bin mir nicht sicher, ob die Quaddies Pornographie überhaupt verstehen würden. Die Sexualität ist hier ein offenes Thema, Teil ihrer Sozialerziehung. Biologie. Ich machte mir viel mehr Sorgen über Literatur, die falsche oder gefährliche Werte in attraktive Farben kleidet, oder über voreingenommene Geschichtsdarstellungen.«

Leo runzelte zunehmend bestürzt die Stirn. »Haben Sie diesen Kindern keine Geschichte beigebracht? Oder sie keine Erzählungen lesen lassen…?«

»Natürlich ja. Die Quaddies sind mit beidem gut versorgt. Es geht einfach um die richtigen Proportionen. Zum Beispiel: eine typische, für Planetenbewohner geschriebene Geschichtsdarstellung der Besiedlung von Orient IV widmet gewöhnlich etwa fünfzehn Seiten dem Jahr des Bruderkrieges, einer zeitweiligen, wenn auch bizarren, gesellschaftlichen Verirrung – und etwa zwei den tatsächlich rund hundert Jahren, die die Besiedlung und Erschließung dieses Planeten gedauert hat. Unser Text widmet dem Krieg nur einen Abschnitt. Aber der Bau der Einschienenbahn über den Graben von Witgow zusammen mit seinen nachfolgenden nützlichen ökonomischen Auswirkungen auf beide Seiten erhält fünf Seiten. Kurz gesagt, wir betonen eher das Gemeinsame als das Seltene, eher Aufbau als Zerstörung, das Normale auf Kosten des Abnormalen. Damit die Quaddies nie auf die Idee kommen, daß irgendwie von ihnen das Abnormale erwartet würde. Wenn Sie die Texte einmal lesen, dann werden Sie das Prinzip sehr schnell begreifen, glaube ich.«

»Ich … hm – ja, ich glaube, das sollte ich wohl«, murmelte Leo. Der Grad von Zensur, dem – nach Yeis kurzer Beschreibung zu schließen – die Quaddies unterworfen waren, erzeugte bei ihm eine Gänsehaut – und doch, die Vorstellung eines Geschichtsbuches, das ganze Kapitel großen Ingenieurleistungen widmete, weckte in ihm den Wunsch aufzustehen und ›hurra‹ zu rufen. Er verbarg seine Verwirrung hinter einem höflichen Lächeln. »Ich habe wirklich nichts an Bord mitgebracht«, erklärte er besänftigend.

Sie nahm ihn mit zu einer Besichtigung der Wohnquartiere und der beaufsichtigten Krippen der jüngeren Quaddies.

Die Kleinen machten Leo staunen. Sie schienen so viele zu sein – vielleicht einfach nur, weil sie sich so schnell bewegten. Etwa dreißig Fünfjährige hüpften im gravitationsfreien Turnraum wie ein Hagel verrückter Pingpongbälle umher, als ihre Krippenmutter, eine pummelige angenehme Planetarierin, die sie Mama Nilla nannten und der einige Quaddiemädchen im Teenageralter assistierten, sie aus der Lesestunde entließ. Aber dann klatschte sie in die Hände und stellte Musik an, und die Kleinen begannen mit einem Spiel oder einem Tanz (Leo war sich nicht sicher, was es genau war). Dabei warfen sie ihm viele Seitenblicke zu und kicherten. Es ging darum, in der Luft ein Duodekahedron zu bilden, wie eine menschliche Pyramide, nur komplexer, und dann im Rhythmus der Musik von Hand zu Hand die Formation zu verändern. Enttäuschte Schreie ertönten, wenn jemand sich vertat und die Formation der Gruppe störte. Wenn die Perfektion erreicht war, dann hatten alle gewonnen. Das Spiel gefiel Leo spontan. Dr. Yei beobachtete, wie Leo lachte, als die jungen Quaddies ihn danach umschwärmten, und sie schien zufrieden zu schnurren.

Aber am Ende des Rundgangs musterte sie ihn und verzog den Mund zu einem kleinen Lächeln. »Mr. Graf, Sie sind immer noch beunruhigt. Sind Sie sicher, daß Sie all dem gegenüber nicht einfach noch etwas von dem alten Frankenstein-Komplex hegen? Es ist völlig in Ordnung, wenn Sie es mir eingestehen – tatsächlich möchte ich sogar, daß Sie darüber reden.«

»Darum geht es nicht«, sagte Leo langsam. »Es ist einfach..., nun ja, ich kann wirklich nichts dagegen einwenden, daß Sie versuchen, die Quaddies so gruppenorientiert wie möglich zu erziehen, in Anbetracht der Tatsache, daß sie ihr ganzes Leben auf dichtbewohnten Raumstationen verbringen werden. Für ihr Alter sind sie in hohem Grad diszipliniert, auch gut...«

»Entscheidend für ihr Überleben, in einer Weltraumumgebung!«

»Ja... aber wie steht es – mit ihrer Selbstverteidigung?«

»Diesen Begriff müssen Sie mir definieren, Mr.Graf. Verteidigung wogegen?«

»Nun ja, mir scheint, es ist Ihnen gelungen, etwa tausend technisch tolle... ah... Fußabtreter heranzuziehen. Nette Kinder, aber sind sie nicht ein bißchen – verweiblicht?« Er geriet immer tiefer hinein; ihr Lächeln war jetzt von einem Stirnrunzeln begleitet. »Ich meine – sie scheinen einfach reif dafür zu sein, von jemand ausgebeutet zu werden. War dieses ganze soziale

Experiment Ihre Idee? Es erscheint mir wie der Traum einer Frau von der vollkommenen Gesellschaft. Alle *benehmen sich so gut.*« Er war sich unbehaglicherweise bewußt, seinen Gedanken schlecht ausgedrückt zu haben, aber gewiß mußte sie begreifen, wie stichhaltig er war...

Sie holte tief Luft und dämpfte ihre Stimme. Ihr Lächeln war starr geworden. »Lassen Sie mich mal Ihre Meinung korrigieren, Mr. Graf. Ich habe die Quaddies nicht erfunden. Ich wurde vor sechs Jahren hierher versetzt. Es sind die Spezifikationen von GalacTech, die eine *maximale Sozialisation* fordern. Aber ich habe sie geerbt. Und ich sorge für sie. Es ist nicht Ihre Aufgabe – oder Ihre Angelegenheit –, den juristischen Status der Quaddies zu verstehen, aber mich geht das viel an. Ihre Sicherheit liegt in ihrer Sozialisation.

Sie scheinen von den allgemeinen Vorurteilen gegenüber den Ergebnissen von Genmanipulationen frei zu sein, aber es gibt viele Leute, die nicht frei sind. Es gibt planetare Jurisdiktionen, wo dieses Ausmaß genetischer Manipulation von Menschen sogar illegal wäre. Lassen Sie diese Leute – bloß einmal – die Quaddies als Bedrohung auffassen, und...« Sie preßte die Lippen vor jeder weiteren vertraulichen Mitteilung zusammen und zog sich wieder auf ihre Autorität zurück. »Lassen Sie es mich so ausdrücken, Mr. Graf. Die Vollmacht, Schulungspersonal für das Cay-Projekt zu billigen – oder zu mißbilligen –, liegt bei mir. Mr. Van Atta mag Sie hierhergeholt haben, aber ich kann Sie fortschicken lassen. Und ich werde das ohne Zögern tun, wenn Sie sich in Ihren Worten oder Ihrem Verhalten nicht an die Richtlinien der Psychologie-Abteilung halten. Ich glaube, ich kann es nicht deutlicher ausdrücken.«

»Nein, Sie sagen es... ah... ganz deutlich«, erwiderte Leo.

»Es tut mir leid«, sagte sie aufrichtig. »Aber solange

Sie sich nicht eine Weile im Habitat aufgehalten haben, müssen Sie sich wirklich vor voreiligen Urteilen zurückhalten.«

Ich bin Prüfingenieur, Gnädigste, dachte Leo. *Es ist mein Beruf, den ganzen Tag Urteile zu fällen.* Aber er sprach diesen Gedanken nicht laut aus. Es gelang ihnen, sich mit nur leicht gezwungener Herzlichkeit zu trennen.

Das Unterhaltungsvid hatte den Titel ›Tiere, Tiere, Tiere‹. Silver startete zum drittenmal die Wiederholung für die Sequenz ›Katzen‹.

»Noch einmal?« sagte Claire zaghaft. Sie war mit ihr in der Vid-Vorführungskammer.

»Nur noch einmal«, bat Silver. Ihre Lippen öffneten sich fasziniert, als die schwarze Perserkatze über der Vidscheibe erschien, aber aus Rücksicht auf Claire stellte sie Musik und Kommentar leiser. Die Kreatur kauerte da und leckte Milch aus einer Schale, die durch planetarische Schwerkraft am Boden gehalten wurde. Die kleinen weißen Tröpfchen, die von ihrer rosa Zunge wegflogen, fielen in die Schale zurück, als wären sie magnetisiert.

»Ich wünsche mir, ich könnte eine Katze haben. Die Katzen sehen so weich aus ...« Silver streckte ihre linke untere Hand aus, um pantomimisch das lebensgroße Bild zu tätscheln. Sie wurde mit keiner Tastempfindung belohnt; nur das bunte Licht des Holovids strich, ohne eine Empfindung auszulösen, über ihre Haut. Sie ließ ihre Hand durch die Katze fallen und seufzte. »Schau, man kann sie einfach hochheben wie ein Baby.« Das Vid schrumpfte und zeigte, wie die planetarische Besitzerin der Katze sie ihn ihren Armen davontrug.

»Na ja, vielleicht erlaubt man dir bald, ein Baby zu haben«, regte Claire an.

»Das ist nicht das gleiche«, sagte Silver. Sie konnte jedoch nicht verhindern, daß sie ein bißchen neidisch auf

Andy schaute, der in der Luft zusammengerollt neben seiner Mutter schlief. »Ich frage mich, ob ich je eine Chance bekomme, nach unten auf den Planeten zu gehen.«

»Uff«, sagte Claire. »Wer würde das wollen? Es sieht dort so unbequem aus. Und auch gefährlich.«

»Die Planetarier kommen damit zurecht. Außerdem scheint alles Interessante von ... von Planeten zu kommen.« Alle interessanten Leute auch, fügte sie in Gedanken hinzu. Sie dachte über Mr. Van Attas früheren Lehrer nach, Mr. Graf, dem sie gestern während ihrer letzten Schicht in der Hydrokultur begegnet war. Noch ein weiterer Jemand mit Beinen, der überall hingehen und Dinge in Bewegung setzen konnte. Er war tatsächlich noch auf der guten alten Erde geboren worden, hatte Mr. Van Atta gesagt.

An der Tür der schalldichten Kabine ertönte ein gedämpftes Klopfen, und Silver betätigte die Fernsteuerung zum Öffnen der Tür. Siggy steckte den Kopf herein. Er trug das gelbe Hemd und die gelben Shorts der Wartungsabteilung für Luftsysteme. »Die Luft ist rein, Silver.«

»In Ordnung, komm herein.«

Siggy schlüpfte hinein. Silver tippte den Befehl zum Schließen der Tür ein, und Siggy drehte sich um, griff in die Werkzeugtasche an seinem Gürtel, stemmte eine Wandplatte auf und blockierte den Mechanismus der Tür. Er ließ die Wandplatte offen, für den Fall, daß ein schneller Zugriff nötig wurde, wenn zum Beispiel Dr. Yei an der Tür klopfte und fröhlich fragte, was sie denn da drinnen täten. Inzwischen hatte Silver die rückwärtige Abdeckung vom Holovid abgenommen. Siggy langte behutsam an ihr vorbei und klammerte seinen selbstgebauten elektronischen Zerhacker über dem Stromkabel fest. Wer jetzt über dieses Kabel ihre Projektionen würde kontrollieren wollen, bekäme nur statische Störungen zu sehen.

»Das ist eine großartige Idee«, sagte Siggy begeistert.

Claire hatte eher Zweifel. »Bist du dir sicher, daß wir nicht eine Menge Schwierigkeiten bekommen, wenn man uns erwischt?«

»Ich verstehe nicht, warum«, sagte Silver. »Mr. Van Atta klemmt immer den Rauchalarm in seinem Quartier ab, wenn er einen Jubajoint raucht.«

»Ich dachte, Planetarier dürften an Bord nicht rauchen«, sagte Siggy überrascht.

»Mr. Van Atta sagte, das sei ein Privileg seines Ranges«, sagte Silver. *Ich wünsche mir, ich hätte auch einen Rang …*

»Hat er dir je eine von seinen Jubas gegeben?« fragte Claire in einem Ton faszinierten Schauders.

»Einmal«, sagte Silver.

»Mann«, sagte Siggy und grinste begeistert. »Wie war es?«

Silver zog ein Gesicht. »Nicht sonderlich. Es schmeckte irgendwie unangenehm. Meine Augen brannten. Ich konnte wirklich nicht begreifen, was daran war. Vielleicht haben die Planetarier eine biochemische Reaktion, die wir nicht bekommen. Ich habe Mr. Van Atta danach gefragt, aber er lachte mich nur aus.«

»Oh«, sagte Siggy und richtete seine Aufmerksamkeit auf das Holovid-Display. Alle drei Quaddies ließen sich rings drumherum nieder. Ein erwartungsvolles Schweigen breitete sich in der Kammer aus, während die Musik anwuchs und die fetten roten Buchstaben des Titels vor ihren Augen rotierten: ›Der Gefangene von Zenda‹.

Das Vid begann mit einer authentisch detaillierten Straßenszene aus der Morgendämmerung der Zivilisation, bevor es noch Raumfahrt oder sogar Elektrizität gab. Ein Quartett prächtiger Pferde zog mit klirrendem Geschirr eine kunstvoll gestaltete Kiste auf Rädern dahin.

»Kannst du nicht noch eines aus der Serie ›Ninja der Zwillingssterne‹ bekommen?« beschwerte sich Siggy. »Das hier ist wieder etwas von deinem verdammten Kitsch. Ich möchte etwas Realistisches haben, wie diese Szene mit der Jagd durch den Asteroidengürtel ...« Er fuchtelte mit seinen Händen, während er nasale Geräusche von sich gab, die einen Antrieb bei hoher Beschleunigung nachahmten.

»Halt den Mund und schau dir all die Tiere an«, sagte Silver. »So viele – und es handelt sich nicht einmal um einen Zoo. Die ganze Gegend ist voll von ihnen.«

»Voll ist das richtige Wort«, kicherte Claire. »Sie tragen keine Windeln, weißt du. Denk mal drüber nach.«

Siggy rümpfte die Nase. »Die Erde muß ein wirklich abstoßender Ort zum Leben gewesen sein, damals in den alten Zeiten. Kein Wunder, daß die Menschen sich Beine wachsen ließen. Alles war recht, was sie in die Luft hebt, weg von ...«

Silver schaltete mit einem Klicken das Vid aus. »Wenn du über nichts anderes reden kannst«, sagte sie drohend, »dann gehe ich in meinen Schlafsaal zurück. *Mit* meinem Vid. Und ihr könnte alle wieder ›Reinigungs- und Wartungstechniken für Ernährungsservicebereiche‹ anschauen.«

»Entschuldige.« Siggy verschränkte alle seine vier Arme und versuchte zerknirscht dreinzublicken. Claire enthielt sich weiterer Kommentare.

»Hah.« Silver schaltete das Vid wieder ein und fuhr fort, es in entrücktem und ununterbrochenem Schweigen zu betrachten. Als die Eisenbahnszenen begannen, hörte sogar Siggy zu zappeln auf.

Leo war mitten in seiner ersten Unterrichtsstunde.

»Nun, hier ist ein typischer Abschnitt einer Elektronenstrahlschweißnaht ...« Er machte sich an der Steuerung seines Holovid-Displays zu schaffen. Ein geisterhaftes Bild aus hellem blauem Licht, die von einem Computer generierte Aufzeichnung einer Röntgenüberprüfung des ursprünglichen Objekts, erschien in der Mitte des Raums. »Verteilt euch, Kinder, damit ihr alle gut sehen könnt.«

Die Quaddies gruppierten sich um das Display gleichsam in einer Kugel der Aufmerksamkeit und streckten dabei automatisch ihre Hände helfend zu den Nachbarn aus, um das Bewegungsmoment auszugleichen, so daß alle gleichmäßig schwebten. Dr. Yei war auch zugegen und schwebte unauffällig im Hintergrund. Um ihn auf seine politische Unbedenklichkeit zu überwachen, vermutete Leo, aber das machte ihm nichts aus. Er hatte nicht vor, um ihrer Anwesenheit willen seinen Vortrag auch nur um ein Jota zu ändern.

Er ließ die Projektion rotieren, damit jeder Schüler sie aus jedem Blickwinkel sehen konnte. »Jetzt vergrößern wir einmal diesen Teil. Ihr seht den tiefeingeschnitten V-förmigen Querschnitt, der durch den Hochenergiedichtestrahl erzeugt wurde, nicht wahr? Achtet auf die kleinen runden porösen Stellen hier …« Die Vergrößerung nahm wieder zu. »Würdet ihr sagen, daß diese Schweißung fehlerhaft ist oder nicht?« Beinahe fügte er hinzu: *Hebt die Hand,* doch er erkannte, wie besonders unverständlich diese Anweisung hier war. Einige der rotgekleideten Schüler lösten das Dilemma für ihn, indem sie statt dessen ihre oberen Arme formell vor der Brust kreuzten und dabei richtig unschlüssig aussahen. Leo nickte Tony zu.

»Das sind Gasblasen, nicht wahr, Sir? Die Schweißung muß fehlerhaft sein.«

Leo lächelte dankbar für die erwünschte direkte Antwort. »Es sind in der Tat Gasporositäten. Seltsam genug jedoch, wenn wir alles durchrechnen, dann scheinen da keine Fehler zu sein. Lassen wir mal den Computer dieses ganze Stück abtasten und schauen wir dabei auf die digitale Anzeige. Wie ihr seht«, die

Zahlen flimmerten in einer Ecke des Displays, während sich der Querschnitt schwindelerregend bewegte, »erscheinen an keinem Punkt mehr als zwei Porositäten in einem Querschnitt, und an allen Punkten belegen die Leerstellen weniger als fünf Prozent des Querschnitts. Sphärische Aushöhlungen wie diese richten von allen potentiellen Formen von Diskontinuitäten am wenigsten Schaden an; dort ist es am wenigsten wahrscheinlich, daß sich Risse ausbreiten. Ein nichtkritischer Fehler wird *Diskontinuität* genannt«. Leo machte höflich eine Pause, während sich zwei Dutzend Köpfe gleichzeitig über ihre Leuchttafeln beugten, um diese erfreulich unzweideutige Tatsache in der Autotransskription hervorzuheben. Die Leuchttafeln hielten sie als tragbare Aufzeichnungsflächen in ihren unteren Händen. »Wenn ich noch dazu sage, daß diese Schweißung in einem Flüssigkeitsspeichertank für ziemlich niedrigen Druck durchgeführt wurde und nicht beispielsweise in einer Triebwerkskammer mit ihrer erheblich größeren Belastung, dann wird die Zweifelhaftigkeit dieser Definition noch deutlicher. Denn bei einem Triebwerk wäre der Fehlergrad, der sich hier zeigt, kritisch gewesen.

Nun«, er schaltete das Holovid-Display auf eine Projektion in rotem Licht um. »Das ist ein Holovid der gleichen Schweißnaht aus Datenbits, die von einem Ultraschall-Pulsreflexscanner aufgezeichnet wurden. Schaut ganz anders aus, nicht wahr? Kann jemand *diese* Diskontinuität identifizieren?« Er vergrößerte einen leuchtenden Bereich.

Einige Armpaare wurden wieder gekreuzt. Leo nickte einem anderen Schüler zu, einem auffallenden Jungen mit einer Adlernase, funkelnden schwarzen Augen, drahtigen Muskeln und einer dunklen, mahagonifarbenen Haut, die einen eleganten Kontrast zu seinem roten T-Shirt und seinen roten Shorts bildete. »Ja, Pramod?«

»Da hat sich eine Laminierung gelöst.«

»Richtig!« Leo tippte auf seine Holovid-Steuerung. »Aber überprüft mal diesen Scan – wohin sind alle unsere kleinen Blasen verschwunden? Meint jemand, die hätten sich zwischen den Tests auf magische Weise geschlossen? Danke«, sagte er auf ihr wissendes Grinsen hin, »ich bin froh, daß ihr das nicht meint. Jetzt legen wir einmal beide Aufzeichnungen übereinander.« Rot und Blau verschmolzen an den überlappenden Stellen zu Purpur, als der Computer die beiden Displays integrierte.

»Und *jetzt* sehen wir den üblen Winzling«, sagte Leo und vergrößerte wieder. »Diese beiden Porositäten, plus diese Laminierung, alle auf derselben Ebene. Ihr könnt schon sehen, wie sich der fatale Riß ausbreitet, bei dieser Rotation...« Das Holovid drehte sich und Leo hob den Riß mit einem hellen rosafarbenen Licht hervor. »Das, Kinder, ist eine schadhafte Stelle.«

Sie riefen fasziniert »uuh«. Leo grinste und machte weiter. »Nun, hier ist der springende Punkt. Beide diese Testscans waren gültige Darstellungen – soweit sie gingen. Aber keine von beiden war vollständig, keine genügte allein. Die Landkarten sind nicht die Territorien. Ihr müßt wissen, daß die Röntgenaufzeichnungen ausgezeichnet geeignet sind, Leerstellen und Einschlüsse zu zeigen, aber unzureichend, wenn es um das Auffinden von Rissen geht, ausgenommen bei gewissen zufälligen Einstellungen, und Ultraschall ist optimal für genau diese laminaren Diskontinuitäten, die Röntgenstrahlen aller Wahrscheinlichkeit nach entgehen. Beide Aufzeichnungen ermöglichten ein Urteil, weil sie intelligent integriert wurden.

Jetzt«, Leo lächelte ein bißchen grimmig und ersetzte die grell bunte Projektion durch eine andere, diesmal einfarbig grüne. »Schaut euch das an. Was seht ihr?« Er nickte wieder Tony zu.

»Eine Laserschweißnaht, Sir.«

»So würde man meinen. Deine Identifizierung ist

völlig verständlich – und völlig falsch. Ich möchte, daß ihr euch alle dieses Stück Arbeit einprägt. Schaut gut hin. Denn es ist vielleicht das schlimmste Objekt, dem ihr je begegnet.«

Sie sahen tief beeindruckt, aber zugleich auch völlig verwirrt aus. Er gebot ihnen abolutes Schweigen und äußerste Aufmerksamkeit.

»*Das*«, er zeigte unterstreichend hin und seine Stimme nahm den Ton von Verachtung an, »ist ein gefälschter Prüfbericht. Schlimmer, es ist einer aus einer Serie. Ein gewisser Subunternehmer von GalacTech, der Triebwerkskammern für Sprungschiffe lieferte, fand seine Profitmarge gefährdet, da ein hoher Anteil seiner Produkte zurückgewiesen wurde – nachdem sie in die Systeme eingebaut worden waren. Doch anstatt die Produkte zu zerlegen und sie noch einmal richtig zusammenzubauen, entschied man sich, die Inspektoren der Qualitätskontrolle zu beeinflussen. Wir werden nie erfahren, ob der Chefinspektor eine Bestechung zurückgewiesen hat oder nicht, denn er konnte es uns nicht mehr sagen. Er wurde zufällig mausetot aufgefunden, infolge einer offensichtlichen Fehlfunktion seines Poweranzugs, die seinen eigenen Fehlern zugeschrieben wurde, die ihm unterlaufen waren, als er ihn in betrunkenem Zustand anziehen wollte. Bei der Autopsie fand man sehr viel Alkohol in seinem Blut. Erst später wurde darauf hingewiesen, daß der Alkoholanteil so hoch war, daß er gar nicht in der Lage gewesen sein dürfte, zu gehen, geschweige denn, sich anzuziehen.

Der stellvertretende Inspektor nahm die Bestechung an. Die Schweißnähte erhielten anstandslos die Computerbestätigung – denn es war immer dieselbe verdammt gute Schweißnaht, die immer wieder kopiert und in die Datenbank anstelle wirklicher Inspektionen eingegeben worden war, und die echten Inspektionen waren größtenteils nie durchgeführt worden. Zwanzig

Triebwerkskammern wurden in Dienst gestellt. Zwanzig Zeitbomben.

Erst als achtzehn Monate später die zweite explodierte, wurde die ganze Geschichte endlich aufgedeckt. Das weiß ich nicht vom Hörensagen; ich war bei dem Team dabei, das nach der möglichen Ursache forschte. Ich war derjenige, der es herausfand, mit der ältesten Prüfmethode der Welt: Überprüfung mit Auge und Hirn. Als ich da an meinem Arbeitsplatz saß und diese Hunderte von Holovids eines nach dem anderen durchging, und zum erstenmal das Stück erkannte, als ich es wiedersah – und wieder – und wieder – denn der Computer erkannte nur, daß die Serie frei von Fehlern war – und ich *erkannte,* was diese Mistkerle getan hatten…« Seine Hände zitterten, wie immer an dieser Stelle seiner Ausführungen, da die alten Erinnerungen wieder aufflackerten. Leo ballte sie zu Fäusten.

»Das Urteil der Aufzeichnung wurde in diesen elektronischen Traumbildern gefälscht. Aber die universellen Gesetze der Physik fällten ein blutiges Urteil, das absolut real war. Insgesamt kamen sechsundachtzig Personen ums Leben. *Das*«, betonte Leo erneut, »war nicht bloß Betrug, es war eiskalter, grausamster Mord.«

Er machte eine kleine Atempause und fuhr dann fort: »Das ist das Wichtigste, was ich euch je sagen werde. Der menschliche Geist ist das endgültige Testwerkzeug. Über die technischen Daten könnt ihr euch alle Notizen machen, die ihr wollt, alles, was ihr vergeßt, könnt ihr wieder nachschlagen, aber das muß in eure Herzen in feurigen Lettern eingraviert werden.

Es gibt *nichts, nichts, nichts* Wichtigeres für mich bei den Männern und Frauen, die ich ausbilde, als ihre absolute persönliche Integrität. Ob ihr als Schweißer oder als Prüfer arbeitet, die Gesetze der Physik sind unnachgiebige Lügendetektoren. Ihr mögt Menschen täuschen. Ihr werdet nie das Metall täuschen. Das ist alles.«

Er stieß den Atem aus, fand seine gute Stimmung wieder und blickte sich um. Die Quaddie-Schüler nahmen es mit dem erforderlichen Ernst auf – gut; es gab keine Klassenkasper, die in den hinteren Reihen blöde Witze machten. Tatsächlich schauten sie ziemlich geschockt drein und schauten ihn mit großem Respekt an.

»Also«, er klatschte in die Hände und rieb sie fröhlich, um den Bann zu brechen, »jetzt gehen wir hinüber in die Werkstatt und nehmen ein Strahlschweißgerät auseinander und schauen, ob wir alles herausfinden können, was möglicherweise daran einen Fehler verursachen kann...«

Folgsam strömten sie vor ihm hinaus und schwatzten wieder untereinander. Yei wartete an der Türöffnung, als Leo seinen Schülern folgte. Sie lächelte ihm kurz zu.

»Eine beeindruckende Präsentation, Mr. Graf. Sie werden sehr beredt, wenn Sie über Ihre Arbeit sprechen. Gestern dachte ich, Sie wären ein starker, schweigsamer Typ.«

Leo errötete leicht und zuckte die Achseln. »Es ist nicht so schwer, wenn man etwas Interessantes hat, worüber man redet.«

»Ich hätte nicht gedacht, daß Schweißen ein so unterhaltsames Thema sein könnte. Sie sind ein begabter Enthusiast.«

»Ich hoffe, Ihre Quaddies waren genauso beeindruckt. Es ist großartig, wenn ich jemanden begeistern kann. Das ist die großartigste Arbeit auf der Welt.«

»Ich fange an, auch so zu denken. Ihre Geschichte...« Sie zögerte. »Ihre Geschichte mit dem Betrug hinterließ einen großen Eindruck. So etwas haben die Quaddies noch nie gehört. Freilich habe ich auch noch nie davon gehört.«

»Das war vor Jahren.«

»Trotzdem wirklich sehr beunruhigend.« Sie schien

in sich selbst hineinzublicken. »Ich hoffe jedoch, nicht übermäßig.«

»Nun ja, ich hoffe, die Geschichte ist sehr beunruhigend. Sie ist wahr. Ich war dort.« Er schaute sie an. »Eines Tages sind die Quaddies vielleicht mit so etwas konfrontiert. Es wäre eine sträfliche Unterlassung, wenn ich sie nicht vorbereiten würde.«

»Aha.« Sie lächelte kurz.

Der letzte seiner Schüler war im Korridor verschwunden. »Na, ich sollte sie lieber einholen. Werden Sie bei meinem ganzen Kurs dabeisein? Kommen Sie mit, ich mache aus Ihnen noch eine Schweißerin.«

Sie schüttelte bedauernd den Kopf. »Es klingt wirklich sehr verlockend, wie Sie das so sagen. Aber ich habe leider eine Vollzeitaufgabe. Ich muß Sie jetzt sich selber überlassen.« Sie nickte ihm kurz zu. »Sie werden es schon richtig machen, Mr. Graf.«

KAPITEL 3

Andy streckte die Zunge heraus und spuckte den Klecks Sahnereis aus, den Claire ihm gerade mit dem Löffel gefüttert hatte. »Bäh«, sagte er. Das Klümpchen, das er als Nahrung verschmäht hatte, übte anscheinend eine neue Faszination als Spielzeug aus, denn er fing es mit seiner oberen rechten und unteren linken Hand ein, als es langsam von ihm wegrotierte. »Äh!« protestierte er, als sein neuer Satellit auf den Händen verschmiert wurde.

»O Andy«, murmelte Claire frustriert und wischte mit einem ziemlich vollgesudelten Tuch von hoher Kapillarität die Flecken in einer heftigen Bewegung von seinen Händen. »Ach, komm schon, Baby, du mußt das versuchen. Dr. Yei sagt, es ist *gut* für dich!«

»Vielleicht ist er schon voll«, schlug Tony hilfreich vor.

Das Ernährungsexperiment fand in Claires privater Unterkunft statt, die ihr bei Andys Geburt eingeräumt worden war und die sie mit dem Baby teilte. Sie vermißte oft ihre alten Kameradinnen von den Schlafräumen, aber sie räumte bedauernd ein, daß die Firma recht hatte; ihre Popularität und Andys Faszination hätten wahrscheinlich nicht viele Nachtfütterungen überlebt, dazu Windelwechsel, Gasangriffe, mysteriöse Durchfälle und Fieber und andere kindliche Nöte während der Nacht.

In letzter Zeit hatte ihr Tony auch gefehlt. In den letzten sechs Wochen hatte sie ihn kaum gesehen; sein neuer Schweißinstrukteur hielt ihn so beschäftigt. Das Tempo des Lebens schien im ganzen Habitat schneller zu werden. Es gab Tage, an denen kaum Zeit zum Atmen zu bleiben schien.

»Vielleicht mag er es nicht«, mutmaßte Tony. »Hast du versucht, es mit dieser anderen Pampe zu mischen?«

»Alle sind Experten«, seufzte Claire, »außer mir ... Er hat jedenfalls gestern etwas davon gegessen.«

»Wie schmeckt es?«

»Ich weiß es nicht. Ich habe es nie versucht.«

»Hm.« Tony nahm ihr den Löffel aus der Hand und steckte ihn in den offenen Lebensmittelbecher, holte einen Klecks heraus und stopfte ihn sich in den Mund.

»Heh ...!« begann Claire ungehalten.

»Bäh!« Tony würgte. »Gib mir das Tuch.« Er entledigte sich seiner Probe. »Kein Wunder, daß er es ausspuckt. Das bleibt einem ja im Hals stecken.«

Claire packte den Löffel, murmelte »Was?!« und schwebte zu ihrer Einbauküche hinüber, um den Löffel durch die Handlöcher in den Wasserspender zu stekken und ihn mit dampfend heißem Wasser zu spülen. »Keime!« sagte sie vorwurfsvoll zu Tony.

»Versuch du es mal!«

Sie schnupperte mißtrauisch an dem Essensbecher. »Ich nehme dein Wort dafür.«

Andy hatte in der Zwischenzeit mit seinen oberen Händen die untere rechte erwischt und knabberte daran.

»Du sollst noch kein Fleisch bekommen«, seufzte Claire und streckte Andy wieder gerade. Andy holte Luft, um einen Protest anzustimmen, aber er ließ es bei einem bloßen »Aah« bewenden, da die Tür zur Seite glitt und ein neues interessantes Objekt erschien.

»Wie geht es, Claire?« fragte Dr. Yei. Ihre kräftigen, nutzlosen Planetarierbeine hingen entspannt von ihren Hüften, als sie sich in die Kabine zog.

Claires Gesicht hellte sich auf. Sie hatte Dr. Yei gern; die Dinge schienen sich immer ein bißchen zu beruhigen, wenn sie in der Nähe war. »Andy will den Sahnereis nicht essen. Die filtrierte Banane hat er ziemlich gern gehabt.«

»Nun, wenn du ihn das nächstemal fütterst, dann

versuche statt dessen, mit dem Haferschleim zu beginnen«, sagte Dr. Yei. Sie schwebte hinüber zu Andy und streckte ihm ihre Hand entgegen; er ergriff sie mit seinen oberen Händen. Sie streifte seine Hände ab und hielt ihre Hand weiter unten; jetzt erfaßte er sie mit seinen unteren Händen und kicherte. »Die Koordination seines Unterkörpers entwickelt sich gut. Wenn er seinen ersten Geburtstag hat, entspricht sie bestimmt der des Oberkörpers.«

»Und vorgestern hat er seinen vierten Zahn bekommen«, sagte Claire und führte ihn vor.

»Auf diese Weise sagt dir die Natur, daß es Zeit ist, Sahnereis zu essen«, belehrte Dr. Yei das Baby mit gespielter Ernsthaftigkeit. Andy klammerte sich an ihren Arm, seine kleinen, runden, glänzenden Augen waren auf ihre goldenen Ohrringe gerichtet. Das Essen hatte er ganz vergessen. »Mach dir nicht zu viele Sorgen, Claire. Man hat immer die Neigung, beim ersten Kind alles erzwingen zu wollen, einfach um sich selbst zu beruhigen, daß man alles fertigbringt. Beim zweiten ist man dann entspannter. Ich garantiere dir, alle Babies schaffen ihren Sahnereis, bevor sie zwanzig sind, egal, *was* man mit ihnen macht.«

Claire lachte und war insgeheim erleichtert. »Es ist nur, daß Mr. Van Atta nach seinen Fortschritten gefragt hat.«

»Aha.« Dr. Yeis Lippen verzogen sich zu einem ziemlich gepreßten Lächeln. »Ich verstehe.« Sie verteidigte ihren Ohrring gegen einen entschlossenen Angriff, indem sie Andy außer Reichweite in der Luft plazierte. Frustriert suchte Andy Zuflucht in hektischen Schwimmbewegungen, aber dadurch erhielt er nur eine unerwünschte Drehbewegung. Er öffnete den Mund, um mit Geheul zu protestieren; Dr. Yei gab sofort nach, gewann aber eine kleine Galgenfrist, indem sie ihm nur ihre Fingerspitzen hinstreckte.

Andy arbeitete sich wieder auf den Ohrring zu,

Hand um Hand. »Ja, hol ihn dir, Baby«, feuerte Tony ihn an.

»Nun ja«, Dr. Yei wandte ihre Aufmerksamkeit Claire zu, »ich bin eigentlich vorbeigekommen, um eine gute Nachricht zu überbringen. Die Firma ist so angetan von der Art, wie sich Andy entwickelt hat, daß man beschlossen hat, das Datum vorzuverlegen, an dem du deine zweite Schwangerschaft beginnen kannst.«

Hinter Dr. Yeis Schulter erschien ein freudiges Grinsen auf Tonys Gesicht. Seine oberen Hände verschränkten sich in einer Siegesgeste. Claire winkte ihm verlegen ab, aber sie mußte einfach sein Grinsen erwidern.

»Toll!« sagte sie voller Freude. Also war die Firma der Meinung, daß sie *das* gut machte. Es hatte Tage der Niedergeschlagenheit gegeben, an denen sie dachte, niemand würde bemerken, wieviel Mühe sie sich gab. »Um wieviel eher?«

»Deine Monatsregel wird noch vom Stillen unterdrückt, nicht wahr? Du hast morgen einen Termin auf der Medizinstation. Dr. Minchenko wird dir ein Medikament geben, das die Monatsregel wieder auslöst. Du kannst im zweiten Zyklus beginnen, es zu versuchen.«

»Du lieber Himmel. So bald schon.« Claire hielt inne und schaute auf den zappelnden Andy. Sie erinnerte sich, wie die erste Schwangerschaft ihre Energie aufgebraucht hatte. »Ich werde es schon schaffen. Aber was ist mit dem idealen Abstand von zweieinviertel Jahren, von dem Sie geredet haben?«

Dr. Yei sagte sehr vorsichtig: »Es gibt eine Kampagne im ganzen Projekt, die Produktivität zu erhöhen. Auf allen Gebieten.« Dr. Yei, die nach Claires Erfahrung immer sehr freimütig war, lächelte gezwungen. Sie warf einen Blick auf Tony, der glücklich und zufrieden neben ihr schwebte, und schürzte die Lippen.

»Ich bin froh, daß du hier bist, Tony, denn ich habe

auch für dich eine gute Nachricht. Dein Ausbilder im Schweißen, Mr. Graf, hat dich in seinem Kurs als erstklassig eingestuft. Deshalb bist du ausgewählt worden, als Vorarbeiter mit der Kolonne zu dem ersten Auftrag mitzugehen, den GalacTech für das Cay-Projekt an Land gezogen hat. Du und deine Kollegen, ihr werdet in etwa einem Monat zu einem Ort reisen, der Station Kline heißt, am anderen Ende des Wurmlochsystems, jenseits der Erde. Das ist eine lange Reise. Deshalb wird Mr. Graf dabei sein und eure Ausbildung unterwegs abschließen und gleichzeitig euer technischer Vorgesetzter sein.«

Tony schoß aufgeregt durch den Raum. »Endlich! Echte Arbeit! Aber ...« Er hielt erschrocken inne. Claire, die ihm mit ihren Gedanken voraus war, spürte, wie ihr Gesicht zu einer Maske erstarrte. »Aber wie soll Claire im nächsten Monat mit einem Baby anfangen, wenn ich unterwegs bin?«

»Dr. Minchenko wird ein paar Spermaproben einfrieren, bevor du gehst«, bemerkte Claire. »Nicht wahr ...?«

»Ah ... hm«, sagte Dr. Yei. »Nun, eigentlich war das nicht geplant. Als Vater für dein nächstes Baby ist Rudy von der Abteilung Mikrosystem-Installation vorgesehen.«

»O nein!« keuchte Claire.

Dr. Yei musterte die Gesichter der beiden und verzog ihren Mund zu einem strengen Ausdruck des Mißfallens. »Rudy ist ein sehr netter Junge. Ihn würde diese Reaktion bestimmt sehr verletzen. Das kann doch nach all unseren Gesprächen keine Überraschung für dich sein, Claire.«

»Ja, aber – ich hatte gehofft, da Tony und ich es so gut gemacht haben, dann würde man uns lassen – ich wollte zu Dr. Cay gehen und ihn fragen.«

»Er weilt nicht mehr unter uns«, seufzte Dr. Yei. »Und so habt ihr euch gehen lassen und seid eine

Zweierbeziehung eingegangen. Ich hatte dich davor gewarnt, nicht wahr?«

Claire ließ den Kopf hängen. Jetzt glich Tonys Gesicht einer Maske.

»Claire, Tony, ich weiß, das erscheint hart. Aber ihr in der ersten Generation habt eine besondere Last zu tragen. Ihr seid die erste Stufe in einem sehr detaillierten Langzeitplan für GalacTech, der buchstäblich Generationen umfaßt. Eure Taten haben einen ganz unverhältnismäßigen Multiplikationseffekt... Schaut, das bedeutet keineswegs für euch beide das Ende der Welt. Für Claire ist eine lange Fortpflanzungsspanne vorgesehen. Es ist sehr wahrscheinlich, daß ihr eines Tages wieder zusammenkommt. Und du, Tony – du bist super. GalacTech wird auch dich gut einsetzen. Es wird andere Mädchen für dich geben...«

»Ich möchte keine anderen Mädchen«, sagte Tony eisig. »Ich möchte nur Claire.«

Dr. Yei schwieg einen Augenblick lang, dann fuhr sie fort: »Ich sollte es dir noch nicht sagen, aber Sinda in der Abteilung Ernährung ist als nächste für dich vorgesehen. Ich war immer der Meinung, daß sie ein außerordentlich hübsches Mädchen ist.«

»Sie lacht wie eine Metallsäge.«

Dr. Yei stieß ungeduldig ihren Atem aus. »Darüber werden wir später reden. Ausführlich. Im Augenblick *muß* ich mit Claire sprechen.« Sie schob ihn entschlossen zur Tür hinaus und sperrte ihn trotz seines finsteren Blickes und seiner gebrummelten Einwände aus.

Dann wandte sie sich wieder Claire zu und fixierte sie mit einem strengen Blick. »Claire – habt ihr, nachdem du schwanger wurdest, eure sexuellen Beziehungen fortgesetzt?«

»Dr. Minchenko hat gesagt, es würde dem Baby nicht schaden.«

»Dr. Minchenko hat es gewußt?«

»Ich weiß es nicht... Ich habe ihn einfach gefragt,

ganz allgemein.« Claire betrachtete schuldbewußt ihre Hände. »Hatten Sie von uns erwartet, daß wir damit aufhören?«

»Aber ja!«

»Sie haben es uns nicht gesagt.«

»Ihr habt nicht gefragt. In der Tat, wenn ich jetzt zurückdenke, dann hast du dieses Thema sehr sorgfältig vermieden – oh, wie konnte ich bloß so blind sein!«

»Aber die Planetarier machen es doch die ganze Zeit«, verteidigte sich Claire.

»Wie weißt du, was Planetarier tun?«

»Silver sagt, daß Mr. Van Atta ...« Claire verstummte abrupt.

Dr. Yeis Aufmerksamkeit wurde scharf und unbehaglich wie ein Messer. »Was weißt du über Silver und Mr. Van Atta?«

»Na ja – vermutlich alles. Ich will sagen, wir alle wollten wissen, wie es die Planetarier machen.« Claire hielt kurz inne. »Planetarier sind *seltsam*«, fügte sie dann hinzu.

Nach einem Moment der Lähmung verbarg Dr. Yei ihr errötendes Gesicht in den Händen und kicherte hilflos. »Und so hat Silver euch mit detaillierten Informationen versorgt?«

»Nun, ja.« Claire betrachtete die Psychologin vorsichtig und wie gebannt.

Dr. Yei unterdrückte ihr Glucksen. In ihren Augen glomm ein seltsames Leuchten auf, halb Humor, halb Irritation. »Ich glaube – ich glaube, du solltest lieber Tony sagen, daß er den Mund hält. Ich fürchte, Mr. Van Atta würde sich etwas aufregen, wenn er erfährt, daß seine persönlichen Aktivitäten ein indirektes Publikum haben.«

»In Ordnung«, stimmte Claire unsicher zu. »Aber – Sie wollten immer alles über mich und Tony wissen.«

»Das ist etwas anderes. Wir haben versucht, euch zu helfen.«

»Na ja, wir und Silver versuchen einander zu helfen.«

»Ihr sollt nicht einander helfen.« Dr. Yeis unterdrücktes Lächeln nahm ihrer Kritik die Schärfe. »Ihr sollt warten, bis ihr betreut werdet.« Yei machte eine Pause. »Wie viele von euch sind denn überhaupt in diese … hm … Silbermine der Information eingeweiht? Nur du und Tony, hoffentlich?«

»Ja, und meine Kameradinnen vom Schlafraum. Ich nehme Andy in meinen freien Stunden dorthin mit, und wir alle spielen mit ihm. Ich hatte meine Schlafstelle gegenüber Silver, bis ich auszog. Sie ist meine beste Freundin. Silver ist so – so mutig, meine ich –, sie probiert Dinge aus, die ich mich nie traue.« Claire seufzte neidisch.

»Acht Mädchen«, murmelte Yei. »Oh, Lord Krishna … Ich hoffe, keine von denen ist davon schon zur Nachahmung angeregt worden, oder?«

Claire sagte nichts, denn sie wollte nicht lügen. Sie brauchte auch nichts zu sagen; die Psychologin, die ihr Mienenspiel beobachtete, zuckte zusammen.

Dann drehte sie sich unschlüssig in der Luft um. »Ich muß mit Silver reden. Ich hätte es schon tun sollen, als ich den ersten Verdacht hatte – aber ich hatte gedacht, der Mann hätte die Vernunft, das Projekt nicht zu beeinträchtigen – ich muß geschlafen haben. Hör mal, Claire, ich möchte mit dir noch ausführlicher über deinen neuen Auftrag sprechen. Ich bin da und bemühe mich, es dir so leicht und angenehm wie möglich zu machen – du weißt, daß ich dir helfen werde, okay? Ich komme so schnell wieder zu dir, wie ich kann.«

Yei nahm Andy von ihrem Hals herunter, wo er gerade versuchte, an ihrem Ohrring zu knabbern, und reichte ihn wieder an Claire. Dann bewegte sie sich zur Tür hinaus und murmelte dabei etwas wie »den Schaden eindämmen …«

Claire hielt ihr Baby ganz eng. Ihre Unsicherheit und Unruhe ballte sich unter ihrem Herzen wie ein Klumpen Metall zusammen. Sie hatte sich so sehr bemüht, gut zu sein …

Durch den scharfen Kontrast von grellem Licht und tiefem Schatten im Vakuum mußte Leo blinzeln, als er anerkennend beobachtete, wie zwei seiner mit Raumanzügen bekleideten Schüler den Verschlußring genau an seinen Platz am Ende seines Anschlußrohres schoben. Zu zweit erledigten sie mit ihren acht behandschuhten Händen diese Aufgabe im Nu.

»Pramod, Bobbi, jetzt holt das Elektronenstrahlschweißgerät und den Recorder herauf und bringt sie in ihre Startposition. Julian, du steuerst das optische Laserjustierungsprogramm und schließt sie an.«

Ein Dutzend der vierarmigen Gestalten, deren Namen und Nummern auf den Vorderseiten ihrer Helme und den Rückseiten ihrer silbrigen Arbeitsanzüge deutlich zu lesen waren, tanzten um den Ort des Geschehens herum. Mit den Düsen ihrer Anzüge bugsierten sie sich in günstige Sichtpositionen.

»Also, bei diesem Hochenergiedichte-Schweißen mit teilweisem Eindringen«, dozierte Leo in das Mikrophon seines Raumanzugs, »darf der Elektronenstrahl keinen durchdringenden Dauerzustand erreichen. Dieser Strahl kann einen halben Meter Stahl durchlöchern. Es genügt ein einziger Überspannungsimpuls, und euer Nukleardruckbehälter oder eure Antriebskammer kann die strukturelle Integrität verlieren. Nun, der Impulsgenerator, den Pramod gerade überprüft …« Leos Stimme nahm einen bedeutungsvollen Ton an; Pramod zuckte zusammen und begann hastig an seinem System die Ausgabe abzurufen, »benutzt die natürliche Oszillation des Auftreffens des Strahlpunktes innerhalb der Schweißaushöhlung, um einen Impulsrhythmus einzurichten, der seine Frequenz aufrechterhält und das Überspannungsproblem ausschaltet. Überprüft *immer* seine Funktion, bevor ihr beginnt.«

Der Verschlußring wurde fest an sein Anschlußrohr geschweißt und ordnungsgemäß auf Fehler untersucht, und zwar mit dem Auge, mit einer holographischen Abtastung, einem Wirbelstrom, mit der Überprüfung und dem Vergleich der gleichzeitigen Röntgenemissionsaufzeichnung und dem klassischen Stoß- und Rucktest. Leo bereitete sich darauf vor, seine Schüler zur nächsten Aufgabe weiterzuleiten.

»Tony, bring den Elektronenstrahlschweißer herüber – SCHALTE IHN ZUERST AUS!« Das schrille Pfeifen von Rückkopplungen drang aus allen Kopfhörern, und Leo dämpfte seine Stimme nach seinem ersten hastig-panischen Gebrüll. Der Strahl war zwar ausgeschaltet gewesen, aber die Steuerung war an; ein versehentlicher Stoß, während Tony die Maschine herumschwang und ... Leos Auge folgte dem hypothetischen Schnitt durch den nahegelegenen Flügel des Habitats, und ihm schauderte.

»Wo hast du denn deinen Kopf, Tony! Ich habe schon einmal gesehen, wie ein Mann von einem seiner Freunde in der Mitte durchgeschnitten wurde, bloß durch diese Unvorsichtigkeit.«

»Entschuldigung ... dachte, es würde Zeit sparen ... tut mir leid ...«, murmelte Tony.

»Du weißt es doch besser.« Leo beruhigte sich, und sein Herz hörte auf zu hämmern. »In diesem Vakuum hört der Strahl nicht auf, bis er auf den dritten Mond stößt, oder worauf sonst er dazwischen trifft.« Er war nahe daran, weiterzureden, doch dann hielt er sich zurück; nein, nicht über den öffentlichen Kommunikationskanal. Später.

Später, als seine Schüler im Geräteraum ihre Anzüge auszogen und sie unter Lachen und Scherzen reinigten und aufräumten, schwebte Leo zu Tony hinüber, der bleich im Gesicht war und schwieg. Bestimmt habe ich ihn doch nicht *so* schlimm angebrüllt, dachte Leo bei sich. Ich hätte ihn für unverwüstlicher gehalten...

»Wenn du hier fertig bist, dann komm mal zu mir«, sagte Leo ruhig.

Tony zuckte schuldbewußt zusammen. »Jawohl, Sir.«

Nachdem alle seine Kameraden den Raum verlassen hatten, begierig auf ihre Mahlzeit nach Schichtende, blieb Tony mitten im Raum schwebend zurück, beide Armpaare schützend vor seinem Körper gekreuzt. Leo schwebte zu ihm und fragte in einem ernsten Ton: »Wo warst du da draußen heute mit deinen Gedanken?«

»Tut mir leid, Sir. Das wird nicht wieder passieren.«

»Das passiert schon die ganze Woche. Dich beschäftigt doch irgend etwas, mein Sohn, oder?«

Tony schüttelte den Kopf. »Nichts – nichts, das mit Ihnen zu tun hätte, Sir.«

Das hieß: nichts, das mit der Arbeit zu tun hätte, interpretierte Leo. In Ordnung. »Wenn es dich von der Arbeit ablenkt, dann hat es etwas mit mir zu tun. Willst du darüber reden? Hast du Probleme mit deinem Mädchen? Geht es dem kleinen Andy gut? Hast du dich mit jemandem gestritten?«

Tonys blaue Augen suchten in plötzlicher Unsicherheit Leos Gesicht, dann wurde er wieder verschlossen und nach innen gerichtet. »Nein, Sir.«

»Machst du dir Sorgen, daß du mit diesem Auftrag nach draußen mußt? Vermutlich seid ihr Kinder da zum erstenmal fort von zu Hause.«

»Das ist es nicht«, verneinte Tony. Er hielt inne und beobachtete Leo wieder. »Sir – gibt es dort draußen noch viele andere Firmen außer der unseren?«

»Nicht so viele, für Arbeit im tiefen interstellaren Raum«, erwiderte Leo, den diese neue Wendung des Gespräches etwas verwunderte. »Wir sind natürlich die größte, obwohl es vielleicht ein halbes Dutzend gibt, die uns wirklich ein bißchen Konkurrenz machen können. In den dicht besiedelten Systemen wie Tau

Ceti oder Escobar oder Orient oder natürlich auf der Erde, da gibt es immer eine Menge kleiner Gesellschaften, die in einem geringeren Umfang operieren. Superspezialisten oder unternehmerische Einzelgänger, dies und das. In letzter Zeit werden die äußeren Welten stark.«

»Also – also wenn Sie einmal GalacTech verlassen, dann könnten Sie einen anderen Job im All bekommen.«

»Oh, sicher. Ich habe sogar schon Angebote bekommen – aber unsere Gesellschaft erledigt den größten Teil der Art von Arbeit, die ich tun möchte, und so gibt es keinen Grund, woanders hinzugehen. Und jetzt habe ich ja schon ein ganz schönes Dienstalter beisammen, und das spielt ja dabei auch eine Rolle. Ich werde wahrscheinlich bis zu meiner Pensionierung bei GalacTech bleiben, wenn ich nicht in den Sielen sterbe.« *Wahrscheinlich durch einen Herzanfall, den ich erlebe, wenn ich beobachte, wie einer meiner Schüler versucht, versehentlich sich selbst umzubringen.* Leo sprach diesen Gedanken nicht laut aus; Tony schien schon genug gestraft zu sein. Aber er war immer noch mit den Gedanken woanders.

»Sir ... erzählen Sie mir etwas über Geld.«

»Geld?« Leo hob die Augenbrauen. »Was gibt es da zu erzählen. Das ist der Stoff des Lebens.«

»Ich habe nie welches gesehen – ich habe gehört, es sei eine Art codiertes Wertzeichen, um ... um Handel zu erleichtern und um zu zählen.«

»Das stimmt.«

»Wie bekommt man es?«

»Nun – die meisten Leute arbeiten dafür. Sie tauschen ihre Arbeitskraft dafür ein. Oder wenn sie etwas besitzen oder herstellen oder anbauen, dann können sie es verkaufen. Ich arbeite.«

»Und GalacTech gibt Ihnen *Geld*?«

»Hm, ja.«

»Wenn ich darum bäte, würde die Firma mir dann Geld geben?«

»Ach so ...« Leo wurde sich bewußt, daß er sich jetzt auf sehr dünnem Eis bewegte. Seine private Meinung über das Cay-Projekt sollte vielleicht lieber privat bleiben, solange er das Brot der Firma aß. Sein Job war, sichere Qualitätsschweißmethoden zu unterrichten, nicht – Gewerkschaftsforderungen zu schüren, oder worauf immer dieses Gespräch hinauslief. »Wofür würdest du es hier oben ausgeben? GalacTech gibt euch alles, was ihr braucht. Wenn ich auf dem Planeten bin oder nicht auf einer Einrichtung der Firma, dann muß ich mir mein Essen, meine Kleidung, meine Transportmittel und was sonst noch kaufen. Außerdem« – Leo suchte nach einem weniger bedenklichen Scheinargument – »bis jetzt hast du eigentlich noch keine Arbeit für GalacTech getan, obwohl die Firma eine Menge für dich getan hat. Warte, bis du wirklich auf einem Auftrag gewesen bist und einiges an echter Produktion geleistet hast. Dann ist es vielleicht der rechte Zeitpunkt, um über Geld zu reden.« Leo lächelte; dabei kam er sich heuchlerisch vor, aber wenigstens loyal gegenüber der Firma.

»Oh.« Tony schien sich nach einer geheimen Enttäuschung in sich zu verschließen. Seine blauen Augen schnellten empor und sondierten Leo aufs neue. »Wenn eines der Sprungschiffe der Firma Rodeo verläßt – wohin fährt es da zuerst?«

»Das kommt vermutlich darauf an, wo es gebraucht wird. Einige fliegen direkt die ganze Strecke bis zur Erde. Mit Fracht oder Passagieren für einen anderen Bestimmungsort ist der erste Halt für gewöhnlich die Orient-Station.«

»Die Orient-Station gehört nicht GalacTech, nicht wahr?«

»Nein, sie gehört der Regierung von Orient IV. Allerdings hat GalacTech ein gutes Viertel davon geleast.«

»Wie lange braucht man, um von Rodeo zur Orient-Station zu kommen?«

»Oh, gewöhnlich etwa eine Woche. Du wirst wahrscheinlich dort schon recht bald haltmachen, und wenn auch nur, um zusätzliche Geräte und Nachschub aufzunehmen, wenn du zu deinem ersten Bauauftrag geschickt wirst.«

Der Junge wirkte jetzt umgänglicher; vielleicht dachte er über seine erste interstellare Reise nach. Das war besser. Leo entspannte sich leicht.

»Ich freue mich darauf, Sir.«

»So ist's recht. Wenn du dir nur in der Zwischenzeit nicht deinen Fuß... öh... deine Hand abschneidest, nicht wahr?«

Tony zog den Kopf ein und grinste. »Ich werde versuchen, das nicht zu tun, Sir.«

Und worum war es jetzt bei dem Ganzen gegangen? fragte sich Leo, während er beobachtete, wie Tony zur Tür hinaussegelte. Gewiß dachte der Junge doch nicht daran, seine eigenen Weg zu gehen? Tony hatte nicht die geringste Vorstellung davon, wie monströs er außerhalb seines vertrauten Habitats wirken würde. Wenn er sich doch nur etwas mehr öffnen würde...

Leo scheute vor dem Gedanken zurück, ihn offen zur Rede zu stellen. Alle Planetarier im Personal des Habitats schienen zu glauben, daß sie ein Anrecht auf die privaten Gedanken der Quaddies hatten. In den Unterkünften der Quaddies gab es nirgendwo eine Tür, die man abschließen konnte. Sie hatten soviel Privatsphäre wie Ameisen unter Glas.

Leo schüttelte die kritischen Gedanken ab, aber sein Unbehagen konnte er nicht abschütteln. Sein ganzes Leben lang hatte er sein Vertrauen in seine eigene technische Integrität gesetzt – wenn er diesem Stern folgte, dann würden seine Füße nicht straucheln. Inzwischen war dies eine tief eingewurzelte Gewohnheit, er hatte diese technische Integrität fast automatisch in den Unterricht von Tonys Arbeitskolonne eingebracht. Und doch... diesmal schien das nicht ganz auszureichen. Als hätte er die Antwort auswendig gelernt, um dann zu entdecken, daß die Frage geändert worden war.

Aber was konnte man von ihm noch mehr verlangen? Was konnte man von ihm noch mehr erwarten? Was konnte letztlich ein einzelner Mann tun?

Ein Anfall vager Furcht ließ ihn blinzeln. Die scharf konturierten Sterne im Aussichtsfenster verschwammen, während der drohende Schatten des Dilemmas am Horizont seines Bewußtseins wie eine Wolke aufstieg. *Mehr ...*

Er zitterte und drehte der Weite seinen Rücken zu. Sie konnte einen Mann verschlingen, gewiß.

Ti, der Kopilot des Frachtshuttles, hielt die Augen geschlossen. Vielleicht war das bei Gelegenheiten wie dieser natürlich, dachte Silver, während sie sein Gesicht aus einer Entfernung von zehn Zentimetern studierte. Bei diesem Abstand konnten ihre Augen die stereoskopischen Bilder nicht mehr koordinieren, und so überlappte sein zwiefaches Gesicht sich selbst. Wenn sie nur richtig schielte, dann konnte sie ihn so aussehen lassen, als hätte er drei Augen. Männer waren ziemlich fremdartig. Aber das lag nicht an dem metallenen Kontakt, der in seine Stirn implantiert war, wie die beiden anderen in den Schläfen; er wirkte mehr wie ein Schmuck oder ein Rangabzeichen. Sie kniff abwechselnd eines der beiden Augen zu und erzielte damit den Effekt, daß sein Gesicht in ihrem Blickfeld vor- und zurückgeschoben wurde.

Ti öffnete die Augen einen Moment lang, und Silver trat schnell wieder in Aktion. Sie lächelte, schloß selbst die Augen halb und nahm den Rhythmus ihrer biegsamen Hüften wieder auf. »Uuuh«, murmelte sie, wie Van Atta sie gelehrt hatte. *Laß mich ein Feedback hören, Schatz,* hatte Van Atta gefordert, und so hatte sie eine

Auswahl von Lauten gefunden, die ihm zu gefallen schienen. Sie funktionierten auch bei dem Piloten, wenn sie sie bei ihm einsetzte.

Tis Augen schlossen sich wieder fest, seine Lippen öffneten sich, sein Atem ging schneller, und Silvers Gesicht entspannte sich wieder in nachdenkliche Ruhe. Sie war dankbar, daß sie nicht beobachtet wurde. Auf jeden Fall war Tis Blick für sie nicht so unbehaglich wie der von Mr. Van Atta, der immer nahezulegen schien, sie sollte es anders machen, oder intensiver, oder etwas ganz anderes.

Die Stirn des Piloten war feucht vom Schweiß, eine Locke seines braunen Haares klebte daran, neben dem glänzenden Kontakt. Mechanischer Mutant, biologische Mutantin, in gleicher Weise betroffen von unterschiedlichen Technologien; vielleicht war das der Grund, weshalb Ti damals gedacht hatte, er könne sich an sie heranmachen, da er selbst ein Außenseiter war. Zwei Monstrositäten, die sich zusammengetan hatten. Andrerseits, vielleicht war der Sprungpilot einfach nicht sehr wählerisch.

Er zitterte, keuchte krampfhaft und preßte sie dicht an seinen Leib. Eigentlich sah er – sehr verletzlich aus. Mr. Van Atta sah in diesem Augenblick nie verletzlich aus; Silver war sich nicht sicher, wonach er dann aussah.

Was hat er eigentlich davon, was ich nicht habe? überlegte Silver. Was stimmt denn mit mir nicht? Vielleicht war sie wirklich, wie Van Atta ihr einmal vorgeworfen hatte, frigide – ein unangenehmes Wort, es erinnerte sie an eine Maschinerie und an die Müllbehälter, die außen am Habitat angebracht waren –, und deshalb hatte sie gelernt, für ihn Laute von sich zu geben und lustvoll zu zucken, wenn er sich in ihr bewegte, und er hatte sie gelobt, weil sie lockerer würde.

Silver erinnerte sich daran, daß sie einen anderen Grund hatte, die Augen offenzuhalten. Sie blickte wieder am Kopf des Piloten vorbei. Das Beobachtungsfenster der abgedunkelten Steuerkabine, wo sie ihr Rendezvous abhielten, gab den Blick auf die Frachtladebucht frei. Der Bereitstellungsraum zwischen der Steuerkabine der Ladebucht und dem Eingang zur Luke des Frachtshuttles war dämmerig beleuchtet; nichts bewegte sich dort. *Beeilt euch, Tony, Claire,* dachte Silver besorgt. *Ich kann diesen Burschen nicht die ganze Schicht beschäftigt halten.*

»Toll«, hauchte Ti, der aus seiner Trance auftauchte, seine Augen öffnete und grinste. »Als man euch für die Schwerelosigkeit entworfen hat, da hat man an *alles* gedacht.« Er löste seinen Griff von Silvers Schulterblättern und ließ seine Hände ihren Rücken hinabgleiten, um ihre Hüften herum und an ihren unteren Armen entlang, zuletzt gab er ihr einen anerkennenden Klaps auf ihre Hände, die seine muskulösen Planetarierschenkel umfaßt hielten. »*Wirklich* zweckmäßig.«

»Wie macht ihr Planetarier es eigentlich, daß ihr nicht voneinander abprallt?« forschte Silver neugierig und nutzte die Gelegenheit aus, daß sie einen offensichtlichen Experten für dieses Thema zur Hand hatte.

Sein Grinsen wurde breiter. »Die Schwerkraft hält uns zusammen.«

»Wie seltsam. Ich habe die Schwerkraft mir immer als etwas vorgestellt, wogegen ihr die ganze Zeit ankämpfen müßt.«

»Nein, nur die halbe Zeit. Die andere Hälfte arbeitet sie für uns«, versicherte er ihr.

Er ließ sein Glied herausgleiten und löste sich ziemlich elegant von ihrem Körper – vielleicht kam hier seine ganze Pilotenerfahrung durch – und gab ihr einen Kuß auf den Hals. »Hübsche Lady.«

Silver errötete ein bißchen und war für das trübe Licht dankbar. Ti richtete seine Aufmerksamkeit einen Moment lang einer notwendigen Verrichtung zu. Ein kurzes Zischen von Luft, und das mit einem Spermizid versehene Kondom war im Müllschlucker verschwunden. Silver unterdrückte einen schwachen Anflug von Bedauern. Es war einfach zu schade, daß Ti keiner von ihnen war. Zu schade, daß sie auf der Liste der für Mutterschaft Bestimmten so weit hinten stand. Zu schade …

»Hast du von eurem Doktor herausbringen können, ob wir das wirklich brauchen?« fragte Ti sie.

»Ich konnte Dr. Minchenko nicht direkt fragen«, erwiderte Silver. »Aber er scheint zu meinen, jede Empfängnis zwischen einem Planetarier und einer von uns würde zu einem spontanen Abort führen, und zwar ziemlich früh – aber niemand weiß es sicher. Es könnte sein, daß ein Baby geboren wird, dessen untere Gliedmaßen weder Arme noch Beine sind, sondern irgend etwas Verkorkstes dazwischen.« *Und ich dürfte es wahrscheinlich nicht behalten …* »Jedenfalls brauchen wir so nicht mit einem Handsauger im Raum nach Körperflüssigkeiten zu jagen.«

»Das stimmt auch wieder. Na ja, ich bin bestimmt noch nicht bereit, Vater zu werden.«

Wie unbegreiflich, dachte Silver, bei einem Mann in diesem Alter. Ti mußte mindestens fünfundzwanzig sein, viel älter als Tony, der nahezu der älteste von ihnen allen war. Sie achtete darauf, mit dem Gesicht zum Fenster zu schweben, so daß der Pilot ihm seinen Rücken zukehrte. *Los, Tony, tu's, wenn du es tun willst …*

Ein kühler Luftzug von den Ventilatoren ließ auf allen ihren Armen Gänsehaut erscheinen, und Silver zitterte.

»Ist dir kalt?« fragte Ti besorgt und rieb seine Hände schnell an ihren Armen auf und ab, um sie durch die Reibung zu wärmen, dann holte er ihr blaues Hemd und ihre blauen Shorts aus der Ecke des Raums, wohin sie geschwebt waren. Silver schlüpfte dankbar in die Kleider. Der Pilot zog sich ebenfalls an, und Silver beobachtete mit heimlicher Faszination, wie er seine

Schuhe zuband. Solche unbiegsamen, schweren Umhüllungen, aber schließlich waren auch die Füße ihrerseits unbiegsame, schwere Dinger. Sie hoffte, er würde achtgeben, wenn er sie herumschwenkte. Mit den Schuhen daran erinnerten seine Füße sie an Hämmer.

Ti lächelte und nahm seine Pilotentasche von einem Halter an der Wand, wo er sie verstaut hatte, als sie sich vor einer halben Stunde in die Steuerkabine zurückgezogen hatten. »Hab dir was mitgebracht.«

Silver reckte sich und verschränkte erwartungsvoll ihre vier Hände. »Oh! Hast du noch mehr Buchdisketten von derselben Autorin finden können?«

»Ja, hier sind sie...« Ti holte einige dünne Plastikquadrate aus seiner Pilotentasche. »Drei Titel, alle neu.«

Silver griff danach und las eifrig ihre Aufschriften. Illustrierte Regenbogen-Romane: *Sir Randans Torheit, Liebe im Aussichtsturm, Sir Randan und die vertauschte Braut,* alle von Valeria Virga. »Oh, wunderbar!« Sie schlang ihren oberen rechten Arm um Tis Hals und gab ihm einen ganz spontanen und heftigen Kuß.

Er schüttelte in gespielter Verzweiflung den Kopf. »Ich weiß nicht, wie du diesen Kitsch lesen kannst. Ich glaube sowieso, daß die Autorin ein ganzes Komitee ist.«

»Die sind *großartig*!« verteidigte Silver ungehalten ihre Lieblingsliteratur. »Sie sind so... so voller Farbe und seltsamer Orte und Zeiten – viele von ihnen spielen auf der guten, alten Erde, damals, als *alle* noch auf den Planeten lebten – sie sind so erstaunlich. Die Leute hielten sich damals Tiere – diese riesigen Kreaturen, die man Pferde nennt, trugen sie tatsächlich auf ihren Rücken herum. Vermutlich machte die Schwerkraft die Menschen müde. Und diese reichen Leute, wie – wie leitende Angestellte vermutlich –, die ›Lords‹ und ›Adelige‹ genannt wurden, lebten in den phantastischsten Habitats, die an der Oberfläche des Planeten befestigt waren – und von alldem haben *wir* im Geschichtsunterricht *nichts* gehört!« Ihre Empörung erreichte einen Gipfel.

»Dieses Zeug hat doch nichts mit Geschichte zu tun«, widersprach er, »das ist Literatur.«

»Es ist aber auch anders als die Literatur, die man uns gibt. Oh, die ist schon in Ordnung für kleine Kinder – *Der kleine Kompressor* hat mir immer gut gefallen –, wir haben es uns von unserer Krippenmutter immer wieder und wieder vorlesen lassen. Und die Bobby-BX-99-Serie war in Ordnung... *Bobby BX-99 löst das Rätsel der übermäßigen Feuchtigkeit... Bobby BX-99 und das Pflanzenvirus...* Daraufhin habe ich gebeten, mich auf Hydrokultur spezialisieren zu dürfen. Aber es ist viel interessanter, über Planetarier zu lesen. Es ist so... so... wenn ich das lese«, sie hielt die kleinen Plastikquadrate krampfhaft fest, »es ist, als wären sie real und ich nicht.« Silver seufzte schwer.

Obwohl Mr. Van Atta vielleicht ein bißchen wie Sir Randan *war*... von hohem Status, herrisch, leicht aufbrausend... Silver überlegte kurz, warum das aufbrausende Temperament bei Sir Randan immer so erregend und anziehend erschien, voller faszinierender Folgen. Wenn Mr. Van Atta ärgerlich wurde, dann bekam sie bloß ein flaues Gefühl im Magen. Vielleicht hatten planetarische Frauen mehr Mut.

Ti zuckte überrascht und amüsiert die Achseln. »Dich regt es vermutlich an. Für mich ist das harmlos. Aber ich habe etwas Besseres für dich mitgebracht, von dieser Reise...« Er kramte in seiner Pilotentasche herum und holte ein Gespinst aus elfenbeinfarbenem Stoff, Spitzen und Seidenbändern heraus. »Ich habe mir vorgestellt, du könntest durchaus mal eine normale Damenbluse tragen. In dem Muster sind Blumen drin. Ich dachte, du magst das, weil du in der Hydrokultur arbeitest und so.«

»Oh...« Eine von Valeria Virgas Heldinnen mochte

sich in einem solchen Gewand wohlgefühlt haben. Silver griff danach, dann zog sie ihre Hand zurück. »Aber… aber ich kann es nicht annehmen.«

»Warum nicht? Du nimmst die Buchdisketten ja auch. Das war nicht *so* teuer.«

Silver, die meinte, daß sie aufgrund ihrer Lektüre nun beginne, eine ziemlich klare Vorstellung davon zu haben, wie Geld funktionierte, schüttelte den Kopf. »Darum geht es nicht. Es ist, na ja – weißt du, ich glaube, Dr. Yei würde unsere Treffen nicht billigen. Und – eine Menge anderer Leute auch nicht.« Tatsächlich war sich Silver ziemlich sicher, daß ›mißbilligen‹ kaum die Konsequenzen bezeichnen würde, die entstünden, wenn ihre geheimen Transaktionen mit Ti herauskämen.

»Prüde Typen«, sagte Ti verächtlich. »Du wirst dir doch nicht von ihnen sagen lassen, was du jetzt zu tun hast, oder?« Aber in seiner Geringschätzung klang Besorgnis an.

»Ich werde auch nicht anfangen, ihnen zu sagen, was ich tue«, sagte Silver nachdrücklich. »Würdest du das?«

»Lieber Gott, nein«, er winkte erschreckt ab.

»Also, da stimmen wir überein. Unglücklicherweise ist das«, sie zeigte mit Bedauern auf die Bluse, »etwas, das ich nicht verstecken kann. Ich könnte sie nicht tragen, ohne daß jemand fragt, woher ich sie bekommen habe.«

»Oh«, sagte er in dem dumpfen Ton eines Menschen, der von einer unbestreitbaren Tatsache beeindruckt ist. »Tja, ich – vermutlich hätte ich daran denken sollen. Meinst du, daß du sie vielleicht einige Zeit verstecken kannst? Ich habe meinen Schwerkrafturlaub auf Rodeo genommen, weil einem alle Plätze mit Shuttlebonus auf Orient IV von den dienstälteren Burschen weggeschnappt werden. Na ja, und man kann hier schneller eine Menge Arbeitsstunden zusammenbekommen, mit dem ganzen Frachtverkehr. Aber nach ein paar weiteren Zyklen werde ich den Dienstgrad eines Shuttlekommandanten und wieder den permanenten Sprungpilotenstatus haben.«

»Ich kann die Bluse auch mit niemandem teilen«, sagte Silver. »Weißt du, die Sache mit den Büchern und den Vid-Dramen und den anderen Dingen ist, sie sind nicht nur klein und leicht zu verstecken, sondern ich kann sie auch in der Gruppe herumgehen lassen, ohne daß sie abgenutzt werden. Niemand wird dabei ausgelassen. So kann ich eine Menge Kooperation bekommen, wenn ich, sagen wir mal, ein bißchen für mich selbst sein möchte.« Mit einem Zurückwerfen des Kopfes deutete sie auf die Ungestörtheit hin, die sie im Augenblick genossen.

»Aha«, Ti schluckte. Er zögerte. »Ich – hatte nicht gewußt, daß du die Sachen weitergibst.«

»Nicht teilen?« sagte Silver. »Das wäre *wirklich* falsch.« Sie starrte ihn leicht gekränkt an und schob ihm die Bluse schnell wieder zu, bevor sie schwach würde. Sie wollte beinahe weitere Erklärungen geben, aber dann besann sie sich eines besseren.

Am besten erfuhr Ti nichts von dem Aufruhr, den es gegeben hatte, als ein Planetarier vom Personal des Habitats eine der Buchdisketten, die sie aus Versehen in einem Projektor gelassen hatten, fand und an Dr. Yei weitergab. Die Suche – sie waren gerade noch alarmiert worden und es war ihnen gelungen, den Rest der eingeschmuggelten Bibliothek zu verstecken, aber die heftige und intensive Suche war für Silver Warnung genug gewesen, wie ernst ihr Vergehen in den Augen ihrer Autoritäten war. Es hatte seitdem zwei weitere überraschende Inspektionen gegeben, obwohl keine weiteren Disketten gefunden wurden. Sie hatte den Wink wohl verstanden.

Mr. Van Atta selbst hatte sie – sie! – beiseite genommen und gedrängt, sie solle die undichte Stelle unter ihren Kameraden ausspionieren. Sie hatte begonnen, ein Geständnis abzulegen, aber dann gerade noch rechtzeitig abgebrochen, als seine aufkommende Wut ihr Angst einjagte und fast die Kehle abschnürte. »Ich werde den kleinen Schleicher in Stücke reißen, wenn ich ihn erwische«, hatte Van Atta geknurrt. Vielleicht würde Ti Mr. Van Atta und Dr. Yei und ihr ganzes Personal zusammen nicht so einschüchternd finden - aber sie wagte es nicht, den Verlust ihrer einzigen sicheren Quelle für Planetarierfreuden zu riskieren. Ti war zumindest bereit, gegen etwas zu tauschen, das praktisch ein Teil von Silvers Arbeitskraft war, die eine unsichtbare Ware, die in keinem Inventar geführt wurde; wer weiß, vielleicht mochte ein anderer Pilot irgendwelche *Sachen* verlangen, die weit schwieriger unbemerkt aus dem Habitat zu schmuggeln waren.

Eine lange erwartete Bewegung im Ladebereich fiel ihr ins Auge. Und du hast gemeint, du würdest wegen ein paar Büchern Schwierigkeiten riskieren, dachte Silver bei sich selbst. Warte nur, bis erst mal diese Kinderei herauskommt...

»Auf jeden Fall vielen Dank«, sagte Silver hastig und faßte Ti um den Hals für einen ausgedehnten Dankeskuß. Er schloß die Augen – das war ein wunderbarer Reflex – und Silver rollte die ihren, um durch das Fenster der Steuerkabine schauen zu können. Tony, Claire und Andy verschwanden gerade im Anschlußrohr zur Shuttleluke.

Na also, dachte Silver, das war's. Ich habe getan, was ich konnte – der Rest liegt bei euch. Viel Glück, doppeltes Glück. Und etwas heftiger: *Ich wünschte, ich würde mit euch gehen.*

»Uff! Schau mal auf die Uhr!« Ti löste sich aus ihrer Umarmung. »Ich muß noch mit dieser Checkliste fertig werden, bevor Kapitän Durrance zurückkommt. Vermutlich hast du recht mit dem Hemd«, er stopfte die

Bluse achtlos wieder in seine Pilotentasche, »was soll ich dir nächtesmal mitbringen?«

»Siggy von der Abteilung Wartung Luftsysteme hat mich gefragt, ob es noch mehr Holovids aus der Serie *Ninja vom Zwillingsstern* gibt«, sagte Silver prompt. »Er ist jetzt bei Nummer 7, aber ihm fehlen Nr. 4 und 5.«

»Aha«, sagte Ti, »das war also anständige Unterhaltung. Hast du sie auch selber angeschaut?«

»Ja«, Silver rümpfte die Nase, »aber ich bin mir nicht sicher – die Leute darin taten einander so schreckliche Dinge an – das ist auch nur erfunden, oder?«

»Nun, ja.«

»Da bin ich erleichtert.«

»Ja, aber was möchtest du für dich selbst?« fragte er hartnäckig. »Ich riskiere den Anpfiff nicht, um Siggy eine Freude zu machen, egal, wer er auch sein mag. Siggy hat nicht deine«, er seufzte in Erinnerung an seine Wonne, »herrlich doppelt gelenkigen Hüften.«

Silver fächerte die drei neuen Buchdisketten in ihrer unteren rechten Hand auf. »Mehr davon, bitte, Sir.«

»Wenn du Kitsch möchtest«, er nahm nacheinander jede ihrer Hände und küßte sie auf die Handflächen, »dann sollst du Kitsch bekommen. O weh, da kommt mein furchtloser Kapitän.« Ti glättete hastig seine Shuttlepilotenuniform, stellte das Licht stärker und nahm sein Reportpanel zur Hand, während sich am anderen Ende der Ladebucht eine luftdichte Tür zischend öffnete. »Er mag es nicht, wenn ihm Juniorsprungpiloten aufgehalst werden. Kaulquappen nennt er uns. Ich glaube, es ist ihm unbehaglich, weil ich auf meinem Sprungschiff im Rang über ihm stehen würde. Trotzdem ist es besser, daß ich dem alten Knaben keinen Grund zum Meckern gebe…«

Silver ließ die Buchdisketten in ihrer Arbeitstasche verschwinden und nahm die Haltung einer müßigen Zuschauerin an, als Kapitän Durrance, der Kommandant des Shuttles, in die Steuerkabine schwebte.

»Machen Sie schnell, Ti, unser Reiseplan ist geändert worden«, sagte Kapitän Durrance.

»Jawohl, Sir. Um was geht's?«

»Wir sollen hinunterfliegen.«

»Zum Teufel«, fluchte Ti schwach. »Wie schade. Ich hatte eine hübsche Verabredung ...«, sein Blick fiel auf Silver, »ich sollte mich heute abend mit einem Freund auf der Transferstation zum Essen treffen.«

»Schön«, sagte Kapitän Durrance ironisch kühl. »Schicken Sie eine Beschwerde an die Personalabteilung, daß Ihr Arbeitsplan Ihr Liebesleben stört. Vielleicht können die es einrichten, daß Sie überhaupt keinen Arbeitsplan bekommen.«

Ti verstand den Wink und bewegte sich schleunigst hinaus, um seine Pflichten zu absolvieren, während ein Techniker des Habitats eintraf, um die Steuerkabine zu übernehmen.

Silver hatte sich in eine Ecke zurückgezogen, erstarrt vor Schreck und Verwirrung. Tony und Claire hatten geplant, auf der Transferstation sich an Bord eines Sprungschiffes zu schmuggeln, das nach Orient IV unterwegs war, um aus dem Einflußbereich von GalacTech zu gelangen und dort nach ihrer Ankunft Arbeit zu finden; ein schrecklich riskanter Plan, nach Silvers Einschätzung, der das Ausmaß ihrer Verzweiflung zeigte. Claire war entsetzt gewesen, hatte sich aber schließlich von Tonys Planung mit sorgfältig durchdachten Etappen überreden lassen. Zumindest die ersten Etappen waren sorgfältig durchdacht gewesen; je weiter weg sie von Rodeo und von zu Hause waren, desto vager schienen sie zu werden. Einen Umweg über den Planeten hatten sie in keiner Version eingeplant.

Inzwischen hatten Tony und Claire sich sicher im Laderaum des Shuttles versteckt. Es gab für Silver keine Möglichkeit, sie zu warnen – sollte sie sie verraten, um sie zu retten? Der darauf folgende Aufruhr würde garantiert schrecklich werden – ihre Verzweiflung legte sich um ihre Brust wie ein Stahlband, behinderte ihre Atmung, hinderte sie am Sprechen.

Elend und wie gelähmt beobachtete sie auf dem Vid-Display der Steuerkabine, wie das Shuttle vom Habitat abstieß und in Richtung auf Rodeos wirbelnde Atmosphäre hinabzusinken begann.

KAPITEL 4

Der ganze dunkle Frachtraum schien um Claire herum zu stöhnen, als die Verzögerung an seiner Konstruktion zerrte. Eine Flatterschwingung vibrierte durch die metallene Haut des Shuttles, begleitet von einem zischenden Pfeifen.

»Was ist los?« keuchte Claire. Sie ließ eine Hand los, mit der sie sich an der Plastikkiste festgehalten hatte, hinter der sie versteckt lagen, und faßte Andy fester und hielt ihn näher an sich. »Haben wir etwas gestreift? Was ist das für ein komisches Geräusch?«

Tony befeuchtete schnell einen Finger und hielt ihn hoch. »Kein nennenswerter Luftzug.« Er schluckte, um seine Ohrtrompeten zu testen. »Wir verlieren keinen Druck.« Das Pfeifen nahm jedoch zu.

Es gab ein mechanisches Geklirr wie *ka-tschank,* zweimal hintereinander. Ein Schrecken durchzuckte Claire, denn es klang ganz und gar nicht wie das vertraute *bums und klick,* wenn ein Lukenverschluß einrastete. Die Abbremsung hielt weiter an, viel zu lange, dazu kam ein seltsamer neuer Schubvektor, der von der Bauchseite des Shuttles auszugehen schien. Die Seitenwand des Frachtraums, an der die Kisten verankert waren, schien gegen Claire zu drücken. Sie wandte ihr nervös den Rücken zu und bettete Andy auf ihrem Bauch.

Das Baby machte runde Augen und formte mit dem Mund ein O der Verwirrung. *Nein, bitte, fang nicht an zu heulen.* Sie wagte es nicht, den Schrei loszulassen, der in ihrer eigenen Kehle steckte, denn dann würde Andy losheulen wie eine Sirene. »Backe backe Kuchen«, würgte Claire hervor, »die Mikrowelle hat gerufen...« Sie kitzelte Andys Wange und warf Tony einen Blick zu, der einen stummen Hilferuf enthielt.

Tonys Gesicht war käseweiß. »Claire – ich glaube,

dieses Shuttle ist zum Planeten unterwegs! Dieser Krach – da haben sie bestimmt die Tragflächen ausgefahren.«

»O nein! Das kann nicht sein. Silver hat den Flugplan überprüft…«

»Es sieht aus, als wäre Silver ein großer Fehler unterlaufen.«

»Ich habe es auch überprüft. Dieses Shuttle sollte auf der Transferstation eine Ladung aufnehmen und *dann* erst zum Planeten fliegen.«

»Dann ist euch *beiden* ein großer Fehler unterlaufen.« Tonys Stimme klang scharf und bebte zugleich, Ärger überdeckte die Furcht.

Oh, bitte, schrei mich nicht an – wenn ich nicht ruhig bleibe, dann bleibt Andy es auch nicht – das Ganze war ja nicht meine Idee…

Tony rollte sich auf den Bauch und stemmte seinen Körper weg von der stoßenden Oberfläche des… des *Bodens,* wie die Planetarier die Richtung nannten, aus der der Vektor der Gravitationskraft kam, kroch zum nächsten Fenster und zog sich daran hoch. Das Licht, das durch das Fenster drang, wurde seltsam diffus und nahm ab. »Alles ist weiß – Claire, ich glaube, wir tauchen in eine Wolke ein!«

Claire hatte aus dem Orbit stundenlang Wolken von oben beobachtet, wie sie langsam in den Luftmassen von Rodeos Atmosphäre wogten. Immer waren sie ihr so massiv wie Monde erschienen. Sie hätte sie jetzt gern gesehen.

Andy klammerte sich an ihr blaues T-Shirt. Sie rollte sich auf die andere Seite, wie Tony es getan hatte, mit den Handflächen zum Boden, und stieß sich hoch. Andy drehte den Kopf seinem Vater zu, griff nach ihm mit den oberen Händen und versuchte sich mit den unteren von Claire abzustoßen. Der Boden sprang hoch und gab ihm einen Klaps.

Einen Augenblick lang war er zu verdutzt, um zu

schreien. Dann öffnete er seinen kleinen Mund und stieß ein vibrierendes Kreischen hervor, das nach echtem Schmerz klang. Der Laut drang wie ein Messer in Claires Leib.

Auch Tony zuckte bei dem Geräusch zusammen und kletterte vom Fenster herab, zu ihnen zurück. »Warum hast du ihn fallenlassen? Was hast du dir dabei gedacht? Oh, mach bloß, daß er still ist, schnell!«

Claire rollte wieder auf den Rücken, zog Andy auf ihren elastischen und weichen Unterleib und tätschelte und küßte ihn verzweifelt. Der Klang seines Geschreis wandelte sich vom erschreckend schrillen Schmerzensschrei zu einem weniger durchdringenden unwilligen Gebrüll, aber die Lautstärke blieb die gleiche.

»Sie werden ihn bis in die Pilotenkabine hören!« zischte Tony gequält. »*Mach* etwas!«

»Ich *versuche* es ja«, zischte Claire zurück. Ihre Hände zitterten. Sie versuchte, Andys Kopf zu ihrer Brust zu schieben, zur üblichen Quelle des Trostes, aber er drehte seinen Kopf weg und schrie noch lauter. Glücklicherweise war das Geräusch der Atmosphäre, die an der Außenhaut des Shuttles vorbeistrich, zu einem betäubenden Donnern angeschwollen. Als dann der Lärm seinen Höhepunkt erreicht hatte und wieder nachließ, war aus Andys Schreien ein wimmernder Schluckauf geworden. Er rieb sein Gesicht, das von Tränen und Schleim verschmiert war, traurig an Claires T-Shirt. Sein Gewicht auf ihrem Bauch und Zwerchfell preßte Claire halb den Atem ab, aber sie wagte es nicht, Andy niederzulegen.

Eine weitere Folge von Schlägen dröhnte durch das Shuttle. Die Vibrationen der Triebwerke veränderten ihre Tonhöhe, und Claire wurde von wechselnden Beschleunigungsvektoren hin- und hergezerrt, doch keiner von ihnen war so stark wie derjenige, der aus dem Boden kam. Sie löste zwei Hände von Andy und klammerte sich an die Plastikkisten.

Tony lag daneben und biß sich in hilfloser Angst auf die Lippen. »Wir kommen offensichtlich herunter und landen auf der Oberfläche des Planeten.«

Claire nickte. »Auf einem der Shuttlehäfen. Da werden Leute sein – Planetarier –, vielleicht können wir ihnen sagen, daß wir aus Versehen an Bord dieses Shuttles eingeschlossen wurden. Vielleicht«, fügte sie hoffnungsvoll hinzu, »schicken sie uns direkt zurück nach Hause.«

Tonys rechte obere Hand ballte sich zur Faust. »Nein! Wir können jetzt nicht aufgeben! Wir würden nie eine neue Chance bekommen!«

»Aber was können wir sonst tun?«

»Wir schleichen uns vom Schiff und verstecken uns, bis wir auf ein anderes Shuttle kommen können, das zur Transferstation fliegt.« Seine Stimme wurde ernst und drängend, während Claire verzweifelt seufzte. »Wir haben es einmal geschafft, wir können es wieder schaffen.«

Sie schüttelte zweifelnd den Kopf. Ein weiterer Streit wurde durch eine verwirrende Folge von dumpfen Stößen verhindert, die das ganze Schiff schüttelten und dann in ein leises ständiges Rumpeln übergingen. Der Lichtstrahl, der durch das Fenster fiel, wanderte im Frachtraum umher, während das Shuttle landete, ausrollte und wendete. Dann erlosch er, der Frachtraum wurde dunkel, das Jaulen der Triebwerke erstarb zu einem ebenso verwirrenden Schweigen.

Claire löste sich vorsichtig von den Kisten. Von allen Beschleunigungsvektoren blieb nur einer übrig. Für sich allein wurde er überwältigend.

Schwerkraft. Stumm, unnachgiebig drückte sie gegen Claires Rücken – Claire kämpfte mit der unangenehmen Illusion, die Gravitation könnte plötzlich aufhören und der dadurch ausgelöste Schub würde sie gegen die Decke schleudern, so daß Andy dazwischen zerquetscht würde. In einer gleichzeitigen optischen Illusion schien sich der ganze Frachtraum langsam im Kreis um sie zu drehen. Zu ihrer eigenen Verteidigung schloß sie die Augen.

Tonys Hand faßte sie warnend an ihrem linken unteren Handgelenk. Sie blickte auf und erstarrte: die äußere Tür des Frachtraums am anderen Ende des Abteils glitt zur Seite.

Zwei Planetarier in Overalls des GalacTech-Wartungsdienstes kamen herein. Die Zugangstür in der Mitte des Shuttlerumpfes öffnete sich, und Ti, der Shuttlepilot, steckte seinen Kopf durch.

»Hallo, Jungs. Warum so schrecklich eilig?«

»Wir sollen diesen Vogel in einer Stunde umdrehen und wieder beladen, darum geht's«, erwiderte der Wartungstechniker. »*Du* hast gerade Zeit zum Pinkeln und zum Essen.«

»Was wird geladen? Seit dem letzten medizinischen Notfall habe nicht mehr soviel Herumgehüpfe gesehen.«

»Geräte und Versorgungsmaterial für eine Art Show, die auf eurem Habitat für die Vizepräsidentin des operativen Bereichs stattfinden soll.«

»Das ist doch erst nächste Woche.«

Der Wartungstechniker kicherte. »Das dachten alle. Aber die Vizepräsidentin ist gerade eine Woche früher angekommen, in ihrem persönlichen Kurierschiff, mit einem ganzen Kommando von Buchhaltern und Wirtschaftsprüfern. Anscheinend liebt sie überraschende Inspektionen. Das Management ist natürlich vor Freude ganz aus dem Häuschen.«

»Lacht nicht zu früh«, warnte Ti. »Das Management hat Methoden, seine Freuden mit uns übrigen zu teilen.«

»Als ob ich das nicht wüßte«, stöhnte der Wartungstechniker. »Los, los, du blockierst die Tür …« Die drei gingen weiter ins Shuttle hinein.

»Jetzt«, flüsterte Tony, mit einem Nicken in Richtung auf die offene Tür des Frachtraums.

Claire rollte zur Seite und legte Andy sanft auf das Deck. Er verzog sein Gesicht und setzte zum Weinen an. Claire rollte sich schnell auf ihre Handflächen und testete ihre Balance. Ihren rechten unteren Arm schien sie am leichtesten freimachen zu können. Sie nahm Andy einhändig wieder auf und hielt ihn unter ihrem Rumpf.

Von der schrecklichen Schwerkraft an die dem Planeten zugewandte Seite des Frachtraums gepreßt, begann sie auf drei Händen zur Tür zu kriechen. Andys Gewicht hing in ihrem Arm, als zöge ihn eine starke Feder zum Boden, und sein Kopf ruckte in einem beängstigenden Winkel nach hinten. Claire schob ihre Hand unter seinen Kopf, um ihn zu stützen, doch für ihren Arm war das sehr beschwerlich.

Neben ihr hatte sich Tony auch auf drei Händen erhoben. Mit seiner freien Hand zog er an der Schnur ihrer Provianttasche. Die Tasche schien am Boden festgesaugt zu sein und tat keinen Ruck.

»Mist«, fluchte Tony leise. Er krabbelte über die Tasche, packte sie und hob sie hoch, aber sie war zu sperrig, als daß er sie hätte unter seinem Bauch tragen können. »Mist! Mist! Mist!«

»Können wir noch aufgeben?« fragte Claire ganz leise, aber sie wußte schon die Antwort.

»Nein!« Er packte die Tasche von hinten über beide Schultern mit seinen oberen Händen und ruckte heftig nach vorne. Sie kam in die Höhe und balancierte unsicher auf seinem Rücken. Er ließ seine linke obere Hand auf der Tasche, um sie zu halten, und hüpfte auf seiner rechten voran, während seine unteren Händen unter seinen Hüften dahinschlurften. »Ich habe sie, los, los!«

Das Shuttle war in einem höhlenartigen Hangar geparkt, einem weiten halbdunklen Raum, der mit Eisenträgern überdacht war. Die Träger hinter der Deckenbeleuchtung hätten ein ausgezeichnetes Versteck abgegeben, wenn man nur zu ihnen hätte hinaufsausen können. Aber alles, was nicht befestigt war, war dazu verurteilt, zu einer einzigen Seite des Raumes zu fliegen und dort zu haften, bis es gewaltsam entfernt wurde. Es herrschte eine einseitige Anziehungskraft …

»Oh …« Claire zögerte. Von der Luke zum Boden des Hangars führte eine Art gewellter Rampe. Sie war sichtlich konstruiert, um den gefährlichen Kampf mit der allgegenwärtigen Schwerkraft in kleine, zu bewältigende Schritte zu zerlegen. *»Eine Treppe.«* Claire hielt an, mit dem Kopf nach unten. Ihr Blut schien sich verwirrend in ihrem Gesicht anzusammeln. Sie würgte.

»Bleib nicht *stehen*«, flehte Tony keuchend hinter ihr, dann würgte er selbst.

»Uh … uh …« In einer momentanen Eingebung drehte sich Claire herum und begann rückwärts hinabzugehen, ihr freie untere Hand klatschte bei jedem Hüpfer auf die Metallstufen. Es war immer noch unbequem, aber zumindest möglich. Tony folgte ihr.

»Wohin jetzt?« keuchte Claire, als sie den Boden erreicht hatten.

Tony deutete mit dem Kinn. »Versteck dich einstweilen in dem Durcheinander von Geräten da drüben. Wir dürfen uns nicht zu weit von den Shuttles entfernen.«

Sie hasteten auf der Unterseite des Hangars entlang. Claires Hände wurden schnell mit Öl und Schmutz verschmiert; es irritierte sie so heftig wie eine juckende Stelle, an der man sich nicht kratzen kann. Sie dachte, sie würde sogar ihr Leben dafür riskieren, die Hände waschen zu können. Während sie und Tony jetzt dahinkrochen, erinnerte Claire sich daran, wie sie Perlen von Kondensfeuchtigkeit beobachtet hatte, die aus Kapillaröffnungen an Oberflächen im Habitat austraten, bis sie sie mit ihrem Trockenlumpen abgewischt hatte.

Als sie den Bereich erreichten, in dem einige schwere Gerätschaften abgestellt waren, rollte ein Lader in den

Hangar und ein Dutzend Männer und Frauen in Overalls sprangen herab und begannen in wohlorganisiertem Durcheinander das Shuttle zu umschwärmen. Claire war froh über den Lärm, den die Leute machten, denn Andy gab immer noch ein gelegentliches Wimmern von sich. Ängstlich beobachtete sie durch die Metallarme der Geräte hindurch die Wartungsmannschaft. Wann war es zu spät, um aufzugeben?

Leo saß im halben Raumanzug im Geräteraum und blickte besorgt auf, als Pramod durch den Raum auf ihn zugesaust kam und elegant neben ihm anhielt.

»Hast du Tony gefunden?« fragte Leo. »Als Vorarbeiter soll er bei dieser Vorführung der erste sein. Ich sollte eigentlich nur zuschauen.«

Pramod schüttelte den Kopf. »Er ist an keinem der gewohnten Orte, Sir.«

Leo zischte leise; er war nahe daran zu fluchen. »Er hätte inzwischen auf seinen Aufruf antworten sollen...« Er schwebte zum Plexifenster.

Draußen im Vakuum setzte ein kleines Schubschiff gerade den letzten Teil der Außenhülle der neuen Hydrokulturabteilung in der sorgfältig arrangierten Konstellation ab. Sie sollte vor den Augen der Vizepräsidentin von den Quaddies zusammengebaut werden. Leo hatte eine schwache Hoffnung gehegt, daß Pannen und Verzögerungen in anderen Abteilungen die seiner eigenen ausgleichen würden. Aber jetzt war es Zeit für das Debüt seiner Schweißermannschaft.

»In Ordnung, Pramod, zieh dich an. Du übernimmst Tonys Stellung, und Bobbi von Kolonne B übernimmt deine.« Leo machte schnell weiter, bevor die Überraschung in Pramods Augen sich in Lampenfieber verwandeln konnte. »Du hast alles dutzendmal geübt. Und wenn du die geringsten Zweifel über die Qualität oder Sicherheit einer Prozedur hast, dann bin ich sofort da. Die Wirklichkeit spielt die erste

Rolle – ihr werdet in der Konstruktion, die ihr heute baut, noch lange zu leben haben, wenn Vizepräsidentin Apmad und ihr Reisezirkus schon längst wieder weg sind. Ich garantiere euch, sie wird mehr Respekt vor einer Arbeit haben, die zwar langsam, aber richtig gemacht wird, als vor einem schlampigen Schwindel.«

Um Himmels willen, machen Sie, daß es reibungslos aussieht, hatte Van Atta Leo zuvor gedrängt. *Halten Sie sich an den Zeitplan, egal, was geschieht – wir werden die Probleme später bereinigen, wenn sie wieder weg ist. Wir sollten dafür sorgen, daß diese Schimpansen kosteneffektiv erscheinen.*

»Du mußt nicht versuchen, als jemand anderer zu erscheinen als der, der du bist«, sagte Leo zu Pramod. »Du *bist* effizient – und du bist gut. Euch alle zu unterrichten ist eine der großen, unerwarteten Freuden meiner Laufbahn gewesen. Los jetzt, ich hole euch in Kürze ein.«

Pramod sauste davon, um Bobbi zu suchen. Leo runzelte kurz die Stirn über das, was er gerade gesagt hatte, dann schwebte er zum Komkonsolenterminal am anderen Ende des Umkleideraums.

Er tippte seine Identitätsnummer ein. »Suchruf«, befahl er, »an Dr. Sondra Yei.« Im gleichen Moment begann in einer Ecke des Vids ein Nachrichtenquadrat mit seinem Namen und einer Nummer zu blinken. Er stornierte seine Anweisung, tippte die Nummer ein und hob überrascht die Augenbrauen, als Dr. Yeis Gesicht auf seinem Vid erschien. »Sondra! Ich wollte Sie gerade anrufen. Wissen Sie, wo Claire ist?«

»Wie seltsam. Ich wollte anrufen, um Sie zu fragen, wo ich Tony erreichen kann.«

»So?« sagte Leo, und seine Stimme klang plötzlich ganz neutral. »Warum?«

»Weil ich sie nirgendwo finden kann, und ich dachte, Tony wüßte vielleicht, wo sie ist. Sie soll nach dem

Lunch Vizepräsidentin Apmad Techniken der Kinderpflege in der Schwerelosigkeit demonstrieren.«

»Wissen Sie«, Leo schluckte, »ob Andy in der Krippe oder bei Claire ist?«

»Natürlich bei Claire.«

»Aha.«

»Leo...« Dr. Yeis Blick wurde scharf, und sie schürzte die Lippen. »Wissen Sie etwas, das ich nicht weiß?«

»Ach...« Er blickte sie an. »Ich weiß, daß Tony in der letzten Woche bei der Arbeit ungewöhnlich unaufmerksam war. Ich würde vielleicht sogar sagen – deprimiert, außer, daß das ja eigentlich in Ihre Abteilung gehört, oder? Er war auf jeden Fall nicht so fröhlich wie sonst.« In Leos Unterleib bildete sich ein Klumpen Unbehagen und gab seinen Worten eine ungewohnte Schärfe. »Machen Sie sich irgendwelche Sorgen, gute Frau, die Sie mir verschwiegen haben?«

Sie preßte die Lippen aufeinander, ignorierte jedoch den Köder. »Sie wissen ja, daß in allen Abteilungen die Zeitpläne beschleunigt wurden. Claire hat ihren neuen Fortpflanzungsauftrag bekommen. Tony war darin nicht vorgesehen.«

»Fortpflanzungsauftrag? Sie meinen, ein Baby zu bekommen?« Leo spürte, wie sein Gesicht sich rötete. Irgendwo in seinem Innern begann sich ein lang zurückgehaltener Druck aufzubauen. »Verbergen Sie mit diesen doppelsinnigen Worten auch vor sich selbst, was Sie da wirklich machen? Und ich hatte gedacht, die Propaganda wäre nur für uns Fußvolk da.« Yei begann zu sprechen, doch Leo fiel ihr ins Wort und es brach aus ihm hervor: »Du lieber Himmel! Sind Sie schon von Geburt an so inhuman, oder sind Sie erst nach und nach so geworden – durch Ihr Studium und Ihre akademischen Grade...«

Yeis Gesicht verdüsterte sich und sie ging zu einem schneidigen Tonfall über. »Ein Ingenieur mit einem romantischen Gemüt, wie? Jetzt verstehe ich alles. Lassen Sie sich nicht von Ihren Phantasien davontragen, Mr. Graf. Tony und Claire wurden einander von Anfang an nach genau demselben System zugewiesen, und wenn *gewisse Leute* bereit gewesen wären, sich an meinen ursprünglichen Zeitplan zu halten, dann hätte man dieses Problem vermeiden können. Ich kann wirklich nicht begreifen, wieso man eine Expertin bezahlt und dann unbekümmert ihren Rat ignoriert. Ingenieure...!«

Ach, zum Teufel, sie leidet genauso schlimm unter Van Atta wie ich, erkannte Leo. Diese Einsicht dämpfte seine Wucht, verringerte aber seinen inneren Druck nicht.

»... ich habe das Cay-Projekt nicht erfunden, und wenn ich es leiten würde, dann ganz anders, aber ich muß die mir zugewiesene Rolle spielen, Mr. Graf. Verdammt...« Sie zwang sich zur Beherrschung, und man konnte geradezu sehen, wie sie das Gespräch auf das ursprüngliche Gleis zurückzwang. »Ich muß sie bald finden, oder es bleibt mir nichts anderes übrig, als Van Atta zu veranlassen, die Vorführungen von hinten zu beginnen. Leo, es ist absolut wesentlich, daß Vizepräsidentin Apmad zuerst die Krippe zu sehen bekommt, bevor sie Zeit hat, irgendwelche... – haben Sie eine Ahnung, wo diese Kinder überhaupt sein können?«

Leo schüttelte den Kopf; ein plötzliche Eingebung strafte diese aufrichtige Geste Lügen, bevor er sie noch vollendet hatte. »Aber rufen Sie mich an, falls Sie sie eher finden als ich?« bat er, und sein demütiger Ton signalisierte dabei die Bereitschaft zu einem Waffenstillstand.

Yeis Strenge lockerte sich ein bißchen. »Ja, gewiß.« Sie zuckte entschuldigend die Achseln und legte auf.

Leo schwang sich in den Umkleideraum zurück, schälte sich aus seinem Arbeitsanzug, zog einen Overall an und eilte davon, um seiner Eingebung zu folgen, bevor Dr. Yei ihrerseits darauf käme. Er war sich sicher, daß sie daraufkommen würde, und zwar bald.

Silver sah auf dem Arbeitsplan auf ihrem Vid-Display nach. Glockenpaprika. Sie schwebte durch den Hydorkulturraum zum Samenschrank, fand die korrekt beschriftete Schublade und holte ein schon vorher abgezähltes Papiertütchen heraus. Sie schüttelte das Tütchen geistesabwesend, und die getrockneten Samen raschelten zufriedenstellend.

Sie nahm eine Keimbox aus Plastik, riß das Tütchen auf und füllte die kleinen bleichen Samen vorsichtig in den Behälter um, wo sie fröhlich herumhüpften. Dann zum Hydrationshahn. Sie schob den Wasserschlauch durch den ringförmigen Gummiverschluß an der Seite der Keimbox, ließ einen abgemessenen Spritzer hinein und schüttelte die Box extra noch einmal, um die schimmernde flüssige Kugel, die sich bildete, zu zerteilen. Sie schob die Keimbox in das entsprechende Fach im Brüter und stellte die optimale Temperatur ein für *Paprika, glockenförmig; hybrider, phototroper, nicht-gravitationaler, axial sich differenzierender Klon 297-X-P,* und seufzte.

Das Licht aus den mit Filtern versehenen Fenstern zog immer wieder ihre Aufmerksamkeit an. Zum vierten- oder fünftenmal in dieser Schicht unterbrach sie ihre Arbeit, schlängelte sich zwischen den Pflanzrohren hindurch und starrte auf den Teil von Rodeo, den sie aus diesem Blickwinkel sehen konnte. Irgendwo dort unten, auf dem Boden dieses Brunnenschachts aus Luft, krochen Claire und Tony jetzt herum – wenn sie nicht schon aufgegeben hatten – oder sich erfolgreich zu einem anderen Shuttle durchgeschlagen hatten - oder sich einer schrecklichen Katastrophe gegenübersahen... Silvers Phantasie gaukelte ihr ungebeten eine Auswahl möglicher Katastrophen vor.

Sie versuchte sie beiseitezuschieben, indem sie sich

intensiv vorstellte, wie Tony und Claire und Andy erfolgreich an Bord eines Shuttles schlichen, das zur Transferstation unterwegs war, aber dieses Bild wich einer Szene, in der Claire versuchte, einen Abstand zum Lukeneingang des Shuttles zu überspringen (was für einen Abstand? von wo aus, um Himmels willen?), dabei vergaß, daß alle geraden Strecken durch die Schwerkraft zu Parabeln gekrümmt wurden, und ihr Ziel verfehlte. Silver dachte an die eigenartige Art und Weise, wie sich Objekte in dichten Gravitationsfeldern bewegten. Der Schrei, der beim Aufklatschen unten auf dem Beton erstickte – nein, sicher würde Claire Andy halten – beim *doppelten* Aufklatschen unten auf dem Beton ... Silver massierte die Stirn mit den Ballen ihrer oberen Hände, als könnte sie die grausige Vision körperlich aus ihrem Gehirn wegdrücken. Claire hatte dieselben Vids über das Leben auf dem Planeten gesehen wie sie, sicher würde sie sich daran erinnern.

Das Zischen der luftdichten Türen holte Silver in die Realität zurück. Sie sollte lieber beschäftigt aussehen – was hatte sie jetzt als nächstes zu tun? Ach ja, benutzte Pflanzröhren reinigen, als Vorbereitung für die Unterbringung in dem neuen Raum, der eben angebaut wurde, um ihrer aller Fähigkeiten der Vizepräsidentin zu demonstrieren. Zum Teufel mit der Vizepräsidentin! Wenn sie nicht wäre, dann hätte es eine Chance gegeben, daß Tony und Claire vielleicht zwei oder sogar drei Schichten nicht vermißt wurden ...

Ihr Herz krampfte sich zusammen, als sie sah, wer den Hydrokulturraum betreten hatte. Ausgerechnet jetzt.

Für gewöhnlich wäre Silver froh gewesen, Leo zu sehen. Er schien ein großer, anständiger Mann zu sein – nein, nicht groß, aber irgendwie solide, erfüllt von einer prosaischen Ruhe, die sich sogar in seinen Geruch zu mischen schien, der Silver an planetarische Materialen erinnerte, mit denen sie schon zu tun gehabt hatte:

Holz und Leder und bestimmte getrocknete Kräuter. Angesichts seines zögernden Lächelns lösten sich gespenstische Szenen wie Nebel auf. Vielleicht wäre sie doch froh, mit Leo zu sprechen …

Aber diesmal lächelte er nicht. »Silver …? Bist du hier?«

Einen Augenblick lang dachte Silver daran, sich zwischen den Pflanzrohren zu verstecken, aber die Blätter raschelten, als sie sich umdrehte, und verrieten, wo sie sich aufhielt. Sie lugte über die Blätter. »Ach … hallo, Leo.«

»Hast du in letzter Zeit Tony oder Claire gesehen?« Leo war immer direkt. *Nenn mich Leo,* hatte er zu ihr gesagt, als sie ihn beim erstenmal mit »Mr. Graf« angeredet hatte, *es ist kürzer.* Er schwebte zu den Pflanzrohren herüber; sie schauten einander über eine Barriere aus Buschbohnen an.

»Ich habe außer meiner Vorgesetzten niemanden während der ganzen Schicht gesehen«, sagte Silver und war momentan erleichtert, daß sie eine vollkommen ehrliche Antwort geben konnte.

»Wann hast du einen von den beiden zum letztenmal gesehen?«

»Oh – in der letzten Schicht, nehme ich an.« Silver warf unbekümmert den Kopf zurück.

»Wo?«

»Ach … irgendwo.« Sie kicherte albern. Mr. Van Atta hätte jetzt angewidert die Hände hochgeworfen und es aufgegeben, aus einem so einfältigen Kopf wie dem ihren noch mehr herauszuholen.

Leo runzelte nachdenklich die Stirn. »Weißt du, ein Teil eures Charmes beruht darauf, mit welcher buchstäblichen Genauigkeit ihr jede Frage beantwortet.«

Nach diesem Kommentar schwieg er erwartungsvoll. Mit halluzinatorischer Klarheit blitzte vor Silvers geistigem Auge das Bild auf, wie Tony, Claire und Andy über die Ladebucht zum Shuttle huschten. Sie suchte in ihrem Gedächtnis nach dem vorausgegangenen Treffen, wo sie die endgültigen Pläne festgelegt hatten, und wollte es als Halbwahrheit anbieten. »Wir haben in der letzten Schicht das Mittschichtsessen gemeinsam in der Verpflegungsstation Sieben eingenommen.«

Leos Lippen zuckten. »Ich verstehe.« Er legte den Kopf schräg und musterte sie, als wäre sie ein kniffliges Problem, wie zum Beispiel zwei metallurgisch inkompatible Oberflächen, von denen er herausfinden mußte, wie er sie miteinander verbinden konnte.

»Weißt du, ich habe gerade von Claires neuem... hm... Fortpflanzungsauftrag erfahren. Ich hatte überlegt, was Tony in den letzten Wochen so beschäftigte. Das hat ihn ziemlich zermürbt, oder? Ziemlich... beunruhigt.«

»Sie hatten Pläne geschmiedet«, begann Silver, fing sich dann und zuckte die Achseln. »Ich weiß nicht. *Ich* wäre froh, wenn ich einen Fortpflanzungsauftrag bekäme. Manchen Leuten kann man es nicht rechtmachen.«

Leos Gesicht wurde streng. »Silver – wie beunruhigt waren denn die beiden? Kinder halten oft ein Problem irrtümlich für das Ende der Welt, sie haben keinen Sinn für die Fülle der Zeit. Das macht sie nervös. Glaubst du, sie wären aufgeregt genug gewesen, um etwas... Verzweifeltes anzustellen?«

»Etwas Verzweifeltes?« Silver lächelte selbst ziemlich verzweifelt.

»Wie einen Selbstmordpakt oder so etwas?«

»O nein!« sagte Silver geschockt. »Oh, so etwas würden sie nie machen.«

Blitzte einen Moment lang Erleichterung in Leos braunen Augen auf? Nein, mit zunehmender Besorgnis gruben sich Falten in sein Gesicht.

»Ich hatte gerade befürchtet, daß sie so etwas getan hätten. Tony ist nicht zu seiner Schicht erschienen, und das hat es noch nie gegeben; Andy ist auch verschwunden. Man kann sie alle drei nirgends finden. Wenn sie so verzweifelt waren – sich in der Falle sitzend vorkamen –, was könnte leichter sein, als durch eine Luftschleuse hinauszuschlüpfen? Ein Augenblick Kälte, einen Moment Schmerz, und dann – für immer entkommen.« Er verschränkte ernst sein einziges Paar Hände. »Und es ist alles meine Schuld. Ich hätte aufmerksamer sein sollen – etwas sagen sollen...« Er hielt inne und blickte sie hoffnungsvoll an.

»O nein, so etwas war es nicht!« beeilte sich Silver erschrocken ihm auszureden. »Wie schrecklich, daß Sie an so etwas denken. Hören Sie...« Sie blickte sich im Hydrokulturraum um und dämpfte die Stimme. »Hören Sie, ich sollte Ihnen das eigentlich nicht sagen, aber ich kann nicht zulassen, daß Sie herumgehen und diese – diese fürchterlichen Dinge denken.« Jetzt war seine ganze Aufmerksamkeit auf sie gerichtet, ernst und gespannt. Wieviel konnte sie wagen, ihm zu sagen? Eine passend zurecht frisierte Geschichte, die ihn beruhigte... »Tony und Claire...«

»Silver!« erklang Dr. Yeis Stimme, während sich die luftdichten Türen öffneten. Als Echo brüllte Van Atta: »Silver, was weißt du von all dem?«

»Oh, Mist«, knurrte Leo leise. Er ballte frustriert die Fäuste.

Silver wich zurück. Jetzt verstand sie und war ungehalten. »Sie...!« Und doch mußte sie fast lachen: Leo, so raffiniert und trickreich? Sie hatte ihn unterschätzt. Trugen sie denn beide Masken vor der übrigen Welt? Wenn es sich so verhielt, welche unbekannten Territorien verbarg dann sein höfliches Gesicht?

»Bitte, Silver, bevor die hierherkommen – ich kann dir nicht helfen, wenn...«

Es war zu spät. Van Atta und Yei stolperten in den Raum.

»Silver, weißt du, wohin Tony und Claire gegangen

sind?« wollte Dr. Yei atemlos wissen. Leo zog sich in reserviertes Schweigen zurück und schien sich für die feine Struktur der weißen Bohnenblüten zu interessieren.

»Natürlich weiß sie es«, versetzte Van Atta, bevor Silver antworten konnte. »Diese Mädchen stecken alle unter einer Decke, das kann ich Ihnen sagen ...«

»Oh, ich *weiß*«, murmelte Yei.

Van Atta wandte sich streng an Silver. »Spuck es aus, Silver, wenn du weißt, was für dich gut ist.«

Silver preßte ihre Lippen zu einem dünnen Strich zusammen und hob das Kinn.

Dr. Yei rollte hinter dem Rücken ihres Vorgesetzten die Augen. »Nun, Silver«, begann sie besänftigend, »das ist nicht die richtige Zeit für Mätzchen. Wenn Tony und Claire, wie wir vermuten, versucht haben, das Habitat zu verlassen, dann sind sie jetzt vielleicht in sehr ernsten Schwierigkeiten, vielleicht sogar in Lebensgefahr. Es freut mich, daß du meinst, du solltest gegenüber deinen Freunden loyal sein, aber ich bitte dich, mach daraus eine verantwortliche Loyalität – Freunde lassen nicht zu, daß Freunde verletzt werden.«

In Silvers Augen war Zweifel zu lesen; sie öffnete den Mund und holte Atem, um zu sprechen.

»Verdammt«, schrie Van Atta. »Ich habe keine Zeit, hier herumzustehen und mit dieser kleinen Fotze Süßholz zu raspeln. Das schlangenäugige Mistweib von Vizepräsidentin wartet jetzt da oben *in diesem Augenblick* darauf, daß die Show weitergeht. Sie fängt an, Fragen zu stellen, und wenn sie nicht schleunigst Antworten bekommt, dann wird sie selbst nach ihnen suchen. Die greift hart durch. Von allen möglichen Zeitpunkten für diesen Ausbruch von Idiotie war dies ganz bestimmt der allerunpassendste. Da muß Absicht dahinterstecken. Eine solche Sauerei kann kein Zufall sein.«

Sein wütendes rotes Gesicht wirkte wie üblich auf

Silver: ihr Unterleib zitterte, Tränen traten ihr in die Augen. Einst hatte sie gedacht, sie würde ihm alles geben, alles für ihn tun, wenn er sich nur beruhigte und wieder lächelte und scherzte.

Aber diesmal nicht. Die ehrfürchtige Schwärmerei, die sie anfangs für ihn empfunden hatte, war von ihr gewichen, Stück um Stück, und mit Staunen stellte sie jetzt fest, wie wenig davon übriggeblieben war. Eine leere Muschelschale konnte fest und stark sein ... »Sie«, flüsterte sie, »können mich gar nicht *zwingen*, etwas zu sagen.«

»Genau wie ich gedacht hatte«, knurrte Van Atta. »Wo ist Ihre *totale Sozialisation* jetzt, Dr. Yei?«

»Wenn Sie es freundlicherweise unterlassen würden«, stieß Dr. Yei zwischen zusammengebissenen Zähnen hervor, »meine Untergebenen antisoziales Verhalten zu lehren, dann bräuchten wir uns nicht mit dessen Folgen befassen.«

»Ich weiß nicht, worüber Sie jammern. Ich bin ein leitender Angestellter. Es ist meine Aufgabe, streng zu sein. Deshalb hat GalacTech mir die Leitung dieser orbitalen Geldschluckanlage übertragen. Für Verhaltenssteuerung ist Ihre Abteilung verantwortlich, Yei, zumindest haben Sie das behauptet. Also tun Sie Ihren Job.«

»Verhaltens*formung*«, korrigierte Dr. Yei frostig.

»Was ist, zum Teufel, der Nutzen davon, wenn das Verhalten in dem Augenblick zusammenbricht, wo es ernst wird? Ich möchte etwas haben, was die ganze Zeit funktioniert. Wenn Sie ein Ingenieur wären, dann würden Sie nicht an den Zuverlässigkeitsprüfungen vorbeikommen. Stimmt's, Leo?«

Leo rupfte den Stengel eines Bohnenblattes ab und lächelte kühl. Seine Augen funkelten. Er mußte an seiner Antwort herumgekaut haben, jedenfalls schluckte er *etwas* hinunter.

Silver faßte einen einfachen Plan. So einfach, daß sie ihn gewiß ausführen würde. Sie brauchte lediglich nichts zu tun. Nichts tun, nichts sagen; schließlich mußte die Krise vorübergehen. Man konnte ihr körperlich nichts anhaben, letztlich war sie wertvolles Eigentum von GalacTech. Alles andere war bloßes Tamtam. Sie ließ sich in die Sicherheit des Dingseins versinken, und in eisernes Schweigen.

Das Schweigen wurde bedrückend. Sie erstickte fast daran.

»Also«, zischte Van Atta sie an, »so möchtest du es gern haben. Sehr schön. Deine Entscheidung.« Er wandte sich an Yei. »Haben Sie auf der Krankenstation etwas wie Schnell-Penta, Doktor?«

Yei kräuselte ihre Lippen. »Schnell-Penta ist nur für Polizei legal, Mr. Van Atta.«

»Braucht man nicht auch einen Gerichtsbeschluß, um es anzuwenden?« fragte Leo und blickte dabei nicht von dem Bohnenblatt auf, das er zwischen seinen Fingern drehte.

»Bei Staatsbürgern, Leo. Die«, Van Atta zeigte auf Silver, »ist keine Staatsbürgerin. Wie steht's, Doktor?«

»Um Ihre Frage zu beantworten, *Mr.* Van Atta, nein, unsere Krankenstation hat *keine* illegalen Drogen vorrätig!«

»Ich habe nicht von Schnell-Penta gesprochen. Ich habe gesagt, etwas *wie* Schnell-Penta«, sagte Van Atta gereizt. »Eine Art Anästhetikum oder so etwas, was man in einer Notlage einsetzt.«

»Befinden wir uns denn in einer Notlage?« fragte Leo in einem sanften Ton und drehte dabei immer noch sein Blatt; es begann schon auszufransen. »Pramod springt für Tony ein, und sicher kann eines der anderen Mädchen mit einem Baby Claires Rolle übernehmen. Woher sollte die Vizepräsidentin den Unterschied wissen?«

»Wenn es damit endet, daß wir zwei unserer Arbeiter unten auf dem Planeten von der Straße wegkratzen müssen ...«

Silver zuckte bei diesem Echo ihres eigenen grausigen Szenarios zusammen.

»... oder sie hier oben irgendwo draußen entdecken, wie sie trockengefroren dahinschweben, dann wird es verdammt hart sein, das vor ihr zu verbergen. Sie sind der Frau noch nicht begegnet, Leo. Sie hat eine Nase für Probleme wie ein Wiesel.«

»Mm«, sagte Leo.

Van Atta wandte sich wieder Yei zu. »Wie steht's, Doktor? Oder wollen Sie lieber warten, bis jemand uns anruft und fragt, was mit den Leichen geschehen soll?«

»IV Thalizin-5 ist ein bißchen wie Schnell-Penta«, murmelte Dr. Yei widerstrebend, »in bestimmten Dosierungen. Ihr wird jedoch einen Tag lang davon schlecht sein.«

»Das ist ihre Entscheidung.« Er drehte sich zu Silver um. »Deine letzte Chance, Silver. Ich habe es satt. Ich verabscheue Illoyalität. Wohin sind sie gegangen? Sag es mir, oder du bekommst jetzt gleich die Nadel.«

Silver wurde endlich aus dem Dingsein zu einem schmerzhafteren, aktiveren menschlichen Mut angetrieben. »Wenn Sie mir das antun«, flüsterte sie mit verzweifelter Würde, »dann ist es aus zwischen uns.«

Van Atta kochte vor Empörung. »Aus zwischen uns? Du und deine kleinen Freunde verschwören sich, meine Karriere vor den hohen Tieren der Firma zu sabotieren, und du sagst *mir*, daß es zwischen uns aus ist? Du hast verdammt recht damit, daß es aus ist zwischen uns.«

»GalacTech-Sicherheitsdienst, Shuttlehafen Drei, Captain Bannerji am Apparat«, sagte George Bannerji an seiner Komkonsole sein Sprüchlein auf. »Kann ich Ihnen helfen?«

»Sind Sie dort verantwortlich?« begann der gutgekleidete Mann im Vid abrupt. Er kämpfte sichtlich mit starken Emotionen und atmete schnell. An seiner verkrampften Kinnbacke zuckte ein Muskel.

Bannerji nahm die Füße von seinem Schreibtisch und lehnte sich vor. »Jawohl, Sir.«

»Ich bin Bruce Van Atta, Chef des Projekts auf dem Habitat. Identifizieren Sie meine Stimme, oder was Sie sonst zur Prüfung machen.«

Bannerji setzte sich aufrecht hin und tippte den Prüfcode ein; einen Moment lang blinkte das Wort ›Freigegeben‹ über Van Attas Gesicht. Bannerji setzte sich noch aufrechter hin. »Jawohl, Sir, fahren Sie fort.«

Van Atta stockte, als suchte er nach Worten, dann sprach er langsam, obwohl sich hinter seinem angespannten Gesicht die Gedanken zu drängeln schienen. »Wir haben hier ein kleines Problem, Captain.«

In Bannerjis Kopf leuchteten rote Lichter auf und heulten Sirenen los. Er hatte einen Riecher für eine Untertreibung, mit der jemand einen Schlamassel zu vertuschen suchte. »So?«

»Drei unserer ... ah ... Versuchsobjekte sind aus dem Habitat entkommen. Wir haben ihre Mitverschwörerin verhört und glauben daher, daß sie mit dem Shuttleflug B119 abgehauen sind und sich jetzt irgendwo im Shuttlehafen Drei verborgen halten. Es ist von äußerster Dringlichkeit, daß sie eingefangen und so schnell wie möglich zu uns zurückgebracht werden.«

Bannerjis Augen weiteten sind. Die Firma hielt Informationen über das Habitat streng geheim, aber niemand konnte längere Zeit auf Rodeo arbeiten, ohne zu erfahren, daß dort oben, sorgfältig isoliert, gewisse genetische Experimente an Menschen vorgenommen wurden. Neue Mitarbeiter brauchten gewöhnlich etwas länger, um zu merken, daß die alten Hasen mit den exotischeren Monstergeschichten, die sie erzählten, ihre Leichtgläubigkeit verulkten. Bannerji war vor etwa einem Monat nach Rodeo versetzt worden.

Die Worte des Projektleiters dröhnten durch Bannerjis Kopf. *Entkommen. Eingefangen.* Verbrecher entkommen. Gefährliche Zootiere entkommen, wenn ihren

Wärtern eine Panne unterläuft, und dann bekommen ein paar arme Trottel von Polypen die Aufgabe, sie wieder einzufangen. Gelegentlich sind auch schon schreckliche biologische Waffen entkommen. Womit hatte er es, verdammt noch mal, zu tun?

»Woran können wir sie erkennen, Sir? Sehen sie«, Bannerji schluckte, »wie menschliche Wesen aus?«

»Nein.« Van Atta konnte offensichtlich das Entsetzen in Bannerjis Gesicht erkennen, denn er schnaubte ironisch. »Sie werden sie ohne Schwierigkeiten erkennen, das versichere ich Ihnen, Captain. Und wenn Sie sie finden, dann rufen Sie mich sofort unter meinen Privatcode an. Ich möchte nicht, daß diese Geschichte über öffentliche Kanäle geht. Halten Sie es um Himmels willen unter der Decke, verstanden?«

Bannerjis Phantasie malte sich eine öffentliche Panik aus. »Jawohl, Sir. Vollkommen verstanden.«

Seine eigene Panik war eine Privatangelegenheit. Das üppige Gehalt, das er bekam, würde es nicht geben, wenn der Sicherheitsdienst nur in ausgedehnten Kaffeepausen und angenehmen Abendspaziergängen um völlig menschenleere Grundstücke bestünde. Er hatte immer gewußt, daß einmal der Tag kommen würde, an dem er sich sein Geld verdienen müßte.

Mit einem grimmigen Kopfnicken beendete Van Atta das Gespräch. Bannerji ließ über die Komkonsole seinen Untergebenen aufrufen, ebenso seine beiden dienstfreien Leute. Bei einer Sache, die führende Leute ins Schwitzen brachte, sollte ein erst kürzlich beförderter Sicherheitsmann besser keine Risiken eingehen.

Er öffnete den Waffenschrank und holte Betäuber und Halfter für sich und sein Team heraus. Nachdenklich wiegte er einen Betäuber in der Hand: ein leichtes, kleines, harmlos scheinendes Ding, fast ein Spielzeug. Bei Waffen wie dieser riskierte GalacTech keine Prozesse wegen verirrter Schüsse.

Bannerji blieb einen Moment lang stehen, dann

wandte er sich zu seinem Schreibtisch und öffnete die Schublade mit seinem persönlichen Handflächenschloß. In einer eigenen verschlossenen Schachtel ruhte die nichtregistrierte Pistole; das Schulterhalfter war wie eine schlafende Schlange darumgerollt. Als Bannerji das Halfter angelegt und seine Uniformjacke wieder zurechtgerückt hatte, fühlte er sich viel besser. Entschlossen schickte er sich an, seine Wachleute zu begrüßen, die sich zum Dienst meldeten.

KAPITEL 5

Vor den Türen der Krankenstation des Habitats hielt Leo an, um seine Nerven zu sammeln. Er war insgeheim erleichtert gewesen, als ein verzweifelter Anruf von Pramod ihn, der innerlich zitterte, von Silvers qualvollem Verhör wegrief, und er schämte sich insgeheim auch über dieses Gefühl der Erleichterung. Pramods Problem – fluktuierende Energiepegel in seinem Elektronenstrahlschweißbrenner, die letztlich auf eine Störung der elektronenemittierenden Kathode infolge von Gaskontamination zurückgingen – hatte Leo einige Zeit in Anspruch genommen, aber als die Schweißvorführung vorüber war, trieb ihn seine Scham wieder hierher.

Was kannst du denn so spät noch für sie tun? verspottete ihn sein Gewissen. *Sie deiner beständigen moralischen Unterstützung versichern, solange du damit in keine Unannehmlichkeiten verwickelt wirst? Was für ein Trost!* Er schüttelte den Kopf und betätigte die Türsteuerung.

Schweigend schwebte er am Stationszimmer vorbei, ohne sich dort anzumelden. Silver befand sich in einer privaten Kabine ganz am Ende des Krankenstationsmoduls. Die Entfernung hatte dazu beigetragen, ihre Schreie zu dämpfen.

Leo schaute durch das Beobachtungsfenster. Silver war allein und hing schlaff in den Bettgurten an der Wand. Im Licht der Fluoros erschien ihr Gesicht grünlich, bleich und feucht. Ihre Augen schienen ihre funkelnd blaue Farbe verloren zu haben, jetzt wirkten sie wie verschwommene bleigraue Flecken. Eine der oberen Hände umklammerte eine noch unbenutzte Speitüte.

Leo selbst war auch übel. Er warf einen Blick den Korridor entlang, um sicher zu sein, daß er noch unbeobachtet war, schluckte den Klumpen hilfloser Wut hinunter, der sich in seiner Kehle angesammelt hatte, und schlüpfte in die Kabine.

»Ach … hallo, Silver«, begann Leo mit einem schwachen Lächeln. »Wie geht es dir?« Er verfluchte sich selbst für seine albernen Worte.

Ihre verschmierten Augen richteten sich verständnislos auf ihn. Dann sagte sie: »O Leo. Ich glaube, ich habe eine Weile … geschlafen. Komische Träume … Mir ist noch übel.«

Die Wirkung der Droge schien schon nachzulassen. Ihre Stimme war nicht mehr undeutlich und träumerisch wie während des Verhörs; jetzt klang sie schwach und gepreßt, aber ihrer selbst bewußt. Leicht ungehalten fügte sie hinzu: »Wegen diesem Zeug habe ich mich erbrochen. Und ich habe noch nie gebrochen, nie. Dieses Zeug hat mich dazu gebracht.«

Wie Leo mitbekommen hatte, gab es in Silvers kleiner Welt stärkste soziale Hemmungen gegen das Erbrechen in der Schwerelosigkeit. Wahrscheinlich wäre Silvers Verlegenheit viel geringer gewesen, wenn man sie in der Öffentlichkeit entkleidet hätte.

»Das war nicht dein Fehler«, versuchte Leo sie schnell zu beruhigen.

Sie schüttelte den Kopf; ihr Haar flatterte dabei in glatten Strähnen und bildete nicht mehr die gewohnte helle Aureole. Sie spitzte den Mund. »Ich hätte eigentlich – ich dachte, ich könnte … der Rote Ninja hat *seinen* Feinden nie seine Geheimnisse verraten, und ihn hatten sie sowohl unter Drogen gesetzt wie auch gefoltert.«

»Wer?« fragte Leo verdutzt.

»Oh …!« Silver wimmerte. »Sie haben auch unsere Bücher entdeckt. Diesmal werden sie alle finden …« An ihren Wimpern hingen Tränen, die nicht fallen konnten, sondern sich ansammelten, bis sie weggewischt wurden. Als sie ihre Augen aufriß und Leo in entsetzter Erkenntnis anstarrte, lösten sich zwei oder drei

Tröpfchen und machten sich als schimmernde Satelliten selbständig. »Und jetzt denkt Mr. Van Atta, daß Ti gewußt haben muß, daß Tony und Claire an Bord seines Shuttles waren – eine geheime Absprache –, und er sagt, er wird dafür sorgen, daß Ti gefeuert wird! Und er wird Tony und Claire dort unten finden – ich weiß nicht, was er ihnen antun wird. Ich habe Mr. Van Atta noch nie so wütend gesehen.«

Leo biß so fest die Zähne zusammen, daß aus seinem Lächeln eine Grimasse wurde. Trotzdem versuchte er vernünftig zu reden. »Aber du hast ihnen doch sicher – unter Drogen – gesagt, daß Ti es nicht wußte.«

»Er hat es nicht geglaubt. Er sagte, ich würde lügen.«

»Aber das wäre doch unlogisch...«, begann Leo, dann brach er ab. »Nein, du hast recht, das läßt ihn kalt. Gott, was für ein Arschloch!«

Silver öffnete schockiert den Mund. »Sie meinen – Mr. Van Atta?«

»Ich meine Brucie-Baby. Du kannst mir nicht einreden, daß du seit elf Monaten mit dem Mann zu tun hast und das noch nicht gemerkt hast.«

»Ich dachte, daß es an mir liegt – daß etwas mit mir nicht stimmt...« Silvers Stimme war immer noch schwach und verweint, aber in ihren Augen begann es zu dämmern. Sie bezwang ihr eigenes Leid und betrachtete Leo mit erhöhter Aufmerksamkeit. »... Brucie-Baby?«

»Was?« Die Erinnerung an einen von Dr. Yeis Vorträge über *die Aufrechterhaltung einer einheitlichen und konsequenten Autorität* ließ Leo innehalten. Damals war ihm dies sehr sinnvoll erschienen... »Schon gut! Aber mit dir ist alles in Ordnung, Silver.«

Ihr scharfer Blick wurde fast wissenschaftlich. »Sie fürchten ihn nicht.« Ihr überraschter Ton verriet, daß sie dies für eine unerwartete und bemerkenswerte Entdeckung hielt.

»Ich? Fürchten? Vor Bruce Van Atta?« Leo prustete. »Wohl kaum.«

»Damals, als er ankam und Dr. Cays Stellung übernahm, dachte ich… dachte ich, er würde wie Dr. Cay sein.«

»Schau mal… äh… es gibt eine sehr alte Daumenregel, die besagt, daß Leute bis zur Stufe ihrer Inkompetenz befördert werden. Ich glaube, daß es mir bis jetzt gelungen ist, diese wenig beneidenswerte Ebene zu meiden. Und das gelang offensichtlich auch eurem Dr. Cay.« Zum Teufel mit Yeis Skrupeln, dachte Leo, und fügte schonungslos offen hinzu: »Van Atta ist es nicht gelungen.«

»Tony und Claire hätten nie versucht wegzurennen, wenn Dr. Cay noch hier wäre.« In ihren Augen glomm Hoffnung auf. »Wollen Sie damit sagen, daß dieses Durcheinander vielleicht Mr. Van Attas Schuld ist?«

Leo hob unsicher die Schultern. Ihn quälten geheime Gedanken, die er noch nicht einmal sich selber eingestanden hatte. »Eure S… S…« – *Sklaverei* – »Situation erscheint mir an sich, an sich«, *falsch,* schlug sein Denken vor, während seine Zunge es milderte, »anfällig zum Mißbrauch, zu all möglichen Arten von Fehlbehandlung. Weil Dr. Cay sich so leidenschaftlich für euer Wohlergehen einsetzte…«

»Er war zu uns wie ein Vater«, bestätigte Silver traurig.

»… blieb diese… hm… Anfälligkeit verborgen. Aber früher oder später war es unvermeidlich, daß jemand begann, sie auszunutzen, und euch auch. Wenn es nicht Van Atta getan hätte, dann jemand anderer in der Hierarchie. Jemand…« – *Schlimmerer?* Leo hatte genügend Geschichtsbücher gelesen. Ja – »… viel Schlimmerer.«

Silver sah aus, als bemühte sie sich vergebens, sich jemanden vorzustellen, der schlimmer war als Van Atta. Sie schüttelte traurig den Kopf. Sie hob ihr Gesicht Leo entgegen, ihre Augen waren wie Purpurwindenblüten, die sich auf die Sonne richteten. Leo mußte unwillkürlich lächeln.

»Was geschieht jetzt mit Tony und Claire? Ich habe versucht, sie nicht zu verraten, aber dieses Zeug hat mich so wirr im Kopf gemacht – es war schon vorher für sie gefährlich, und jetzt ist es noch schlimmer ...«

Leo versuchte sie in einem rauhen, aber herzlichen Ton zu beruhigen. »Nichts wird ihnen passieren, Silver. Laß dir von Bruces Wut keinen Schreck einjagen. Es gibt wirklich nicht viel, was er ihnen antun kann, sie sind viel zu wertvoll für GalacTech. Er wird sie anschreien, ohne Zweifel, und das kann man ihm nicht übelnehmen; ich bin selbst willens, sie anzuschreien. Der Sicherheitsdienst wird sie unten auf dem Planeten aufgreifen – sie können nicht weit gekommen sein –, sie werden eine Strafpredigt zu hören bekommen, und in ein paar Wochen wird alles vergessen sein. Es wird ihnen eine Lehre sein« Leo zögerte. Welche Lehre würden sie denn aus diesem Fiasko ziehen? – »... alles in allem.«

»Sie tun so, als wäre es gar nichts, wenn man angeschrien wird.«

»Das kommt, wenn man älter wird«, erklärte er. »Eines Tages wirst du genauso empfinden.« Oder kam diese besondere Immunität mit der Macht? Leo war plötzlich unsicher. Aber er hatte keine nennenswerte Macht, außer der Fähigkeit, Dinge zu bauen. Wissen als Macht. Wer hatte jedoch Macht über ihn? Die logische Kette endete in Verwirrung; er zog ungeduldig seine Gedanken von ihr ab. Ein geistiges Spinnrad – so unproduktiv wie der Philosophieunterricht im College.

»Jetzt empfinde ich es nicht so«, sagte Silver praktisch.

»Schau ... hm ... ich sag dir was. Wenn du dich dadurch besser fühlst, dann fliege ich mit runter, wenn sie die Kinder ausfindig machen. Vielleicht kann ich die Dinge irgendwie unter Kontrolle halten.«

»Oh, würden Sie das tun? Könnten Sie das tun?« fragte Silver erleichtert. »So wie Sie versucht haben, mir zu helfen?«

Leo hätte sich am liebsten die Zunge abgebissen. »Hm, ja. So in der Art.«

»Sie haben keine Angst vor Mr. Van Atta. Sie können ihm die Stirn bieten.« Sie verzog entschuldigend die Augenbrauen und winkte mit ihren unteren Armen. »Danke, Leo.« Jetzt zeigte ihr Gesicht sogar etwas Farbe.

»Hm, schon gut. Ich werde mich jetzt lieber beeilen, damit ich noch das Shuttle erwische, das zu Hafen Drei hinunterfliegt. Wir werden sie zum Frühstück wieder gesund und sicher hier haben. Sieh es auf diese Weise: wenigstens kann GalacTech ihnen nicht die Kosten für den Extrashuttleflug vom Gehalt abziehen.« Damit erntete er bei ihr sogar ein kurzes Lächeln.

»Leo ...« Ihre Stimme klang nüchtern, und er hielt auf seinem Weg zur Tür an. »Was tun wir, wenn ... wenn eines Tages jemand kommt, der schlimmer ist als Mr. Van Atta?«

Überquere diese Brücke, wenn du vor ihr stehst, wollte er sagen und der Frage ausweichen. Aber wenn er noch eine einzige Platitüde von sich gab, würde er daran ersticken. Er lächelte, schüttelte den Kopf und floh.

Das Lagerhaus erinnerte Claire an ein Kristallgitter. Es hatte überall rechte Winkel und erstreckte sich mit neunzig Grad in jede Dimension; riesige genutete Regale reichten bis zur Decke und bildeten endlose Reihen mit Quergängen. Sie blockierten die Sicht, und sie blockierten den Flug.

Aber hier konnte man nicht fliegen. Sie kam sich vor wie ein verirrtes Molekül, das in den Zwischenräumen eines dotierten Kristallmikroplättchens gefangen war, fehl am Platz, aber in der Falle sitzend. Im Rückblick erschienen ihr jetzt die behaglichen Kurven des Habitats wie umschließende Arme.

Sie drängten sich jetzt in einer leeren Zelle eines Lagerregals zusammen, in einer der wenigen, die sie nicht mit Material belegt gefunden hatten. Ihre Seitenlänge war etwa zwei Meter. Tony hatte darauf bestanden, daß sie zur dritten Lage emporkletterten, damit sie sich über der Augenhöhe eines Planetariers befanden, der zufällig den Korridor entlanggehen mochte, aufrecht auf seinen langen Beinen. Wie sich herausstellte, ließen sich die Leitern, die in Abständen an den Regalen befestigt waren, leichter bewältigen als das Kriechen am Boden, aber es war schrecklich anstregend gewesen, die Tasche nach oben zu bringen, da ihre Leine zu kurz war, als daß sie hätten zuerst hochklettern und sie dann nachziehen können.

Claire war insgeheim entmutigt. Andy entdeckte bei sich schon die Fähigkeit, mit Schieben, Grunzen und Zappeln gegen die Schwerkraft anzukämpfen, zwar nur ein paar Zentimeter auf einmal, aber sie hatte die Schreckensvorstellung, daß er über den Rand fallen könnte. Claire entwickelte eine Abneigung gegen Ränder.

Ein Gabelstaplerroboter surrte vorbei. Claire erstarrte, duckte sich in den hinteren Bereich ihres Schlupfwinkels, preßte Andy an sich und packte eine von Tonys Händen. Das Surren entfernte sich. Sie wagte wieder zu atmen.

»Entspann dich«, quiekste Tony. »Entspann dich …« Er holte tief Luft und bemühte sich offenkundig, seinen eigenen Rat zu befolgen.

Claire lugte vorsichtig aus dem Abteil auf den Gabelstapler, der weiter unten im Gang angehalten hatte und jetzt damit beschäftigt war, einen Plastikkarton aus dessen codierter Zelle zu holen.

»Können wir jetzt essen?« In den letzten drei Stunden hatte sie Andy in dem Bemühen, ihn zu beruhigen, immer wieder gestillt, und war jetzt in jedem Sinne des Wortes erschöpft. Ihr Magen knurrte, und ihre Kehle war ausgetrocknet.

»Ich glaube schon«, sagte Tony und holte ein paar Nährriegel aus ihrem Vorrat in der Tasche. »Und dann sollten wir lieber versuchen, uns wieder in den Hangar vorzuarbeiten.«

»Können wir hier nicht ein bißchen länger ausruhen?«

Tony schüttelte den Kopf. »Je länger wir warten, desto größer wird das Risiko, daß sie nach uns suchen. Wenn wir nicht bald an Bord eines Shuttles zur Transferstation kommen, dann fangen sie vielleicht an, die nach draußen bestimmten Sprungschiffe zu durchsuchen, und dann ist unsere Chance dahin, unentdeckt zu bleiben, bis sie unumkehrbar beschleunigt haben.«

Andy quäkte und gurgelte; aus seiner Richtung kam ein wohlbekannter Geruch.

»Ach, Schatz, würdest du mir bitte eine Windel geben?« bat Claire.

»Schon wieder? Das ist jetzt schon das viertemal, seit wir das Habitat verlassen haben.«

»Ich glaube, ich habe nicht annähernd genug Windeln mitgenommen«, sorgte sich Claire, während sie das laminierte Stück aus Papier und Plastik glättete, das Tony ihr gereicht hatte.

»Unsere Tasche ist zur Hälfte mit Windeln gefüllt. Kannst du es nicht so einrichten, daß sie etwas länger reichen?«

»Ich befürchte, er bekommt vielleicht Durchfall. Wenn man die Kacke zu lange an seinem Po läßt, dann beißt sie in seine Haut, die wird ganz rot, blutet sogar, wird infiziert - und dann schreit und heult er jedesmal, wenn man den Po anfaßt und sauberzumachen versucht. Dann schreit er wirklich laut«, betonte sie.

Die Finger von Tonys unterer linker Hand trommelten auf den Boden des Regalfaches, und mit einem

Seufzen unterdrückte er seine Frustration. Claire wickelte die gebrauchte Windel fest zusammen und machte sich daran, sie wieder in die Tasche zu stopfen.

»Müssen wir die mitschleppen?« fragte Tony plötzlich. »Nach einiger Zeit wird alles in der Tasche zu stinken anfangen. Außerdem ist sie schon schwer genug.«

»Ich habe nirgendwo einen Müllentsorger gesehen«, sagte Claire. »Was sollen wir sonst damit tun?«

Tonys Gesicht verzerrte sich in einem inneren Ringen. »Laß sie einfach liegen«, stieß er hervor. »Auf dem Boden. Hier wird sie nicht durch den Gang davonfliegen und in die Belüftungsanlage geraten. Laß sie alle hier.«

Claire war sprachlos ob dieser entsetzlichen, revolutionären Idee. Tony folgte seinem eigenen Vorschlag, bevor seine Entschlossenheit ihn wieder verließ, holte die vier kleinen Knäuel heraus und stopfte sie in die hinterste Ecke des Lagerfachs. Er lächelte unsicher, in einer Mischung aus Schuldgefühl und Stolz. Claire betrachtete ihn besorgt. Ja, die Situation war außergewöhnlich, aber was war, wenn Tony eine Neigung zu kriminellem Verhalten entwickelte? Würde er wieder zur Normalität zurückkehren, wenn sie dort ankamen – wohin auch immer sie unterwegs waren?

Falls sie dort ankamen. Claire stellte sich vor, wie ihre Verfolger der Fährte der schmutzigen Windeln folgten, die sich durch die halbe Galaxis zog, wie die Spur aus Blütenblättern, die jene Heldin in einem von Silvers Buch hatte fallenlassen …

»Wenn du ihn fertig hast«, sagte Tony mit einem Kopfnicken in Richtung seines Sohnes, »dann sollten wir uns vielleicht lieber auf den Weg machen, zurück zum Hangar. Die Planetarier sind inzwischen vielleicht schon wieder weg.«

»Wie wählen wir diesmal ein Shuttle aus?« fragte Claire. »Wie wissen wir, daß es nicht einfach direkt zurück zum Habitat fliegt – oder daß es eine Fracht aufnimmt, die im Vakuum entladen wird? Wenn sie im All die Luft aus dem Frachtraum rauslassen, während wir drin sind ...«

Tony schüttelte den Kopf und preßte die Lippen aufeinander. »Ich weiß es nicht. Aber Leo sagt – wenn man ein großes Problem lösen oder ein großes Projekt fertigstellen möchte, dann besteht das Geheimnis darin, daß man es in lauter kleine Schritte zerlegt und dann der Reihe nach einen nach dem anderen in Angriff nimmt. Also – gehen wir zuerst einfach zum Hangar zurück. Und schauen, ob dort überhaupt Shuttles sind.«

Claire nickte, dann stockte sie. Andy war nicht der einzige von ihnen, den die Biologie plagte, überlegte sie grimmig. »Tony, glaubst du, wir können auf dem Rückweg eine Toilette finden? Ich muß mal.«

»Jaa, ich auch«, gab Tony zu. »Hast du eine auf dem Weg hierher gesehen?«

»Nein.« Diese Örtlichkeiten ausfindig zu machen hatte sie auf dieser alptraumhaften Wanderung nicht sonderlich beschäftigt, als sie über den Boden krochen, vorbeieilenden Planetariern auswichen und sie Andy dicht an sich preßte, aus Angst, er könnte gleich losheulen. Claire war sich nicht einmal sicher, daß sie die Strecke rekonstruieren konnte, die sie gekommen waren, als sie aus ihrem ersten Versteck vertrieben worden waren, von jener geschäftigen Arbeitsmannschaft, die ihre Maschinen bestiegen und angelassen hatten.

»Es muß hier was geben«, überlegte Tony optimistisch, »schließlich arbeiten hier ja Menschen.«

»Nicht in diesem Bereich«, bemerkte Claire, als sie auf die Mauer aus Lagerzellen jenseits des Gangs schaute. »Hier gibt es nur Roboter.«

»Dann zurück zum Hangar. Sag mal ...« Seine Stimme wurde unsicher. »Hm ... weißt du zufällig, wie eine Toilette im Schwerkraftfeld aussieht? Wie geht es da vor sich? Luftabsaugung wird ja wohl nicht mit den Gravitationskräften fertig.«

In einem von Silvers eingeschmuggelten historischen Vid-Dramas hatte es eine Szene mit einem Aborthäuschen gegeben, aber Claire war sich sicher, daß diese Technik veraltet war. »Ich glaube, man benutzt irgendwie Wasser.«

Tony zog seine Nase kraus und zuckte verblüfft die Achseln. »Wir werden es herausfinden.« Sein Blick fiel sehnsüchtig auf die kleinen Windelknäuel in der Ecke. »Es ist zu schade ...«

»Nein!« sagte Claire entsetzt. »Oder zumindest – zumindest *versuchen* wir zuerst, eine Toilette zu finden.«

»In Ordnung ...«

Ein fernes rhythmisches Klopfen wurde immer lauter. Tony, der gerade dabei war, sich auf die Leiter hinauszuschwingen, ließ sich ins Regalfach zurückfallen. Er hielt einen Finger vor den Mund, in seinem Gesicht zeichnete sich Panik ab. Sie zogen sich ganz schnell in den rückwärtigen Teil der Zelle zurück.

»Aaah?« sagte Andy. Claire nahm ihn hoch und stopfte ihm eine Brustwarze in den Mund. Gesättigt und gelangweilt, lehnte er das Stillen ab und drehte seinen Kopf weg. Claire ließ ihr T-Shirt wieder herabfallen und versuchte ihn abzulenken, indem sie stumm alle seine geschäftigen Finger zählte. Er war jetzt auch wie sie mit Dreck beschmiert; das war keine große Überraschung, denn Planeten *bestanden* aus Dreck. Dreck sah aus der Entfernung besser aus. Etwa aus einer Entfernung von ein paar hundert Kilometern ...

Das Klopfen wurde lauter, kam unter ihrer Zelle vorbei, wurde leiser.

»Ein Wachmann von der Firma«, flüsterte Tony in Claires Ohr.

Sie nickte und wagte kaum zu atmen. Das Klopfen kam von diesen harten Fußbekleidungen der Planetarier, die auf den Zementboden auftrafen. Einige Minuten vergingen, und das Klopfen kam nicht wieder. Andy gab nur leise gurrende Laute von sich.

Tony steckte den Kopf vorsichtig zur Kammer hinaus, schaute nach links und rechts, oben und unten. »In Ordnung. Mach dich bereit, mir beim Herunterlassen der Tasche zu helfen, sobald dieser nächste Gabelstapler vorbei ist. Wir müssen sie den letzten Meter fallen lassen, aber vielleicht überdeckt der Lärm des Gabelstaplers das Geräusch ein bißchen.«

Zusammen schoben sie die Tasche an den Rand der Zelle und warteten. Der surrende Robostapler kam den Gang heruntergefahren und hatte auf seinem Heber eine riesige Lagerkiste, die fast so groß wie eine Lagerzelle war.

Der Gabelstapler hielt unter ihnen an, piepste vor sich hin und drehte sich um neunzig Grad. Mit einem winselnden Geräusch begann sein Heber nach oben zu fahren.

In diesem Augenblick erinnerte sich Claire, daß ihre Zelle als einzige in diesem Regal leer war.

»Er kommt *hierher*! Wir werden zerquetscht!«

»Hinaus! Hinaus auf die Leiter!« schrie Tony.

Statt dessen sauste sie zurück, um Andy zu packen, den sie an der Rückseite der Kammer abgelegt hatte, so weit weg vom schreckenerregenden Rand wie möglich, bevor sie Tony geholfen hatte, die Tasche nach vorn zu schieben. Die Kammer wurde dunkel, als die heraufkommende Kiste die Öffnung verdeckte. Tony konnte sich mit Mühe und Not daran vorbei zur Leiter schieben, während der Stapler begann, die Kiste hineinzuschieben.

»Claire!« schrie Tony. Er trommelte sinnlos auf die Seitenwand der großen Plastikkiste. »Claire! Nein, Nein! Blöder Roboter! Stop, stop!«

Aber der Gabelstapler war offensichtlich nicht sprachgesteuert. Er machte weiter und schob ihre Tasche vor sich her. An den Seiten der Kiste und oben waren nur wenige Zentimeter Spielraum. Claire wich zurück. Sie war so entsetzt, daß ihre Schreie wie Baumwollknäuel in ihrer Kehle steckenblieben und sie nur ein unartikuliertes Quietschen hervorbrachte. Zurück, zurück; die kalte Metallwand hinter ihr hielt sie auf. Sie drückte sich dagegen, so gut sie konnte; dabei stand sie auf ihren unteren Händen und hielt Andy mit den oberen. Er heulte jetzt, angesteckt von ihrer Angst, und gab ein ohrenbetäubendes Gekreisch von sich.

»Claire!« schrie Tony von der Leiter, ein entsetztes Gebrüll unter Tränen. »ANDY!«

Die Tasche neben ihnen wurde zusammengepreßt. Leise knirschende Geräusche drangen aus ihr. Im letzten Augenblick nahm Claire Andy mit ihren unteren Armen, unter ihrem Rumpf, und stemmte sich mit den oberen gegen die Kiste, gegen die Schwerkraft. Vielleicht würde ihr Körper, wenn er zerquetscht würde, die Kiste gerade weit genug weghalten, um Andy zu retten – die Servomechanismen des Gabelstaplers kreischten unter der Überlast …

Und begannen sich zurückzuziehen. Claire entschuldigte sich stumm bei ihrer übergroßen Tasche für all die Flüche, mit denen sie und Tony in den vergangenen Stunden ihr Gepäck bedacht hatten. Nichts darin würde noch so aussehen wie zuvor, aber es hatte sie gerettet.

Der Gabelstapler ruckte, sein Getriebe knirschte verwirrt. Die Kiste verschob sich auf ihrer Palette und stand jetzt nicht mehr normgerecht. Während sich der Hebearm zurückzog, rutschte die Kiste mit, von Reibung und Schwerkraft gezogen, und entfernte sich mehr und mehr aus der richtigen Stellung.

Mit offenem Mund beobachtete Claire, wie die Kiste sich neigte und aus der Öffnung fiel, dann stürzte Claire nach vorn. Als die Kiste auf dem Beton aufschlug, erschütterte der Aufprall das Lagerhaus, darauf folgte ein dröhnendes Echo, das lauteste Geräusch, das

Claire je gehört hatte. Die Kiste riß den Gabelstapler mit sich, dessen Räder hilflos in der Luft surrten, während der Roboter auf die Seite fiel.

Die Macht der Schwerkraft war erstaunlich. Die Kiste platzte auf, ihr Inhalt quoll heraus. Hunderte von Radkappen sprangen heraus und klirrten wie eine Horde von Zimbeln. Ungefähr ein Dutzend rollten nach beiden Seiten des Gangs davon, als wollten sie fliehen, eierten gegen die Korridorwände und fielen auf die Seite, wobei sie sich immer noch drehten und allmählich leiser werdende Geräusche von sich gaben. In der erstaunlichen Stille, die darauf folgte, klangen die Echos noch einen Moment lang in Claires Ohren nach.

»O Claire!« Tony kroch zurück in die Zelle und umschlang sie mit allen Armen, mit Andy dazwischen, als ob er sie nie wieder loslassen würde. »O Claire …« Seine Stimme schnappte über, während er sein Gesicht an ihrem weichen kurzen Haar rieb.

Claire schaute über seine Schulter auf das Durcheinander, das sie unten angerichtet hatten. Der umgefallene Robostapler piepste wieder, wie ein verletztes Tier. »Tony, ich glaube, wir sollten lieber hier abhauen«, schlug sie leise vor.

»Ich dachte, du kämst hinter mir, auf die Leiter. Direkt hinter mir.«

»Ich mußte Andy holen.«

»Natürlich. Du hast ihn gerettet, während ich – mich selbst rettete. O Claire! Ich hatte nicht vor, dich da drin zu lassen …«

»Das hatte ich auch nicht gedacht.«

»Aber ich bin gesprungen …«

»Es wäre einfach dumm gewesen, es nicht zu tun. Hör mal, können wir darüber nicht *später* reden? Ich glaube *wirklich*, wir sollten hier wegkommen.«

»Ja, o ja. Ach, die Tasche …?« Tony lugte in die dunkle Zelle.

Claire meinte, daß sie auch keine Zeit für die Tasche hätten – aber wie weit konnten sie ohne sie kommen? Sie half Tony, die Tasche mit verzweifelter Hast an den Rand zu ziehen.

»Wenn du dich da zurückstemmst, während ich mich an die Leiter hänge, dann können wir sie herunterlassen ...«, begann Tony.

Claire schob sie unbarmherzig über den Rand. Sie landete unten auf dem Durcheinander und fiel auf den Beton. »Ich glaube, wir brauchen uns jetzt über die zerbrechlichen Dinge keine Gedanken mehr zu machen. Los, los!« drängte sie.

Tony schluckte und nickte, bewegte sich schnell auf die Leiter, wobei er einen oberen Arm freihielt, um Andy stützen zu helfen, den Claire mit ihren unteren Armen hielt, während ihre oberen Hände an den Sprossen herabpatschten. Dann erreichten sie den Boden und waren wieder auf diese langsame, frustrierende, krebsartige Fortbewegungsart angewiesen. Claire begann den kalten, staubigen Geruch des Betons zu hassen.

Sie hatten erst ein paar Meter den Korridor hinabgeschafft, als Claire wieder das Stampfen von planetarischer Fußbekleidung hörte. Die Schritte bewegten sich schnell, machten dazwischen aber unsichere Pausen, als suchte jemand die Richtung. Die Schritte waren ein oder zwei Reihen entfernt und mußten bald zu ihnen vordringen. Dann kam ein Echo – nein, eine andere Art von Schritten.

Was dann geschah, schien sich alles in einem Moment zu ereignen, zwischen einem Atemzug und dem nächsten. Vor ihnen sprang ein Planetarier in grauer Uniform aus einem Querkorridor in ihren und stieß einen unverständlichen Ruf aus. Seine Beine waren gegrätscht, in einer halb geduckten Haltung, und er umklammerte mit beiden Händen ein seltsames Instrument und hielt es einen halben Meter vor seinem Gesicht, das vor Schreck so bleich war wie Claires eigenes Gesicht.

Vor ihr ließ Tony die Tasche fallen und erhob sich auf seinen unteren Armen, warf seine oberen Hände weit auseinander und schrie: »Nein!«

Der Planetarier zuckte krampfhaft zurück. Seine Augen waren weit aufgerissen, sein Mund stand geschockt offen. Zwei oder drei helle Blitze schossen aus seinem Instrument, begleitet von einem scharfen Knallen, das durch das ganze große Lagerhaus widerhallte. Dann zuckten die Hände des Planetariers nach oben, das Ding flog davon. Hatte es eine Fehlfunktion oder einen Kurzschluß, hatte es den Mann verbrannt oder geschockt? Sein bleiches Gesicht wurde grün.

Dann schrie Tony auf, plumpste auf den Boden und zog alle seine Arme an sich, wurde zu einem dichten Knäuel der Qual.

»Tony? Tony!« Claire kroch zu ihm. Andy klammerte sich eng an ihren Rumpf und weinte und schrie vor Angst. Seine Schreie vermischten sich mit denen von Tony zu einer entsetzlichen Kakophonie. »Tony, was ist los?« Sie entdeckte das Blut auf seinem T-Shirt erst, als einige Tropfen auf den Beton spritzten. Tony rollte auf sie zu. Der Bizeps seines linken unteren Arms war übel zugerichtet und pulsierte blutigrot. »Tony!«

Der Wachmann war auf sie zugestürzt. In seinem Gesicht stand Schrecken, seine Hände fummelten jetzt an einem tragbaren Kommunikator herum, den er an seinem Gürtel trug. Erst beim dritten Versuch gelang es ihm, ihn abzunehmen. »Nelson! Nelson!« rief er hinein. »Nelson, ruf die Sanitäter, um Himmels willen, schnell! Es sind bloß *Kinder*! Ich habe gerade ein *Kind* niedergeschossen!« Seine Stimme zitterte. »Es sind ein paar verkrüppelte *Kinder*!«

Als Leo die rhythmisch blinkenden gelben Lichter sah, die sich an der Wand des Lagerhauses spiegelten, wurde ihm flau im Magen. Das Sanitätskommando von GalacTech – ja, da war ihr Elektrolaster, mit aufleuchtenden Blinkern, geparkt im breiten Mittelgang. Die atemlosen Worte des Angestellten, der sie am Shuttle abgeholt hatte, gingen ihm durch den Kopf ... *im Lagerhaus gefunden ... es hat einen Unfall gegeben ... verletzt ...* Leo beschleunigte sein Schritte.

»Langsamer, Leo, mir wird schwindlig«, beschwerte sich hinter ihm Van Atta gereizt. »Nicht jeder kann so wie Sie ohne Folgen zwischen 0 Ge und 1 Ge hin- und herhüpfen, wissen Sie.«

»Man hat gesagt, daß eines der Kinder verletzt ist...«

»Was wollen Sie denn tun, was die Sanitäter nicht tun können? Ich persönlich werde diesem idiotischen Sicherheitsteam dafür die Hölle heißmachen ...«

»Ich sehe Sie dann dort«, knurrte Leo über die Schulter und rannte los.

Gang 29 sah aus wie eine Kampfzone. Zertrümmerte Geräte, überall verstreutes Material – Leo stolperte über ein paar runde metallene Radkappen und stieß sie ungeduldig beiseite. Zwei Sanitäter und ein Sicherheitsmann waren über eine Trage am Boden gebeugt, ein Infusionsbeutel hing über ihnen an einer Stange wie eine Fahne.

Ein blutdurchtränktes T-Shirt; Tony, es war Tony, der verletzt worden war. Claire kauerte etwas weiter unten im Gang stumm auf dem Boden und hielt Andy umklammert; Tränen strömten über ihr bleiches Gesicht, das einer Maske glich. Auf der Trage wand sich Tony und schrie in heiseren Schluchzern auf.

»Können Sie ihm nicht wenigstens etwas gegen die Schmerzen geben?« drängte der Wachmann den Sanitäter.

»Ich *weiß* nicht.« Der Sanitäter war sichtlich verwirrt. »Ich weiß nicht, was man alles mit ihrem Stoffwechsel angestellt hat. Schock ist Schock. Bei der Infusion bin ich mir sicher, und bei den Wärmern und dem Synergin, aber bei dem Übrigen ...«

»Stellen Sie eine Notverbindung zu Dr. Warren Minchenko her«, riet Leo und kniete neben ihnen nieder. »Er ist der leitende Arzt des Cay-Habitats nimmt gerade hier unten seinen Monat planetarischen Urlaub. Bitten Sie ihn, daß er zu Ihrer Krankenstation kommt; dort wird er dann den Fall übernehmen.«

Der Sicherheitsmann nahm eifrig seinen Kommunikator hoch und begann den Code einzutippen.

»Oh, Gott sei Dank«, sagte der Sanitäter und wandte sich Leo zu. »Endlich jemand, der weiß, was, zum Teufel, die dort oben machen. Wissen Sie, was ich ihm gegen die Schmerzen geben kann, Sir?«

»Hm ...« Leo erinnerte sich kurz an sein Erste-Hilfe-Wissen. »Syntha-Morph dürfte in Ordnung sein, bis Sie Kontakt mit Dr. Minchenko haben. Aber passen Sie die Dosis an – diese Kinder wiegen weniger, als man nach ihrem Aussehen meinen möchte – ich denke, Tony wiegt etwa 42 Kilo.«

Endlich dämmerte es Leo, von welcher Art Tonys Verletzungen waren. Er hatte sich einen Sturz vorgestellt, gebrochene Knochen, vielleicht eine Beschädigung des Rückenmarks oder des Schädels ... »Was ist hier *passiert*?«

»Schußwunde«, berichtete der Sanitäter knapp. »Linkes unteres Abdomen und ... und, hm, nicht Oberschenkel – linkes unteres Körperglied. Das ist bloß eine Fleischwunde, aber die Unterleibsverletzung ist ernst.«

»Schußwunde!« Leo starrte den Wachmann entgeistert an. Der errötete. »Haben Sie ... – ich dachte, ihr würdet Betäuber tragen – warum, um Himmels willen ...«

»Als dieser verdammte Hysteriker vom Habitat anrief und über seine entlaufenen Monster jammerte, da dachte ich – dachte ich – ich weiß nicht, was ich dachte.« Der Wachmann blickte finster auf seine Stiefel.

»Haben Sie nicht geschaut, bevor Sie feuerten?«

»Ich habe *verdammt noch mal* beinahe auf das Mädchen mit dem Baby geschossen.« Der Wachmann schauderte. »Ich habe diesen Jungen aus Versehen getroffen, als ich mein Ziel verriß.«

Van Atta traf keuchend ein. »Heiliger Mist, was für ein Schlamassel!« Sein Blick fiel auf den Sicherheitsmann. »Ich dachte, ich hätte Ihnen gesagt, Sie sollten diese Sache ruhig erledigen, Bannerji. Was haben Sie gemacht? Ein Bombe hochgehen lassen?«

»Er hat Tony niedergeschossen«, zischte Leo.

»Sie Idiot, ich hatte Ihnen gesagt, Sie sollten sie einfangen, nicht umbringen! Wie, zum Teufel, soll ich *das* ...«, er winkte mit seinem Arm Gang 29 hinab, »unter den Teppich kehren? Und wozu, zum Teufel, hatten Sie überhaupt eine Pistole?«

»Sie haben gesagt – ich dachte ...«, begann der Wachmann.

»Ich schwöre Ihnen, ich werde dafür sorgen, daß Sie dafür gefeuert werden. Bei aller Unfähigkeit – haben Sie etwa geglaubt, das hier sei eine Art Feelie-Traumdrama? Ich weiß nicht, wessen Urteilsvermögen geringer ist, Ihres oder das des Blödmannes, der Sie eingestellt hat ...«

Das Gesicht des Wachmannes hatte die Farbe gewechselt, statt rot war es jetzt weiß. »Warum, Sie blöder Scheißkerl, Sie haben mich doch dazu aufgehetzt ...«

Irgend jemand sollte lieber einen kühlen Kopf bewahren, dachte Leo deprimiert. Bannerji hatte seine nicht zugelassene Waffe wiedergefunden und in sein Halfter gesteckt, was Van Atta nicht wahrzunehmen schien; die Versuchung, den Projektleiter über den Haufen zu schießen, durfte nicht zu verlockend werden, deshalb intervenierte Leo. »Meine Herren, darf ich vorschlagen, daß Sie Ihre Beschuldigungen und Ihre Verteidigung besser für eine förmliche Untersuchung aufheben, wo jedermann kühler und vernünftiger sein wird. In der Zwischenzeit haben wir uns um ein paar verletzte und verschreckte Kinder zu kümmern.«

Bannerji verstummte, obwohl er innerlich kochte ob

der ihm angetanen Ungerechtigkeit. Van Atta knurrte zustimmend und begnügte sich mit einem düsteren Blick auf Bannerji, der nichts Gutes für die zukünftige Karriere des Wachmannes verhieß. Die beiden Sanitäter klappten die Räder von Tonys Trage herunter und begannen ihn den Korridor hinab zu ihrem wartenden Wagen zu rollen. Claire streckte eine ihrer Hände nach ihm aus und ließ sie dann ohne Hoffnung fallen.

Die Geste lenkte Van Attas Aufmerksamkeit auf sie. Voll von unterdrückter Wut entdeckte er ein Opfer, auf das er sie endlich entladen konnte. Er wandte sich Claire zu. »Du …!«

Sie zuckte zusammen und machte sich noch kleiner.

»Hast du eine Ahnung, was diese eure Eskapade das Cay-Projekt kosten wird, alles in allem? Von all den unverantwortlichen … – hast du Tony auf diese Idee gebracht?«

Sie schüttelte den Kopf. Ihre Augen weiteten sich.

»Natürlich warst du es, ist es nicht immer so? Der Mann streckt seinen Kopf hinaus, das Weib sorgt dafür, daß er abgeschlagen wird …«

»O nein …«

»Und das Timing – hast du absichtlich versucht, mich fertigzumachen? Wie hast du das mit dem Besuch der Vizepräsidentin herausbekommen – hast du gedacht, ich würde euer Abhauen vertuschen, bloß weil sie hier ist? Schlau, schlau – aber nicht schlau genug …«

In Leos Kopf, Augen und Ohren pulste das Blut. »Machen Sie mal Pause, Bruce. Sie hat schon genug abbekommen.«

»Das kleine Miststück ist schuld, daß Ihr bester Schüler beinahe umgebracht wurde, und Sie wollen sich für sie einsetzen? Können Sie zurück auf den Teppich, Leo.«

»Sie ist schon völlig durcheinander vor Angst. Hören Sie endlich auf!«

»Sie hat auch allen Grund dazu. Wenn ich sie zum

Habitat zurückgebracht habe...« Van Atta schritt an Leo vorbei, packte Claire an einem der oberen Arme und riß sie brutal hoch. Sie schrie auf und ließ Andy beinahe fallen. Van Atta nahm keine Rücksicht darauf. »Du wolltest nach unten auf den Planeten kommen, jetzt kannst du mal versuchen zu laufen, verdammt noch mal – los, zurück zum Shuttle!«

Später konnte sich Leo nicht mehr daran erinnern, ob er vor Van Atta gerannt war oder ihn herumgerissen hatte, um ihm ins Gesicht zu schauen; er hatte nur noch Van Attas überraschten Gesichtsausdruck und den offenstehenden Mund in Erinnerung. »Bruce«, schrie er durch einen roten Nebel hindurch, »Sie ekelhafter Schleimscheißer, hören Sie *endlich auf!*«

Der Aufwärtshaken gegen Van Attas Kinn, der diesen Befehl unterstrich, war überraschend wirkungsvoll, wenn man in Betracht zog, daß Leo jetzt zum erstenmal in seinem Leben einen Mann im Zorn geschlagen hatte. Van Atta fiel nach hinten auf den Beton.

Leo stürzte sich in einer Art verrückten Freude auf ihn. Jetzt würde er Van Attas Anatomie in einer Weise verdrehen, von der nicht einmal Dr. Cay je geträumt hatte...

»He, Mr. Graf«, begann der Wachmann und berührte ihn unsicher an der Schulter.

»Ist schon in Ordnung, ich habe schon seit Wochen darauf gewartet«, beruhigte ihn Leo und griff nach Van Attas Kragen.

»Darum geht es nicht, Sir...«

Eine kalte, unbekannte Stimme unterbrach ihn. »Faszinierende Managementtechnik. Ich muß mir Notizen machen.«

Vizepräsidentin Apmad, flankiert von ihrem fliegenden Gefolge an Wirtschaftsprüfern und Assistenten, stand hinter Leo in Gang 29.

KAPITEL 6

»Nun, es war nicht *meine Schuld*«, fauchte Chalopin, die Administratorin des Raumhafens. »Man hat mir nicht einmal gesagt, was los war.« Sie warf Van Atta einen finsteren Blick zu. »Wie soll ich meine Jurisdiktion ausüben, wenn *andere* Administratoren meine wohlüberlegt eingerichteten Befehlskanäle überspringen, unbekümmert meinen Leuten Befehle erteilen, ohne mich überhaupt zu informieren, die Regeln verletzen …«

»Die Situation war außergewöhnlich. Der Zeitfaktor war wesentlich«, murmelte Van Atta trotzig.

Leo hatte insgeheim Verständnis für Chalopins Gereiztheit. Ihre glatte Routine war unterbrochen worden, ihr Büro hatte man abrupt für die Untersuchungen der Vizepräsidentin in Beschlag genommen – Apmad hielt nichts davon, Zeit zu verschwenden. Die offizielle Untersuchung des Vorfalls durch GalacTech hatte auf ihre Anweisung hin vor einer knappen Stunde in Gang 29 begonnen; es würde ihn überraschen, wenn sie noch mehr als eine weitere Stunde bräuchte, um den Fall abzuschließen.

Die Fenster der Verwaltungsbüros von Shuttlehafen Drei, die gegen den inneren Druck des Gebäudes abgedichtet waren, rahmten ein Panorama des ganzen Raumhafenkomplexes ein – die Startbahnen, Ladezonen, Lagerhäuser, Büros, Hangars, Wohnheime der Arbeiter, und die Einschienenbahn, die von hier zu der Raffinerie, die am Horizont glitzerte, und zu den unheimlich zerklüfteten Bergen dahinter führte. Und das lebenswichtige Kraftwerk. Die Atmosphäre von Rodeo bestand aus Sauerstoff, Stickstoff und Kohlendioxid, aber in falschem Verhältnis und mit einem Druck, der für den menschlichen Stoffwechsel zu niedrig war. Die Belüftungsanlage arbeitete ständig daran, die Gasmischung ins richtige Verhältnis zu bringen und die Kontaminanten auszufiltern. Fünfzehn Minuten konnte draußen ein Mensch ohne Atemmaske überleben; Leo war sich nicht sicher, ob das als Sicherheitsspanne gemeint war oder einfach als langsamer Tod. Ganz gewiß war Rodeo keine Gartenlandschaft.

Bannerji hatte sich hinter die Administratorin des Shuttlehafens geschlichen. Er versteckt sich hinter ihr, dachte Leo. Vielleicht war das die beste Strategie für den Sicherheitsmann. Von ihren eleganten Schuhen über ihre makellose GalacTech-Uniform bis zu ihrer streng zurückgekämmten Frisur, wo kein einziges Haar am falschen Platz war, und zu ihrer entschlossenen, scharf gezeichneten Kinnpartie strahlte Chalopin Willen und Entschlossenheit aus, ihr Revier zu verteidigen.

Apmad, die bei dem Kampf die Schiedsrichterin spielte, war ein völlig anderer Typ. Untersetzt, schon hoch im mittleren Alter, das krause Haar kurz geschnitten – sie hätte irgend jemandes Großmutter sein können, wenn da nicht ihre Augen gewesen wären. Sie versuchte nicht, mit ihrer Kleidung auf Erfolg zu machen. Als hätte sie schon soviel Macht, daß sie über dieses Spiel hinaus war. Sie bemühte sich nicht, die Emotionen zu dämpfen; ihre lakonischen Kommentare hatten dazu gedient, Öl ins Feuer zu gießen, als wäre sie neugierig, was hier wohl an den Tag befördert würde. Ganz gewiß waren das nicht die Augen einer Großmutter …

Leo war immer noch nahe daran, selber überzukochen. »Das Projekt ist fünfundzwanzig Jahre alt. Der Zeitfaktor kann nicht so wesentlich sein.«

»Allmächtiger Gott«, schrie Van Atta, »bin ich der einzige Mensch hier, der sich bewußt ist, daß hier unter dem Strich etwas herauskommen muß?«

»Herauskommen?« versetzte Leo. »GalacTech ist näher am Gewinn aus dem Cay-Projekt als je zuvor.

Die Sache zu vermasseln, indem man jetzt ungeduldig und vorzeitig versucht, Profit herauszuschinden, ist praktisch kriminell. Sie stehen auf der Schwelle zu den ersten echten Ergebnissen.«

»Nicht wirklich«, bemerkte Apmad kühl. »Ihre erste Gruppe von fünfzig Arbeitern ist nur ein Symbol. Es wird weitere zehn Jahre brauchen, um die ganzen Tausend in Aktion zu setzen.« Kühl, ja; aber Leo spürte, daß in ihr eine heftige, verborgene Spannung am Werk war, deren Ursache er noch nicht erkennen konnte.

»Also, dann nennen Sie es halt einen steuermindernden Verlust. Sie können mir nicht einreden, daß das hier«, Leo deutete mit der Hand zum Fenster und zeigte auf Rodeo, »nicht einen steuermindernden Verlust oder auch deren zwei gebrauchen kann.«

Apmad blickte auf den Mann, der stumm neben ihr stand. »Klären Sie diesen jungen Mann auf, Gavin.«

Gavin war ein großer, zerknitterter Schlägertyp mit Boxernase, den Leo zuerst für eine Art Leibwächter gehalten hatte. Er war tatsächlich der Hauptbuchhalter der Vizepräsidentin, und er sprach mit erstaunlich präziser und eleganter Diktion in beeindruckend vollendeten Absätzen.

»GalacTech hat von Anfang an die sehr beträchtlichen Verluste des Cay-Projekts mit den rechnerischen Gewinnen von Rodeo ausgeglichen. Es ist wohl besser, wenn ich für Sie ein bißchen Geschichte rekapituliere, Mr. Graf.« Gavin kratzte sich nachdenklich an der Nase.

»GalacTech hat Rodeo für neunundneunzig Jahre von der Regierung von Orient IV gepachtet. Die ursprünglichen Bedingungen dieser Pacht waren für uns extrem günstig, da damals Rodeos einzigartige Mineral- und Ölvorräte noch unentdeckt waren. Und das blieben sie auch während der ersten dreißig Jahre der Pacht.

Die nächsten dreißig Jahre erlebten eine enorme Investition an Material und Arbeit auf seiten von GalacTech, um Rodeos Ressourcen zu entwickeln. Natürlich«, er hob schulmeisterhaft den Finger, »sobald Orient IV mitbekam, wie unser Profit durch ihr Wurmlochsystem geschleust wurde, da begann man dort die Bedingungen der Pacht zu bereuen und suchte einen größeren Anteil an dem Kuchen zu bekommen. Als Schauplatz des Cay-Projekts war Rodeo, wenn man von gewissen einzigartigen juristischen Vorteilen absieht, an erster Stelle genau deshalb gewählt worden, weil man die erwarteten Ausgaben allgemein mit Rodeos Profiten verrechnen und die ungesunde Aufregung dämpfen konnte, die diese Profite auf Orient IV hervorriefen.

GalacTechs Pacht von Rodeo läuft jetzt noch etwa vierzehn Jahre, und die Regierung von Orient IV wird allmählich ... ah ... – wie soll ich es ausdrücken? – von erwartungsvoller Gier gepackt. Dort hat man gerade die Steuergesetze geändert, und vom Ende dieses Steuerjahres an haben sie vor, GalacTechs Rodeo-Unternehmen nicht nach Netto-, sondern nach Bruttogewinn zu besteuern. Wir haben unsere Lobby dagegen eingesetzt, aber ohne Erfolg. Verdammte Provinzler«, fügte er nachdenklich hinzu.

»Also, ab dem Ende dieses Steuerjahrs können die Verluste des Cay-Projektes nicht mehr mit den Steuerersparnissen von Orient IV kompensiert werden; sie werden echt sein und direkt an uns weitergereicht werden. Man kann nicht erwarten, daß die Bedingungen der neuen Pacht nach Ablauf der nächsten vierzehn Jahre günstig sein werden. Tatsächlich gehen wir davon aus, daß Orient IV sich darauf vorbereitet, GalacTech hinauszudrängen und unsere Rodeo-Unternehmungen zu einem Bruchteil ihres realen Wertes zu übernehmen. Enteignung wäre ein anderes Wort dafür. Die wirtschaftliche Blockade beginnt schon. Jetzt ist der Zeitpunkt, wo wir beginnen müssen, weitere Investitionen zu begrenzen und den Profit zu maximieren.«

»Mit anderen Worten«, sagte Apmad mit einem harten zornigen Funkeln in den Augen, »ihnen eine leere Schale zurücklassen.«

Das könnte hart werden für die letzten Leute, die dann noch draußen sind, dachte Leo fröstelnd. Erkannten diese Trottel auf Orient IV denn nicht, daß Kooperation und Kompromiß am Ende den Profit aller Beteiligten erhöhen würden? Wahrscheinlich traf auch die Unterhändler von GalacTech ein Teil der Schuld, dachte er grimmig. Er hatte zuvor schon andere Szenarios der feindlichen Übernahme gesehen. Er blickte durch das Fenster auf die großen, von Aktivität strotzenden, *funktionierenden* Anlagen, die schwer errungenen Resultate von zwei Generationen ehrlicher Arbeit, und er stöhnte innerlich bei dem Gedanken, welche Verwüstung hier stattfinden würde. Nach dem entsetzten Ausdruck auf Chalopins Gesicht zu schließen, hatte sie gerade eine ähnliche Vision, und Leo konnte ihre Gefühle verstehen. Wieviel Herzblut hatte sie in den Aufbau dieses Ortes investiert? Wievieler Leute Schweiß und Hingabe, die jetzt mit einem Federstrich abgetan wurden?

»Das war immer unser Problem, Leo«, sagte Van Atta ziemlich gehässig. »Sie verbeißen sich immer in die kleinen Details und verlieren den großen Überblick.«

Leo schüttelte den Kopf, um seine Gedanken zu klären und suchte nach dem verlorenen Faden seiner ursprünglichen Argumentation. »Trotzdem, die Wirtschaftlichkeit des Cay-Projekts ...« Er verstummte abrupt, als eine atemberaubende Eingebung, so zart wie eine Seifenblase, von ihm Besitz ergriff. Mit einem Federstrich. Konnte Freiheit mit einem Federstrich gewonnen werden? So einfach? Er betrachtete Apmad mit einer neuen, mindestens zwei Größenordnungen stärkeren Intensität. »Sagen Sie, Frau Vizepräsidentin«, formulierte er vorsichtig, »was geschieht, wenn die Wirtschaftlichkeit des Cay-Projekts widerlegt wird?«

»Dann machen wir es zu«, sagte sie einfach.

Oh, was er hier aus der Schule plaudern könnte – und als zusätzlichen Bonus würde er Brucie-Baby für immer ruinieren... – Leo war elektrisiert. Er öffnete den Mund, um Zerstörung auszuspucken...

Und klappte ihn sofort wieder zu, saugte an seiner Zunge, betrachtete seine Fingernägel und fragte stattdessen beiläufig: »Und was geschieht dann mit den Quaddies?«

Die Vizepräsidentin runzelte die Stirn, als hätte sie in einen sauren Apfel gebissen: wieder diese verborgene Spannung, der stärkste Ausdruck, den Leo bis jetzt auf ihrem Gesicht gesehen hatte. »Das ist das schwierigste Problem von allen.«

»Schwierig? Warum schwierig? Lassen Sie sie einfach gehen. Tatsächlich«, Leo bemühte sich, seine zunehmende Erregung hinter einem ausdruckslosen Gesicht zu verbergen, »wenn GalacTech sie auf der Stelle gehen ließe, vor dem Ende dieses Steuerjahres, dann könnte die Firma immer noch das, was sie als Investition in die Quaddies ansehen möchte, als steuerlich wirksamen Verlust mit den Gewinnen von Rodeo verrechnen. Ein letzter Hieb gegen Orient IV sozusagen, ein letzter Happen, den man ihnen wegschnappt.« Leo lächelte gewinnend.

»Sie wohin gehen lassen? Sie scheinen zu vergessen, Mr. Graf, daß die meisten von ihnen noch bloße Kinder sind.«

Leo zögerte. »Die älteren könnten bei der Betreuung der jüngeren helfen, das tun sie ja schon, einige... Vielleicht könnte man sie für ein paar Jahre in einen anderen Sektor verlegen, der den Verlust aus ihrem Unterhalt schlucken könnte – es dürfte GalacTech nicht *so* viel mehr kosten, wie die gleiche Anzahl von Arbeitern in Rente, und das nur für ein paar Jahre...«

»Der Betriebsrentenfonds ist autark«, bemerkte Gavin der Buchhalter. »Im Rollover-Verfahren.«

»Eine moralische Verpflichtung«, brachte Leo verzweifelt vor. »Sicherlich muß GalacTech eine gewisse moralische Verpflichtung ihnen gegenüber eingestehen – wir haben sie ja schließlich geschaffen.« Jetzt betrat er schwankenden Boden, wie er an ihrem Gesicht ablesen konnte, in dem sich kein Mitgefühl zeigte, aber er konnte noch nicht erkennen, in welche Richtung der Boden sich neigen würde.

»Moralische Verpflichtung allerdings«, stimmte Apmad zu und ballte die Fäuste. »Haben Sie die Tatsache übersehen, daß Dr. Cay diese Kreaturen fortpflanzungsfähig geschaffen hat? Sie sind eine neue Spezies, wissen Sie; er hat sie *Homo quadrimanus* genannt, nicht *Homo sapiens* Unterart *quadrimanus*. Er war der Genetiker; wir dürfen annehmen, daß er wußte, worüber er sprach. Wie steht es mit GalacTechs moralischer Verpflichtung gegenüber der menschlichen Gesellschaft als Ganzem? Was meinen Sie, wie sie reagieren wird, wenn diese Kreaturen und all ihre Probleme einfach ihr aufgehalst werden? Falls Sie meinen, daß die Öffentlichkeit auf chemische Umweltverschmutzung überreagiert, dann stellen Sie sich einmal die Aufregung über genetische Verunreinigung vor!«

»Genetische Verunreinigung?« murmelte Leo und versuchte, diesem Begriff eine rationale Bedeutung abzugewinnen. Zumindest klang er beeindruckend.

»Nein. Wenn das Cay-Projekt sich als GalacTechs teuerster Flop entpuppt, dann werden wir es entsprechend ad acta legen. Die Cay-Arbeiter werden sterilisiert und in eine geeignete Anstalt gesteckt, wo sie dann ihr Leben ansonsten ungestört zu Ende führen können. Keine ideale Lösung, aber der bestmögliche Kompromiß.«

»St-st…«, stotterte Leo. »Welches Verbrechen haben

sie begangen, daß sie zu einer lebenslänglichen Haftstrafe verurteilt werden? Und wenn Rodeo geschlossen werden soll, wo werden Sie ein anderes passendes Habitat in einer Umlaufbahn finden oder bauen? Wenn Sie sich über die Kosten Sorgen machen, Madame, so wird *das* teuer werden.«

»Sie werden natürlich auf einen Planeten gebracht, zu einem Bruchteil der Kosten.«

Vor Leos geistigem Auge entstand eine Vision von Silver, wie sie ungeschickt über den Boden krabbelte, wie ein Vogel, dessen Schwingen beide gebrochen sind. »Das ist *obszön*! Sie werden nicht mehr als bloße Krüppel sein.«

»Obszönität«, versetzte Apmad, »bestand von Anfang an darin, daß sie überhaupt geschaffen wurden. Bis nach Dr. Cays Tod seine Abteilung mir unterstellt wurde, hatte ich keine Ahnung, daß sich hinter seiner Bezeichnung ›Biologische Forschung und Entwicklung‹ solche enormen invasiven Manipulationen an menschlichen Genen verbargen. Meine Heimatwelt hat die strengsten drakonischen Maßnahmen ergriffen, um sicherzustellen, daß unser Genpool nicht von zufälligen Mutationen überwuchert wird – loszugehen und absichtlich Mutationen einzuführen, erscheint als das scheußlichste Verbrechen…« Sie hielt den Atem an und drängte wieder ihre Emotionen zurück. Nur ihre Finger verrieten mit ihrem nervösen Trommeln, was sie fühlte. »Die *richtige* Methode ist Euthanasie. So schrecklich sie auf den ersten Blick erscheinen mag, ist sie vielleicht auf lange Sicht gesehen in Wirklichkeit weniger grausam.«

Gavin, der Buchhalter, wand sich und lächelte seiner Chefin unsicher zu. Er hatte seine Augenbrauen zuerst überrascht gehoben, dann bestürzt gesenkt, und schließlich wieder gehoben – vielleicht nahm er sie nicht ernst. Leo dachte nicht, daß sie einen Scherz gemacht hatte, aber Gavin fügte in einem spaßhaft professionellen Ton an: »Sie *wäre* kosteneffektiver. Wenn man es vor dem Ende dieses Steuerjahrs erledigen würde, dann könnten wir die Quaddies als Verlust – und zwar als totalen – bei den Orient-Steuern verbuchen.«

Leo kam sich vor, als hinge er in einem Glaskäfig. »Das können Sie nicht tun«, flüsterte er. »Sie sind Menschen – Kinder –, das wäre Mord …«

»Nein, wäre es nicht«, leugnete Apmad. »Widerwärtig, gewiß, aber kein Mord. Das war der andere Grund, warum das Cay-Projekt in der Umlaufbahn um Rodeo stationiert wurde. Rodeo ist nicht nur physikalisch, sondern auch juristisch isoliert. Das gehört zu der Neunundneunzigjahre-Pacht. Das einzige Gesetz, das im Lokalraum von Rodeo gilt, sind die Vorschriften von GalacTech. Ich fürchte, das hat weniger mit Voraussicht zu tun als mit Dr. Cays erfolgreicher Blockade jeglicher Einmischung in seine Pläne. Aber wenn sich GalacTech dafür entscheidet, die Arbeiter vom Cay-Habitat nicht als Menschen zu definieren, dann gelten die Firmenvorschriften über Verbrechen diesbezüglich nicht.«

»Oh, wirklich?« Bannerjis Gesicht hellte sich etwas auf.

»Wie *definiert* GalacTech sie dann?« fragte Leo neugierig. »Juristisch.«

»Postfötale experimentelle Gewebekulturen«, sagte Apmad.

»Und wie bezeichnen Sie es dann, wenn man sie ermordet? Retroaktive Abtreibung?«

»Entsorgung«, sagte Apmad, und es klang, als wäre ihre Nase plötzlich verstopft.

»Oder«, Gavin warf Bannerji einen sarkastischen Blick zu, »vielleicht Vandalismus. Unsere einzige gesetzliche Bedingung ist, daß experimentelles Gewebe bei der Entsorgung verbrannt wird. Nach den IGS-Standardregeln für Biolabors.«

»Schießt sie mit einer Rakete in die Sonne«, schlug Leo gereizt vor. »Das wäre billig.«

Van Atta strich sich sanft übers Kinn und blickte Leo unsicher an. »Beruhigen Sie sich, Leo. Wir reden hier nur über mögliche Szenarios. Militärische Stäbe tun das die ganze Zeit.«

»Ganz recht«, stimmte die Vizepräsidentin zu. Sie hielt inne und warf Gavin, dessen Schnoddrigkeit ihr nicht gefiel, einen mißbilligenden Blick zu. »Hier müssen ein paar harte Entscheidungen getroffen werden, auf die ich nicht scharf bin, aber es scheint, daß sie mir zugeschoben wurden. Besser mir als jemandem, der für die langfristigen Konsequenzen für die gesamte Gesellschaft blind ist wie Dr. Cay. Aber vielleicht, Mr. Graf, werden Sie den Wunsch haben, sich Mr. Van Atta anzuschließen und zu zeigen, wie Dr. Cays ursprüngliche Vision immer noch mit einem Gewinn realisiert werden kann, sodaß wir *alle* es vermeiden können, die härtesten Entscheidungen treffen zu müssen.«

Van Atta lächelte Leo ölig triumphierend zu. Gerechtfertigt, rachsüchtig, berechnend ... »Um zum vorliegenden Fall zurückzukehren«, sagte Van Atta, »ich habe gefordert, daß Captain Bannerji fristlos gekündigt wird, wegen seiner Fehlentscheidung und« – er blickte auf Gavin – »wegen Vandalismus. Ich möchte auch vorschlagen, daß seine Abteilung mit den Kosten der Krankenhausbehandlung von TY-776-424-X-G belastet wird.« Bannerji sank zusammen, Administratorin Chalopin erstarrte.

»Aber es wird für mich zunehmend offensichtlich«, fuhr Van Atta fort und richtete dabei sein unangenehmstes Lächeln an Leo, »daß hier noch einer anderen Angelegenheit nachgegangen werden muß ...«

Ach du große Scheiße, dachte Leo, jetzt wird er mich mit dem tätlichen Angriff belasten – eine achtzehnjährige Karriere löst sich in Rauch auf – und ich habe es mir selbst eingebrockt – und ich bin nicht einmal dazu gekommen, die Sache *zu Ende zu bringen* …

»Subversion.«

»Was?« sagte Leo.

»Die Quaddies sind in den letzten paar Monaten zunehmend widerspenstig geworden. Gleichzeitig mit *Ihrer* Ankunft, Leo.« Van Atta kniff die Augen zusammen. »Nach dem Ereignis des heutigen Tages frage ich mich, ob das ein Zufall war. Ich denke eher nicht. Ist es nicht so«, er wirbelte herum und zeigte dramatisch auf Leo, »daß *Sie* Tony und Claire zu dieser Eskapade angestachelt haben?«

»Ich!« sprudelte Leo empört heraus, dann hielt er inne. »Es stimmt, Tony kam einmal zu mir mit einigen sehr seltsamen Fragen, aber ich dachte, er sei bloß neugierig über seinen zukünftigen Arbeitsauftrag. Jetzt wünschte ich, ich hätte …«

»Sie geben es also zu!« triumphierte Van Atta. »Sie haben unter den Arbeiterinnen der Hydrokulturabteilung und unter Ihren eigenen Schülern, die Ihnen anvertraut sind, eine trotzige Haltung gegenüber der Autorität von GalacTech gefördert – die sorgfältig entwickelten Richtlinien der Psychologischen Abteilung für Sprache und Benehmen an Bord des Habitats ignoriert – die Arbeiter mit Ihrer eigenen schlechten Einstellung angesteckt …«

Leo erkannte plötzlich, daß Van Atta, wenn irgend möglich, ihn nicht mit seiner eigenen Verteidigung zu Wort kommen lassen würde. Van Atta hatte es auf etwas viel, viel Wertvolleres als nur auf Rache für einen Schlag gegen sein Kinn abgesehen – auf einen Sündenbock. Einen perfekten Sündenbock, auf den er alle Projektpannen der letzten zwei Monate – oder länger, abhängig von seiner eigenen Findigkeit – abladen und den er ohne Skrupel den GalacTech-Göttern opfern konnte, wobei er selbst dann sauber und sündenlos aus der ganzen Sache davonkommen würde.

»Nein, bei Gott!« brüllte Leo. »Wenn ich eine Revolution organisieren würde, dann würde ich es verdammt zehnmal besser machen als *das da*...« Er winkte in Richtung des Lagerhauses. Seine Muskeln spannten sich für einen erneuten Angriff auf Van Atta. Wenn er sowieso gefeuert werden sollte, dann wollte er wenigstens etwas Genugtuung bekommen...

»Meine Herren.« Apmads Worte klangen eisig. »Mr. Van Atta, ich darf Sie daran erinnern, daß Kündigungen auf abgelegenen Einrichtungen wie Rodeo nicht befürwortet werden. GalacTech ist nicht nur vertraglich verpflichtet, den Gekündigten die Heimreise zu ermöglichen, es geht auch um die Kosten und die beträchtliche Zeitverzögerung für die Herbeiholung ihrer Nachfolger. Nein, wir beenden die Sache auf folgende Weise: Captain Bannerji wird für zwei Wochen ohne Gehalt suspendiert, und in seine Personalakte wird ein offizieller Verweis für das Tragen einer nichtzugelassenen Waffe im offiziellen Dienst von GalacTech eingefügt. Die Waffe wird konfisziert. Mr. Graf wird auch einen offiziellen Verweis bekommen, aber sofort zu seinem Dienst zurückkehren, da es niemanden gibt, der ihn darin ersetzen kann.«

»Aber man hat mich reingelegt«, beschwerte sich Bannerji.

»Aber ich bin völlig unschuldig!« schrie Leo. »Das ist eine Lüge – ein paranoides Hirngespinst...«

»Sie können Graf nicht *jetzt* zum Habitat zurückschicken«, kreischte Van Atta. »Als nächstes wird er versuchen, sie in einer *Gewerkschaft* zu organisieren...«

»In Anbetracht der Konsequenzen eines Mißerfolgs des Cay-Projekts«, sagte die Vizepräsidentin kühl, »glaube ich das nicht. Oder, Mr. Graf?«

Leo zitterte. »Wie?«

Sie seufzte unbefriedigt. »Danke. Diese Untersuchung ist damit abgeschlossen. Weitere Beschwerden oder Einsprüche können an die Zentrale von GalacTech auf der Erde gerichtet werden.« *Falls Sie es wagen,* fügten ihre hochgezogenen Augenbrauen hinzu. Selbst Van Atta war vernünftig genug, den Mund zu halten.

Auf dem Rückflug war die Stimmung im Shuttle gespannt, um es milde auszudrücken. Begleitet von einer Krankenschwester aus dem Habitat, die drei Tage früher aus ihrem Planetenurlaub zum Dienst zurückbeordert worden war, saß Claire zusammengekauert hinten und hielt Andy umklammert. Leo und Van Atta saßen so weit von einander entfernt, wie es der begrenzte Raum erlaubte.

Van Atta sprach einmal Leo an. »Ich habe es Ihnen gesagt.«

»Sie hatten recht«, erwiderte Leo hölzern. Van Atta fühlte sich wie gestreichelt und begann vor Selbstgefälligkeit fast zu schnurren. Leo hätte ihn lieber mit der Rohrzange gestreichelt.

Könnte Van Atta nicht auch recht haben? War sein brisantes Drängen auf sofortige Ergebnisse ein Zeichen seiner Besorgnis für das Wohlergehen der Quaddies, oder gar für ihr Überleben? Nein, entschied Leo mit einem Seufzen. Das einzige Wohlergehen, das Bruce beschäftigte, war sein eigenes.

Leo ließ den Kopf auf der gepolsterten Kopfstütze ruhen und starrte zum Fenster hinaus, während die Beschleunigung des Starts ihn in seinen Sitz drückte. Für irgend etwas tief in seinem Innern war ein Flug mit dem Shuttle immer noch ein bißchen Nervenkitzel, selbst nach den zahllosen Reisen, die er schon hinter sich gebracht hatte. Es gab Leute – Milliarden, die große Mehrheit –, die nie in ihrem Leben ihren Heimatplaneten verlassen hatten. Er war einer der wenigen Glücklichen.

Ein Glück, daß er diesen Job hatte. Glück in den Ergebnissen, die er im Laufe der Jahre erreicht hatte. Die ausgedehnte Morita-Deep-Space-Transferstation war vermutlich die Krönung seiner Karriere gewesen, wahrscheinlich das größte Projekt, an dem er je gearbeitet hatte. Er hatte ihren Standort zuerst gesehen, als da noch ein leeres, eisiges Vakuum gewesen war, so leer, wie nur das Nichts sein konnte. Erst im letzten Jahr war er wieder dort durchgekommen, als er von einem Schiff von Ylla auf ein Schiff zur Erde umstieg. Morita hatte gut ausgesehen, wirklich gut, voller Leben, und seine Einrichtungen wurden sogar schon erweitert, einige Jahre früher als alle erwartet hatten. Eine reibungslose Erweiterung; die Pläne dafür waren schon im Originalentwurf vorgesehen gewesen. Übertrieben ehrgeizig hatte man es damals genannt. Jetzt nannte man es weitsichtig.

Und es hatte auch andere Projekte gegeben. Vom einen Ende des Wurmlochsystems bis zum anderen fanden tagtäglich zahllose Unfälle wegen Versagens der Konstruktion *nicht* statt, weil er und die Leute, die er ausgebildet hatte, ihre Arbeit gut gemacht hatten. Die Arbeit einer sorgenvollen Woche, die frühe Entdeckung der sich ausbreitenden Haarrisse in der Reaktorkühlanlage der großen orbitalen Fabrik von Beni Ra hatte vielleicht dreitausend Menschenleben gerettet. Wie viele Chirurgen konnten für sich in Anspruch nehmen, dreitausend Menschenleben in zehn Jahren ihrer Berufsausübung gerettet zu haben? Während jener denkwürdigen Inspektionsreise hatte er das ein Jahr lang jeden Monat getan. Unsichtbar, unbesungen; Katastrophen, die nie geschehen, erzeugen normalerweise keine Schlagzeilen. Aber er wußte es, und die Männer und Frauen, die Seite an Seite mit ihm arbeiteten, wußten es, und das war genug.

Er bedauerte, daß er Bruce geschlagen hatte. Der Augenblick heißer Freude war es sicher nicht wert gewesen, seinen Job dafür zu riskieren. Die in achtzehn

Jahren angesammelten Pensionszuwendungen, die Aktienoptionen, ja vielleicht das Dienstalter – da er keine Familie zu unterhalten hatte, gehörten sie ihm ganz allein und er konnte sie in den Wind schießen, wenn er wollte. Aber wer würde sich um das nächste Beni Ra kümmern?

Wenn sie zum Habitat zurückgekehrt waren, würde er kooperieren. Sich artig bei Bruce entschuldigen. Seine Schulungsbemühungen verdoppeln, seine Sorgfalt erhöhen. Sich auf die Zunge beißen, nur dann reden, wenn er angesprochen wurde. Höflich zu Dr. Yei sein. Zum Teufel, sogar tun, was sie ihm sagte.

Alles andere war inakzeptabel riskant. Da oben im Habitat befanden sich tausend Kinder. So viele, so verschiedene – so *junge*. Allein hundert Fünfjährige und hundertundzwanzig Sechsjährige, die in den Krippenmodulen wimmelten und in ihrem gravitationslosen Turnraum spielten. Ein einzelner Mensch konnte auf keinen Fall die Verantwortung übernehmen, das Leben all dieser Kinder wegen einer unsicheren Sache aufs Spiel zu setzen. Das würde alles zerstören. Es wäre unmöglich. Kriminell. Wahnsinnig. Eine Revolte – wohin konnte sie führen? Niemand war imstande, alle Konsequenzen vorherzusehen. Leo konnte nicht einmal um die nächste Ecke herumsehen. Niemand konnte es. Niemand.

Sie dockten am Habitat an. Van Atta scheuchte Claire und Andy und die Krankenschwester vor sich durch die Luke, während Leo langsam seine Sitzgurte löste.

»O nein«, hörte Leo Van Atta sagen. »Die Schwester wird Andy zur Krippe nehmen. Du wirst wieder in deinen alten Schlafsaal zurückkehren. Das Baby mit nach unten zu nehmen war kriminell unverantwortlich. Es ist klar, daß du völlig ungeeignet bist, für es zu sorgen. Du siehst es nie wieder. Und ich kann dir garantieren, du wirst auch von der Fortpflanzungsliste gestrichen.«

Claires Weinen war so gedämpft, daß es kaum zu hören war.

Leo schloß gequält die Augen. »Gott«, fragte er, »warum ich?«

Er löste seinen letzten Gurt und ließ sich blindlings in seine Zukunft fallen.

KAPITEL 7

»Leo!« Silver hielt sich mit einer Hand fest und pochte mit den anderen drei sanft und verzweifelt zugleich an die Tür des Schlafraums des Ingenieurs. »Leo, schnell! Wachen Sie auf, helfen Sie uns!« Sie legte ihre Wange an das kalte Plastik und dämpfte die aus ihr hervorbrechenden Schreie zu einem leisen »Leo?« Sie wagte nicht lauter zu rufen, um nicht andere aufmerksam zu machen.

Endlich öffnete sich seine Tür. Er trug ein rotes T-Shirt und rote Shorts und war barfuß. Sein Schlafsack an der gegenüberliegenden Wand hing offen wie ein leerer Kokon, und sein dünnes sandblondes Haar war zerzaust. »Was, zum Teufel… Silver?« Sein Gesicht war runzelig vom Schlaf, dunkle Ringe umgaben die Augen, aber sein Blick erfaßte sie sofort.

»Kommen Sie schnell, kommen Sie schnell!« zischte Silver und packte seine Hand. »Es geht um Claire. Sie hat versucht, sich durch eine Luftschleuse hinauszustürzen. Ich habe die Steuerung blockiert. Sie kann die äußere Tür nicht aufmachen, aber ich kann auch die innere Tür nicht öffnen, und sie ist da drinnen eingesperrt. Unsere Vorgesetzte kommt bald zurück, und dann weiß ich nicht, *was* man mit uns anstellen wird…«

»Mistkerl…« Er ließ sich von ihr in den Korridor ziehen, dann taumelte er zurück in seine Kabine und holte einen Werkzeuggürtel. »Schon gut, geh, geh, geh voran.«

Sie eilten durch das Labyrinth des Habitats und lächelten gezwungen und höflich den Quaddies und Planetariern zu, an denen sie in den Korridoren vorbeischwebten. Endlich schloß sich die vertraute Tür mit der Aufschrift ›Hydrokultur D‹ hinter ihnen.

»Was ist geschehen? Wie ist das passiert?« fragte Leo

sie, während sie zwischen den Pflanzrohren hindurch auf das andere Ende des Moduls zustrebten.

»Vorgestern erlaubte man mir nicht, Claire zu besuchen, als ihr sie mit dem Shuttle zurückgebracht hattet, obwohl wir beide auf der Krankenstation waren. Gestern waren wir in verschiedenen Teams. Ich denke, das war Absicht. Heute ließ ich Teddie mit mir tauschen.« In Silvers Stimme war ihre Qual zu spüren. »Claire sagte, man lasse sie in ihrer schichtfreien Zeit nicht einmal in die Krippe, um Andy zu besuchen. Ich ging in das Lager, um Dünger für die Pflanzrohre zu holen, an denen wir arbeiteten, und als ich zurückkam, begann sich die Schleuse gerade zu aktivieren...« Wenn sie doch Claire bloß nicht allein gelassen hätte – wenn sie vor allem nicht zugelassen hätte, daß die beiden mit dem Shuttle nach unten flogen – wenn sie sie nur nicht wegen Dr. Yeis Drogen verraten hätte – wenn sie bloß als Planetarier zur Welt gekommen wären – oder überhaupt nicht geboren...

Die Luftschleuse am Ende des Hydrokultur-Moduls wurde fast nie benutzt und wartete nur darauf, die luftdichte Tür zum nächsten Modul zu werden, die durch zukünftiges Wachstum notwendig werden würde. Silver preßte ihr Gesicht an das Beobachtungsfenster. Zu ihrer ungeheuren Erleichterung war Claire noch in der Schleuse.

Aber sie rammte sich hin und her zwischen den beiden Türen. Ihr Gesicht war mit Tränen und Blut beschmiert, ihre Finger gerötet. Ob sie nach Luft japste oder nur schrie, konnte Silver nicht sagen, denn die Tür schluckte alle Geräusche von drinnen, es war wie ein Holovid mit abgeschaltetem Ton. Silver empfand ihre eigene Brust so zusammengepreßt, daß sie kaum zu atmen vermochte.

Leo blickte hinein. Er verzog die Lippen, sein bleiches Gesicht nahm einen finsteren Ausdruck an. Dann wandte er sich zischend dem Schleusenmechanismus zu und tastete suchend an seinem Werkzeuggürtel herum. »Du hast das aber gut hingekriegt, Silver ...«

»Ich mußte schnell etwas tun. Diese Art Kurzschluß hat verhindert, daß in der Systemzentrale der Alarm losgeht.«

»Oh ...« Leos Hand zögerte kurz. »Dann war der Versuch nicht so willkürlich, wie es aussieht?«

»Willkürlich? Im Steuerkasten einer Luftschleuse?« Sie starrte ihn überrascht und etwas ungehalten an. »Ich bin doch keine Fünfjährige mehr!«

»Wirklich nicht.« Ein schiefes Grinsen huschte für einen Augenblick über sein angespanntes Gesicht. »Jeder sechsjährige Quaddie kennt sich schon aus. Ich entschuldige mich, Silver. Das Problem ist also nicht, wie wir die Tür aufbekommen, sondern wie wir das schaffen, ohne den Alarm auszulösen.«

»Ja, richtig.« Sie schaute ihm ängstlich über die Schulter.

Er überprüfte den Mechanismus und blickte dann zögernd auf die Tür der Luftschleuse, die unter den Schlägen von innen vibrierte. »Bist du sicher, daß Claire nicht irgendwie – mehr Hilfe braucht?«

»Sie braucht vielleicht Hilfe«, versetzte Silver, »aber was sie bekommt, ist Dr. Yei.«

»Ach ja ... du hast recht.« Sein Grinsen verschwand völlig. Er schnitt ein paar winzige Drähte durch und verband sie erneut. Mit einem letzten mißtrauischen Blick auf die Schleusentür tippte er auf eine Druckplatte innerhalb des Steuermechanismus.

Die innere Tür glitt zur Seite und Claire taumelte heraus. Sie keuchte heiser: »... laßt mich *gehen,* laßt mich *gehen,* oh, warum habt ihr mich nicht gehen lassen – ich halte das nicht aus ...« Sie rollte sich mitten in der Luft zu einer Kugel zusammen und verbarg ihr Gesicht.

Silver eilte zu ihr und umschlang sie mit den Armen. »O Claire! *Tu* das nicht. Denk daran – denk daran, wie

Tony sich fühlen würde, wenn man es ihm im Krankenhaus, wo er jetzt steckt, erzählen würde ...«

»Was spielt das noch für eine Rolle?« fragte Claire. Silvers blaues T-Shirt dämpfte ihre Stimme. »Ihn wird man mich nie wiedersehen lassen. Ich könnte genauso gut tot sein. Man wird mich Andy nie wiedersehen lassen ...«

»Ja«, schaltete sich Leo ein, »denk an Andy. Wer wird ihn schützen, wenn du nicht mehr da bist? Nicht nur heute, sondern auch nächste Woche, nächstes Jahr ...«

Claire streckte sich und schrie ihn geradezu an: »Man wird mich ihn nicht einmal sehen lassen! Man hat mich aus der Krippe hinausgeworfen ...«

Leo ergriff ihre oberen Hände. »Wer? Wer hat dich hinausgeworfen?«

»Mr. Van Atta ...«

»Stimmt, das hätte ich mir denken können. Claire, hör mir mal zu. Die richtige Reaktion auf Bruce ist nicht Selbstmord, sondern Mord.«

»Wirklich?« sagte Silver, deren Interesse geweckt war. Selbst Claire wurde so weit aus ihrem Elend gerissen, daß sie zum erstenmal Leo direkt in die Augen schaute.

»Na ja ... vielleicht nicht buchstäblich. Aber du darfst nicht zulassen, daß der Mistkerl dich fertigmacht. Schau her, wir alle hier sind intelligent, nicht wahr? Ihr Kinder seid intelligent – von mir weiß man, daß ich zu meiner Zeit ein oder zwei Probleme gelöst habe – wir sollten doch fähig sein, einen Ausweg aus diesem Schlamassel zu finden, wenn wir es nur versuchen. Du bist nicht allein, Claire. Wir werden dir helfen. Ich werde dir helfen.«

»Aber Sie sind ein Mann von der Firma – ein Planetarier – warum sollten Sie ...«

»GalacTech ist nicht Gott, Claire. Du solltest der Firma nicht deinen Erstgeborenen opfern müssen. GalacTech – und jede Firma – ist nur eine Art, eine bestimmte Art, wie Menschen sich organisieren, um eine Aufgabe zu erfüllen, die zu groß für eine Person allein ist. GalacTech ist nicht Gott, es ist nicht einmal ein Lebewesen, um Himmels willen! Es hat keinen freien Willen, für den es verantwortlich ist. Es ist nur eine Ansammlung von Leuten, die arbeiten. Bruce ist nur Bruce; es muß eine Methode geben, ihn zu umgehen.«

»Meinen Sie, über seinen Kopf hinweggehen?« fragte Silver nachdenklich. »Vielleicht zu der Vizepräsidentin, die letzte Woche hier war?«

Leo zögerte. »Na ja … vielleicht nicht zu Apmad. Aber ich habe darüber nachgedacht – drei Tage lang habe ich über nichts anderes nachgedacht als darüber, wie wir diesen ganzen miserablen Laden hochgehenlassen können. Aber du mußt durchhalten, damit ich Zeit habe, daran zu arbeiten – Claire, kannst du durchhalten? Kannst du das?« Seine Hände umfaßten die ihren beschwörend.

Sie schüttelte nachdenklich den Kopf. »Es tut so weh …«

»Du mußt! Schau, hör zu! Es gibt nichts, was ich hier auf Rodeo tun könnte, denn es befindet sich in dieser seltsamen juristischen Luftblase. Wenn es da eine reguläre planetarische Regierung gäbe, dann würde ich mich bis über den Hals verschulden, das schwöre ich dir, und jedem einzelnen von euch ein Ticket weg von hier kaufen, aber wenn Rodeo ein regulärer Planet wäre, dann bräuchte ich das nicht. Auf jeden Fall hat hier GalacTech ein Monopol auf die Plätze in den Sprungschiffen; man reist mit einem Firmenschiff oder überhaupt nicht. Also müssen wir warten und den rechten Zeitpunkt abpassen.

Aber bald – in nur ein paar Monaten – werden die ersten Quaddies Rodeo zu den ersten echten Arbeitseinsätzen verlassen. Dort, wo sie arbeiten und durchreisen, werden wirkliche planetarische Jurisdiktionen gelten. Regierungen, die selbst für GalacTech zu groß und zu mächtig sind, als daß die Firma sich mit ihnen anlegen könnte. Ich bin mir sicher - ziemlich sicher, wenn ich mir den richtigen Gerichtsort aussuche – natürlich nicht Apmads Planet, aber zum Beispiel die Erde – die Erde ist bei weitem am besten geeignet, ich bin Bürger dort –, dann kann ich einen Gruppenprozeß anstrengen und euch zu rechtsfähigen Personen erklären lassen. Ich werde wahrscheinlich meinen Job verlieren, und die Kosten werden mich auffressen, aber es ist möglich. Nicht gerade die Lebensarbeit, die ich vorhatte... aber am Ende könnt ihr von GalacTech losgelöst werden.«

»Das dauert so lang«, seufzte Claire.

»Nein, nein, Aufschub ist unser Freund. Die Kleinen werden mit jedem Tag größer. Zu dem Zeitpunkt, wenn der Prozeß durch ist, dann werdet ihr alle bereit sein. Geht als Gruppe – nehmt einen Auftrag an – findet Arbeit – selbst GalacTech wäre nicht so schlecht als Arbeitgeber, wenn ihr Staatsbürger und Angestellte mit allem gesetzlichen Schutz wäret. Vielleicht würde euch sogar die Raumfahrergewerkschaft aufnehmen, obwohl euch das vielleicht einengen würde - nun, da bin ich mir nicht sicher. Falls sie euch nicht als Bedrohung sehen... auf jeden Fall kann etwas zuwege gebracht werden. Aber du mußt durchhalten! Versprichst du es mir?«

Silver atmete auf, als Claire langsam nickte. Sie zog Claire mit sich zu dem Erste-Hilfe-Schränkchen an der Wand, um ihr das Blut von ihrem verletzten Gesicht abzuwischen und auf ihre zerbrochenen Fingernägel Antiseptika und Plastikverband aufzutragen. »Da. Da. So ist es besser...«

Leo stellte inzwischen die Steuerung der Luftschleuse wieder auf ihre ursprüngliche Funktionsweise ein, dann schwebte er zu ihnen hinüber. »Ist jetzt alles in Ordnung?« Er wandte sein Gesicht Silver zu. »Wird es gehen mit ihr?«

Silver konnte einen finsteren Blick nicht unterdrücken. »So gut wie mit uns allen ... es ist nicht fair!« brach es aus ihr heraus. »Das ist meine Heimat, aber ich beginne mich darin zu fühlen wie in einer Sauerstoffflasche mit Überdruck. Alle sind besorgt, alle Quaddies, über Tony und Claire. So etwas hat es nicht mehr gegeben seit damals, als Jamie bei dem schrecklichen Schubschiffunfall getötet wurde. Aber das jetzt – das war *Absicht*. Wenn sie das Tony antun, der doch so gut ist, was ist dann ... ist dann mit mir? Mit uns allen? Was wird als nächstes geschehen?«

»Ich weiß es nicht.« Leo schüttelte grimmig den Kopf. »Aber ich bin mir ziemlich sicher, daß die Idylle vorbei ist. Das ist erst der Anfang.«

»Aber was werden wir machen? Was können wir machen?«

»Nun – geratet nicht in Panik. Und verzweifelt nicht. Vor allem – verzweifelt nicht ...«

Die luftdichten Türen am anderen Ende des Moduls öffneten sich, und die Stimme der Leiterin der Hydrokulturabteilung, einer Planetarierin, war zu hören: »Mädels? Wir haben endlich die Samenlieferung mit dem Shuttle bekommen – ist dieses Pflanzrohr schon fertig?«

Leo zuckte zusammen, aber bevor er davoneilte, drehte er sich ein letztesmal um und ergriff je eine Hand der beiden Quaddies und drückte sie entschlossen. »Es ist nur eine alte Redensart, aber aus eigener Erfahrung weiß ich, daß sie wahr ist: Das Glück begünstigt den, der vorbereitet ist. Also bleibt stark – ich werde zu euch zurückkommen ...« Mit einem kunstvoll beiläufigen Gähnen drückte er sich an der Leiterin der Hydrokultur vorbei, so als hätte er nur mal einen Moment hereingeschaut, um zu sehen, wie die Arbeit vonstatten ginge.

Silvers Magen krampfte sich zusammen, als sie Claire ängstlich beobachtete. Claire schniefte und wandte sich eilends ab, um sich an dem Pflanzrohr zu schaffen zu machen, wobei sie ihr Gesicht vor der Leiterin verbarg. Silver zitterte vor Erleichterung. Im Augenblick war alles in Ordnung.

Der Krampf in Silvers Magen wurde langsam durch etwas anderes ersetzt, etwas Heißes und Unbekanntes, das sie erfüllte und die Angst verdrängte. *Wieso wagen sie es, ihr das anzutun – mir – uns? Sie haben kein Recht, kein Recht, kein Recht …*

Die Empörung ließ ihr Herz pochen, aber das war besser als die Angst. Und sie empfand fast ein Hochgefühl. Als Silver den Kopf beugte, um ihr Gesicht vor der Leiterin zu verbergen, war ihr Blick grimmig und finster.

Die Ernährungsassistentin, ein Quaddie-Mädchen von vielleicht dreizehn Jahren, reichte Leo sein Essenstablett durch die Durchreiche ohne ihr gewohntes strahlendes Lächeln. Als Leo lächelte und »Danke« sagte, verzog sie nur kurz den Mund mechanisch nach oben. Leo fragte sich, in welcher verzerrten Form die Geschichte von Claires und Tonys Katastrophe vergangene Woche auf dem Planeten ihr zu Ohren gekommen war. Nicht, daß die korrekten Fakten nicht schon deprimierend genug waren. Das ganze Habitat schien in eine Atmosphäre von Argwohn und Bestürzung getaucht zu sein.

Leo war plötzlich der Quaddies und ihrer Probleme schrecklich überdrüssig. Einer Gruppe seiner Schüler, die in der Nähe der Durchreiche ihr Mittagessen einnahmen, wich er aus, obwohl sie ihm mit verschiedenen Händen zuwinkten; statt dessen schwebte er durch das Modul, bis er einen freien Platz fand, wo er sein Tablett neben einer Person mit Beinen an einen Tisch kletten konnte. Als Leo erkannte, daß es sich bei der Person mit Beinen um den Kapitän des Nachschubshuttles, Durrance, handelte, war es zum Rückzug schon zu spät.

Aber Durrances gebrummter Gruß war ohne Animosität. Offensichtlich hielt er, im Gegensatz zu einigen anderen, die Leo benennen konnte, den Ingenieur nicht auf undurchsichtige Weise verantwortlich für das spektakuläre Fiasko seines Schülers Tony. Leo schlüpfte mit seinen Beinen in die Haltegurte, um seine Hände für das Essen freizubekommen, erwiderte das Brummeln des Kapitäns und saugte heißen Kaffee aus seiner Spritztasse. Es gab im ganzen Universum nicht genug Kaffee, um seine Dilemmas aufzulösen.

Durrance, so schien es, war sogar in der Stimmung für höfliche Konversation. »Nehmen Sie bald Ihren Planetenurlaub?«

»Bald…« In etwa einer Woche, wurde Leo mit Überraschung bewußt. Die Zeit entfernte sich von ihm, wie alles andere hier oben. »Wie ist Rodeo?«

»Langweilig.« Durrance schob sich mit dem Löffel etwas Gemüseauflauf in den Mund.

»Aha.« Leo blickte sich um. »Ist Ti bei Ihnen?«

Durrance schnaubte. »Wohl kaum! Er ist unten auf dem Planeten, auf Eis gelegt. Er hat Einspruch erhoben.« Er verzog sein Gesicht zu einer Grimasse. »Dabei stößt er bei mir nicht auf Mitgefühl. Wegen dieser verdammten Kaulquappe habe ich einen Verweis in meiner Personalakte. Wenn das sein erster Schnitzer gewesen wäre, dann hätte er vielleicht einer Kündigung entgehen können, aber jetzt glaube ich, daß er keine Chance mehr hat. Ihr Van Atta möchte sein Fell an eine Luftschleusentür genagelt sehen.«

»Er ist nicht *mein* Van Atta«, wehrte Leo energisch ab. »Wenn er es wäre, dann würde ich ihn gegen einen Hund eintauschen…«

»…und den Hund erschießen«, beendete Durrance. Sein Mund verzog sich zu einem Grinsen. »Van Atta. Ganz recht. Wenn das Gerücht wahr ist, das ich gehört habe, dann wird er sich hier auch nicht mehr lang aufspielen können.«

»So?« Leos Ohren stellten sich hoffnungsvoll auf.

»Ich habe gestern mit dem Sprungpiloten von dem wöchentlichen Personalschiff von Orient IV geredet – er hatte gerade seinen Monat Gravitationsurlaub dort verbracht –, und jetzt hören Sie sich *das* mal an. Er schwört, daß die betanische Botschaft dort ein künstliches Schwerkraftgerät vorführt.«

»Was! Wie …?«

»Soweit ich weiß, schleusen sie es über den Wurmlochraum ein. Gewiß sitzt Kolonie Beta auf den entsprechenden mathematischen Formeln, bis sie auf dem Markt gehörig abgesahnt und ihre Entwicklungskosten wieder reingeholt haben. Anscheinend haben ihre Militärs es schon ein paar Jahre lang geheimgehalten, bis sie ihren Vorsprung bekommen haben, der Teufel soll sie holen. GalacTech und alle anderen werden sich auf die Aufholjagd machen. Alle anderen Entwicklungsprojekte in der Firma werden für ein paar Jahre ihr Budget in den Kamin schreiben müssen, Sie werden sehen.«

»Mein Gott.« Leo warf einen Blick auf die vielen Quaddies im Cafeteria-Modul. *Mein Gott …*

Durrance kratzte nachdenklich sein Kinn. »Wenn das wahr ist, haben Sie dann eine Vorstellung, wie sich das auf die Raumtransportindustrie auswirkt? Der Sprungpilot behauptet, die Betaner hätten das verdammte Ding in zwei Monaten dorthin gebracht – von Kolonie Beta aus! –, indem sie auf 15 Ge verstärkten und die Mannschaft durch seinen Einsatz von der Beschleunigung isolierten. Jetzt wird es für die Beschleunigung keine anderen Beschränkungen mehr geben als die Treibstoffkosten. Aus genau diesem Grund wird es sich nicht viel auf die Massenfrachttransporte auswirken, aber der Passagierverkehr wird eine Revolution erleben. Die Geschwindigkeit, mit der Nachrichten übertragen werden, wird sich auf die Wechselkurse zwischen den Planetenwährungen auswirken – die militärischen Transporte, wo man sich um Ausgaben für Treibstoff überhaupt keine Gedanken macht –, und *das* wird sich ganz gewiß auf die interplanetarische Politik auswirken – die Karten werden überall neu gemischt.«

Durrance kratzte die letzten Reste seines Essens von seinem Tablett. »Zum Teufel mit den Kolonisten. Die gute alte konservative Firma GalacTech von der Erde ist wieder einmal hintendran. Wissen Sie, ich bin wirklich versucht, eines Tages ans andere Ende des Wurmlochsystems auszuwandern. Andererseits hat meine Frau ihre Verwandten auf der Erde, und so werden wir es vermutlich doch nie tun…«

Leo hing verdutzt in seinen Gurten, während Durrance weiterlaberte. Nach einer Weile schluckte er das Stück Kürbis, das er noch im Mund hatte, weil er keine andere praktische Methode wußte, es loszuwerden. »Sind Sie sich dessen bewußt«, würgte er hervor, »was das für die Quaddies bedeutet?«

Durrance blinzelte. »Sicherlich nicht viel. Es wird immer noch jede Menge Arbeit geben, die in der Schwerelosigkeit ausgeführt werden muß.«

»Das wird ihren Vorsprung in der Rentabilität gegenüber den gewöhnlichen Arbeitern vernichten. Die medizinisch notwendigen Urlaube auf den Planeten hatten die Personalkosten hochgetrieben. Wenn man sie abschafft, dann gibt es keine Alternative mehr – kann dieses Ding auf einer Raumstation künstliche Schwerkraft herstellen?«

»Wenn man es auf ein Schiff montieren kann, dann kann man es auch auf einer Station installieren«, meinte Durrance. »Es ist jedoch keine Art Perpetuum mobile«, warnte er. »Es verbraucht Energie wie verrückt, sagte der Sprungpilot. Das wird etwas kosten.«

»Nicht soviel – und sicher wird man es im Laufe der Zeit noch effizienter machen – o Gott.«

Diese Aussicht würde die Quaddies nicht begünstigen. Diese Aussicht begünstigte niemanden. Verdammt, verdammt, zum Teufel mit dem Timing! In zehn Jahren, selbst in einem Jahr schon, hätte es ihre Rettung sein können. Hier und jetzt war es vielleicht – ein Todesurteil? Leo zog seine Füße aus den Gurten und setzte zum Start in Richtung auf die Türen des Moduls an.

»Lassen Sie dieses Tablett hier einfach zurück?« fragte Durrance. »Kann ich Ihren Nachtisch haben...?«

Leo zeigte mit einer ungeduldigen Geste sein Einverständnis an und sprang davon.

Als Leo in Bruce Van Attas Büro im Habitat schwebte, bestätigte dessen deprimiertes und feindliches Gesicht Durrances Geschichte. »Haben Sie dieses Gerücht über künstliche Schwerkraft gehört?« fragte Leo trotzdem mit einem letzten Rest von Hoffnung – soll Van Atta es doch dementieren, einen Schwindel nennen...

Van Atta starrte ihn wütend und zutiefst gereizt hat. »Wie, zum Teufel, haben Sie das herausgefunden?«

»Es geht Sie nichts an, wo ich davon erfahren habe. Stimmt es denn?«

»O doch, es geht mich was an. Ich möchte das so lange wie möglich geheimhalten.«

Also stimmte es. Leos Herz krampfte sich zusammen. »Warum? Wie lange haben Sie es schon gewußt?«

Van Attas Hand schnippte am Rand eines Stapels von Plastikfolien – Computerausdrucken und Mitteilungen –, die ein Magnethalter an seinen Schreibtisch drückte. »Drei Tage.«

»Dann ist es also offiziell.«

»O ja, ganz offiziell.« Van Atta verzog widerwillig den Mund. »Ich habe es von der GalacTech-Bezirksleitung auf Orient IV erfahren. Apmad hat die Nachricht offensichtlich auf ihrem Heimweg bekommen und eine ihrer berühmten Front-Entscheidungen getroffen.«

Van Atta raschelte wieder mit seinen Folien und runzelte die Stirn. »Wir können es nicht umgehen. Wissen

Sie, welche Nachricht gestern auf den Fersen dieser Geschichte eintraf? Station Kline hat den GalacTech erteilten Bauauftrag storniert, den ersten Auftrag, zu dem wir die Quaddies ausschicken wollten. Ohne Murren haben sie die Vertragsstrafe gezahlt. Station Kline liegt in der Richtung von Kolonie Beta; sie müssen schon Wochen – oder Monate – vorher davon erfahren haben. Sie sind zu einem betanischen Auftragnehmer übergewechselt, der uns vermutlich unterbietet. Das Cay-Projekt ist erledigt. Es bleibt nichts übrig, als es abzuschließen und verdammt schnell hier abzuhauen, je eher, desto besser. Verdammt! Jetzt bin ich also in ein Verlustprojekt verwickelt. Wenn ich hier fertig bin, wird mir der Geruch eines Verlierers anhaften.«

»Abschließen, wie abschließen? Was meinen Sie mit ›abschließen‹?«

»Das Lieblingsszenario dieses Mistweibs Apmad. Ich wette, sie hat vor Vergnügen geschnurrt, als sie diese Anweisungen herausgab – die Quaddies haben ihr nervöses Herzklopfen verursacht, wissen Sie. Sie sollen sterilisiert und auf dem Planeten versteckt werden. Alle derzeitigen Schwangerschaften sollen abgebrochen werden – Mist, und wir haben gerade mit fünfzehn davon angefangen! Was für ein Fiasko. Ein Jahr meiner Karriere ist im Arsch.«

»Mein Gott, Bruce, Sie werden doch nicht etwa diese Anweisungen ausführen, oder?«

»So, nein? Dann schauen Sie mir einfach bloß zu.« Van Atta starrte ihn an und kaute an seiner Lippe. Leo spürte, wie er selbst in Spannung geriet, bleich vor unterdrückter Wut. Van Atta schnaubte. »Was wollen Sie, Leo? Apmad hätte die Anweisung geben können, daß sie euthanasiert würden. Sie kommen glimpflich davon. Es hätte schlimmer kommen können.«

»Und wenn es so gekommen wäre – wenn sie befohlen hätte, die Quaddies zu töten –, hätten Sie das ausgeführt?« fragte Leo mit vorgetäuschter Ruhe.

»Sie hat es nicht befohlen. Kommen Sie schon, Leo. Ich bin nicht unmenschlich. Sicher, die kleinen Dummerchen tun mir leid. Ich habe, verdammt noch mal, mein Bestes getan, um sie profitabel zu machen. Aber es gibt keine Möglichkeit, wie ich mich dagegen sträuben kann. Alles, was ich tun kann, ist die Abwicklung so schnell und sauber und schmerzlos wie möglich zu machen und die Verluste so gering wie möglich zu halten. Vielleicht wird *irgend jemand* in der Firmenhierarchie das zu schätzen wissen.«

»Schmerzlos für wen?«

»Für alle.« Van Atta wurde entschlossener und beugte sich mit einem finsteren Blick Leo entgegen. »Das bedeutet, daß ich keine Panik gebrauchen kann und keine wilden Gerüchte, hören Sie? Ich möchte, daß alles seinen gewohnten Gang geht, bis zur allerletzten Minute. Sie und alle anderen Lehrer werden weiter ihren Unterricht halten, so als ob die Quaddies wirklich zu einem Arbeitsprojekt hinausgeschickt würden, bis die Einrichtungen unten auf dem Planeten fertig sind und wir anfangen können, sie mit dem Shuttle hinabzufliegen. Vielleicht nehmen wir die Kleinen zuerst – die wiederverwertbaren Teile des Habitats sollen im Orbit zur Transferstation gebracht werden; wir können vielleicht einige Kosten senken, wenn wir für diese Arbeit Quaddies verwenden.«

»Sie auf dem Planeten einzusperren …«

»Ach, werden Sie doch nicht melodramatisch. Die Quaddies werden in einem völlig gewöhnlichen Wohnheim für Bohrarbeiter untergebracht, das erst vor sechs Monaten verlassen wurde, als das Ölfeld erschöpft war.« Van Attas Gesicht hellte sich etwas auf, weil er sich selber auf die Schulter klopfen konnte. »Ich habe es selbst gefunden, als ich die möglichen Standorte durchschaute, wohin man sie bringen könnte. Dieses Wohnheim zu renovieren wird fast nichts kosten, wenn man es mit einem Neubau vergleicht.«

Leo konnte es sich genau vorstellen. Er schauderte. »Und was geschieht in vierzehn Jahren, wenn und falls Orient IV Rodeo enteignet?«

Van Atta fuhr sich ungehalten mit beiden Händen durch das Haar. »Wie, zum Teufel, soll ich das wissen? Zu dem Zeitpunkt wird es das Problem von Orient IV werden. Ein Mensch kann nicht alles tun, Leo.«

Leo lächelte, grimmig betroffen. »Ich bin mir nicht sicher… was ein Mensch tun kann. Ich habe mich nie bis zu meiner Grenze vorgewagt. Ich dachte einmal, ich hätte es schon getan, aber jetzt erkenne ich, daß ich es nicht getan habe. Meine Selbstversuche waren immer vorsichtigerweise nichtzerstörerisch.«

Dieser Test war insgesamt von einer höheren Größenordnung. Dieser TESTER verschmähte vielleicht das lediglich Menschenmögliche. Leo versuchte sich zu erinnern, wie lange es her war, seit er zum letztenmal gebetet oder überhaupt geglaubt hatte. Auf jeden Fall niemals so sehr wie jetzt. Und nie zuvor hatte er dessen so sehr *bedurft* wie jetzt…

Van Atta blickte ihn mißtrauisch an. »Sie sind seltsam, Leo.« Er richtete sich auf, als wollte er eine Befehlspose einnehmen. »Nur für den Fall, daß Sie mich nicht richtig verstanden haben, lassen Sie es mich laut und deutlich wiederholen. Sie dürfen diese Sache mit der künstlichen Schwerkraft niemandem gegenüber erwähnen, das bedeutet besonders: nicht den Quaddies gegenüber. Gleicherweise halten Sie geheim, daß die Quaddies auf den Planeten kommen werden. Ich werde Dr. Yei veranlassen, daß sie sich etwas ausdenkt, wie man es den Quaddies beibringen kann, ohne daß die störrisch werden. Es wird Zeit, daß sie sich ihr überhöhtes Gehalt verdient. Keine Gerüchte, keine Panik, keine gottverdammten Arbeiterunruhen – und wenn es welche gibt, dann werde ich genau wissen, wessen Haut ich an die Wand zu nageln habe. Kapiert?«

Leo zeigte ein hündisches Lächeln, das alles verbarg. »Kapiert.« Er zog sich zurück, ohne sich umzuwenden und ohne ein weiteres Wort von sich zu geben.

Dr. Yei war für gewöhnlich nicht leicht ausfindig zu machen, da es ihre Gewohnheit war, oft unter den Quaddies herumzugehen und dabei ihr Benehmen zu beobachten, sich Notizen zu machen und Anregungen zu geben. Aber diesmal fand Leo sie sofort, in ihrem Büro, wo an jeder verfügbaren Fläche Plastikfolien hingen und ihre Schreibtischkonsole wie ein Weihnachtsbaum leuchtete. Gab es im Cay-Habitat Weihnachten? fragte sich Leo. Eigentlich nicht, dachte er.

»Haben Sie gehört ...«

Ihre niedergedrückte Haltung beantwortete seine Frage, obwohl sein heftiger Atem verhinderte, daß er sie vollendete.

»Ja, ich habe es gehört«, sagte sie müde und blickte zu ihm auf. »Bruce hat mir gerade die Logistik zur Evakuierung des Personals des ganzen Habitats auf meinen Schreibtisch geknallt, damit ich es organisiere. Da er Ingenieur ist, wird er die Flußdiagramme für die Zerlegung der Anlagen und die Wiederverwertung der Ausrüstung erstellen, sagt er. Sobald ich ihm die ›Körper‹ aus dem Weg schaffe. Verzeihen Sie, die verdammten ›Körper‹.«

Leo schüttelte hilflos den Kopf. »Werden Sie das tun?«

Sie zuckte die Achseln und preßte die Lippen aufeinander. »Wie könnte ich es nicht tun? Soll ich empört kündigen? Das würde überhaupt nichts ändern. Diese Geschichte würde um kein Iota weniger brutal ablaufen, wenn ich wegginge, und es könnte noch viel schlimmer werden.«

»Ich sehe nicht, wie«, brachte Leo mühsam hervor.

»Das sehen Sie nicht?« sagte sie mit einem Stirnrunzeln. »Nein, vermutlich nicht. Ihnen ist nie bewußt gewesen, auf welcher gefährlichen juristischen Grenzlinie die Quaddies hier angesiedelt sind. Aber mir war es bewußt. Eine falsche Bewegung und ... – oh, zum Teufel mit allem. Ich wußte, daß man Apmad vorsichtig behandeln mußte. Alles ist mir entglitten. Obwohl ich vermute, daß diese Geschichte mit der künstlichen Schwerkraft das Projekt zu Fall gebracht hätte, egal, wer die Verantwortung trug, haben wir sehr viel Glück, daß sie nicht die Anweisung zur Beseitigung der Quaddies gab. Sie müssen wissen, als sie eine junge Frau war, auf ihrem Heimatplaneten, da wurden bei ihr vier oder fünf Schwangerschaften wegen genetischer Defekte abgebrochen. Das verlangte das Gesetz. Schließlich gab sie auf, ließ sich scheiden, nahm eine Stelle außerhalb ihres Planeten bei GalacTech an – und arbeitete sich in der Hierarchie nach oben. Sie hat ein tiefes, emotional begründetes Interesse an ihren Vorurteilen gegen genetische Manipulationen, und das wußte ich. Und habe es vermasselt ... Sie könnte immer noch befehlen, daß die Quaddies getötet werden. Abspritzen. Vergasen. Vergiften – verstehen Sie? Jeder Bericht über Schwierigkeiten, Unruhen, verstärkt durch ihre genetische Paranoia, und sie ...« Sie kniff die Augen zusammen und massierte ihre Stirn mit den Fingerspitzen.

»Sie könnte es befehlen – wer sagt aber, daß Sie es ausführen müssen? Sie haben gesagt, Ihnen sei an den Quaddies gelegen. Wir müssen etwas *tun*!« sagte Leo.

»Was?« Yei ballte die Hände zu Fäusten, dann öffnete sie sie wieder weit. »Was, was, WAS? – Einen oder zwei – selbst wenn ich einen oder zwei adoptieren, mit mir mitnehmen könnte – sie irgendwie hinausschmuggeln, wer weiß –, was dann? Mit mir auf einem Planeten leben? Sozial isoliert als Krüppel, Mißgeburten, Mutanten – Früher oder später würden sie erwachsen werden, und was dann? Und was ist mit den anderen? Ein ganzes *Tausend*, Leo!«

»Und wenn Apmad die Ausrottung der Quaddies befehlen würde, welche Entschuldigung würden Sie dann dafür finden, nichts dagegen zu unternehmen?«

»Ach, gehen Sie *weg*«, stöhnte sie. »Sie haben kein Verständnis für die Kompliziertheit der Situation, überhaupt keins. Was glauben Sie denn, was eine einzelne Person tun kann? Ich hatte einmal ein eigenes Leben, bevor dieser Job es auffraß. Ich habe sechs Jahre hingegeben – fünf und dreiviertel mehr als *Sie* –, ich habe alles gegeben, wozu ich fähig bin. Ich bin ausgebrannt. Wenn ich aus diesem Loch wegkomme, dann möchte ich nie wieder von Quaddies hören. Sie sind nicht meine Kinder. *Ich* habe keine *Zeit* gehabt, Kinder zu bekommen.«

Sie rieb sich verärgert die Augen und zog die Nase hoch, unterdrückte Tränen – oder bloß ihre Gereiztheit? Leo wußte es nicht. Und es war ihm gleich.

»Sie sind niemandes Kinder«, knurrte er. »Das ist das Problem. Sie sind eine Art … genetischer Waisen oder so etwas.«

»Wenn Sie nichts Brauchbares zu sagen haben, dann hauen Sie bitte endlich ab!«, schrie sie. Mit einer Handbewegung zeigte sie auf die vielen Folien. »Ich habe zu arbeiten.«

Seit seinem fünften Lebensjahr hatte Leo kein weibliches Wesen mehr geschlagen. Er entfernte sich, am ganzen Leibe zitternd.

Er schwebte langsam durch die Korridore, zurück zu seiner eigenen Unterkunft, und beruhigte sich. Was hatte er sich denn überhaupt von Yei erwartet? Befreiung von seiner Verantwortung? Hätte er ihr sein Gewissen auf den Schreibtisch knallen sollen, à la Bruce, und sagen: »Kümmern Sie sich darum …«

Und doch, und doch, *und doch* … es mußte hier irgendwo eine Lösung geben. Er konnte sie fühlen, eine greifbare dunkle Gestalt, wie etwas Festes im Bauch, eine hochsteigende, schrille Frustration. Das Problem, das sich weigerte, in die richtigen Einzelteile zu zerfallen, die Lösung, die sich einem entzog – er hatte technische Probleme gelöst, die sich zuerst als solche massive unübersteigbare Mauern präsentiert hatten. Er wußte nicht, woher die Sprünge jenseits der Logik kamen, mit denen man letztlich diese Mauern überwand, außer, daß es sich nicht um einen bewußten Prozeß handelte, wie elegant er das Ganze auch post factum aufzeichnen mochte. Er konnte es nicht lösen, und er konnte es nicht in Ruhe lassen, kratzte nutzlos in einer zunehmenden zwanghaften Besessenheit daran herum, aber das war kontraproduktiv, wie das Herumkratzen an einem Schorf. Die Räder drehten sich, übertrugen aber keine Bewegung.

»Sie ist hier drinnen«, flüsterte er und berührte seinen Kopf. »Ich spüre sie. Ich kann … sie einfach … nicht *sehen* …«

Sie mußten irgendwie aus dem Lokalraum von Rodeo herausgebracht werden, soviel war sicher. Alle Quaddies. Hier gab es für sie keine Zukunft. Schuld daran war die verdammt eigenartige juristische Lage. Was sollte er tun – ein Sprungschiff entführen? Aber die Personalsprungschiffe konnten nicht mehr als dreihundert Passagiere befördern. Er konnte sich mit Mühe und Not vorstellen, wie er etwas in Händen hielt – ja, was? Welche Waffe? Er hatte keine Schußwaffe, sein Taschenmesser enthielt hauptsächlich Schraubenzieher – richtig, dem Piloten einen Schraubenzieher an den Kopf halten und rufen: »Bringen Sie uns per Sprung zu Orient IV!« – wo er auf der Stelle verhaftet werden und wegen Piraterie für die nächsten zwanzig Jahre ins Gefängnis wandern würde und die Quaddies zurückließe, damit sie … was täten? Auf jeden Fall konnte er nicht drei Schiffe auf einmal entführen, und das war die Mindestanzahl, die er benötigte.

Leo schüttelte den Kopf. »Das Glück begünstigt«,

murmelte er, »das Glück begünstigt, das Glück begünstigt …«

Orient IV würde die Quaddies nicht wollen. Niemand würde die Quaddies wollen. Worin könnte eigentlich ihre Zukunft bestehen, selbst wenn es gelänge, sie von GalacTech zu befreien? Zigeunerwaisen, abwechselnd ignoriert, ausgebeutet oder mißbraucht, aufgrund ihrer Abhängigkeit von der begrenzten Umwelt des Systems der Weltrauminstallationen der Menschheit. Ein treffendes Beispiel für eine Technologiefalle. Er stellte sich Silver vor – er hatte wenig Zweifel, welche Art von Ausbeutung ihr Los wäre, mit diesem eleganten Gesicht und diesem eleganten Körper. Für sie gab es dort draußen keinen Ort …

Nein! sagte Leo stumm. Das Universum war so verdammt *groß*. Es mußte einen Ort geben. Einen eigenen Ort, weit, weit weg von den Fesseln und Fallen der sogenannten menschlichen Zivilisation. Die Geschichte früherer utopischer sozialer Experimente in Abgeschiedenheit waren nicht gerade ermutigend, aber die Quaddies waren in jeder Hinsicht ein Ausnahmefall.

Zwischen zwei Atemzügen ergriff die Vision von ihm Besitz. Sie kam nicht als eine Kette vernünftiger Überlegungen, als mehr Worte, Worte, Worte, sondern als blendendes Bild, vom ersten Augenblick an ganz vollständig, eigenständig, ganzheitlich, organisch, inspiriert. Von jetzt an würde er jede weitere Stunde seines Lebens nur der linearen Erforschung der Fülle dieser Vision widmen.

Ein Sonnensystem mit einem Stern von Typ M oder G oder K, der sanft und beständig war und Energie ausstrahlte für diejenigen, die sie auffingen. Umkreisen müßte ihn ein Gasgigant von der Art des Jupiter mit einem Ring aus Methan- und Wassereis, der Wasser, Sauerstoff, Stickstoff und Wasserstoff lieferte. Am wichtigsten von allem war ein Asteroidengürtel.

Und ebenso wichtig war das Fehlen bestimmter

Dinge: diesen Stern durfte kein erdähnlicher Planet umkreisen, der Konkurrenz anlocken könnte; er durfte sich nicht auf einer Wurmlochsprungroute befinden, die für potentielle Konquistadoren von strategischer Bedeutung war. Die Menschheit hatte auf ihrer zwanghaften Suche nach neuen Erden Hunderte solcher Systeme links liegengelassen. Die Sternenkarten waren voll von ihnen.

Eine Quaddiekultur, die sich von ihrer ursprünglichen Basis aus entlang des Asteroidengürtels ausbreitete, eine Gesellschaft von Quaddies, von den Quaddies geschaffen, für die Quaddies bestimmt. Sie konnten Stollen und Gänge in die Felsen graben, um sich gegen die Strahlung zu schützen, und darin ihre kostbare Luft einschließen, sie konnten sich ausdehnen, indem sie von Felsen zu Felsen hüpften, um sich neue Heimstätten zu bohren und zu bauen. Überall gab es dort Mineralien, mehr als sie je verbrauchen konnten. Ganze Hydrokulturfarmen für Silver. Eine neue Welt war zu bauen. Eine Raumwelt, die Station Morita wie ein Spielzeug erscheinen lassen würde.

»Natürlich«, Leos Augen weiteten sich vor Freude, »das ist letztlich nur ein *Ingenieur*problem!«

Er hing schlaff in der Luft, wie in einem Trancezustand; glücklicherweise kam in diesem Augenblick niemand durch den Korridor, sonst hätte man ihn sicher für verrückt oder unter Drogen stehend gehalten.

Diese Lösung war die ganze Zeit in Einzelstücken um ihn herum dagewesen, unsichtbar, bis *er* sich geändert hatte. Er grinste verrückt, wie besessen. Er gab sich dieser Vision vorbehaltlos hin. Ganz. Ganz. Es gab keine Grenze für das, was ein einzelner Mensch tun konnte, wenn er alles gab und nichts zurückhielt.

Er hielt nichts zurück, er blickte nicht zurück – denn einen Weg zurück gab es nicht, es war nicht mehr möglich zurückzugehen. Das war buchstäblich, medizinisch, der Kern der Sache. Menschen, die an die

Schwerelosigkeit angepaßt waren – ein *Zurück zum Gehen* machte Krüppel aus ihnen.

»*Ich* bin ein Quaddie«, flüsterte Leo verwundert. Er betrachtete seine Hände, ballte sie zu Fäusten und streckte wieder die Finger aus. »Einfach ein Quaddie mit Beinen.« Er würde nicht zurückgehen.

Was diese ursprüngliche Basis anging – er schwebte im Augenblick in ihr herum. Sie mußte nur verlegt werden. Seine kaskadenartig dahineilenden Gedanken klickten über die Verbindungen zu schnell hinweg, als daß er sie hätte analysieren können. Er brauchte kein Raumschiff zu entführen: er befand sich schon in einem. Alles, was er brauchte, war ein bißchen Energie.

Und die Energie lag griffbreit im Orbit von Rodeo; sie wurde sogar gerade in diesem Augenblick unentgeltlich verschwendet, um bloße Massen von Petrochemikalien aus der Umlaufbahn zu schieben. Welche Masse mochte ein Bündel von petrochemischen Behältern haben, verglichen mit einem Teilstück des Cay-Habitats? Leo wußte es nicht, aber er wußte, daß er es herausfinden konnte. Die Zahlen würden jedenfalls auf seiner Seite sein, egal, wie groß sie auch waren.

Die Frachtbeschleuniger konnten das Habitat manövrieren, wenn es passend rekonfiguriert wurde, und mit allem, das die Beschleuniger manövrieren konnten, konnte auch einer der riesigen Frachtsuperjumper fertigwerden. Alles war vorhanden, alles – man mußte es nur nehmen.

Nur nehmen…

KAPITEL 8

Leo mußte eine Stunde umherpirschen, bevor er Silver allein antraf, in einem Korridor, der vom Turnraum kam, an einer Stelle, die nicht von einer Überwachungskamera erfaßt wurde.

»Gibt es hier einen Ort, wo wir privat reden können?« fragte er sie. »Ich meine, wirklich privat.«

Sie blickte sich vorsichtig um, was zeigte, daß sie ihn vollkommen verstanden hatte. Doch sie zögerte. »Ist es wichtig?«

»Lebenswichtig. Es geht um Leben oder Tod für jeden Quaddie. So wichtig ist es.«

»Gut... warten Sie hier eine Minute lang oder zwei und folgen Sie mir dann.«

Er folgte ihr langsam und beiläufig durch das Habitat, sah ihr schimmerndes Haar und ihr blaues Trikot kurz an dieser oder jener Kreuzung. In einem Korridor hatte er sie dann plötzlich verloren. »Silver...?«

»Pst!« zischte sie in sein Ohr. Eine Wandplatte schwang sich lautlos nach innen, eine ihrer starken unteren Hände griff nach ihm und zog ihn herein wie einen Fisch an einer Angelschnur.

Nur einen Moment lang war es hinter der Wand dunkel und eng; dann öffnete sich leise eine luftdichte Tür und gab den Blick frei auf eine eigenartige Kammer mit einem Durchmesser von vielleicht drei Meter. Sie schlüpften hinein.

»Was ist das?« fragte Leo überrascht.

»Das Clubhaus. Jedenfalls nennen wir es so. Wir haben es in diesem kleinen blinden Winkel gebaut. Von außen ist es nicht zu unterscheiden, es sei denn, man schaut genau aus dem richtigen Winkel darauf. Tony und Pramod haben die äußeren Wände gebaut. Siggi hat die Rohrleitungen gelegt, andere haben die Verkabelung gemacht... die Luftdichtungen haben wir aus überzähligen Teilen zusammengebaut.«

»Hat man die nicht vermißt?«

Ihr Lächeln war keineswegs unschuldig. »Quaddies geben auch die Daten in den Computer ein. Die Teile hörten im Lagerverzeichnis einfach auf zu existieren. Eine Gruppe von uns arbeitete dabei zusammen – wir haben sie vor gerade zwei Monaten fertiggestellt. Ich war mir sicher, daß Dr. Yei und Mr. Van Atta davon erfahren würden, als sie mich befragten«, ihr Lächeln ging in einen finsteren Blick über, als sie sich daran erinnerte, »aber sie haben einfach nie die richtigen Fragen gestellt. Die einzigen Vids, die wir noch haben, sind die, die zufällig hier drinnen waren, und Darla hat das Vid-System noch nicht zum Laufen gebracht.«

Leo folgte ihrem Blick auf ein totes Holovid-Gerät, das an der Wand befestigt war und offensichtlich gerade repariert wurde. Es gab andere Annehmlichkeiten: Beleuchtung, praktische Gurte, einen Wandschrank voller kleiner Beutel mit getrocknetem Knabberzeug wie Rosinen, Erdnüsse und ähnlichem, das in der Ernährungsabteilung abgezweigt worden war. Leo machte langsam eine Runde durch den Raum und überprüfte nervös die Ausführung der Arbeiten. Alles war dicht. »War das deine Idee?«

»Irgendwie schon. Ich hätte es jedoch nicht allein geschafft. Verstehen Sie bitte, es ist strikt gegen unsere Regeln, daß ich Sie hier hereinbringe«, fügte Silver etwas trotzig hinzu. »Also sollten wir besser einen guten Grund dafür haben, Leo.«

»Silver«, sagte Leo, »deine einzigartig pragmatische Einstellung Regeln gegenüber macht dich im Augenblick zum wertvollsten Quaddie im Habitat. Ich brauche dich – deinen Mut und all die anderen Eigenschaften, die Dr. Yei zweifellos asozial nennen würde. Ich habe eine Arbeit zu tun, die ich nicht allein schaffe.« Er holte tief Luft. »Wie würde es euch Quaddies gefallen, euren eigenen Asteroidengürtel zu haben?«

»Was?« Ihre Augen wurden groß.

»Brucie-Baby versucht es noch geheimzuhalten, aber man hat gerade beschlossen, daß das Cay-Projekt beendet wird – und das meine ich im unheilvollsten Sinn des Wortes.«

Er berichtete ihr ausführlich von dem Gerücht über das Antischwerkraftgerät, alles, was er bisher gehört hatte, und Van Attas geheimen Plan für die Abschiebung der Quaddies. Mit zunehmender Leidenschaft beschrieb er seine Vision der Flucht. Er brauchte nichts zweimal zu erklären.

»Wieviel Zeit haben wir noch?« fragte sie mit bleichem Gesicht, als er geendet hatte.

»Nicht viel. Höchstens ein paar Wochen. Ich habe nur sechs Tage, bis ich durch meinen Schwerkrafturlaub gezwungen bin, mich auf den Planeten zu begeben. Ich muß mir eine Möglichkeit ausdenken, wie ich den umgehen kann, denn ich befürchte, daß ich danach vielleicht nicht wieder hierher kommen kann. Wir – die Quaddies – müssen *jetzt* eine Wahl treffen. Und ich kann sie nicht für euch treffen. Ich kann euch nur bei einigen Teilen helfen. Wenn ihr euch nicht selbst retten könnt, dann seid ihr garantiert verloren.«

Mit einem leisen Pfiff stieß sie den Atem aus und sah wirklich beunruhigt drein. »Ich dachte – als ich Tony und Claire beobachtete –, daß sie es falsch anstellten. Tony redete davon, Arbeit zu finden, aber wissen Sie, daß er nicht daran dachte, einen Arbeitsanzug mitzunehmen? Ich wollte nicht die gleichen Fehler begehen. Wir sind nicht dafür geschaffen, allein zu reisen, Leo. Vielleicht ist das etwas, das zu unseren Anlagen gehört.«

»Aber schaffst du es, daß die anderen mitmachen?« fragte Leo besorgt. »Im geheimen? Ich muß dir sagen, das schnellste Ende dieser kleinen Revolution, das ich mir vorstellen könnte, wäre, wenn ein Quaddie in Panik geriete und alles verraten würde, weil er lieb sein möchte. Das ist eine wirkliche Verschwörung, hier müssen alle Regeln außer acht bleiben. Ich opfere meinen Job und riskiere juristische Verfolgung, aber ihr riskiert viel mehr.«

»Es gibt einige, denen man es ... hm ... zuletzt mitteilen sollte«, sagte Silver nachdenklich. »Aber ich kann die wichtigen einweihen. Wir haben einige Methoden, um Dinge vor den Planetariern geheimzuhalten.«

Leo blickte sich in der Kammer um und fühlte sich beruhigt.

»Leo ...« Ihre blauen Augen waren forschend auf ihn gerichtet. »*Wie* werden wir die Planetarier los?«

»Nun, wir werden sie nicht mit dem Shuttle nach Rodeo hinunterschicken können, soviel ist sicher. Von dem Augenblick an, wo diese Sache publik wird, wird das Habitat vom Nachschub abgeschnitten, damit kannst du rechnen.« *Belagert* war das Wort, das Leo einfiel und das er sorgfältig vermied. »Die Methode, an die ich dachte, war, sie alle in einem Modul zu versammeln, dort etwas Notfall-Sauerstoff hineingeben, das Modul vom Habitat zu trennen und einen der Lastenschieber zu verwenden, um es im Orbit zu der Transferstation zu transportieren. Dann stellen sie für GalacTech ein Problem dar, nicht für uns. Ich hoffe, daß das die Dinge auf der Transferstation auch ein bißchen durcheinanderbringt und uns mehr Zeit gibt.«

»Wie wollen Sie alle in das Modul bringen?«

Leo zuckte verlegen. »Na ja, das ist der Punkt ohne Umkehr, Silver. Überall um uns herum gibt es Waffen, die wir nur nicht als solche erkennen, weil wir sie ›Werkzeuge‹ nennen. Eine Laserlötpistole, bei der die Sicherung entfernt ist, ist so gut wie eine Schußwaffe. In den Werkstätten gibt es ein paar Dutzend davon. Richte sie auf die Planetarier und sage: ›Bewegt euch!‹ – und sie werden sich in Bewegung setzen.«

»Was ist, wenn sie es nicht tun?«

»Dann mußt du auf sie feuern. Oder dich dafür entscheiden, nicht zu feuern, und dafür einen langsamen und sterilen Tod auf dem Planeten in Kauf nehmen. Und du triffst dann deine Wahl für alle, nicht nur für dich.«

Silver schüttelte den Kopf. »Ich glaube nicht, daß das eine so gute Idee ist, Leo. Was ist, wenn jemand in Panik gerät und tatsächlich feuert? Der Planetarier würde schrecklich verbrannt werden!«

»Nun ... ja, das ist die Idee.«

Falten des Entsetzen gruben sich in ihr Gesicht. »Wenn ich auf Mama Nilla schießen müßte, dann würde ich lieber nach unten auf den Planeten gehen und sterben.«

Mama Nilla war eine der beliebtesten Krippenmütter der Quaddies, erinnerte sich Leo verschwommen, eine große, ältere Frau – er war ihr bisher kaum begegnet, da sein Unterricht die jüngeren Quaddies nicht einbezog. »Ich dachte mehr daran, auf Bruce zu schießen«, bekannte Leo.

»Ich bin mir nicht einmal sicher, ob ich das Mr. Van Atta antun könnte«, sagte Silver langsam. »Haben Sie je eine schlimme Verbrennung gesehen, Leo?«

»Ja.«

»Ich auch.«

Eine kleine Weile herrschte Schweigen.

»Wir können unsere Lehrer nicht bluffen«, sagte Silver schließlich. »Alles, was Mama Nilla tun müßte, wäre nur mit ihrer *Stimme* zu sagen: ›Gib mir jetzt das Ding rüber, Siggi!‹ – und er würde es tun. Das ist – das ist kein *cleveres* Szenario, Leo.«

Leo ballte wütend die Fäuste. »Aber wir müssen die Planetarier aus dem Habitat entfernen, sonst kann nichts anderes vorangehen! Wenn wir das nicht schaffen, dann werden sie es einfach wieder übernehmen, und ihr wäret dann schlimmer dran als zuvor.«

»Schon gut, schon gut! Wir müssen sie los werden. Aber das ist nicht die richtige Methode.« Sie zögerte und schaute ihn mißtrauischer an. »Könnten Sie Mama Nilla erschießen? Glauben Sie wirklich, Pramod – zum Beispiel – könnte auf Sie schießen?«

Leo seufzte. »Wahrscheinlich nicht. Nicht kaltblütig. Selbst Soldaten in einer Schlacht müssen in einen besonderen Zustand geistiger Erregung versetzt werden, um auf völlig fremde Menschen zu schießen.«

Silver sah erleichtert aus. »In Ordnung, was wäre also sonst noch zu tun? Wenn wir mal davon ausgehen, daß wir das Habitat übernehmen könnten.«

»Die Rekonfigurierung des Habitats kann mit Werkzeugen und Ersatzteilen ausgeführt werden, die schon an Bord sind, obwohl alles sorgfältig rationiert werden muß. Das Habitat muß während dieses Prozesses gegen alle Versuche von GalacTech, es wiederzuerobern, verteidigt werden. Die Hochenergiedichte-Elektronenstrahlschweißbrenner könnten ziemlich wirksam Shuttles entmutigen, die versuchen, bei uns anzukoppeln – falls jemand dazu gebracht werden könnte, sie abzufeuern«, fügte er trocken hinzu. »Glücklicherweise verfügt die Firma über keine gepanzerten Angriffsschiffe. Eine echte Militärstreitkraft würde mit dieser kleinen Revolution nämlich kurzen Prozeß machen, weißt du.« Seine Phantasie malte ihm die Details aus, und sein Magen krampfte sich unbehaglich zusammen. »Unsere einzige echte Verteidigung besteht darin, daß wir weg sind, bevor GalacTech ein Kampfschiff herbringen kann. Dazu brauchen wir einen Sprungpiloten.«

Er musterte sie erneut. »Hier kommst du ins Spiel, Silver. Ich kenne einen Piloten, der sehr bald durch die Transferstation hinausreisen wird und der leichter zu entführen sein dürfte als die meisten anderen. Besonders wenn *du* bereit wärest, deine persönliche Überredungsgabe einzusetzen.«

»Ti.«

»Ja, Ti«, bestätigte er.

Sie blickte unsicher drein. »Vielleicht.«

Leo kämpfte eine weitere, stärkere Welle von Unbehagen nieder. Ti und Silver hatten eine Beziehung, die aus der Zeit vor seiner Ankunft stammte. Er betätigte sich also nicht gerade als Kuppler. Die Logik diktierte sein Vorgehen. Plötzlich wurde ihm bewußt: was er wirklich wollte, war, sie so weit wie möglich von dem Sprungpiloten fernzuhalten. *Und was tun? Sie für dich selbst behalten? Mach dich nicht lächerlich. Du bist zu alt für sie.* Ti war wie alt – fünfundzwanzig, vielleicht? Vielleicht heftig eifersüchtig, nach allem, was Leo wußte. Sie mußte Ti den Vorzug geben. Leo versuchte tugendsam, sich alt zu fühlen. Es war nicht schwer; die meisten Quaddies ließen ihn sich sowieso etwa achtzig Jahre alt fühlen. Er zwang seine Gedanken zurück zur eigentlichen Aufgabe.

»Das dritte, was anfangs getan werden muß«, Leo überdachte seine Formulierung noch einmal und kam unglücklich zu dem Schluß, daß sie allzu akkurat war, »ist, ein Frachtsprungschiff festzuhalten. Wenn wir warten, bis wir das Habitat beschleunigen für den ganzen Weg hinaus zum Wurmloch, dann hat GalacTech Zeit, sich etwas auszudenken, wie sie die Sprungschiffe verteidigen können. Wie zum Beispiel sie alle auf die Seite von Orient IV springen zu lassen und uns dann eine lange Nase zu machen, bis wir gezwungen sind, uns zu ergeben. Das bedeutet« – er erwog den nächsten logischen Schritt mit etwas Bestürzung – »wir müssen ein Kommando zum Wurmloch schicken, um ein Sprungschiff zu entführen. Und ich kann nicht mitgehen und gleichzeitig hier bleiben, um das Habitat zu verteidigen und zu rekonfigurieren... es muß eine Truppe von Quaddies sein. Ich weiß nicht...« – Leo wurde unsicher – »vielleicht ist das alles in allem doch keine so großartige Idee.«

»Schicken Sie Ti mit ihnen mit«, schlug Silver vernünftigerweise vor. »Er weiß mehr über die Frachtsprungschiffe als alle von uns.«

»Mm«, sagte Leo und geriet wieder in eine optimistische Stimmung. Wenn er den geringen Aussichten für den Erfolg seiner Eskapade zuviel Aufmerksamkeit schenkte, dann konnte er die Sache genauso gut gleich aufgeben und den Kampf vermeiden. Zum Teufel mit den geringen Aussichten. Er würde an Ti glauben. Falls notwendig, würde er an Elfen glauben, an Engel und an die Zahnpastafee.

»Das macht die... hm... Bestechung von Ti zu Schritt eins im Flußdiagramm«, überlegte Leo laut. »Von dem Augenblick an, wo man sein Fehlen bemerkt, sind wir aus der Deckung draußen und rennen gegen die Uhr. Das bedeutet, daß die ganze Vorausplanung für die Verlegung des Habitats besser – im voraus erfolgt. Und – oh. Du meine Güte!« Leos Augen leuchteten auf.

»Was?«

»Ich hatte gerade eine *brillante* Idee, wie wir uns einen Vorsprung verschaffen können...«

Leo stimmte den Zeitpunkt seines Eintritts sorgfältig ab, indem er wartete, bis sich Van Atta nahezu die ersten zwei Stunden der Schicht in seinem Büro im Habitat verkrochen hatte. Jetzt würde der Projektleiter allmählich an seine Kaffeepause denken und jenen Grad von Frustration erreichen, der immer die Folge der ersten Beschäftigung mit einem neuen Problem war, in diesem Fall mit der Zerlegung des Habitats. Leo konnte sich den verworrenen Zustand von Van Attas Planung lebhaft vorstellen; er selbst hatte ihn etwa acht Stunden zuvor durchgemacht, als er, eingeschlossen in seinem Quartier, an seiner Computerkonsole ein Brainstorming veranstaltete, nachdem er seine Programme für Schnüffler unzugänglich gemacht hatte.

Der militärische Sicherheitscode, der ihm von dem Projekt Argus-Kreuzer geblieben war, wirkte Wunder. Leo war sich ganz sicher, daß niemand im Habitat, nicht einmal Van Atta und gewiß nicht Yei, über einen höheren Zugriffsschlüssel verfügte.

Van Atta blickte mit gerunzelter Stirn von seinem Durcheinander aus Datenausdrucken auf, während sein Computer-Vid auf mehreren Schirmen bunt szintillierend verschiedene Baupläne des Habitats wiedergab. »Was ist jetzt schon wieder, Leo? Ich bin beschäftigt. Wer kann, der tut; wer nicht kann, der lehrt.«

Und wer nicht lehren kann, vollendete Leo insgeheim den Satz, *der geht in die Verwaltung.* Er behielt sein übliches höfliches Lächeln bei; kein unvorsichtiges Funkeln in den Augen verriet seinen bissigen Gedanken. »Ich habe nachgedacht«, säuselte er. »Ich würde mich gern freiwillig melden für die Zerlegung des Habitats.«

»Würden Sie?« Van Atta hob erstaunt seine Augenbrauen und senkte sie dann wieder mißtrauisch. »Warum?«

Van Atta würde wohl kaum glauben, daß dieses Angebot reiner Herzensgüte entstammte. Leo war darauf vorbereitet. »Weil Sie wieder recht hatten, so ungern ich das zugebe. Ich habe darüber nachgedacht, was ich wohl von diesem Auftrag mitnehme. Wenn ich die Reisezeit einrechne, dann habe ich vier Monate meines Lebens drangegeben – mehr noch, bis das hier vorbei ist –, und ich habe nichts dafür vorzuweisen außer ein paar Minuspunkten in meiner Personalakte.«

»Da sind Sie selbst dran schuld.« Van Atta, an den Vorfall erinnert, rieb sich das Kinn, wo der blaue Fleck in einen grünen Schatten überging, und blickte Leo finster an.

»Ich habe für eine kleine Weile meine Perspektive verloren, das stimmt«, gab Leo zu. »Jetzt habe ich sie wiedergefunden.«

»Ein bißchen spät«, spottete Van Atta.

»Aber ich könnte meine Sache gutmachen«, argumentierte Leo und überlegte, wie man den Effekt eines schuldbewußten Füßescharrens in der Schwerelosigkeit erreichen konnte. Vielleicht sollte er besser nicht übertreiben. »Ich brauche wirklich eine Empfehlung, etwas, das diese Verweise aufwiegt. Mir sind ein paar Ideen gekommen, die einen ungewöhnlich hohen Anteil an Wiederverwertung erzielen und die Verluste begrenzen könnten. Damit würde Ihnen die ganze langweilige Plackerei abgenommen und Sie wären frei für die administrativen Maßnahmen.«

»Hm«, sagte Van Atta, sichtlich verlockt von einer Vision, in der sein Büro zu seiner früheren, ursprünglichen klaren Ordnung zurückkehrte. Er musterte Leo mit zusammengekniffenen Augen. »Sehr gut – nehmen Sie's. Hier sind meine Notizen, die gehören jetzt alle Ihnen. Ach, schicken Sie die Pläne und Berichte durch mein Büro. Ich schicke sie dann weiter. Das ist schließlich meine wahre Aufgabe, die Verwaltung.«

»Gewiß.« Leo räumte alles zusammen. *Ja, durch Sie schicken – damit Sie meinen Namen durch Ihren ersetzen können.* In dem selbstgefälligen Leuchten von Van Attas Augen konnte Leo fast sehen, wie sich die Rädchen drehten. Soll doch Leo die Arbeit tun, und Van Atta das Verdienst einheimsen. *Oho, Sie werden schon das Verdienst dafür ernten, wie dieses Projekt endet, Brucie-Baby – das ganze Verdienst.*

»Ich brauche noch ein paar Sachen«, bat Leo demütig. »Ich möchte alle Quaddie-Mannschaften von den Schubschiffen haben, die bei ihrem regelmäßigen Dienst abkömmlich sind, zusätzlich zu meinen Unterrichtsgruppen. Diese nutzlosen Kinder werden zu arbeiten lernen, wie sie nie zuvor gearbeitet haben. Ersatzteile, Ausrüstung, die Befugnis, Schubschiffe und Treibstoff anzufordern – ich muß mit einigen Vermessungen an Ort und Stelle anfangen –, und ich muß in der Lage sein, nach Bedarf andere Quaddie-Arbeitsgruppen anzufordern. In Ordnung?«

»Oh, Sie melden sich auch für den praktischen Teil der Arbeit?« Eine rachsüchtige Gier erschien flüchtig auf Van Attas Gesicht, gefolgt von Zweifeln. »Wie steht es damit, diese Sache bis zur letzten Minute geheimzuhalten?«

»Ich kann die Vorplanung zuerst als eine theoretische Übung im Unterricht präsentieren. Eine Woche oder zwei herausschinden. Am Ende muß man es ihnen doch sagen, wissen Sie.«

»Nicht zu bald. Ich mache Sie dafür verantwortlich, daß die Schimpansen unter Kontrolle gehalten werden, kapiert?«

»Ich verstehe. Habe ich die Befugnis? Oh – und ich brauche eine Dienstverlängerung zum Aufschub meines Schwerkrafturlaubs auf dem Planeten.«

»Die Zentrale hat das nicht gern. Wegen der Haftung.«

»Entweder ich oder Sie, Bruce.«

»Stimmt ...« Van Atta, der sich schon entspannt hatte, winkte mit der Hand. »In Ordnung. Sie haben die Verlängerung.«

Einen Blankoscheck. Leo machte aus einem wölfischen Grinsen ein schmeichlerisches Lächeln. »Sie werden sich daran erinnern, nicht wahr, Bruce – später?«

Van Atta verzog auch die Lippen. »Das garantiere ich Ihnen, Leo. Ich werde mich an *alles* erinnern.«

Leo murmelte dankbar und zog sich zurück.

Silver steckte den Kopf durch die Tür zum privaten Schlafraum der Krippenmutter. »Mama Nilla?«

»Pst!« Mama Nilla hielt den Finger an die Lippen und nickte in Richtung auf Andy, der in einem Sack an der Wand schlief; man konnte gerade noch sein Gesicht sehen. Sie flüsterte: »Um Himmels willen, weck das Baby nicht auf. Er war heute so heikel mit dem Essen –

ich glaube, er verträgt die künstliche Nahrung nicht. Ich wünschte mir, Dr. Minchenko wäre wieder da. Warte, ich komme hinaus in den Korridor.«

Die Tür glitt hinter ihr zu. Mama Nilla hatte sich zur Nachtruhe fertiggemacht und ihren rosafarbenen Arbeitsoverall gegen einen Pyjama mit Blumenmuster vertauscht, der um ihre üppige Taille etwas straff saß. Silver unterdrückte den Impuls, sich an diesen weichen Leib zu klammern, wie sie es in verzweifelten Augenblicken getan hatte, als sie noch klein war – jetzt war sie viel zu erwachsen, um noch gehätschelt zu werden, sagte sie sich streng. »Wie geht es Andy?« fragte sie statt dessen mit einem Nicken in Richtung auf die geschlossene Tür.

»Hm. Alles in Ordnung«, sagte Mama Nilla. »Ich hoffe allerdings, daß ich dieses Problem mit der Nahrung bald lösen kann. Und ... na ja ... ich bin mir nicht sicher, ob man es wirklich Depression nennen kann, aber seine Aufmerksamkeitsspanne scheint kürzer zu sein, und er ist heikel beim Essen - sag das aber bitte nicht Claire, der Armen, sie hat schon genug Schwierigkeiten. Sag ihr, es sei alles in Ordnung.«

Silver nickte. »Ich verstehe.«

Mama Nilla runzelte Sie Stirn. Ihr Blick war nach innen gerichtet. »Ich habe einen Protest geschrieben, aber meine Vorgesetzte hat ihn nicht weitergeleitet. Ungünstiger Zeitpunkt, hat sie gesagt. Sieht eher aus, als ob Mr. Van Atta ihr Angst eingejagt hätte. Ich könnte einfach ... hm. Jedenfalls habe ich Überstundenzettel eingereicht wie verrückt, und ich habe für meine Krippeneinheit eine zusätzliche Assistentin angefordert. Vielleicht wird man nachgeben, wenn man einsieht, daß diese Narretei Geld kostet. Das kannst du Claire sagen, meine ich.«

»Ja«, sagte Silver, »ein bißchen Hoffnung täte ihr gut.«

Mama Nilla seufzte. »Das ganze ist mir so unangenehm. Was ist überhaupt in diese Kinder gefahren, daß sie versuchen, wegzulaufen? Ich könnte Tony packen und schütteln. Und was diesen dummen Wachmann angeht, den könnte ich einfach... na ja...« Sie schüttelte den Kopf.

»Haben Sie noch mehr über Tony gehört, was ich an Claire weitererzählen könnte?«

»Ach ja.« Mama Nilla blickte den Korridor hinauf und hinab, um sicherzugehen, daß niemand mithörte. »Dr. Minchenko hat mich gestern abend über den persönlichen Kanal angerufen. Er hat mir versichert, daß Tony jetzt außer Gefahr ist und daß man diese Infektion unter Kontrolle hat. Aber er ist immer noch sehr schwach. Dr. Minchenko hat vor, ihn wieder ins Habitat zurückzubringen, wenn er seinen Schwerkrafturlaub beendet. Er meint, Tony wird sich hier oben schneller erholen. Das ist also ein bißchen gute Nachricht, und die kannst du an Claire weitererzählen.«

Silver rechnete, und mit ihren unteren Fingern zählte sie unauffällig unterhalb von Mama Nillas Gesichtskreis die Tage, dann atmete sie erleichtert auf. Das war ein massives Problem gewesen, und sie konnte jetzt Leo mitteilen, daß es gelöst war. Tony würde zurück sein, bevor ihre Revolte an die Öffentlichkeit drang. Seine sichere Rückkehr würde vielleicht sogar das Signal für die Revolte werden. Ein Lächeln strahlte auf ihrem Gesicht. »Danke, Mama Nilla, das ist eine gute Nachricht.«

Kurs 101: Revolution für die Verwirrten, so sollte der Titel seines Kurses sein, entschied Leo grimmig. Oder noch schlimmer: *Kurs 050: Revolution als Fördermaßnahme...*

Die Schar der Quaddies, die ihn im Unterrichtsmodul erwartungsvoll umschwebten, war offiziell durch die beiden dienstfreien Schubschiffmannschaften verstärkt worden; dazu kamen alle schichtfreien älteren Quaddies, die Silver hatte heimlich kontaktieren können. Insgesamt waren es sechzig oder siebzig. Sie hatten sich alle in das Unterrichtsmodul gezwängt, was Leo geistig vorauseilen und an Pläne über Sauerstoffverbrauch und -erneuerung im rekonfigurierten Habitat denken ließ. Es lag eine Spannung in der Luft. Gerüchte machten schon die Runde, wie Leo erkannte, in Gott weiß welchen verzerrten Formen. Es war an der Zeit, Gerüchte durch Tatsachen zu ersetzen.

Silver gab an der Tür ein Zeichen, daß alles klar war; sie hielt alle vier Daumen nach oben und grinste Leo zu, während ein letzter Quaddie in einem T-Shirt sich hastig hereinzwängte. Die Tür schloß sich und verdeckte Silver, die auf dem Korridor Wache schob.

Leo nahm seinen Posten in der Mitte ein. In der Mitte, der Nabe des Rades, wo sich die Belastungen am stärksten konzentrieren. Nach ein bißchen anfänglichem Geflüster und Geknuffe verstummten die Quaddies, und es herrschte eine fast beängstigende Aufmerksamkeit. Er konnte ihre Atemzüge hören. *Wir würden Sie brauchen, selbst wenn Sie kein Ingenieur wären, Leo,* hatte Silver bemerkt. *Wir alle sind zu sehr daran gewöhnt, Befehle von Leuten mit Beinen entgegenzunehmen.*

Willst du damit sagen, daß du einen Strohmann brauchst? hatte er amüsiert gefragt.

Nennt man das so? Sie hatte ihn dabei ganz kühl pragmatisch angeblickt.

Er wurde zu alt dafür. Sein Gehirn schaltete auf einen fernen Rockrhythmus um, zurück zur lärmenden Musik seiner Jugend. *Laß mich dein Strohmann sein, Baby. Ruf mich Leo. Ruf mich jederzeit, am Tag oder bei Nacht. Laß mich dir helfen.* Er schaute auf die geschlossene luftdichte Tür. Zog der Mann, der an der Spitze des Zuges den Taktstock schwenkte, die anderen hinter sich her – oder wurde er von ihnen vorangeschoben? Er hatte das unbehagliche Gefühl, daß er die Antwort bald erfahren würde. Er knurrte leise und richtete seine Aufmerksamkeit wieder auf den Unterrichtsraum.

»Wie einige von euch schon gehört haben«, begann Leo, und seine Worte fielen wie Kieselsteine in den Teich des Schweigens, »ist von den Außenplaneten eine neue Schwerkrafttechnologie gekommen. Sie basiert anscheinend auf einer Variation der Necklinfeld-Tensorgleichungen, der gleichen Art Mathematik, die der Technologie zugrundeliegt, die wir benutzen, um durch jene Verbiegungen des Raumzeitgefüges zu stoßen, die wir Wurmlöcher nennen. Ich habe mir bisher noch keine technischen Spezifikationen besorgen können, aber es sieht so aus, als wäre das Ganze schon so weit entwickelt, daß man es auf den Markt bringen kann. Die theoretische Möglichkeit war genaugenommen nicht neu, aber ich zum Beispiel hatte nie erwartet, noch zu meiner Zeit die praktische Umsetzung zu erleben. Offensichtlich ging es den Leuten, die euch Quaddies geschaffen haben, genauso.

Da ist eine Art seltsamer Symmetrie am Werk. Der Sprung nach vorn in der genetischen Biotechnik, der euch möglich machte, basierte auf der Vervollkommnung einer neuen Technologie, dem Uterusreplikator, auf Kolonie Beta. Jetzt kommt knapp eine Generation später aus derselben Quelle die neue Technologie, die euch obsolet macht. Das seid ihr nämlich geworden, bevor ihr zum erstenmal im Einsatz wart – technologisch veraltet. Zumindest vom Standpunkt der Firma GalacTech aus gesehen.« Leo holte Luft und wartete auf ihre Reaktionen.

»Nun, wenn eine Maschine veraltet ist, dann verschrotten wir sie. Wenn die Ausbildung eines Mannes veraltet ist, dann schicken wir ihn wieder auf die Schule. Aber eure Veralterung ist euch schon einprogrammiert worden. Sie ist entweder ein grausamer Fehler oder… oder… *oder*…« – er legte eine kurze Pause ein, um seinen Worten Nachdruck zu verleihen – »die größte Chance, die ihr je haben werdet, um ein freies Volk zu werden.

Macht euch… macht euch keine Notizen«, würgte Leo, als etliche ihre Köpfe automatisch über ihre Notizpanels beugten und seine Stichworte mit ihren Lichtgriffeln hervorhoben, während die Autotranskription über die Displays flimmerte. »Das ist kein Unterricht. Das ist das wirkliche Leben.« Er mußte für einen Augenblick innehalten, um sein Gleichgewicht wiederzufinden. Er war sich sicher, daß irgend ein Kind im Hintergrund ganz reflexartig ›keine Notizen – das wirkliche Leben‹ hervorhob.

Pramod schwebte in seine Nähe und blickte ihn erregt aus seinen dunklen Augen an. »Leo? Es ist ein Gerücht herumgegangen, daß die Firma uns alle zum Planeten hinunterbringt und erschießen läßt, wie Tony.«

Leo lächelte säuerlich. »Das ist eigentlich das am wenigsten wahrscheinliche Szenario. Ihr sollt zum Planeten hinuntergebracht werden, ja, in eine Art Internierungslager. Aber so wird ein schuldfreier Genozid eingefädelt. Ein Administrator gibt euch weiter an den nächsten, und der wieder an den nächsten, und immer so weiter. Ihr werdet zu einer Routineausgabe im Inventar. Die Ausgaben steigen, wie immer. Als Reaktion darauf werden die planetarischen Angestellten, die auch für euren Unterhalt sorgen sollen, allmählich abgezogen, da die Firma euch ›autark‹ nennt. Die lebenserhaltenden Geräte werden mit zunehmendem Alter schlechter. Pannen ereignen sich immer häufiger, Wartung und Ersatzteillieferung werden immer unregelmäßiger.

Dann ereignet sich eines Nachts – ohne daß jemand je einen Befehl gegeben oder einen Auslöser gedrückt hätte – eine kritische Panne. Ihr schickt einen Hilferuf. Niemand weiß, wer ihr seid. Niemand weiß, was zu tun ist. Diejenigen, die euch dort untergebracht haben, sind längst über alle Berge. Kein Held ergreift eine Initiative, denn Initiativen sind durch administrative

Pfuscherei und dunkle Hinweise längst entmutigt worden. Nachdem der untersuchende Inspektor die Leichen gezählt hat, entdeckt er mit Erleichterung, daß ihr nur zum Inventar gehört habt. Die Bücher werden still über dem Cay-Projekt geschlossen. Ende. Abgeschlossen. Das mag zwanzig Jahre dauern, vielleicht auch nur fünf oder zehn. Ihr werdet einfach tödlich vergessen.«

Pramod griff sich an die Kehle, als spürte er schon, wie die toxische Atmosphäre von Rodeo seine Atemwege reizte. »Ich meine, ich würde mich lieber erschießen lassen«, murmelte er.

»Oder«, Leo hob seine Stimme, »ihr könnt euer Leben in eure eigenen Hände nehmen. Folgt mir und setzt alles auf eine Karte. Das große Spiel mit dem großen Gewinn. Laßt mich erzählen«, er schluckte, um Mut zu fassen, und wünschte sich den Größenwahnsinn als Verbündeten – denn gewiß konnte nur ein Größenwahnsinniger dieses Vorhaben zum Erfolg bringen –, »laßt mich erzählen vom Land der Verheißung ...«

KAPITEL 9

Leo streckte sich, um aus dem Ausguckfenster des Frachtschubschiffes einen Blick auf die Transferstation zu werfen, die schnell größer wurde. Verdammt. Das wöchentliche Passagierschiff von Orient IV war schon an der Nabe des Rades angedockt. Da es neu angekommen war, war es zweifellos noch in der Phase des Entladens, aber nichts erschien Leo für einen Piloten – oder Expiloten – wie Ti wahrscheinlicher, als sich früh zu einem Besuch an Bord einzuladen, um heimlich zu kiebitzen.

Das Sprungschiff entzog sich wieder ihrer Sicht, als sie zu der ihnen zugewiesenen Shuttleluke eine Spirale um die Station flogen. Die Quaddie, die das Schubschiff steuerte, ein dunkelhaariges, kupferhäutiges Mädchen namens Zara, deren T-Shirt und Shorts die purpurne Farbe der Schubschiffmannschaften trugen, dockte das Schiff geschickt an und ließ es sanft in die Klampen auf der Landespeiche einklicken. Leo war endlich bereit zu glauben, daß Zara zu den besten unter den Schubschiffpiloten gehörte, trotz seiner Bedenken wegen ihres Alters: sie war knapp fünfzehn.

Der sanfte Beschleunigungsvektor aus der Drehung der Station machte sich ruckartig bemerkbar, und Leos gepolsterter Sessel schwenkte in seiner kardanischen Aufhängung in die neu definierte ›aufrechte‹ Stellung. Zara grinste Leo über die Schulter zu; es war deutlich, daß sie die Empfindung genoß. Silver, die neben Zara auf einem den Formen der Quaddies angepaßten Beschleunigungssitz saß, sah etwas unsicherer drein.

Zara beendete die Litanei des formellen Prüfdialogs mit der Flugkontrolle der Transferstation und schaltete ihre Systeme ab. Leo seufzte – unlogischerweise – erleichtert, daß die Flugkontrolle nicht bei dem vage formulierten Zweck ihres angemeldeten Fluges nachgehakt hatte: »Abholen von Material für das Cay-Habitat.« Es gab keinen Grund für eine eingehendere Nachfrage. Leo war noch weit davon entfernt, seine Befugnisse zu überschreiten. Noch.

»Paß mal auf, Silver«, sagte Zara und ließ einen Lichtgriffel fallen. Er fiel langsam auf den gepolsterten Streifen an der Wand, die jetzt den Boden darstellte, und prallte in einem eleganten Bogen zurück. Zaras untere Hand fing ihn in der Luft auf.

Leo wartete geduldig, während Silver es auch einmal versuchte, dann sagte er: »Los. Wir müssen Ti erwischen.«

»Stimmt.« Silver zog sich mit den oberen Händen an ihrer Kopfstütze hoch, schwang ihre unteren Hände aus dem Sitz und zögerte. Leo schüttelte seine grauen Trainingshosen aus, die er zu diesem Zweck mitgebracht hatte, und half ihr behutsam, sie über ihre unteren Arme bis zu ihrer Taille hochzuziehen. Sie winkte mit ihren unteren Händen, und die Enden der Hosenbeine flatterten hin und her. Sie machte eine Grimasse, denn die Einschränkung ihrer Bewegungsfreiheit durch die Stoffröhren war ungewohnt.

»In Ordnung, Silver«, sagte Leo, »jetzt die Schuhe, die du dir von dem Mädchen ausgeborgt hast, das die Hydrokultur leitet.«

»Ich habe sie Zara gegeben, damit sie sie verstaut.«

»O je«, sagte Zara. Eine ihrer oberen Hände fuhr zu den Lippen.

»Was?«

»Ich habe sie in der Andockbucht gelassen.«

»Zara!«

»Es tut mir leid ...«

Silver stieß den Atem aus. »Vielleicht Ihre Schuhe, Leo«, schlug sie vor.

»Ich weiß nicht ...« Leo zog seine Schuhe aus, und mit Zaras Hilfe schlüpften Silvers untere Hände in die Schuhe.

»Wie sehen sie aus?« fragte Silver ängstlich.

Zara zog die Nase kraus. »Sie sehen ein bißchen groß aus.«

Leo drehte sich um und sah ihre Spiegelung in dem verdunkelten Fenster. Silvers Hände sahen in den Schuhen absurd aus. Leo schaute auf seine Füße, als hätte er sie noch nie zuvor gesehen. Sahen sie an ihm auch so absurd aus? Seine Socken erschienen ihm plötzlich wie riesige weiße Würmer. Füße waren verrückte Anhängsel. »Vergiß die Schuhe. Gib sie mir wieder. Es genügt, wenn die Hosenbeine deine Hände verdecken.«

»Was ist, wenn jemand fragt, was mit meinen Füßen passiert ist?« fragte Silver besorgt.

»Sie sind amputiert worden«, schlug Leo vor, »nach schrecklichen Erfrierungen, die du dir bei deinem Urlaub in der Antarktis zugezogen hast.«

»Ist das nicht auf der Erde? Was ist, wenn man anfängt, mir über die Erde Fragen zu stellen?«

»Dann werde ich – werde ich den Betreffenden wegen seiner Unhöflichkeit zur Schnecke machen. Aber die meisten Leute sind ziemlich gehemmt, solche Fragen zu stellen. Wir können immer noch die ursprüngliche Geschichte erzählen, daß dein Rollstuhl auf der Reise verlorengegangen sei und daß wir unterwegs sind, um ihn wiederzuholen. Das wird man glauben. Los!« Leo wandte ihr den Rücken zu. »Alles aufsteigen!« Sie schlang ihre oberen Arme um seinen Hals, klammerte sich mit den unteren um seine Taille und vertraute ihm vorsichtig ihr neu gefundenes Gewicht an. Ihr Atem war warm und kitzelte sein Ohr.

Sie schlüpften durch das Verbindungsrohr und betraten die Transferstation. Leo ging auf das Aufzugsrohr zu, das entlang der Speiche bis zu dem Rand verlief, wo sich die Ruheräume für Durchreisende befanden.

Leo wartete auf einen leeren Aufzug. Aber er hielt wieder an, und andere Leute kamen herein. Leo wurde kurz von der Befürchtung gepackt, daß Silver vielleicht ein freundliches Gespräch mit jemandem anfing – er hätte ihr ausdrücklich sagen sollen, sie solle nicht mit Fremden sprechen –, aber sie blieb scheu und reserviert. Einige Leute von der Transferstation starrten sie unbehaglicherweise verstohlen an, aber Leo blickte kühl an die Wand, und niemand versuchte, das Schweigen zu brechen.

Leo schwankte, als er den Aufzug am Außenrand verließ, wo die Gravitation maximiert war. Obwohl er es kaum zugeben wollte, hatte die Dekonditionierung von drei Monaten in der Schwerelosigkeit doch ihre unvermeidlichen Effekte gehabt. Aber bei 0,5 Ge brachte nicht einmal Silvers Gewicht ihrer beider Gesamtgewicht auf seine Erdennorm, sagte sich Leo eisern. Er schlurfte so schnell wie möglich aus dem belebten Vorraum weg.

Leo klopfte an die numerierte Schlafraumtür. Sie öffnete sich. Eine männliche Stimme fragte: »Ja, was ist?« Sie hatten den Sprungpiloten gefunden. Leo setzte ein einladendes Lächeln auf und sie traten ein.

Ti lag aufgestützt auf dem Bett, in dunklen Hosen, T-Shirt und Socken, und hatte einen Handprojektor in der Hand. Er blickte leicht irritiert auf Leo, den er nicht kannte, dann machte er große Augen, als er Silver sah. Leo setzte Silver so unzeremoniös wie eine Katze am Fußende des Bettes ab, ließ sich auf den einzigen Stuhl fallen, den es in dem Raum gab, und hielt den Atem an. »Ti Gulik. Ich muß mit Ihnen reden.«

Ti war zum Kopfende des Bettes zurückgewichen und hatte die Knie hochgezogen. Der Handprojektor lag an der Seite und war vergessen. »Silver! Was, um alles in der Welt, tust du hier? Wer ist dieser Kerl?« Er wies mit dem Daumen auf Leo.

»Das ist Leo Graf, Tonys Lehrer in der Schweißtechnik«, antwortete Silver. Versuchsweise rollte sie sich auf den Bauch und stützte sich mit ihren oberen Händen auf. »Ein seltsames Gefühl.« Sie hob die oberen Hände und balancierte. Leo kam sie vor wie ein Seehund auf einem Dreifuß, der von ihren unteren Armen gebildet wurde. »Huch.« Sie stützte sich wieder mit den oberen Händen auf dem Bett auf und nahm eine hundeähnliche Stellung ein. Ihr feines Haar lag ganz flach; die Schwerkraft hatte ihr all ihre Grazie genommen. Es gab keinen Zweifel: Quaddies gehörten in die Schwerelosigkeit.

»Wir brauchen Ihre Hilfe, Leutnant Gulik«, begann Leo, sobald er konnte. »Verzweifelt.«

»Wer ist *wir*?« fragte Ti mißtrauisch.

»Die Quaddies.«

»Ha«, sagte Ti düster. »Also, erstens möchte ich darauf hinweisen, daß ich nicht mehr Leutnant Gulik bin. Ich bin bloß Ti Gulik, arbeitslos und wahrscheinlich ohne Aussicht auf Arbeit. Dank der Quaddies. Oder zumindest dank einer Quaddie.« Er blickte finster auf Silver.

»Ich habe ihnen gesagt, daß es nicht deine Schuld war«, sagte Silver. »Sie wollten nicht auf mich hören.«

»Du hättest wenigstens für mich einspringen können«, sagte Ti verdrießlich. »Du schuldest mir soviel.«

Nach ihrem Gesichtsausdruck zu schließen, war es genauso, als hätte er sie geschlagen. »Halten Sie sich mal zurück, Gulik«, knurrte Leo. »Silver wurde unter Drogen gesetzt und gefoltert, damit man ihr das Geständnis entlocken konnte. Mir scheint, wenn hier jemand einem etwas schuldet, dann ist es andersherum.«

Ti wurde rot im Gesicht. Leo verkniff sich weitere ungehaltenen Bemerkungen. Sie konnten es sich nicht leisten, den Sprungpiloten zu vergraulen; sie brauchten ihn viel zu sehr. Außerdem war dies nicht das Gespräch, auf das Leo sich vorbereitet hatte. Ti sollte Silvers Blumenaugen zuliebe durch den Reifen springen – sicherlich mußte er auf einen Appell zu ihren Gunsten reagieren. Wenn der junge Flegel sie nicht zu schätzen wußte, dann verdiente er es nicht, sie zu haben – Leo zwang seine Gedanken wieder zu der Sache zurück, um die es ging.

»Haben Sie schon von dieser neuen Schwerkraftfeldtechnologie gehört?« begann Leo erneut.

»Ein bißchen«, gab Ti vorsichtig zu.

»Nun, sie hat das Cay-Projekt gekillt. GalacTech steigt aus der Quaddie-Sache aus.«

»Was? Na ja, das macht Sinn.«

Leo wartete einen Herzschlag lang auf die logisch nächste Frage, aber sie kam nicht. Ti war kein Idiot, folglich hielt er sich absichtlich zurück. Leo machte unnachgiebig weiter: »Man plant, die Quaddies auf Rodeo hinunter zu verfrachten, in eine verlassene Arbeiterkaserne...« Er wiederholte das Szenario, das er vor einer Woche Pramod beschrieben hatte, und versuchte, von Tis Miene seine Wirkung abzulesen.

Das Gesicht des Piloten blieb verschlossen und unbeteiligt. »Nun, das tut mir sehr leid für sie«, er schaute Silver nicht an, »aber ich kann überhaupt nicht sehen, was ich dabei tun soll. In sechs Stunden verlasse ich Rodeo auf Nimmerwiedersehen – was mir übrigens nichts ausmacht. Für mich ist es eine Abfallgrube.«

»Silver und die Quaddies werden in diese Grube geworfen und dann wird der Deckel über ihnen festgeklemmt. Und das einzige Verbrechen, das sie begangen haben, ist technologisch obsolet zu sein. Bedeutet das Ihnen gar nichts?« schrie Leo hitzig.

Ti richtete sich empört kerzengerade auf. »Sie wollen mit mir über etwas reden, das technologisch obsolet ist? Ich werde Ihnen etwas technologisch Obsoletes zeigen. Das hier!« Sein Hand berührte die Anschlüsse seines Implantats in der Mitte der Stirn und an den Schläfen und die Kanüle in seinem Nacken. »Das! Ich habe zwei Jahre lang ein Training mitgemacht und ein Jahr auf die Operation zur Einpflanzung meines Sprungpilotensets gewartet. Es ist eine Tensor-Bitcode-Version, weil GalacTech dieses Sprungsystem verwendet und auch einen Teil der Kosten übernommen hat. Trans-Stellar Transport und ein paar unabhängige Firmen benutzen es ebenfalls. Alle anderen im Universum stellen sich auf Necklin-Colordrive ein. Wissen Sie, wie hoch meine Chancen sind, von TST angestellt zu werden, nachdem ich von GalacTech gefeuert wurde? Null. Nix. Nada. Wenn ich die Stelle eines Sprungpiloten haben möchte, dann muß das hier chirurgisch entfernt werden und ich brauche ein neues Implantat. Ohne Job kann ich mir kein Implantat leisten. Ohne ein Implantat kann ich keinen Job bekommen. Scher dich zum Teufel, Ti Gulik!« Er saß da und keuchte.

Leo lehnte sich vor. »Ich gebe Ihnen eine Pilotenkabine, Gulik«, sagte er deutlich. »Auf dem größten Sprungschiff, das je fliegen wird.« Bevor der Pilot ihn unterbrechen konnte, schilderte er schnell und detailliert seine Vision von der Umwandlung des Habitats in ein Kolonieschiff. »Da ist alles vorhanden. Alles, was wir noch brauchen, ist ein Pilot. Ein Pilot, der sich an das GalacTech-Flugsystem anhängen kann. Alles, was wir brauchen, sind – *Sie!*«

Ti blickte ganz entsetzt drein. »Das ist nicht nur heller Wahnsinn, wovon Sie reden, das ist – schwerer Diebstahl! Haben Sie eine Vorstellung, wieviel die ganze Konfiguration wert wäre? Man würde Sie bis zum nächsten Jahrtausend nicht mehr aus dem Gefängnis rauslassen!«

»Ich werde nicht ins Gefängnis gehen. Ich reise mit den Quaddies zu den Sternen.«

»*Sie* werden in einer Gummizelle landen.«

»Was wir vorhaben, ist kein Verbrechen. Das ist – Krieg, oder so etwas ähnliches. Ein Verbrechen ist es, wenn Sie den Quaddies den Rücken zukehren und weggehen.«

»Nicht nach den Gesetzen, die ich kenne.«

»Also gut, dann ist es eine Sünde.«

»O Mann!« Ti rollte mit den Augen. »Jetzt kommt es heraus. Sie sind von Gott beauftragt worden, nicht wahr? Lassen Sie mich bitte an der nächsten Station aussteigen.«

Gott ist nicht hier. Jemand muß seine Arbeit übernehmen. Leo ließ schnell von diesem Gedankengang ab. Gummizellen, ja wirklich. »Ich hatte gedacht, Sie wären in Silver verliebt. Wie können Sie sie einem langsamen Tod überlassen?«

»Ti ist nicht in mich verliebt«, unterbrach Silver überrascht. »Wie sind Sie denn auf diese Idee gekommen, Leo?«

Ti schaute sie unsicher an. »Nein, natürlich nicht«, stimmte er matt zu. »Du ... äh ... du hast es immer gewußt, nicht wahr? Wir hatten nur eine kleine Abmachung, die für beide Seiten nützlich war, das ist alles.«

»Das stimmt«, bestätigte Silver. »Ich habe Bücher und Vids bekommen, Ti bekam Erleichterung von physiologischem Stress. Männliche Planetarier brauchen Sex, um gesund zu bleiben, wissen Sie, sie werden mit Stress nicht fertig. Stress zerrüttet sie. Das liegt vermutlich an den wilden Genen.«

»Wer hat denn *diesen* Quatsch aufgebracht ...?« begann Leo und brach dann ab. »Ach, lassen wir's.« Er konnte es sich schon vorstellen. Er schloß die Augen, massierte sie mit den Fingerspitzen und suchte den verlorenen Faden wiederzufinden. »Ja, richtig. Für Sie ist Silver also ... ein Wegwerfprodukt. Wie ein Papiertaschentuch. Einmal reinschneuzen und dann wegwerfen.«

Ti blickte pikiert drein. »Geben Sie es auf, Graf. Ich bin nicht schlechter als alle anderen.«

»Aber ich gebe Ihnen eine Chance, besser zu sein, verstehen Sie das nicht ...«

»Leo«, unterbrach Silver ihn erneut. Sie lag jetzt auf dem Bauch ausgestreckt auf dem Bett und hatte ihr

Kinn linkisch in eine obere Hand gestützt. »Sobald wir zu unserem Asteroidengürtel gekommen sind – wo auch immer der sein mag –, was tun wir dann mit dem Supersprungschiff?«

»Dem Supersprungschiff?«

»Wir werden dann doch das Habitat davon abmontieren und es sicherlich wieder auseinanderfalten und weiter daran bauen – die Sprungeinheit würde einfach im Orbit parken. Können wir sie nicht Ti geben?«

»Was?« sagten Leo und Ti wie aus einem Munde.

»Als Bezahlung. Er dirigiert für uns die Sprünge zu unserem Ziel und bekommt dafür das Sprungschiff. Dann kann er seiner Wege gehen und Pilot-Eigner werden, seine eigene Transportfirma aufmachen, wie es ihm gefällt.«

»In einem gestohlenen Schiff?« schrie Ti auf.

»Wenn wir weit genug weg sind, so daß GalacTech uns nicht einholen kann, dann sind wir auch weit genug weg, daß GalacTech dich nicht einholen kann«, sagte Silver logisch. »Dann hast du ein Schiff, das zu deinem neuralen Implantat paßt, und niemand wird dich je wieder entlassen können, weil du dann selbständig arbeitest.«

Leo biß sich auf die Zunge. Er hatte Silver ausdrücklich dazu mitgebracht, daß sie helfen sollte, Ti zu überreden – was machte es also aus, wenn sie nicht die Schmeicheleien sagte, die er sich vorgestellt hatte? Nach dem überraschten Ausdruck auf dem Gesicht des Piloten zu schließen, hatten sie endlich seinen roten Knopf entdeckt. Leo kniff die Augen zusammen und lächelte Silver ermutigend zu.

»Außerdem«, fuhr sie fort und zwinkerte Leo zu, »wenn wir mit dem Habitat und allem Drum und Dran den Sprung von hier weg schaffen, dann wird Mr. Van Atta ganz schön blamiert zurückbleiben.« Sie ließ ihren Kopf wieder auf das Bett gleiten und lächelte Ti von der Seite her zu.

»Oh«, sagte Ti in einem Ton, der nach Erleuchtung klang, »ah ...«

»Haben Sie Ihr Gepäck schon beisammen?« fragte Leo hilfreich.

»Da drüben«, Ti deutete mit einem Nicken auf einen Stapel Gepäck in der Ecke. »Aber ... aber ... verdammt, wenn das schief geht, dann schlagen die mich ans Kreuz!«

»Ach«, sagte Leo. »Hier, schauen Sie ...« Er öffnete seinen roten Overall am Hals und holte die Laserlötpistole heraus, die er in einer Innentasche versteckt hatte. »Ich habe an dem Ding die Sicherung entfernt; es schießt jetzt einen extrem starken Strahl über eine beträchtliche Entfernung, bis die Atmosphäre ihn auflöst – sicher weiter als dieser Raum hier lang ist.« Er wedelte nachlässig damit herum; Ti duckte sich und riß die Augen auf. »Wenn wir verhaftet werden sollten, dann können Sie wahrheitsgemäß bezeugen, daß Sie von einem verrückten Ingenieur und seiner verrückten Mutantenassistentin mit vorgehaltener Waffe entführt und zur Mitarbeit gezwungen wurden. Sie können zu einem Helden werden – so oder so.«

Die verrückte Mutantenassistentin lächelte Ti strahlend zu, ihre Augen funkelten wie Sterne.

»Sie ... äh ... würden dieses Ding da doch nicht wirklich abfeuern, oder?« würgte Ti vorsichtig hervor.

»Natürlich nicht«, sagte Leo vergnügt und fletschte die Zähne. Dann steckte er die Lötpistole weg.

»Ah.« Ti reagierte mit einem kurzen Zucken seines Mundes. Aber seine Augen wanderten danach noch öfter zu der Ausbuchtung in Leos Overall.

Als sie wieder zu der Shuttleluke kamen, wo das Schubschiff angedockt lag, war Zara verschwunden.

»O Gott«, stöhnte Leo. War sie davongewandert? Verloren gegangen? Gewaltsam weggebracht worden? Eine verzweifelte Durchsuchung ergab, daß sie keine

Nachricht auf dem Kommunikator zugerückgelassen hatte; nirgendwo war ein Zettel angepinnt.

»Pilotin, sie ist eine Pilotin«, überlegte Leo laut. »Gibt es etwas, das sie vielleicht erledigen mußte? Wir haben eine Menge Treibstoff – die Kommunikation mit der Flugkontrolle erfolgt direkt von hier aus...« Es lief ihm eiskalt über den Rücken, als er erkannte, daß er ihr eigentlich nicht verboten hatte, das Schubschiff zu verlassen. Es war so selbstverständlich gewesen, daß sie außer Sicht und auf der Hut bleiben mußte. Selbstverständlich für ihn selbst, erkannte Leo. Wer konnte sagen, was für eine Quaddie selbstverständlich war?

»Ich könnte dieses Ding fliegen, wenn nötig«, sagte Ti in einem äußerst unaufdringlichen Ton und schaute sich das Steuerpult an. »Das ist alles manuell.«

»Darum geht es nicht«, sagte Leo. »Wir können nicht ohne sie abfliegen. Die Quaddies sollen überhaupt nicht hierherkommen. Wenn sie von den Behörden der Station aufgegriffen wird und wenn man anfängt, Fragen zu stellen – immer unter der Annahme, daß sie nicht von etwas Schlimmerem aufgegriffen wurde...«

»Was Schlimmeres?«

»Ich *weiß* nicht, was Schlimmeres; das ist ja das Problem.«

Silver hatte sich inzwischen von dem Beschleunigungssitz auf den Boden gerollt. Nach einem Moment nachdenklichen Probierens fand sie heraus, wie sie vierhändig vorwärts schlurfen konnte, und bewegte sich mit nachschleifenden Hosenbeinen an Leos Knien vorbei davon.

»Wohin gehst du?«

»Hinter Zara her.«

»Silver, bleib in dem Schiff. Es muß nicht sein, daß zwei von euch verschwinden, um Himmels willen«, befahl Leo streng. »Ti und ich können uns viel schneller bewegen; wir werden sie finden.«

»Das glaube ich nicht«, murmelte Silver abweisend.

Sie erreichte das Verbindungsrohr, blickte den Korridor auf und ab, der nach rechts und links abbog und die Speiche umkreiste. »Sehen Sie, ich glaube, daß sie nicht weit ist.«

»Wenn sie in den Aufzug gestiegen ist, dann könnte sie inzwischen überall auf der Station sein«, sagte Ti.

Silver erhob sich auf ihren unteren Armen wie auf einem Dreifuß, hob die oberen Arme über den Kopf und blickte sich mit zusammengekniffenen Augen im Vorraum vor dem Aufzug zu ihrer Linken um. »Es wäre für eine Quaddie schwer, die Steuerknöpfe zu erreichen. Außerdem würde sie wissen, daß hier die Wahrscheinlichkeit höher ist, auf einen Planetarier zu treffen. Ich glaube, sie ist in diese Richtung gegangen.« Sie hob das Kinn und schlurfte entschlossen auf allen vieren nach rechts. Einen Moment später wurde sie schneller, indem sie angesichts der niedrigen Schwerkraft in der Speiche ihre Gangart in eine Folge von gazellenartigen Sprüngen verwandelte. Leo und Ti sprangen notwendigerweise hinter ihr her. Leo kam sich absurderweise vor wie ein Mensch, der hinter einem flüchtigen Haustier herrennt. Es war eine optische Illusion der vierhändigen Fortbewegung – Quaddies sahen sogar in der Schwerelosigkeit menschlicher aus.

Ein seltsames rollendes Geräusch näherte sich hinter der Biegung des Korridors. Silver schrie auf und schlitterte auf die Seite, gegen die Außenwand.

»Oh, tut mir leid!« rief Zara, die bäuchlings mit erhobenem Kinn auf einer Rollpalette vorbeisauste, wobei sie alle vier Hände wie Schaufelräder einsetzte, um sich über das Deck zu bewegen. Das Bremsen erwies sich als schwieriger als die Beschleunigung, und Zara kam mit einem Krach neben Silver zum Stehen.

Leo eilte erschrocken zu ihnen hinüber, aber Zara hatte sich schon aufgerappelt und saß fröhlich neben ihrem fahrbaren Untersatz. Die Rollpalette war nicht einmal beschädigt.

»Schau mal, Silver«, sagte Zara und drehte die Palette um, »Räder! Ich frage mich, wie man mit der Reibung fertigwird, innen in diesen Gehäusen? Fühl mal, sie sind überhaupt nicht heiß.«

»Zara«, rief Leo, »warum hast du das Schiff verlassen?«

»Ich wollte sehen, wie eine Toilette für Planetarier aussieht«, sagte Zara, »aber es gab auf dieser Ebene keine. Alles, was ich fand, war eine Kammer mit Putzzeug und das hier«, sie klopfte auf die Palette. »Kann ich die Räder auseinandernehmen und schauen, was darinnen ist?«

»Nein!« brüllte Leo.

Sie blickte ziemlich verstimmt drein. »Aber ich möchte es wissen!«

»Nimm das Ding mit«, schlug Silver vor, »und nimm es dann später auseinander.« Ihre Augen wanderten den Korridor hinauf und hinab; es war ein gewisser Trost für Leo, daß wenigstens eine Quaddie den Druck spürte, der auf ihm lastete.

»Ja, später«, stimmte er zu, weil es ihm ratsam erschien. »Gehen wir jetzt.« Er klemmte die Rollpalette unter den Arm, um weitere Experimente zu verhindern. Die Quaddies schienen keine sehr klare Vorstellung von Privateigentum zu haben, überlegte er. Wahrscheinlich kam das davon, daß sie ihr ganzes Leben in einem gemeinschaftlichen Raumhabitat mit einer komprimierten Ökologie verbracht hatten. Planeten gehörten in Wirklichkeit auf gleiche Weise einer Gemeinschaft, nur waren durch ihre enorme Größe ihre Systeme so locker, daß diese Tatsache verschleiert wurde.

Denkgewohnheiten, in der Tat. Hier zerbrach er sich den Kopf über den Diebstahl einer Rollpalette, und gleichzeitig plante er den größten Weltraumraub in der menschlichen Geschichte. Ti wollte fast abhauen, als er herausfand, worin der Rest des Auftrags bestand, den sie für ihn vorgesehen hatten. Klugerweise klärte ihn

Leo über diese Einzelheiten erst auf, als das Schubschiff die Transfer-Station verlassen hatte und auf halbem Wege zurück zum Habitat war.

»Ihr wollt, daß *ich* den Superjumper entführe!« schrie Ti.

»Nein, nein«, besänftigte ihn Leo. »Sie sind nur als Berater dabei. Die Quaddies werden das Schiff in Besitz nehmen.«

»Aber ob *ich* mit heiler Haut davonkomme, hängt davon ab, ob *sie* können oder nicht …«

»Dann schlage ich Ihnen vor, daß Sie sie gut beraten.«

»Großer Gott!«

»Das Problem mit Ihnen, Ti, ist, daß Ihnen Unterrichtserfahrung fehlt«, dozierte Leo freundlich. »Wenn Sie die nämlich hätten, dann würden Sie darauf vertrauen, daß die unwahrscheinlichsten Leute die erstaunlichsten Dinge lernen können. Schließlich wurden Sie ja auch nicht als Sprungpilot geboren – und doch hingen Menschenleben davon ab, daß Sie es beim erstenmal richtig machten, und seitdem immer wieder. Jetzt werden Sie wissen, wie sich Ihre Ausbilder gefühlt haben, das ist alles.«

»Wie fühlen sich Ausbilder?«

Leo dämpfte seine Stimme und grinste. »Sie haben Angst. Schreckliche Angst.«

Ein zweites Schubschiff, vollgepackt mit Treibstoff und Vorräten für seinen Langstreckenausflug, wartete auf dem Nachbarplatz, als sie am Habitat andockten. Leo widerstand dem starken Impuls, Ti beiseite zu nehmen und ihn mit Ratschlägen und Anregungen für seine Mission zu überschütten. Leider waren ihre Erfahrungen im Diebstahl nur allzu vergleichbar – Null zu Null, egal, wie unterschiedlich die Anzahl der Dienstjahre war.

Sie schwebten durch die Luke in das Andockmodul

und stießen dort auf einige besorgte Quaddies, die auf sie warteten.

»Ich habe noch mehr Lötpistolen modifiziert, Leo«, begann Pramod unnötigerweise zu erklären – drei seiner vier Hände drückten die improvisierten Waffen an seinen Leib. »Eine pro fünf Leute.«

Claire neben ihm beäugte die Waffen mit einer Mischung aus Furcht und Faszination.

»Gut. Gib sie Silver; sie wird sie verwahren, bis das Schubschiff das Wurmloch erreicht«, sagte Leo.

Sie hangelten sich an den Handgriffen zur nächsten Luke hinab. Zara schwang sich in das Schubschiff und begann mit den Startkontrollen.

Ti reckte nervös den Hals nach ihr. »Starten wir jetzt sofort?«

»Der Zeitfaktor ist kritisch«, sagte Leo. »Wir haben nicht mehr als vier Stunden, bis man auf der Transferstation Ihr Fehlen bemerkt.«

»Sollten wir nicht zuerst eine … eine Einsatzbesprechung oder sowas abhalten?«

Nach Leos Einschätzung hatte auch Ti Schwierigkeiten, sich dem freien Fall anzuvertrauen. Nun ja, ob man *sprang* oder *gestoßen wurde,* das würde nach dem Anfangsimpuls keinen Unterschied mehr machen.

»Sie werden fast vierundzwanzig Stunden haben und mit 1 Ge bis zur Hälfte der Strecke beschleunigen und dann wenden und den Rest des Weges bremsen, um Ihren Angriffsplan auszuarbeiten. Silver wird von Ihrer Kenntnis der Superjumper abhängen. Wir haben schon verschiedene Methoden diskutiert, mit denen wir den Überraschungseffekt erzielen können. Silver wird Sie informieren.«

»Oh, kommt Silver mit?«

»Silver hat das Kommando«, klärte Leo ihn sanft auf.

Die verschiedensten Empfindungen zeichneten sich in Tis Gesicht ab, als letztes Entsetzen. »Zum Teufel!

Ich habe noch Zeit, zurückzufliegen und noch mein Schiff zu erreichen...«

»Und *das*«, fiel ihm Leo ins Wort, »ist genau der Grund, warum Silver die Leitung hat. Die Kaperung eines Frachtsprungschiffs ist das Signal für einen Quaddieaufstand hier auf dem Habitat. Und dieser Aufstand ist ihr Todesurteil. Wenn GalacTech herausfindet, daß es die Quaddies nicht unter Kontrolle bringen kann, dann wird die Firma so gut wie sicher versuchen, sie gewaltsam auszulöschen. Die Flucht muß gesichert sein, bevor wir die Hand heben. Das Schiff, das Sie schnappen müssen, ist dort draußen.« Leo zeigte es. »Ich kann mich auf Silver verlassen, daß sie sich daran erinnert. Sie, Ti«, Leo lächelte matt, »sind nicht schlimmer als alle anderen.«

Daraufhin gab Ti nach, wenn auch nicht sonderlich glücklich.

Silver, Zara, Siggy, ein besonders stämmiger Quaddie von den Schubschiffmannschaften namens Jon und Ti. Fünf, in ein Schiff gezwängt, das für eine Mannschaften von zweien gedacht und auf jeden Fall nicht für Übernachtungen eingerichtet war. Leo seufzte. An Bord der Supersprungschiffe waren ein Pilot und ein Ingenieur. Fünf zu zwei, damit standen die Chancen keineswegs schlecht, aber Leo wünschte sich, er hätte sie noch überwältigender zugunsten der Quaddies verschieben können.

Sie schlängelten sich durch das Anschlußrohr in das Schubschiff. Silver, die den Schluß machte, hielt an, um Pramod und Claire zu umarmen, die noch zum Abschied dageblieben waren.

»Wir werden Andy zurückbekommen«, murmelte Silver Claire zu. »Du wirst sehen.«

Claire nickte und umarmte Silver fest.

Silver wandte sich zuletzt Leo zu, der unsicher auf das Anschlußrohr blickte, durch das die von ihm ausgewählte Mannschaft verschwand.

»Ich hatte gedacht, die Quaddies würden das schwache Glied bei dieser Entführung darstellen«, sagte Leo nervös, »aber jetzt bin ich mir da nicht mehr so sicher. Laß dich nicht von Ti unter Druck setzen, ja, Silver? Laß dich nicht von ihm entmutigen. Ihr müßt Erfolg haben.«

»Ich weiß. Ich werde mir Mühe geben. Leo … warum haben Sie gedacht, daß Ti in mich verliebt ist?«

»Ich weiß nicht … Ihr wart so vertraut miteinander – die Macht der Suggestion vielleicht. All diese romantischen Geschichten.«

»Ti liest keine romantischen Geschichten, er liest *Ninja von den Zwillingssternen.*«

»Warst du nicht in ihn verliebt? Zumindest am Anfang?«

Sie runzelte die Stirn. »Es war aufregend, mit ihm gegen die Regeln zu verstoßen. Aber Ti ist … na ja, ist eben Ti. Liebe wie in den Büchern – ich wußte immer, daß das nicht wirklich echt ist. Wenn ich mich bei unseren eigenen Planetariern umschaute, dann war niemand so wie in den Geschichten. Wahrscheinlich war es dumm von mir, daß ich diese Geschichten so gern hatte.«

»Ich nehme an, sie sind nicht realistisch – ich habe sie auch nicht gelesen, um die Wahrheit zu sagen. Aber es ist nicht dumm, sich mehr zu wünschen, Silver.«

»Mehr als was?«

Mehr als nur von einer Menge egozentrischer zweibeiniger Flegel übel behandelt zu werden. Wir sind nicht alle so … oder? Warum, um alles in der Welt, fühlte er sich *jetzt* gedrängt, eine seiner eigenen Lasten ihr aufzubürden, wo sie doch jetzt alle Konzentration für die Arbeit brauchte, die vor ihr lag? Leo schüttelte den Kopf. »Laß auf jeden Fall nicht zu, daß Ti sein Ninjazeugs nicht mit dem durcheinanderbringt, was ihr vollbringen wollt.«

»Ich glaube, daß nicht einmal Ti die Mannschaft

eines Sprungschiffs von GalacTech mit der Schwarzen Liga von Eridani verwechseln könnte«, sagte Silver.

Leo hätte sich mehr Sicherheit in ihrer Stimme gewünscht. »Also ...«, er räusperte sich, seine Kehle war unerklärlicherweise wie zugeschnürt, »paß gut auf. Komm gesund zurück.«

»Geben Sie auch acht.« Sie umarmte ihn nicht wie Pramod und Claire.

»Wird gemacht.«

Und glaube nie, rief er in Gedanken hinter ihr her, als sie im Anschlußrohr verschwand, *daß dich niemand lieben könnte, Silver ...* Aber es war zu spät, die Worte laut zu rufen. Das Geräusch, mit dem sich die luftdichten Türen schlossen, klang wie ein Seufzer des Bedauerns.

KAPITEL 10

In der Andockbucht für Frachtshuttles war es kühl, und Claire rieb alle ihre Hände aneinander, um sie zu wärmen. Nur ihre Hände schienen kalt zu sein; ihr Herz pochte heiß vor Erwartung und Furcht. Sie warf einen Seitenblick auf Leo, der so unerschütterlich wirkend wie immer neben ihr bei der Tür schwebte.

»Danke, daß Sie mich dafür von meiner Arbeitsschicht abgezogen haben«, sagte Claire. »Sind Sie sicher, daß Sie keine Schwierigkeiten bekommen, wenn Mr. Van Atta das herausfindet?«

»Wer sollte es ihm sagen?« antwortete Leo. »Außerdem denke ich, daß Bruce das Interesse daran verliert, dich zu quälen. Alles ist so offensichtlich wirkungslos. Um so besser für uns. Auf jeden Fall möchte ich auch mit Tony sprechen, und ich stelle mir vor, ich habe eine bessere Chance auf seine ungeteilte Aufmerksamkeit, wenn ihr euer Wiedersehen hinter euch gebracht habt.« Er lächelte ermutigend.

»Ich frage mich, in welchem Zustand er wohl sein mag.«

»Du kannst sicher sein, daß es ihm viel besser geht, sonst würde Dr. Minchenko ihn nicht dem Stress der Reise aussetzen, nicht einmal, um ihn im Auge behalten zu können.«

Ein dumpfer Schlag war zu hören, dazu das Surren und Knirschen von Maschinen, und so wußte Claire, daß das Shuttle angekommen und in seine Klampen eingeklickt war. Sie streckte die Hände aus und zog sie dann befangen wieder zurück. Der Quaddie in der Steuerkabine winkte den beiden anderen in der Bucht; sie brachten die Anschlußrohre in Position und befestigten sie. Zuerst öffnete sich das Personalrohr, und der Ingenieur des Shuttles steckte den Kopf hindurch, um alles zu überprüfen, dann verschwand er wieder. Claires Herz pochte in ihrer Brust, und ihre trockene Kehle war wie zugeschnürt.

Schließlich kam Dr. Minchenko heraus und verweilte einen Augenblick lang; dabei hielt er sich mit einer Hand am Griff neben der Luke fest. Er war ein kraftvoller Mann mit einem Gesicht wie aus Leder; sein Haar war so weiß wie der Overall des Medizinischen Dienstes von GalacTech, den er trug. Einst hochgewachsen, war er jetzt zusammengeschrumpft wie eine getrocknete Aprikose, aber wie eine getrocknete Aprikose war er noch gesund. Claire hatte den Eindruck, er müßte nur wieder hydratisiert werden und würde dann wieder jung und frisch aussehen.

Dr. Minchenko stieß sich von der Luke ab, kam durch die Ladebucht auf sie zu und landete genau neben den Griffen an der luftdichten Tür. »Nanu, Claire, hallo«, sagte er überrascht. »Und, aha – Graf«, fügte er weniger freundlich hinzu. »Sie sind mir ja einer! Ich muß Ihnen sagen, daß ich es nicht schätze, wenn man mich unter Druck setzt, damit ich die Verletzung vernünftiger medizinischer Regeln billige. Sie müssen für die Dauer Ihrer Dienstverlängerung die doppelte Zeit im Turnraum zubringen als sonst, verstanden?«

»Ja, Dr. Minchenko, danke«, sagte Leo prompt, der – soweit Claire wußte – in all diesen Tagen überhaupt keine Zeit im Turnraum verbracht hatte. »Wo ist Tony? Können wir Ihnen helfen, ihn zur Krankenstation zu bringen?«

»Ah«, er schaute Claire eingehender an. »Ich verstehe. Tony ist nicht dabei, meine Liebe, er ist noch im Krankenhaus auf dem Planeten.«

Claire unterdrückte einen Laut des Erschreckens. »O nein – geht es ihm schlechter?«

»Überhaupt nicht. Ich hatte durchaus die Absicht, ihn mitzubringen. Meiner Meinung nach braucht er die

Schwerelosigkeit, um seine Genesung zu vollenden. Das Problem ist administrativer, nicht medizinischer Art. Und ich bin jetzt direkt unterwegs, um es zu lösen.«

»Hat Bruce angeordnet, daß Tony unten bleibt?« fragte Leo.

»Ja, so ist es.« Dr. Minchenko blickte Leo finster an. »Und es gefällt mir auch in diesem Fall ganz und gar nicht, daß man sich in meine medizinische Verantwortung einmischt. Er sollte lieber eine außerordentlich überzeugende Erklärung parat haben. Daryl Cay hätte ein solches Durcheinander nicht zugelassen.«

»Sie … hm … haben also von den neuen Anordnungen noch nichts gehört?« sagte Leo vorsichtig und warf Claire einen warnenden Blick zu – *pst* …

»Welche neuen Anordnungen? Ich bin unterwegs, um mit dem kleinen Fiesling – das heißt, mit dem Mann zu reden. Um dieser Sache auf den Grund zu gehen …« Er wandte sich Claire zu und wechselte in einen freundlicheren Ton über. »Das wird schon gut, wir renken alles ein. Tonys innere Blutungen haben aufgehört, und es gibt keine weiteren Anzeichen für eine Infektion. Ihr Quaddies seid zäh. Ihr bewahrt eure Gesundheit viel besser unter Schwerkraft als wir Planetarier in der Schwerelosigkeit. Nun ja, wir haben euch explizit so entworfen, daß ihr keiner Dekonditionierung unterliegt. Ich könnte mir nur wünschen, daß das Experiment, wodurch das bestätigt wurde, nicht unter so bedrückenden Umständen stattgefunden hätte. Natürlich«, er seufzte, »die Jugend hat auch etwas damit zu tun … Da ich von der Jugend spreche, wie geht es dem kleinen Andy? Läßt er dich jetzt besser schlafen?«

Claire brach fast in Tränen aus. »Ich weiß es nicht«, piepste sie und schluckte heftig.

»Was?«

»Ich darf ihn nicht sehen.«

»*Was?*«

Leo, der distanziert seine Fingernägel studierte, warf ein: »Andy wurde Claire weggenommen. Wegen Gefährdung des Kindes oder sowas. Hat Bruce Ihnen das auch nicht gesagt?«

Dr. Minchenkos Gesicht lief dunkelrot an. »Weggenommen? Von einer stillenden Mutter – das ist widerlich!« Sein Blick suchte Claire.

»Man hat mir ein Medikament gegeben, um meine Laktation zu beenden«, erklärte Claire.

»Also, das ist ja ...« Diese Erklärung hatte ihn nur wenig besänftigt. »Wer hat das getan?«

»Dr. Curry.«

»Er hat es mir nicht gemeldet.«

»Sie waren im Urlaub.«

»›Im Urlaub‹ heißt doch nicht ›von der Außenwelt abgeschnitten‹. Sie, Graf! Spucken Sie es aus. Was, zum Teufel, ist hier los? Hat diese Taschenausgabe von einem Leuteschinder völlig den Verstand verloren?«

»Sie haben es also wirklich noch nicht gehört. Nun, dann sollten Sie lieber Bruce fragen. Ich habe die direkte Weisung bekommen, nicht darüber zu reden.«

Minchenko durchbohrte Leo mit einem Blick. »Das werde ich tun.« Er stieß sich ab und schwebte in den Korridor, wobei er leise vor sich hinmurmelte.

Claire und Leo blieben zurück und blickten sich erschrocken an.

»Wie bekommen wir jetzt Tony wieder her?« schrie Claire. »Es sind weniger als vierundzwanzig Stunden bis zu Silvers Signal!«

»Ich weiß es nicht – aber gib jetzt nicht auf! Denk an Andy. Er braucht dich.«

»Ich gebe nicht auf«, sagte Claire. Sie holte tief Luft. »Nie wieder. Was können wir tun?«

»Nun, ich werde sehen, welche Drähte ich ziehen kann, um Tony herauszuholen – Bruce etwas vorquatschen, ihm sagen, daß ich Tony brauche, damit er seine

Schweißergruppe leitet oder sowas – ich bin mir noch nicht sicher. Vielleicht können Minchenko und ich zusammen etwas bewirken, obwohl ich nicht das Risiko eingehen möchte, Minchenkos Verdacht zu wecken. Wenn ich das nicht kann«, Leo holte bedachtsam Atem, »müssen wir etwas anderes ausarbeiten.«

»Lügen Sie mich nicht an, Leo«, sagte Claire drohend.

»Zieh keine voreiligen Schlüsse. Ja, ich weiß – und du weißt es auch –, es besteht die Möglichkeit, daß wir ihn nicht zurückholen können, na schön, ich hab's gesagt, ganz offen und laut. Aber nimm bitte zur Kenntnis, daß alle anderen Szenarios davon abhängen, daß Ti für uns ein Shuttle steuert, und damit müssen wir warten, bis wir wieder Kontakt mit der Entführermannschaft haben. Zu dem Zeitpunkt werden wir ein Sprungschiff gekapert haben, und dann werde ich anfangen zu glauben, daß alles möglich ist.« Seine Augenbrauen zuckten vor Anspannung. »Und wenn es möglich ist, dann werden wir es versuchen. Das verspreche ich.«

Sie wurde zunehmend kühler und preßte ihre Lippen aufeinander, damit sie nicht zitterten. »Sie können nicht nur um eines Einzigen willen alle aufs Spiel setzen. Das ist nicht recht.«

»Nun … es gibt tausend Dinge, die zwischen jetzt und dem - Punkt ohne Umkehr für Tony schiefgehen können. Das Problem kann sich als völlig theoretisch erweisen. Ich weiß, wenn wir jetzt unsere Energie auf tausend Was-ist-wenn aufspalten, anstatt sie auf den einen sicheren nächsten Schritt zu konzentrieren, dann ist das eine Art Selbstsabotage. Nicht das, was wir nächste Woche tun, zählt jetzt am meisten, sondern, was wir als nächstes tun. Was müssen wir als nächstes tun?«

Claire schluckte und versuchte, sich zusammenzureißen. »Wieder an die Arbeit gehen … so tun, als passierte nichts. Die geheime Inventur aller möglichen Samenvorräte fortführen. Ach, den Plan fertigstellen, wie wir die Wachstumslichter aufhängen, um die Pflanzen am Wachsen zu halten, während das Habitat von der Sonne entfernt wird. Und sobald das Habitat uns gehört, mit den neuen Setzlingen beginnen und die Reserve-Pflanzrohre aktivieren, damit wir anfangen, zusätzliche Nahrungsvorräte für Notfälle anzulegen. Und die Kryo-Lagerung von Exemplaren jeder genetischen Varietät einrichten, die wir an Bord haben, damit wir im Falle einer Katastrophe neu pflanzen können...«

»Das ist genug!« Leo lächelte ermutigend. »Nur den nächsten Schritt! Und du *weißt*, daß du das tun kannst.«

Sie nickte.

»Wir brauchen dich, Claire«, fügte er hinzu. »Wir alle, nicht nur Andy. Lebensmittelproduktion ist eine der Grundlagen unseres Überlebens. Wir brauchen die Hände aller Experten. Und du wirst anfangen müssen, Jüngere auszubilden und diese Fertigkeiten weiterzugeben, die die Bibliothek nicht erfassen kann, egal wie fachlich vollständig sie ist.«

»Ich werde nicht aufgeben«, wiederholte Claire und antwortete damit auf den Unterton seiner Rede, nicht auf die einzelnen Worte.

»Du hast mir kürzlich einen Schreck eingejagt, da in der Luftschleuse«, entschuldigte er sich verlegen.

»Ich habe mir selbst einen Schreck eingejagt«, gestand sie.

»Du hattest ein Recht, wütend zu sein. Aber denk daran, das wahre Ziel deiner Wut ist nicht da drin...«, er berührte flüchtig ihr Schlüsselbein, oberhalb des Herzens. »Es ist dort draußen.«

Also hatte er erkannt, daß es Wut gewesen war, blockierte und nach innen gerichtete Wut, und nicht Verzweiflung, was sie an jenem Tag in die Luftschleuse gebracht hatte. In gewisser Hinsicht war es eine Erleichterung, ihrer Emotion die richtige Bezeichnung zu geben. In anderer Hinsicht war es keine Erleichterung.

»Leo ... auch das macht mir Angst.«

Er lächelte spöttisch. »Willkommen im Club der Menschen.«

»Der nächste Schritt«, murmelte sie. »Richtig. Der nächste *Griff*.« Sie winkte Leo zu und schwang sich in den Korridor.

Leo kehrte mit einem Seufzer in die Ladebucht zurück. Diese Rede über den nächsten Schritt war schön und gut, außer wenn die Leute und die Umstände ständig einem die Route vor der Nase umstellten, während man den Fuß noch in der Luft hatte. Sein Blick verweilte einen Moment auf der Quaddiemannschaft, die das Anschlußrohr an die große Frachtluke des Shuttles angebracht hatte und jetzt die Fracht mit ihren Powerhantierern in die Bucht entlud. Die Fracht bestand aus mannsgroßen grauen Zylindern, die Leo zuerst nicht erkannte.

Doch die Fracht sollte eigentlich nicht unbekannt sein; sie sollte aus einem beträchtlichen Vorrat an Ersatzbrennstäben für Lastenschubschiffe bestehen. »Um das Habitat zu zerlegen«, hatte Leo Van Atta vorgesäuselt, als er die Anforderung durchdrückte. »Dann brauche ich nicht zu unterbrechen und nachzubestellen. Und falls dann welche übrigbleiben, dann können sie mit den Schubschiffen zur Transferstation gehen, wenn die verlegt werden. Schreiben Sie sie dann der Wiederverwertung gut.«

Beunruhigt schwebte Leo zu den Frachtarbeitern hinüber.

»Was ist das, Jungs?«

»Oh, Mr. Graf, hallo. Na ja, ich bin mir nicht ganz sicher«, sagte der Quaddiejunge in dem kanariengelben T-Shirt und den gelben Shorts der Abteilung Wartung Luftsysteme, von der Docks & Schleusen eine Unterabteilung darstellte. »Ich glaube nicht, daß ich das schon einmal gesehen habe. Es ist jedenfalls massiv.« Er hielt inne, nahm ein Berichtspanel von seinem Powerhantierer ab und reichte es Leo. »Hier ist der Frachtschein.«

»Das sollten Brennstäbe für Lastenschubschiffe sein…« Die Zylinder hatten in etwa die richtige Größe. Man hatte sie sicher nicht umkonstruiert. Leo betätigte die Tastatur des Berichtspanels – Artikel: eine Folge von Codeziffern, Menge: astronomisch hoch.

»Sie gluckern«, merkte der Quaddie im gelben Hemd hilfsbereit an.

»Gluckern?« Leo schaute etwas genauer auf die Codenummer auf dem Berichtspanel, dann auf die grauen Zylinder – sie paßten zusammen. Aber er erkannte doch den Code für die Schubschiffstäbe – oder? Er tippte ein: ›Brennstäbe, Orbit Frachtschubschiff Typ II, Verweis auf Artikelnummer.‹ Das Berichtspanel flimmerte und zeigte eine Nummer an. Ja, das war die gleiche – nein, um Himmels willen! G77618PD, dagegen stand auf den Zylindern G77681PD. Schnell tippte er ›G77681PD‹ ein. Dann gab es eine lange Pause – nicht für das Berichtspanel, sondern für Leos Hirn, um zu begreifen, was da stand.

»Benzin?« krächzte Leo ungläubig. »*Benzin?* Diese Idioten haben tatsächlich hundert Tonnen Benzin auf eine Raumstation transportiert…?«

»Was ist das?« fragte der Quaddie.

»Benzin. Ein Treibstoff aus Kohlenwasserstoff, den sie auf dem Planeten benutzen, um ihre Landrover anzutreiben. Ein kostenloses Nebenprodukt beim Krackverfahren in der Petrochemie. Atmosphärischer Sauerstoff liefert das Oxydationsmittel. Eine voluminöse, toxische, ätherische, leichtentzündliche – explosive! – Flüssigkeit in Zimmertemperatur. Um Himmels willen, paßt auf, daß keines dieser Fässer aufgeht.«

»Jawohl, *Sir*«, versprach der Quaddie, sichtlich beeindruckt von Leos Aufzählung der Gefahren.

In diesem Moment traf der zweibeinige Aufseher der Mannschaften der Orbitalschubschiffe in der Bucht ein, gefolgt von einer Gruppe von Quaddies aus seiner Abteilung.

»Ach, hallo, Graf. Hören Sie, ich glaube, es war ein Fehler, daß ich mich von Ihnen überreden ließ, diese Ladung zu bestellen – wir werden Lagerprobleme haben ...«

»Haben Sie das bestellt?« wollte Leo wissen.

»Was?« Der Aufseher blinzelte, dann betrachtete er die Szene, die sich ihm bot. »Was zum – wo sind meine Brennstäbe? Man hat mir gesagt, sie seien hier.«

»Ich meine, haben Sie persönlich die Bestellung abgeschickt? Mit Ihren eigenen kleinen Fingern?«

»Ja. Sie haben mich doch darum gebeten, wissen Sie noch?«

»Nun«, Leo holte Luft und reichte dem Mann das Berichtspanel, »Sie haben einen Tippfehler gemacht.«

Der Aufseher blickte auf das Berichtspanel und erbleichte. »O Gott!«

»Und die haben die Bestellung ausgeführt«, sagte Leo und fuhr sich mit der Hand durch den Rest seines Haares, »sie haben sie *ausgeführt* – ich kann es einfach nicht glauben. All dieses Zeug auf das Shuttle geladen, ohne daß auch nur einer nachgefragt hat, hundert Tonnen Benzin auf eine Raumstation geschickt, ohne auch nur *ein einzigesmal* zu merken, daß das völlig absurd war ...«

»Ich kann es glauben«, seufzte der Aufseher. »O Gott. Na schön. Wir müssen es einfach zurückschicken und umbestellen. Es wird vermutlich etwa eine Woche dauern. Eigentlich sind unsere Vorräte an Brennstäben noch nicht wirklich so gering, trotz der Geschwindigkeit, mit der Sie sie für dieses ›Sonderprojekt‹ verbrauchen, über das Sie so geheimnisvoll tun.«

Ich habe keine Woche mehr, dachte Leo verzweifelt. *Ich habe vielleicht noch vierundzwanzig Stunden.*

»Ich habe keine Woche mehr«, hörte Leo sich brüllen. »Ich möchte sie *auf der Stelle* haben. Schicken Sie eine Eilbestellung.« Er dämpfte seine Stimme, als ihm bewußt wurde, daß er sich auffällig benahm.

Der Aufseher war beleidigt genug, um seine eigene Schuld zu verdrängen. »Kein Grund, einen Anfall zu bekommen, Graf. Das war mein Fehler, und wahrscheinlich werde ich dafür büßen müssen, aber es ist doch einfach blöd, meine Abteilung obendrein noch mit einem Shuttle-Eilflug zu belasten, wenn wir ganz gut noch warten können. Es ist schon schlimm genug, so wie es ist.« Er deutete auf das Benzin. »Heh, Jungs«, fügte er hinzu, »hört mit dem Ausladen auf! Diese Ladung ist ein Fehler; alles muß wieder nach unten geschickt werden.«

Der Shuttlepilot kam gerade rechtzeitig aus der Personalluke, um das zu hören. »Was?« Er schwebte zu ihnen herüber, und Leo gab ihm in sehr knappen Worten eine kurze Erklärung des Versehens.

»Nun, Sie können das Benzin nicht mit diesem Flug zurückschicken«, sagte der Shuttlepilot bestimmt. »Ich habe nicht genügend Treibstoff für eine volle Ladung. Das wird warten müssen.« Er stieß sich ab und begab sich zu seiner obligatorischen Sicherheitspause in die Cafeteria.

Die Quaddies blickten ziemlich vorwurfsvoll drein, da nun die Richtung ihrer Arbeit schon zum zweitenmal umgekehrt wurde. Aber sie beschränkten ihre implizite Kritik auf ein säuerliches »Sind Sie diesmal sicher, Sir?«

»Ja«, seufzte Leo. »Aber sucht für dieses Zeug einen Lagerplatz in einem separaten Modul. Ihr könnt es nicht hier drinnen lassen.«

»Jawohl, Sir.«

Leo wandte sich wieder an den Aufseher der Schubschiffmannschaften. »Ich brauche diese Brennstäbe.«

»Nun, Sie müssen einfach warten. Ich werde sie jetzt

nicht bestellen. Van Atta wird mir schon deswegen genug zusetzen.«

»Sie können mein Sonderprojekt damit belasten. Ich werde dafür unterschreiben.«

Der Aufseher hob seine Augenbrauen, etwas getröstet. »Na ja … ich werde es versuchen, in Ordnung, ich werde es versuchen. Aber wie steht es mit Ihnen und Van Atta?«

Da ist schon alles zu spät, dachte Leo. »Das ist meine Sache, oder?«

Der Aufseher zuckte die Achseln. »Vermutlich schon.« Er verließ murmelnd die Ladebucht. Einer der Quaddies von den Schubschiffmannschaften, der ihm folgte, warf Leo einen vielsagenden Blick zu; Leo reagierte darauf mit einem strengen Kopfschütteln, das er noch unterstrich, indem er sich mit dem Zeigefinger quer über den Hals fuhr: Schweigen!

Er wandte sich um und stieß fast mit Pramod zusammen, der geduldig hinter ihm wartete. »Schleich dich nicht so an mich heran!« schrie Leo, dann hatte er seine strapazierten Nerven wieder unter Kontrolle. »Tut mir leid, du hast mich erschreckt. Was ist los?«

»Wir sind auf ein Problem gestoßen, Leo.«

»Aber natürlich. Wer kommt denn mal zu mir mit einer guten Nachricht? Ach, lassen wir's. Um was geht es?«

»Klampen.«

»Klampen?«

»An der Außenseite sind viele Verbindungen mit Klampen realisiert. Wir sind das Flußdiagramm für die Zerlegung des Habitats für morgen durchgegangen, wissen Sie …«

»Ich weiß schon.«

»Wir dachten, daß ein wenig Übung die Dinge beschleunigen könnte.«

»Ja, gut …«

»Kaum eine der Klampen läßt sich lösen. Nicht einmal mit elektrischen Werkzeugen.«

»Hm...« Leo schwieg verdutzt, dann erkannte er, worin das Problem lag. »Metallklampen?«

»Meistens.«

»Schlimmer auf der Sonnenseite?«

»Viel schlimmer. Von denen haben wir keine einzige aufgebracht. Ein paar sind sichtbar verschmolzen. Irgendein Idiot muß sie geschweißt haben.«

»Geschweißt, ja. Aber nicht von irgendeinem Idioten. Sondern von der Sonne.«

»Leo, es wird doch nicht *so* heiß...«

»Nicht direkt. Was ihr dort seht, ist spontanes Vakuumdiffusionsschweißen. Metallmoleküle verdampfen von den Oberflächen der Teile im Vakuum. Sicherlich langsam, aber es ist ein meßbares Phänomen. In den verklampten Bereichen wandern sie auf die benachbarten Oberflächen hinüber und bewirken am Ende eine hübsche Verbindung. Ein bißchen schneller bei den heißen Teilen auf der Sonnenseite, etwas langsamer bei den kalten Teilen im Schatten – aber ich wette, manche dieser Klampen sind schon seit zwanzig Jahren an ihrem Platz.«

»Oh. Aber was machen wir jetzt mit ihnen?«

»Sie müssen durchtrennt werden.«

Pramod schürzte besorgt die Lippen. »Das wird die Sache verlangsamen.«

»Jaa. Und wir werden auch eine Methode finden müssen, um alle Verbindungen in der neuen Konfiguration wieder zu verklampen... Geh und hol alle zusammen, die jetzt schichtfrei haben. Wir werden eine kleine Notfallübung im Klauen abhalten müssen.«

Leo hörte auf sich zu fragen, ob er die Große Übernahme überleben würde, und begann sich statt dessen zu fragen, ob er *bis* zur Großen Übernahme überleben würde. Er betete inständig darum, daß Silver es leichter haben würde als er selbst.

Silver hoffte inständig, daß Leo es leichter haben würde als sie selbst.

Sie drehte sich in dem Beschleunigungssitz herum, der nach ihren ersten acht Stunden Flug zunehmend unbequem wurde, legte das Kinn auf die Polsterung und betrachtete ihre Mannschaft, die sich in der Kabine des Schubschiffes drängte. Die anderen Quaddies hingen ebenso schlaff da wie sie; nur Ti schien sich wohlzufühlen, hatte die Füße aufgestützt und lehnte sich unter der beständigen Schwerkraft in seinem Sitz zurück.

»Ich habe dieses großartige Holovid gesehen«, Siggy winkte begeistert mit einigen Händen, »in dem ein Enterkampf vorkam. Die Marines benutzten Magnetminen, um in die Seite des Mutterschiffes Löcher wie in einem Blasenkäse zu sprengen.« Er gab einen unheimlichen, heulenden Schrei von sich, der die Geräuscheffekte des Vids darstellen sollte. »Die Außerirdischen rannten in alle Richtungen, überall flog Zeug herum, während die Luft entwich ...«

»Das habe ich gesehen«, sagte Ti, *»Nest des Verderbens,* nicht wahr?«

»Du hast es für uns besorgt«, erinnerte ihn Silver.

»Hast du gewußt, daß es eine Fortsetzung gibt?« sagte Ti zu Siggy. *»Die Rache des Nestes.«*

»Nein, wirklich? Meinst du ...«

»Erstens«, sagte Silver, »hat niemand bis jetzt intelligente Außerirdische gefunden, egal ob feindlich oder nicht, zweitens haben wir keine Magnetminen«, *Gottseidank,* »und drittens glaube ich nicht, daß Ti gerne eine Menge unschöner Löcher in der Hülle seines Schiffes hätte.«

»Nein«, gestand Ti.

»Wir werden durch die Luftschleuse hineingelangen«, sagte Silver mit Nachdruck, »denn die wurde genau für diesen Zweck konstruiert. Ich denke, die Mannschaft des Sprungschiffs wird überrascht genug sein, wenn wir sie in ihr Rettungspod setzen und es starten, ohne sie durch vorzeitiges Geheul so zu erschrecken, daß sie Gott-weiß-was tun. Selbst wenn Colonel Wayne in *Nest des Verderbens* seine Truppen mit seinem Rebellengeschrei über ihre Kommunikatoren in den Kampf geführt hat, so glaube ich nicht, daß wirkliche Marines das tun würden. Das würde ja ihre Kommunikation stören.« Unter ihrem finsteren Blick schwieg Siggy.

»Wir werden es einfach auf Leos Art machen«, fuhr Silver fort, »und die Laserlötpistolen auf sie richten. Sie kennen uns nicht, sie wissen nicht, ob wir feuern würden oder nicht.« Wie konnten schließlich Fremde etwas wissen, das sie selbst nicht wußte? »Da wir davon sprechen, wie wissen wir, welchen Superjumper...« – sie suchte nach einem passenden Ausdruck – »von der Herde absondern? Es dürfte eigentlich einfacher sein, die Erlaubnis an Bord zu gehen zu erhalten, wenn jemand bei der Mannschaft ist, der Ti gut kennt. Andrerseits mag es schwieriger sein...« Sie brach ab, da der Gedanke ihr nicht gefiel. »Besonders, wenn sie versuchen, sich zu wehren.«

»Jon könnte mit ihnen ringen, bis sie aufgeben«, schlug Ti vor. »Dafür ist er schließlich mitgekommen.«

Der stämmige Jon blickte ihn besorgt an. »Ich habe gedacht, daß ich als der Ersatzpilot für das Schubschiff dabei bin. Ring du mit ihnen, wenn du willst; es sind ja deine Freunde. Ich werde eine Lötpistole halten.«

Ti räusperte sich. »Ich würde jedenfalls gern D771 bekommen, wenn es da ist. Wir werden jedoch keine große Wahl haben. Wahrscheinlich sind sowieso immer nur ein paar Supersprungschiffe auf dieser Seite des Wurmloches im Einsatz. Grundsätzlich gehen wir auf das Schiff los, das gerade von Orient IV herübergesprungen ist, seine leeren Frachtbehälter abgestoßen hat und noch nicht damit begonnen hat, neue zu laden. Auf diese Weise kommen wir am schnellsten weg. Da muß nicht viel geplant werden; wir *tun* es einfach.«

»Die echten Schwierigkeiten werden beginnen«, sagte Silver, »wenn sie dahintergekommen sind, was wir wirklich vorhaben, und wenn sie versuchen, das Schiff zurückzubekommen.«

Niedergeschlagene Gesichter. Schweigen trat ein. Im Augenblick hatte nicht einmal Siggy einen Vorschlag.

Leo fand Van Atta im Turnraum der Planetarier, wo er entschlossen auf dem Tretwerk stampfte. Das Tretwerk war ein medizinisches Folterwerkzeug wie eine umgekehrte Streckbank. Mit Zugfedern ausgestattete Gurte zogen den Gehenden in Richtung auf die Tretfläche, gegen die er mit seinen Füßen stieß. Eine Übung, die auf ärztliche Anweisung eine Stunde oder mehr pro Tag dauerte und die Dekonditionierung des Unterleibs und die Entmineralisierung der langen Knochen der Bewohner der Schwerelosigkeit verlangsamen, wenn nicht aufhalten sollte.

Nach dem Ausdruck auf Van Attas Gesicht zu schließen, trampelte er die vorgesehenen Tritte heute mit beträchtlicher persönlicher Animosität ab. Eine kultivierte Gereiztheit war in der Tat eine Methode, um die Energie aufzubringen, um diese langweilige, aber notwendige Aufgabe zu bewältigen. Nachdem er einen Augenblick nachdenklich zugeschaut hatte, entschloß sich Leo zu einem beiläufigen und indirekten Vorgehen. Er schlüpfte aus seinem Overall und klettete ihn an dem dafür vorgesehenen Streifen an der Wand fest, schwebte in seinem roten T-Shirt und seinen roten Shorts hinüber und legte sich den Gürtel und die Gurte der unbesetzten Maschine neben Van Atta an.

»Hat man diese Dinger mit Kleister geölt?« keuchte er, während er die Handgriffe packte und sich anstrengte, um das Tretwerk in Bewegung zu setzen.

Van Atta wandte seinen Kopf und grinste sarkastisch. »Was ist los, Leo? Hat Minchenko, der ärztliche Minidiktator, Ihnen eine kleine körperliche Rache verordnet?«

»Ja, so etwas in der Art...« Endlich bekam er das Ding in Gang und beugte seine Beine in einem gleichmäßigen Rhythmus. Er hatte wirklich in letzter Zeit zu viele Übungsstunden ausfallen lassen. »Haben Sie mit ihm gesprochen, seit er wieder oben ist?«

»Ja.« Van Attas Beine traten gegen seine Maschine, die ein wütendes Surren von sich gab.

»Haben Sie ihm schon erzählt, was mit dem Projekt geschehen wird?«

»Unglücklicherweise mußte ich das tun. Ich hatte gehofft, ihn ganz zum Schluß dranzunehmen, mit den Übrigen. Minchenko ist wahrscheinlich der arroganteste von Cays alter Garde – er hat nie ein Geheimnis daraus gemacht, daß er dachte, er hätte Cay als Projektleiter nachfolgen sollen, anstatt daß man einen Außenseiter herholte, nämlich mich. Wenn er nicht in einem Jahr pensioniert werden würde, dann hätte ich, verdammt noch mal, Schritte unternommen, um ihn schon vorher loszuwerden.«

»Hat er Einwände vorgebracht?«

»Sie meinen, ob er gebrüllt hat wie ein Schwein am Spieß? Ganz gewiß. Hat sich aufgeführt, als wäre *ich* persönlich verantwortlich für die Erfindung dieser verdammten künstlichen Schwerkraft. Ich kann diesen Quatsch nicht gebrauchen.« Van Attas Tretwerk untermalte seine Worten mit einem Stöhnen.

»Wenn er bei dem Projekt von Anfang an dabei war, dann sind die Quaddies wohl praktisch sein Lebenswerk«, gab Leo zu bedenken.

»Mm.« Van Atta marschierte weiter. »Das gibt ihm jedoch nicht das Recht, eingeschnappt in Streik zu treten. Selbst Sie waren am Ende vernünftiger. Wenn er nicht Zeichen einer kooperativeren Haltung an den Tag legt, sobald er die Gelegenheit hatte, sich zu beruhigen und einzusehen, wie nutzlos es ist, dann wird es vielleicht leichter sein, Currys Dienstzeit zu verlängern und Minchenko einfach wieder nach unten zu schikken.«

»Aha.« Leo räusperte sich. Das roch nicht nach der guten Eröffnung, auf die er gehofft hatte. Aber es war nur noch so wenig Zeit. »Hat er mit Ihnen über Tony gesprochen?«

»Tony!« Van Attas Tretwerk brummte einen Moment lang wie eine Hornisse. »Ich hoffe, daß ich das kleine Biest nie wieder in meinem Leben sehe. Er hat nichts als Schwierigkeiten bereitet, Schwierigkeiten und Kosten.«

»Ich selbst hatte eigentlich gehofft, noch etwas mehr Nutzen aus ihm herausholen zu können«, sagte Leo vorsichtig. »Selbst wenn er medizinisch noch nicht in der Lage ist, wieder bei regulären Außenarbeitsschichten mitzumachen, so habe ich doch eine Menge Arbeit an der Computerkonsole und Überwachungsaufgaben, die ich ihm übertragen könnte, wenn er hier wäre. Wenn wir ihn hochholen könnten.«

»Unsinn«, versetzte Van Atta. »Sie könnten viel einfacher einen Ihrer anderen Quaddie-Vorarbeiter – Pramod zum Beispiel – nehmen oder einen beliebigen anderen Quaddie auf diesen Posten setzen. Mir ist egal, wen, dafür habe ich Ihnen ja Ihre Befugnisse gegeben. In zwei Wochen fangen wir sowieso an, die kleinen Monster nach *unten* zu bringen. Es macht keinen Sinn, einen heraufzuholen, den Minchenko bis dahin nicht aus der Krankenstation entlassen würde. Das habe ich ihm gesagt.« Er blickte Leo finster an. »Ich möchte kein einziges Wort mehr über Tony hören.«

»Aha«, sagte Leo. Verdammt. Es war klar, daß er Minchenko hätte beiseite nehmen sollen, bevor er bei Van Atta das Wasser trübte. Jetzt war es zu spät. Van Attas Gesicht war nicht nur von der Bewegung gerötet. Leo überlegte, was Minchenko wohl alles gesagt hatte – bestimmt ziemlich starken Tobak; es wäre ein Vergnügen gewesen, dabei zuzuhören. Ein Vergnügen, das für die Quaddies jedoch zu teuer war. Leo bemühte sich um einen Gesichtsausdruck, von dem er hoffte, daß bei allem Schnaufen und Pusten Mitgefühl für Van Atta darin zu lesen war.

»Wie kommt die Planung für die Wiederverwertung voran?« fragte Van Atta nach einer Weile.

»Sie ist fast abgeschlossen.«

»So, wirklich?« Van Attas Gesicht hellte sich auf. »Na, das ist mal wenigstens eine gute Nachricht.«

»Sie werden überrascht sein, wie vollständig das Habitat recycelt werden kann«, versprach Leo völlig wahrheitsgemäß. »Und auch die hohen Tiere von GalacTech werden überrascht sein.«

»Und wie schnell kann's losgehen?«

»Sobald wir grünes Licht bekommen. Ich habe es wie ein Kriegsspiel angelegt.« Er schluckte weitere Doppeldeutigkeiten hinunter. »Planen Sie immer noch die Große Bekanntgabe vor dem übrigen Personal morgen um 13.00 Uhr?« sondierte Leo beiläufig. »Im Hauptvortragsmodul? Ich möchte wirklich dabeisein; ich habe etwas Anschauungsmaterial zu präsentieren, sobald Sie Ihren Part hinter sich haben.«

»Nö«, sagte Van Atta.

»Was?« Leo schluckte. Er trat daneben, und die Federn knallten ihn mit einem Knie schmerzhaft auf das Tretwerk, das genau wegen solcher Ungeschicklichkeiten gepolstert war. Er rappelte sich wieder auf die Füße.

»Haben Sie sich verletzt?« fragte Van Atta. »Sie machen ein komisches Gesicht ...«

»In einer Minute geht es schon wieder.« Leo blieb stehen und spannte die Beinmuskeln gegen den elastischen Zug. Er bemühte sich, trotz Schmerz und Panik seinen Atem und sein Gleichgewicht wiederzufinden. »Ich dachte – Sie würden so die Katze aus dem Sack lassen. Alle zusammenholen und die Tatsachen bloß einmal abhandeln.«

»Nach der Geschichte mit Minchenko bin ich es müde, mich deswegen zu streiten«, sagte Van Atta. »Ich habe Yei gesagt, daß sie es machen soll. Sie kann die Leute in kleinen Gruppen in ihr Büro rufen und gleichzeitig die Pläne für die Evakuierung der einzelnen und der Abteilungen austeilen. Das ist viel effizienter.«

Leos und Silvers schöner Plan, die Planetarier friedlich vom Habitat abzukoppeln, den sie in vier geheimen Planungssitzungen ausgearbeitet hatten, war so im Nu vom Tisch. Umsonst war jetzt all die Schmeichelei und die indirekten Anregungen, mit denen Van Atta die Überzeugung eingeflößt worden war, es wäre seine Idee gewesen, das gesamte planetarische Personal des Habitats gegen alle Gewohnheit auf einmal zu versammeln und seine Ankündigung in einer Rede zu machen, mit der er allen einreden würde, daß sie ausgezeichnet und nicht verdammt würden …

Die speziell angepaßten Sprengladungen, die auf einen Knopfdruck hin das Vortragsmodul vom Habitat abtrennen sollten, waren schon alle plaziert. Die Atemmasken für die Sauerstoffversorgung der fast dreihundert Menschen während der paar Stunden, die notwendig waren, um das Modul um den Planeten zur Transferstation zu schieben, waren sorgfältig in dem Modul versteckt worden. Die beiden Schubschiffcrews waren gedrillt, ihre Schubschiffe mit Treibstoff versehen und startbereit.

Ein Narr war er gewesen, Pläne zu schmieden, die davon abhingen, daß Van Atta etwas durchziehen würde … Leo wurde plötzlich übel.

Dann mußten sie eben den zweitbesten Plan nehmen, den Notfallplan, den sie durchdiskutiert und dann als zu riskant hatten fallen lassen, da sich seine Ergebnisse möglicherweise zu wenig steuern ließen.

Benommen nahm Leo seine Federn und Gurte ab und hängte sie wieder am Rahmen des Tretwerks auf.

»Das war keine Stunde«, sagte Van Atta.

»Ich glaube, ich hab mir was am Knie gemacht«, log Leo.

»Da wundere ich mich nicht. Glauben Sie, ich wüßte nicht, daß Sie Übungsstunden geschwänzt haben? Versuchen Sie bloß nicht, GalacTech zu verklagen, denn wir können Ihnen persönliche Versäumnisse nachweisen.« Van Atta grinste und marschierte tugendsam weiter.

Leo zögerte. »Übrigens, wußten Sie, daß das Nachschublager auf Rodeo uns gerade irrtümlicherweise hundert Tonnen Benzin geschickt hat? Und daß unser Konto damit belastet wird?«

»*Was?*«

Als Leo sich abwandte, hörte er mit einer gewissen rachsüchtigen Befriedigung, wie Van Attas Tretwerk anhielt und dann ein zu schnell gelöster Gurt zurückschnellte und seinem Träger einen Schlag versetzte. »Au!« schrie Van Atta.

Leo blickte nicht zurück.

Dr. Curry nahm Claire in Empfang, als sie zu ihrem Termin in der Krankenstation eintraf. »Oh, gut, du kommst gerade rechtzeitig.«

Claire blickte den Korridor hinauf und hinab, und ihre Augen wanderten in dem Behandlungsraum umher, in den Dr. Curry sie bugsierte. »Wo ist Dr. Minchenko? Ich dachte, er wäre hier.«

Dr. Curry errötete leicht. »Dr. Minchenko ist in seinem Quartier. Er kommt heute nicht zum Dienst.«

»Aber ich wollte mit ihm reden ...«

Dr. Curry räusperte sich. »Hat man dir gesagt, worum es bei deinem Termin geht?«

»Nein ... ich vermute, es geht um weitere Medikamente für meine Brust.«

»Ah, verstehe.«

Claire wartete einen Moment, aber er äußerte sich nicht weiter, sondern war damit beschäftigt, medizinische Instrumente mit ihren Klettringen auf einem Tablett zu befestigen und dann in den Sterilisator zu schieben. Dabei vermied er Claires Blick. »Nun, es ist völlig schmerzlos.«

Früher hätte sie vielleicht keine Fragen gestellt, sondern fügsam gehorcht – sie war schon Tausenden von unbekannten medizinischen Untersuchungen unterzogen worden, und das hatte schon begonnen, bevor sie überhaupt als Kind aus dem Uterusreplikator genommen worden war, aus jener künstlichen Gebärmutter, in der sie in einer jetzt geschlossenen Abteilung dieser Krankenstation herangereift war. Früher war sie eine andere Person gewesen, vor der Katastrophe auf dem Planeten mit Tony. Danach war sie einige Zeitlang nahe daran gewesen, überhaupt niemand zu sein. Jetzt fühlte sie sich seltsam erregt, als zitterte sie am Beginn einer Neugeburt. Ihre erste Geburt war mechanisch und schmerzlos gewesen, vielleicht hatte sie deshalb keine Wurzeln getrieben …

»Was …«, begann sie zu piepsen. Ihre Stimme war zu leise. Sie hob sie und sagte, für ihre eigenen Ohren jetzt laut: »Um was geht es bei diesem Termin?«

»Nur um eine kleine lokale Prozedur am Unterleib«, sagte Dr. Curry unbekümmert. »Es dauert nicht lang. Du muß dich nicht einmal ausziehen, roll einfach dein Hemd hoch und schieb deine Shorts ein bißchen runter. Ich werde dich vorbereiten. Du mußt unter der Abschirmung des sterilen Luftstroms ruhiggestellt werden, für den Fall, daß sich ein oder zwei Bluttropfen selbständig machen.«

Sie werden mich nicht ruhigstellen … »Was ist das für eine Prozedur?«

»Es tut nicht weh und schadet dir überhaupt nicht. Komm jetzt her.« Er lächelte und klopfte auf die Abschirmeinheit, die aus der Wand hervortrat.

»Was?« wiederholte Claire und bewegte sich nicht.

»Ich kann darüber nicht diskutieren. Es ist – geheim. Tut mir leid. Du wirst Mr. Van Atta fragen müssen, oder Dr. Yei, oder sonst jemanden. Weißt du was, ich werde dich gleich danach zu Dr. Yei schicken, und dann kannst du mit ihr reden, in Ordnung?« Er leckte seine Lippen; sein Lächeln wurde immer unsicherer.

»Bruce Van Atta würde ich nicht einmal ...« Claire suchte nach einem Ausdruck, den sie einmal von einem Planetarier gehört hatte, »würde ich nicht einmal um die Uhrzeit fragen.«

Dr. Curry blickte sehr überrascht drein. »Oh.« Und er murmelte nicht allzu leise: »Ich habe mich gefragt, wieso du die zweite auf der Liste warst.«

»Wer war die erste auf der Liste?« fragte Claire.

»Silver, aber dieser Ausbilder hat sie zu einem Auftrag abgestellt. Sie ist doch eine Freundin von dir, oder? Du wirst ihr dann erzählen können, daß es nicht weh tut.«

»Es ist mir egal – es ist mir *verdammt* egal, ob es weh tut. Ich möchte wissen, um was es geht.« Sie kniff die Augen zusammen, als es ihr endlich aufging, dann riß sie sie empört weit auf. »Die Sterilisationen«, keuchte sie, »Sie fangen mit den Sterilisationen an!«

»Wie hast du ... – du solltest doch nicht ... – ich meine, wie kommst du denn darauf?« schluckte Curry.

Sie versuchte zur Tür zu gelangen. Er war jedoch näher daran und auch schneller und schloß Claire die Tür vor der Nase. Sie prallte von der Türfüllung zurück.

»Claire, jetzt beruhige dich doch mal!« keuchte Curry und verfolgte sie im Zickzack. »Du wirst dir nur völlig unnötigerweise wehtun. Ich kann dich auch unter Vollnarkose setzen, aber es ist besser für dich, wenn wir nur eine Lokalanästhesie machen und du einfach ruhig liegst. Du mußt ruhig liegen. Ich muß das machen, so oder so ...«

»Warum *müssen* Sie das machen?« schrie Claire. »*Mußte* Dr. Minchenko das machen – oder ist er deshalb nicht hier? Wer zwingt Sie, und wie, daß Sie das machen *müssen*?«

»Wenn Minchenko hier wäre, dann *müßte* ich es nicht machen«, versetzte Curry wütend. »Er hat sich davor gedrückt und läßt mich die Sache ausbaden. Jetzt komm hier herüber und leg dich unter dem Steri-Schild und laß mich die Scanner einstellen, oder ich muß ziemlich *grob* mit dir werden.« Er holte tief Luft, um sich aufzuputschen.

»Müssen«, höhnte Claire, »müssen, müssen! Es ist erstaunlich, was die Planetarier meinen, daß sie tun müssen. Aber das ist fast nie das gleiche, was ihrer Meinung nach Quaddies tun müssen. Warum ist das so, was meinen Sie?«

Curry knurrte und preßte die Lippen wütend zusammen. Dann nahm er eine Injektionsspritze von seinem Instrumententablett.

Er hat sie schon vorher hergerichtet, dachte Claire. *Er hat das schon geübt, in Gedanken – er hat sich dazu entschlossen, bevor ich überhaupt hierhergekommen bin ...*

Er stieß sich ab, schwebte zu ihr, packte ihren linken oberen Arm und stieß die Nadel in einem jähen silbernen Bogen darauf zu. Sie packte sein rechtes Handgelenk und bremste die Armbewegung bis zum Stillstand; so hielten sie sich einen Moment lang mit zitternden Muskeln gegenseitig fest und taumelten langsam in der Luft.

Dann griff sie auch mit ihren unteren Händen zu. Curry verschlug es den Atem, als sie seine Arme weit öffnete und sogar seinen jungen männlichen Körper bezwang. Er stieß um sich und traf sie mit seinen Knien, aber da er nichts hatte, woran er sich abstützen konnte, konnte er nicht genügend Kraft in die Stöße legen, um sie wirklich zu verletzen.

Sie grinste in wilder Euphorie und zwang nach Belieben seine Arme nach außen und nach innen. *Ich bin stärker! Ich bin stärker! Ich bin stärker als er, und ich habe es nicht einmal gewußt …*

Sorgfältig umklammerte sie seine Handgelenke mit ihren starken unteren Händen und ließ die oberen los. Mit beiden oberen Händen zusammen löste sie leicht seine Finger von der Spritze. Sie hielt sie hoch und summte: »Das tut gar nicht weh.«

»Nein, nein …«

Da er zu sehr zappelte, konnte sie bei ihrer Unerfahrenheit keine schnelle venöse Injektion versuchen; deshalb nahm sie sich statt dessen einen Deltamuskel vor und hielt ihn noch weiterhin, bis er benommen und schwach wurde. Danach war es einfach, ihn unter dem Steri-Schild ruhigzustellen.

Sie betrachtete sein Tablett und berührte staunend die Instrumente. »Wie weit sollte ich diesen Umschwung treiben, was meinen Sie?« fragte sie laut.

Er wimmerte in seiner Benommenheit und zupfte schwach an den weichen Gurten. In seinen Augen stand Panik. Claires Augen leuchteten; sie warf den Kopf zurück und lachte, lachte wirklich, zum erstenmal seit – wann? Sie konnte sich nicht erinnern.

Sie brachte ihre Lippen nahe an sein Ohr und sagte deutlich: »Ich muß *nicht*.«

Sie lachte immer noch leise, als sie die Türen des Behandlungsraumes hinter sich schloß und den Korridor hinab flüchtete.

KAPITEL 11

Ti seinen Willen zu lassen, daß er an das Supersprungschiff andockte, war ein Fehler gewesen, erkannte Silver, als das Knirschen und Beben ihres Aufpralls auf die Andockklampen durch das Schubschiff widerhallten. Zara, die ängstlich neben ihr schwebte, stöhnte leise. Ti fauchte sie wortlos über die Schulter hinweg an, dann richtete er seine nachlassende Aufmerksamkeit wieder auf die Steuerung.

Nein – *ihr* Fehler, daß sie seiner Autorität als männlicher, zweibeiniger Planetarier erlaubt hatte, sich über ihre vernünftigen Überlegungen hinwegzusetzen – sie wußte, daß er nicht für diese Schubschiffe zugelassen war, er hatte ihr es selbst gesagt. Er war erst dann eine Autorität, wenn sie in das Supersprungschiff hineingelangt waren.

Nein, sagte sie sich nachdrücklich, *nicht einmal dann.*

»Zara«, rief sie, »übernimm die Steuerung.«

»Verdammt«, begann Ti, »wenn du bloß …«

»Wir brauchen Ti viel zu sehr auf den Kommunikationskanälen, um ihn für die Steuerung frei zu haben«, warf Silver ein und hoffte verzweifelt, Ti würde diesen Köder nicht verschmähen, den sie seinem Stolz anbot.

»Mm.« Widerwillig ließ sich Ti von Zara beiseite schieben.

Der Andockring des Anschlußrohrs setzte nicht richtig auf. Ein zweites Andockmanöver, doch alles hoffnungsvolle Geschüttel der automatischen Fernsteuerung konnte den Andockring nicht dazu bringen, richtig abzuschließen. Silver fürchtete, sie würde sterben, oder wünschte, sie könnte es, sie war sich selbst nicht sicher. Alle ihre Hände schwitzten, und als sie die Laserlötpistole aus der einen in die andere Hand wechselte, wurde der Griff nur noch feuchter.

»Siehst du«, sagte Ti zu Zara, »du kannst es auch nicht besser.«

Zara funkelte ihn an. »Du hast einen von den Ringen verbogen, du Unglücksrappe. Hoffentlich ist es der ihre und nicht unserer.«

»Das heißt ›Unglücksrabe‹«, korrigiert Jon hilfsbereit, während er sich hinten an der Luke bemühte, sie richtig einrasten zu lassen. »Wenn du schon Planetarierausdrücke benutzt, dann wenigstens richtig.«

»Schubschiff R-26 ruft GalacTech-Supersprungschiff D620«, sprach Ti zitternd in den Kommunikator. »Jon, wir müssen uns noch einmal lösen und kommen dann auf die andere Seite hinüber. Das funktioniert hier nicht.«

»Nur zu, Ti«, antwortete die Stimme des Sprungpiloten. »Bist du krank? Du klingst nicht sonderlich gut. Das war miserabel angedockt. Worin besteht denn euer Notfall?«

»Das erkläre ich, wenn wir an Bord sind.« Ti blickte auf. Zara nickte bestätigend. »Wir lösen uns jetzt.«

An der Steuerbordluke hatten sie mehr Glück. *Nein*, erinnerte sich Silver erneut, *wir schmieden unser eigenes Glück. Und ich bin dafür verantwortlich.*

Ti schob sich als erster durch das Anschlußrohr. Auf der anderen Seite erwartete ihn der Ingenieur des Sprungschiffes. Silver hörte seine verärgerte Stimme: »Gulik, du hast unseren Andockring an Backbord verbogen. Ihr Drahtschädel haltet euch alle für die Größten, wenn ihr an euren Aggregaten hängt, aber bei der Handsteuerung seid ihr ohne Ausnahme die Tolpatschigsten …« Seine Worte gingen in ein leises Zischen über, als Silver durch die Luke gehuscht kam und ihre Laserlötpistole entschlossen auf seinen Bauch richtete. Er brauchte einen Moment, bis er die Waffe bemerkte. Er riß Augen und Mund weit auf, als Siggy und Jon sich Silver anschlossen.

»Nimm uns zum Piloten, Ti«, sagte Silver. Sie hoffte,

daß die Angst ihre Stimme wütend und wild klingen lassen würde, nicht schüchtern und schwach. All ihre Kraft schien sie verlassen zu haben; nur ein flaues Gefühl im Magen war zurückgeblieben. Sie schluckte und packte die Lötpistole fester.

»Was, zum Teufel, ist hier los?« begann der Ingenieur. Seine Stimme klang jetzt eine Oktave höher als zuvor. Er räusperte sich und sagte in seiner normalen Tonlage: »Wer seid ihr… überhaupt? Gulik, gehören die zu dir…?«

Ti zuckte die Achseln und setzte ein mattes Lächeln auf, das entweder gut gespielt oder echt war. »Nicht direkt. Ich gehöre eher zu ihnen.«

Siggy erinnerte sich und richtete seine Lötpistole auf Ti. Als Silver diesen Trick befürwortet hatte, hatte sie ihre eigenen Gedanken darüber völlig geheimgehalten. Daß Ti unbewaffnet und offensichtlich von den Waffen der Quaddies gezwungen daherkam, deckte ihn für den Fall einer späteren Gefangennahme und juristischen Verfolgung. Gleichzeitig wurde dadurch die Möglichkeit verschleiert, daß seine Scheinentführung echt werden könnte, falls er sich im letzten Augenblick entschließen sollte, wieder auf die Seite seiner zweibeinigen Gefährten überzuwechseln. Ein kompliziertes Räderwerk; mußten alle Führer so mehrschichtig denken? Es bereitete ihr Kopfschmerzen.

Sie durchquerten schnell den kompakten Mannschaftsbereich in Richtung auf den Steuerraum. Der Sprungpilot thronte in seinem gepolsterten Sessel und war an die massive Krone seines Steueraggregats angeschlossen: ein zeitweiliger königlicher Cyborg. Sein purpurner Firmenoverall war mit grell bunten Aufnähern versehen, die stolz seinen Rang und seine Spezialfunktionen verkündeten. Er hielt die Augen geschlossen und summte lautlos im Rhythmus des pulsierenden Biofeedbacks seines Schiffes.

Er schrie überrascht auf, als sein Aggregat sich löste und in die Höhe ging und damit seine Kommunikation mit dem Schiff unterbrach. Ti hatte den Trennschalter gedrückt. »Himmel, Ti, mach sowas nicht – du weißt doch ...« Beim Anblick der Quaddies schluckte er einen zweiten Schrei hinunter. Er lächelte Silver völlig verwirrt zu. Sein Blick hatte geschockt ihre Anatomie wahrgenommen und richtete sich jetzt höflich auf ihr Gesicht. Sie wackelte mit der Lötpistole, um ihn darauf aufmerksam zu machen.

»Raus aus dem Sessel«, befahl sie.

Er duckte sich. »Hören Sie mal, Lady... hm... was *ist* das?«

»Eine Laserpistole. Raus aus dem Sessel.«

Er taxierte sie mit den Augen, taxierte Ti, warf seinem Ingenieur einen Blick zu. Seine Hand stahl sich zu der Schnalle seines Sitzgurtes, zögerte dann. Seine Muskeln spannten sich.

»Raus, aber langsam«, fügte Silver hinzu.

»Warum?« fragte er.

Er spielt auf Zeit, dachte Silver.

»Diese Leute wollen dein Schiff ausleihen«, erklärte Ti.

»Entführer!« keuchte der Ingenieur, der neben der luftdichten Tür schwebte. Jons und Siggys Lötpistolen drehten sich ihm zu. »Mutanten ...«

»Raus!«, wiederholte Silver, ihr Stimme war unwillkürlich schärfer geworden.

Das Gesicht des Piloten war gespannt und nachdenklich. Seine Hände wanderten vom Gürtel zu seinen Knien und ruhten dort in geheuchelter Entspannung. »Was ist, wenn ich es nicht tue?« forderte er sie sanft heraus.

Silver glaubte zu spüren, wie die Kontrolle über die Situation allmählich von ihr auf den Piloten überging, angezogen von seiner überlegenen Imitation von Gelassenheit. Sie warf Ti einen Blick zu, aber der hielt sich sicher und fest an seine Rolle des hilflosen – und nicht hilfreichen – Opfers.

Ein Herzschlag verging, ein zweiter, ein dritter. Der Pilot begann sich zu entspannen und atmete langsam aus. In seinen Augen erschien ein selbstgefällig triumphierendes Funkeln. Er hatte sie durchschaut; er wußte, daß sie nicht feuern konnte. Seine Hände kehrten zu der Gürtelschnalle zurück und er zog die Füße an, um sich gleich von seinem Sitz abzustoßen.

Sie hatte es so oft in ihrer Vorstellung geübt, daß das tatsächliche Geschehen fast nichts besonderes mehr war. Sie empfand eine gläserne Klarheit, als ob sie sich aus einer Distanz oder aus einer anderen Zeit, Vergangenheit oder Zukunft, beobachtete. Der Augenblick schrieb die Wahl des Zieles vor, und das war sie zuvor schon immer wieder ohne Überlegung durchgegangen; sie zielte mit der Lötpistole auf einen Punkt direkt unter seinen Knien, weil sich dahinter keine wertvollen Steuerinstrumente befanden.

Es war überraschend leicht, den Knopf zu drücken, die Arbeit eines einzigen kleinen Muskels in ihrem oberen rechten Daumen. Der Strahl war von einem stumpfen Blau und ließ sie nicht einmal blinzeln; allerdings flackerte kurz eine helle gelbe Flamme am Rande des geschmolzenen Stoffs seines angeblich unbrennbaren Overalls auf und erlosch dann. Ihre Nasenflügel zuckten bei dem Gestank des verbrannten Stoffes, der durchdringender war als der Geruch verbrannten Fleisches. Dann krümmte sich der Pilot zusammen und schrie.

Ti stammelte: »Warum machst du das? Er war noch an seinen *Sessel* gegurtet, Silver!« Er blickte sie verdutzt an. Der Ingenieur war zuerst krampfhaft zusammengezuckt und erstarrte dann unterwürfig. Seine Augen huschten von einem Quaddie zum anderen. Siggys Mund stand offen; Jon preßte seine Lippen zusammen.

Die Schreie des Piloten machten ihr Angst und drangen ihr wie Stiche in den Kopf. Sie richtete die Lötpistole wieder auf ihn. »Schluß mit dem Lärm!« herrschte sie ihn an.

Erstaunlicherweise hörte er auf. Sein Atem pfiff durch die zusammengebissenen Zähne, als er den Kopf drehte und sie mit vor Schmerz zusammengekniffenen Augen anstarrte. Die Verbrennungen an seinen Beinen schienen in der Mitte kauterisiert zu sein, schwarze, undeutliche Schatten – Silver war hin- und hergerissen zwischen Abscheu und dem neugierigen Verlangen, sich näher anzuschauen, was sie da angerichtet hatte. Die Ränder der Verbrennungen schwollen rot an, gelbes Plasma sickerte schon durch, klebte aber an seiner Haut; eine Absaugung war nicht notwendig. Die Verletzung schien nicht unmittelbar lebensbedrohlich zu sein.

»Siggy, gurte ihn los und hol ihn aus dem Steuersitz heraus!« befahl Silver. Diesmal gehorchte Siggy sofort, ohne weitere Argumente und ohne jede Anregung aus seinen Holodramen, wie man es besser machen könnte.

Genaugenommen hatte ihre Aktion auf alle Anwesenden, nicht nur die Gefangenen, eine höchst erfreuliche Wirkung. Alle bewegten sich schneller. *Man könnte süchtig danach werden*, dachte Silver. Kein Streit, keine Beschwerden …

Doch eine Beschwerde. »War das notwendig?« fragte Ti, als sie die Gefangenen vor sich her durch den Korridor schoben. »Er war dabei, für dich seinen Sitz zu räumen …«

»Er war drauf und dran, auf mich loszugehen.«

»Das weißt du aber nicht sicher.«

»Ich hätte ihn nicht mehr treffen können, sobald er sich bewegte.«

»Aber das mußte doch nicht sein …«

Sie wandte sich ihm mit einer heftigen Bewegung zu; er zuckte zurück. »Wenn wir dieses Schiff nicht in die Hand bekommen, dann werden tausend meiner

Freunde sterben. Es mußte sein, und ich habe mich dafür entschieden. Ich würde mich wieder so entscheiden. Kapiert?« *Und du triffst deine Entscheidung für alle, Silver,* hörte sie das Echo von Leos Stimme in ihrer Erinnerung.

Ti gab sofort nach. »Jawohl, Chefin.«

Jawohl, Chefin? Silver blinzelte und drängte sich an ihm vorbei nach vorn, um ihre Verwirrung zu verbergen. Als Reaktion auf das Geschehene zitterten jetzt ihre Hände. Sie betrat als erste das Rettungspod, scheinbar, um die gesamten Kommunikationsgeräte außer dem Notfallsignalgeber herauszureißen und den Erste-Hilfe-Kasten zu überprüfen – er war vorhanden und komplett –, aber auch, um einen Moment lang allein zu sein, außerhalb des Blickfeldes der staunenden Augen ihrer Gefährten.

War das die Lust an der Macht, die Van Atta empfand, wenn alle ihm gegenüber nachgaben? Es war offensichtlich, was das Abfeuern der Waffe bei dem widerspenstigen Piloten bewirkt hatte, aber was hatte es bei ihr bewirkt? Für jede Aktion gab es eine gleichartige, gegensätzliche Reaktion. Das war eine körperliche Intuition, ein instinktives Wissen, das von der Geburt an tief in jedem Quaddie vorhanden war und an jeder Bewegung deutlich demonstriert werden konnte.

Sie verließ das Pod wieder. Ein heiseres Stöhnen kam über die Lippen des Piloten, als seine Beine aus Versehen gegen die Luke stießen, während sie ihn und den Ingenieur in das Rettungspod steckten. Dann verschlossen sie es und sprengten es vom Sprungschiff ab.

Silvers Erregung wich innerlich einem kühlen Gefühl der Entschlossenheit, obwohl ihre Hände noch zitterten, aus Mitleid mit den Schmerzen des Piloten. So war es also. Die Quaddies waren letztlich nicht anders als die Planetarier. Alle schlimmen Dinge, die Planetarier tun konnten, konnten auch Quaddies tun. Wenn sie sich dafür entschieden.

Na also! Indem man die Pflanzrohre in diesem Winkel positionierte, mit einer Rotationszeit von sechs Stunden, konnte man im Hydrokulturmodul mit vier Spektrallampen weniger auskommen, und es fiel noch genug Licht auf die Blätter, um binnen vierzehn Tagen die Blüte auszulösen. Claire gab den Befehl in ihrem Laptop-Computer ein und ließ das Analogmodell einmal den ganzen Zyklus schnell vorwärts durchlaufen, einfach um sicher zu gehen. Die neue Wachstumskonfiguration würde nach ihrer ersten Schätzung den Energieverbrauch des Moduls um etwa zwölf Prozent reduzieren. Das war gut, denn bis das Habitat seinen Bestimmungsort erreichte und die empfindlichen Solarkollektoren wieder ausrollte, würde Energie sehr kostbar sein.

Sie schaltete den Laptop ab und seufzte. Das war die letzte Planungsaufgabe, die sie noch erledigen konnte, solange sie sich noch hier oben im Clubhaus einschloß. Es war ein gutes Versteck, aber zu ruhig. Es war schrecklich schwer gewesen, sich zu konzentrieren, aber nichts zu tun zu haben, war schlimmer, wie sie jetzt entdeckte, während die Sekunden vorüberkrochen. Sie schwebte zum Schrank, holte einen Beutel Rosinen heraus und aß sie einzeln. Als sie damit fertig war, umschloß sie wieder das klebrige Schweigen.

Sie stellte sich vor, wie sie Andy wieder in den Armen hatte, wie seine warmen kleinen Finger die ihrigen in gegenseitiger Geborgenheit festhielten, und sie wünschte sich, Silver möge sich beeilen und ihr Signal senden. Sie stellte sich Tony vor, wie er unten auf dem Planeten im Krankenhaus gefangen war, und hoffte schmerzlich, daß Silver sich verspätete, damit Tony durch irgendein Wunder im letzten Augenblick zurückgeholt werden konnte. Sie wußte nicht, ob sie die vorübergehenden Minuten beschleunigen oder anhalten sollte, aber jede einzelne schien sie körperlich zu treffen.

Die Türen zischten und ließen sie ängstlich zusammenfahren. War sie entdeckt...? Nein, es waren drei Quaddiemädchen, Emma, Patty und Kara, die Helferin auf der Krankenstation.

»Ist es Zeit?« fragte Claire heiser.

Kara schüttelte den Kopf.

»Warum geht es nicht los, was hält Silver auf...« Claire verstummte. Sie konnte sich allzu viele verhängnisvolle Gründe für Silvers Verspätung vorstellen.

»Sie sollte lieber ihr Signal bald geben«, sagte Kara. »Im ganzen Habitat wird nach dir gejagt. Mr. Wyzak, der Leiter der Abteilung Wartung Luftsysteme ist schließlich auf den Gedanken gekommen, hinter die Wände zu schauen. Jetzt sind sie im Abschnitt Andockbucht. In seiner Mannschaft ist bei allen plötzlich die fürchterlichste Ungeschicklichkeit ausgebrochen«, ihr Mund verzog sich zu einem Grinsen, »aber sie werden sich am Ende bis hierher durcharbeiten.«

Emma packte einen von Karas unteren Armen. »Ist das hier in diesem Fall wirklich das beste Versteck für *uns*?«

»Für jetzt muß es ausreichen. Ich hoffe, die Dinge entwickeln sich, bevor Dr. Curry sich bis zum Ende seiner Liste vorgearbeitet hat, sonst wird es hier drinnen schrecklich eng«, sagte Kara.

»Hat sich Dr. Curry denn erholt?« fragte Claire und war sich dabei nicht sicher, ob sie ein Ja oder ein Nein hören wollte. »Genug erholt, um operieren zu können? Ich hatte gehofft, er würde länger außer Gefecht sein.«

Kara kicherte. »Nicht ganz. Er hängt dort schielend und keuchend herum und führt die Aufsicht, während die Krankenschwester die Injektionen gibt. Oder er würde die Aufsicht führen, wenn sie welche von den Mädchen finden könnten, denen sie Injektionen geben wollen.«

»Injektionen?«

»Zur Abtreibung«, sagte Kara mit einer Grimasse.

»Oh. Das war dann eine andere Liste als die, auf der ich stand.« Deshalb also sahen Emma und Patty so bleich aus, als wären sie nur knapp davongekommen.

Kara seufzte. »Na ja, wir hier sind wahrscheinlich alle auf der einen oder anderen Liste.« Sie schlüpfte wieder hinaus.

Die Gesellschaft der beiden anderen Quaddies heiterte Claire auf, obwohl deren Verschwinden eine größere Gefahr der Entdeckung nicht nur ihrer selbst, sondern auch ihrer Pläne bedeutete. Wieviel mehr konnte noch falschlaufen, bevor das planetarische Personal des Habitats anfing, die richtigen Fragen zu stellen? Mal angenommen, der ganze Plan wurde vorzeitig aufgedeckt, indem man der Spur folgte, die sie gelegt hatte? Hätte sie sich widerstandslos Dr. Currys Prozedur fügen sollen, bloß um das Geheimnis noch ein bißchen länger zu bewahren? Angenommen, ›ein bißchen länger‹ war genau der Unterschied zwischen Erfolg und Desaster?

»Was sollen wir jetzt bloß tun?« sagte Emma mit dünner Stimme.

»Einfach warten. Es sei denn, du hast etwas zu tun mitgebracht«, sagte Claire.

Emma schüttelte den Kopf. »Kara hat mich vor etwa zehn Minuten einfach aus meiner Arbeitsschicht in der Abteilung Kleinreparaturen rausgeholt. Ich habe nicht daran gedacht, irgend etwas mitzubringen.«

»Mich hat sie aus meinem Schlafsack geholt«, sagte Patty. Trotz der Spannung entfuhr ihr ein Gähnen. »Ich bin so müde, in letzter Zeit ...«

Geistesabwesend strich sich Emma mit ihren unteren Handflächen über den Unterleib, in einer kreisförmigen Bewegung, die Claire vertraut war; also hatten die Mädchen schon mit den geburtsvorbereitenden Übungen begonnen.

»Ich frage mich, wie das alles gehen wird«, seufzte

Emma. »Wie es ausgehen wird. Wo wir alle in sieben Monaten sein werden …«

Diese Zahl hatte sie kaum zufällig gewählt, erkannte Claire. »Auf jeden Fall fort von Rodeo. Oder tot.«

»Wenn wir tot sind, werden wir keine Probleme haben«, sagte Patty. »Wenn nicht … Claire, wie sind die Wehen? Wie sind sie *wirklich*?« Ihr eindringlicher Blick bat Claire um Beruhigung. Von ihnen dreien war Claire die einzige mit Erfahrung, eingeweiht in die mütterlichen Mysterien des Leibes.

Verständnisvoll antwortete Claire: »Sie waren nicht gerade angenehm, aber man kann damit fertigwerden. Dr. Minchenko sagt, wir haben es viel besser als die Planetarierfrauen. Wir haben ein elastischeres Becken mit einem breiteren Beckenausgang, da wir nicht mit der Schwerkraft zu kämpfen haben. Er sagt, das sei seine eigene Gestaltungsidee gewesen, wie die Abschaffung des Hymens – was immer das gewesen sein mag. Etwas Schmerzliches, nehme ich an.«

»Uff, die armen Dinger«, sagte Emma. »Ich frage mich, ob ihre Babies ihnen nicht von der Schwerkraft aus dem Leib gesaugt werden?«

»Davon habe ich noch nie gehört«, sagte Claire unsicher. »Er sagte, daß sie gegen Ende der Schwangerschaft Schwierigkeiten hätten, weil das Gewicht des Babys ihren Kreislauf abschneidet und auf ihre Nerven und Organe und so weiter drückt.«

»Ich bin froh, daß ich nicht als Planetarier geboren wurde«, sagte Emma. »Zumindest nicht als Planetarierfrau. Denk bloß an die armen Planetariermütter, die sich Sorgen machen müssen, ob ihre Helferinnen nicht ihre Neugeborenen fallen lassen.« Sie schauderte.

»Dort unten ist es schrecklich«, bestätigte Claire leidenschaftlich, in Erinnerung an ihren Aufenthalt auf Rodeo. »Es ist jedes Risiko wert, nicht nach dort unten gehen zu müssen. Wirklich.«

»Aber in sieben Monaten werden wir auf uns allein

gestellt sein«, sagte Patty. »Du hattest Hilfe. Du hattest Dr. Minchenko. Emma und ich – wir werden ganz allein sein.«

»Nein, werdet ihr nicht«, sagte Claire. »Was für ein schrecklicher Gedanke. Kara wird da sein – ich werde kommen - wir alle werden helfen.«

»Leo wird mit uns mitkommen«, warf Emma ein und versuchte dabei, optimistisch zu klingen. »Er ist ein Planetarier.«

»Ich bin mir nicht sicher, ob er auf diesem Gebiet Erfahrungen hat«, sagte Claire aufrichtig und versuchte sich Leo als Medizintechniker vorzustellen. Er kümmerte sich nicht um hydraulische Systeme, hatte er gesagt. Sie fuhr entschlossener fort: »Auf jeden Fall ging das ganze komplizierte Zeug bei Andys Geburt vor allem um die Sammlung von Daten, denn ich war eine der ersten, und man arbeitete damals die Prozeduren aus, sagte Dr. Minchenko. Das Baby zur Welt zu bringen war nicht so schlimm. Dr. Minchenko hat es nicht getan – in Wirklichkeit habe auch ich es nicht getan, mein Körper hat es getan. So gut wie alles, was Dr. Minchenko tat, war, den Handsauger zu halten. Es ist unsauber, aber unkompliziert.« *Wenn biologisch nichts schiefgeht,* dachte sie, und war im letzten Moment klug genug, diesen Gedanken nicht laut auszusprechen.

Patty sah immer noch unglücklich drein. »Ja, aber die Geburt ist bloß der Anfang. Die Arbeit für GalacTech hat uns in Trab gehalten, aber seit diese Geschichte mit der Flucht aufkam, haben wir dreimal so hart gearbeitet. Und man muß schon eine trübe Birne sein, um nicht zu sehen, daß es später noch schlimmer wird. Da ist kein Ende in Sicht. Wie werden wir mit allem fertig, und dann obendrein noch mit den Babies? Ich bin mir nicht sicher, ob ich von dieser Geschichte mit der Freiheit viel halte. Leo rühmt die Freiheit, aber für wen ist sie? Nicht für mich. Ich hatte mehr freie Zeit, als ich für die Firma arbeitete.«

»Willst du dich bei Dr. Curry melden?« fragte Emma.

Patty zuckte verlegen die Achseln. »Nein ...«

»Ich glaube nicht, daß er mit Freiheit freie Zeit meint«, sagte Claire nachdenklich. »Mehr so etwas wie Überleben. Wie ... wie zum Beispiel nicht für Leute arbeiten müssen, die ein Recht haben, auf uns zu schießen, wenn sie wollen.« Mit einem stechenden Schmerz durchzuckte sie eine herbe Erinnerung und ließ ihre Stimme schärfer klingen. Verlegen bemühte sie sich um einen weicheren Ton. »Wir werden immer noch arbeiten müssen, aber dann für uns selbst. Und unsere Kinder.«

»Vor allem für unsere Kinder«, sagte Patty düster.

»Das ist nicht so schlimm«, bemerkte Emma.

Claire glaubte, den Grund für Pattys Pessimismus erahnt zu haben. »Und nächstesmal – wenn du ein nächstesmal haben möchtest – kannst *du* wählen, wer der Vater deines Babys sein soll. Dann wird niemand mehr da sein, der dir da dreinredet.«

Pattys Gesicht hellte sich sichtbar auf. »Das ist wahr ...«

Claires Versicherungen schienen zu wirken; das Gespräch wandte sich für eine Weile weniger bedrohlichen Themen zu.

Viel später öffneten sich die Türen, und Pramod steckte den Kopf herein.

»Wir haben Silvers Signal bekommen«, sagte er einfach.

Claire stieß einen Freudenschrei aus; Patty und Emma umarmten sich und wirbelten in der Luft umher.

Pramod hob warnend die Hand. »Es geht noch nicht los. Ihr müßt noch etwas länger hier drinnen bleiben.«

»Nein, warum denn?« rief Emma.

»Wir warten auf ein besonderes Nachschubshuttle von unten. Wenn es andockt, das ist dann das neue Signal, daß es losgeht.«

Claires Herz pochte. »Tony – haben sie Tony an Bord?«

Pramod schüttelte den Kopf. Seine dunklen Augen teilten ihren Schmerz. »Nein, Brennstäbe. Leo hat sich Sorgen deswegen gemacht. Er befürchtet, daß wir ohne sie vielleicht nicht genügend Energie haben, um das Habitat für den ganzen Weg bis zum Wurmloch zu beschleunigen.«

»Oh – ja, natürlich.« Claire sank zusammen.

»Bleibt hier drinnen, haltet aus, und ignoriert alle Notfallsirenen, die ihr vielleicht hört«, sagte Pramod. In einer Geste der Ermutigung ballte er seine unteren Hände zu Fäusten und zog sich zurück.

Claire richtete sich wieder aufs Warten ein. Sie stand so unter Spannung, daß sie hätte weinen können, aber sie wollte Patty und Emma kein schlechtes Beispiel geben.

Bruce Van Atta drückte einen Finger auf einen seiner Nasenflügel, so daß das eine Nasenloch verschlossen wurde, und schnaufte mächtig durch das andere, dann wechselte er die Seiten und wiederholte die Prozedur. Zum Teufel mit der Schwerelosigkeit und ihrem Mangel an richtigem Abfluß aus den Nasennebenhöhlen, der zu ihren anderen Unbequemlichkeiten noch dazukam. Er konnte es kaum erwarten, wieder auf die Erde zurückzukehren. Selbst das trostlose Rodeo würde eine Verbesserung darstellen. Er überlegte müßig, ob er sich eine Ausrede ausdenken konnte – vielleicht die, daß er inspizieren wollte, ob die Kaserne für die Quaddies schon hergerichtet wurde. Das konnte auf bis zu fünf Tage ausgedehnt werden, wenn er es richtig anstellte.

Er schwebte hinüber und landete in einer Ecke von Dr. Yeis Büro, das einen keilförmigen Grundriß hatte, blickte über ihren Schreibtisch, den Rücken einer flachen Innenwand zugekehrt, die Füße dort aufgestützt, wo ihre dicht mit Papieren und Plastikfolien besetzte

Magnettafel eine Biegung machte. Yei preßte verärgert die Lippen aufeinander, als sie sich zu ihm umdrehte. Er brachte seine Beine in eine bequeme überkreuzte Stellung, wobei er absichtlich ihre Papiere durcheinanderbrachte – damit konnte er die Psychologin irritieren. Sie nahm jedoch den Köder nicht an und blickte wieder auf ihr Holovid-Display, und er zerknitterte noch ein paar Papiere. *Schwaches Weib,* dachte er. Es war eine Erleichterung für ihn, daß sie nur noch wenige Wochen zusammenarbeiten mußten und daß er sie nicht mehr bei Laune zu halten brauchte.

»Also«, stichelte er, »wie weit sind wir?«

»Nun, ich weiß nicht, wie es Ihnen geht – tatsächlich«, fügte sie ziemlich gehässig hinzu, »weiß ich nicht einmal, was Sie tun …«

Van Atta grinste anerkennend. Also konnte der Wurm doch noch zappeln. Einige Administratoren wären vielleicht von der angedeuteten Insubordination beleidigt gewesen; er gratulierte sich selber zu seinem Sinn für Humor.

»… aber bis jetzt habe ich etwa die Hälfte des Personals über ihren jeweiligen neuen Auftrag informiert.«

»Hat Ihnen jemand Schwierigkeiten gemacht? Ich spiele gern den Schurken, wenn nötig«, bot er nobel an, »und setze die unter Druck, die sich nicht kooperativ zeigen.«

»Alle sind natürlich ziemlich geschockt«, erwiderte sie, »jedoch glaube ich, Ihre … direkte Intervention wird nicht erforderlich sein.«

»Gut«, sagte er vergnügt.

»Ich glaube, es wäre besser gewesen, es ihnen allen auf einmal zu sagen. Diese Methode, die Information stückchen- und tröpfchenweise herauszugeben, provoziert gerade die Art von Gerüchtemacherei, die am wenigsten wünschenswert ist.«

»Ja nun, jetzt ist es zu spät …«

Seine Worte wurden von dem überraschenden Geheul einer Alarmsirene unterbrochen, die über die Bordsprechanlage ertönte. Yeis Holovid wurde abrupt vom Notfallkanal der Abteilung Zentrale Systeme überlagert.

Eine heisere männliche Stimme, ein angespanntes Gesicht – guter Gott, es war Leo Graf – meldeten sich auf dem Display.

»Notfall, Notfall«, rief Graf – von wo aus rief er? –, »wir haben einen Notfall wegen Druckabfall. Das ist keine Übung. Alle Planetarier im Personal des Habitats sollen sich sofort in die gekennzeichnete Sicherheitszone begeben und dort bleiben, bis Entwarnung gegeben wird ...«

Auf dem Holovid erschien ein vom Computer generierter Plan, der den kürzesten Weg von diesem Terminal zu den gekennzeichneten Sicherheitsmodulen zeigte – zu einem Modul, wie Van Atta sah. Scheiße, der Druckabfall mußte sich auf das gesamte Habitat erstrecken. Was, zum Teufel, war da los?

»Notfall, Notfall, das ist keine Übung«, wiederholte Graf.

Yei starrte ebenfalls mit großen Augen auf den Plan; jetzt sah sie mehr denn je wie ein Frosch aus. »Wie kann das sein? Das Abdichtungssystem soll doch den Problembereich vom Rest isolieren ...«

»Ich wette, ich weiß es«, sprudelte Van Atta hervor. »Graf hat an der Struktur des Habitats herumgepfuscht, als Vorbereitung für die Demontage – ich gehe jede Wette ein, er oder seine Quaddies haben gerade etwas ganz prächtig verpfuscht. Wenn nicht dieser Idiot Wyzak etwas angestellt an ... an – los, kommen Sie!«

»Notfall, Notfall«, leierte Grafs Stimme weiter, »das ist keine Übung. Alle Planetarier im Personal des Habitats sollten sofort zu ... – *Scheiß*kerl!« Sein Kopf schoß herum, verschwand und hinterließ nur den drängend pulsierenden Plan auf dem Display.

Van Atta schob Yei, deren Blick immer noch an dem Plan auf dem Terminal hing, zu ihrer Bürotür hinaus, dann durch die luftdichten Türen am Ende des Moduls, die eigentlich hätten geschlossen sein sollen, aber noch offen waren. Die Türen schienen halboffen stehengeblieben zu sein, die Steuerung funktionierte nicht und war nutzlos, während Van Atta und Yei sich einem plappernden Strom von Planetariern anschlossen, die sich eilends in Sicherheit begaben. Van Atta schluckte und verfluchte seine Nasennebenhöhlen, als ein Ohr aufsprang, während das andere verstopft blieb und pochte. Eine vom Adrenalin ausgelöste Unruhe bebte in seinem Magen.

Als sie im Vortragsmodul C ankamen, war es schon vollbesetzt mit Planetariern in jedem denkbaren Stadium der Bekleidung und Entkleidung. Eine Frau vom Küchenpersonal hatte eine Schachtel mit tiefgefrorenen Lebensmitteln unter den Arm geklemmt – Van Atta lehnte die Vorstellung ab, daß sie über eine Insiderinformation über die Dauer des Notfalles verfügte, und kam zu dem Schluß, daß sie die Schachtel einfach in Händen gehabt hatte, als der Alarm losging, und daß sie nicht daran gedacht hatte, sie fallen zu lassen, als sie floh.

»Schließt die Tür!« heulte ein Chor von Stimmen, als die Gruppe mit Van Atta und Yei in das Modul kam. Ein deutlich erkennbarer Luftzug seufzte an ihnen vorüber, stieg zu einem Pfeifen an und verstummte abrupt, als die Türen sich schlossen.

Chaos und Stimmengewirr herrschten jetzt in dem voll besetzten Modul.

»Was ist los?«

»Fragen Sie Wyzak.«

»Er ist bestimmt da draußen und unternimmt was.«

»Wenn nicht, dann sollte er sich lieber hinausbegeben, verdammt noch mal...«

»Sind alle hier?«

»Wo sind die Quaddies? Wie steht es um die Quaddies?«

»Die haben ihren eigenen Sicherheitsbereich; der hier ist nicht groß genug.«

»Wahrscheinlich ihr Turnraum.«

»Für sie habe ich über das Holovid keine Anweisungen gehört, daß sie sich in den Turnraum begeben sollen oder sonst wohin...«

»Versuchen Sie es mal mit dem Kommunikator.«

»Die Hälfte der Kanäle ist tot.«

»Können Sie nicht einmal die Systemzentrale erreichen?«

»Lady, ich *bin* von der Systemzentrale...«

»Sollten wir uns nicht abzählen? Weiß jemand genau, wie viele von uns im Augenblick im Habitat Dienst tun?«

»Zweihundertzweiundsiebzig, aber wie kann man wissen, welche fehlen, weil sie in der Falle sitzen, und welche, weil sie draußen sind und sich mit der Sache befassen...?«

»Lassen Sie mich an diese verdammte Kommunikatoreinheit...«

»TÜREN ZU!« Diesmal stimmte Van Atta halb unwillkürlich in den Chor ein. Der Druckunterschied wurde deutlicher. Er war froh, daß er nicht zu spät gekommen war. Wenn das so weiterging, dann würde es binnen kurzem seine Pflicht werden, dafür zu sorgen, daß die Türen um jeden Preis geschlossen blieben, egal, wer von der anderen Seite daran klopfte, um eingelassen zu werden. Er hatte eine kleine Liste... Nun ja, wem die Geistesgegenwart fehlte, schnell auf Notfallinstruktionen zu reagieren, der sollte sich nicht auf einer Raumstation befinden. Es galt das Gesetz vom Überleben der Tüchtigsten.

Falls sie bis jetzt nicht die ganzen zweihundertzweiundsiebzig zusammengebracht hatten, so kamen sie doch sicher dieser Zahl nahe. Van Atta bahnte sich seinen Weg durch die wogende Menge zur Mitte des Moduls und stahl dabei dem einen oder anderen etwas Schwung, wodurch diese Personen verdrängt wurden. Ein paar drehten sich um und wollten protestieren, sahen dann, wer sie angestoßen hatte, und schluckten ihre Beschwerden hinunter. Jemand hatte die Verkleidung der Kommunikatoreinheit abgenommen und blickte frustriert in ihr Inneres; ihm fehlten die empfindlichen Diagnosegeräte, die zweifellos irgendwo im Habitat zurückgelassen worden waren.

»Können Sie nicht wenigstens den Turnraum der Quaddies erreichen?« wollte eine junge Frau wissen. »Ich muß wissen, ob meine Klasse es dorthin geschafft hat.«

»Nun, warum sind Sie dann nicht mit ihnen gegangen?« versetzte der Reparateur spöttisch.

»Einer von den älteren Quaddies hat sie mitgenommen. Er sagte mir, ich sollte hierherkommen. Ich hielt es nicht für richtig, mich mit ihm zu streiten, während diese Alarmsirene heulte ...«

»Funktioniert nicht.« Mit einer Grimasse klappte der Mann die Verkleidung zu.

»Also, ich werde zurückgehen und es herausfinden«, sagte die junge Frau entschlossen.

»Nein, das werden Sie nicht«, unterbrach Van Atta. »Hier drinnen sind zu viele Leute, die hier atmen wollen, als daß wir die Tür öffnen und unnötigerweise Luft verlieren können. Nicht, bis wir herausgefunden haben, was los ist, welchen Umfang diese Störung hat und wie lange sie wahrscheinlich dauert.«

Der Mann klopfte auf die Verkleidung des Holovids. »Falls dieses Ding sich nicht wieder einschaltet, dann ist die einzige Methode, um etwas herauszufinden, daß wir jemanden mit einer Atemmaske hinausschicken, damit er nachschaut.«

»Wir warten noch ein paar Minuten länger.« Zum Teufel mit Graf, diesem eingebildeten Laffen. Was hatte der wohl angestellt? Und wo war er? Irgendwo mit einer Atemmaske, hoffte Van Atta, oder noch besser mit einem Druckanzug – obwohl Van Atta sich nicht sicher war, ob er Graf einen Druckanzug wünschte, wenn er tatsächlich diesen verdammten Schlamassel angerichtet hatte. Soll er doch eine Atemmaske haben und zur Strafe einen schlimmen Fall von Luftdruckkrankheit. Dieser Idiot Graf.

Das war also Grafs berühmter Ruf auf dem Gebiet der Sicherheit. Das Ganze mochte ein Gutes haben, denn jetzt würde der Ingenieur Van Atta diese Geschichte mit der Sicherheit nicht mehr vorhalten können. Ein bißchen Bescheidenheit würde ihm guttun.

Und doch – die Situation war so verdammt anomal. Es dürfte eigentlich gar nicht möglich sein, daß es im ganzen Habitat gleichzeitig einen Druckabfall gab. Da gab es mehrere Stufen von Ersatzsystemen, Sperren, unabhängig funktionierende Schotts – ein Unfall, der das ganze System umfaßte, brauchte … brauchte Vorausschau und Planung.

Van Atta gab ein leises Zischen von sich und verkrallte sich in einen plötzlichen Zustand wütender Konzentration. Seine Augen weiteten sich. Ein geplanter Unfall – konnte das sein, war das etwa möglich …?

Graf, *das Genie.* Ein Unfall, ein Unfall, ein *perfekter* Unfall, genau der Unfall, den er sich so gewünscht hatte, aber er hatte seinen Wunsch nie laut auszusprechen gewagt. War es das? Das mußte es sein! Eine tödliche Katastrophe für die Quaddies, jetzt im letzten Augenblick, wo alle beisammen waren und es auf einen Streich verwirklicht werden konnte?

Ein Dutzend Anhaltspunkte verrieten jetzt ihren Sinn. Der Nachdruck, mit dem Graf darauf bestanden hatte, daß er alle Einzelheiten der Planung des Abbaus selbst erledigte, seine Geheimnistuerei, seine Besorgtheit um den jeweils neuesten Stand des Evakuierungszeitplans – sein Rückzug von sozialen Kontakten, den

Yei mit Mißfallen beobachtet hatte, sein zwanghafter Arbeitsplan, der allgemeine Eindruck eines Mannes, den ein geheimes Vorhaben bis zur Erschöpfung vorantrieb – all das kulminierte in diesem Ereignis.

Natürlich war es geheim. Jetzt, da er selbst den Plan durchschaut hatte, konnte Van Atta ihm nur beipflichten. Die Dankbarkeit der GalacTech-Hierarchie gegenüber Graf dafür, daß er sie von dem Quaddie-Problem befreit hatte, müßte sich indirekt ausdrücken, in besseren Aufträgen, schnellerer Beförderung – er würde sich eine geeignet indirekte Methode ausdenken müssen, diese Dankbarkeit zu übermitteln.

Auf der anderen Seite – warum sollte er mit ihm teilen? Van Attas Lippen verzogen sich zu einem füchsischen Grinsen. Hier handelte es sich kaum um eine Situation, für die Graf Anerkennung fordern konnte, wo sie ihm letztlich zustand. Graf war raffiniert gewesen – aber nicht raffiniert genug. Nach dem Unfall mußte es der Form halber ein Opfer geben. Alles, was er zu tun hatte, war, seinen Mund zu halten und … Van Atta mußte seine Aufmerksamkeit wieder seiner gegenwärtigen Situation zuwenden.

»Ich *muß* nach meinen Quaddies schauen!« Die junge Frau schaute wild drein. Sie gab ihre Bemühungen an der Kommunikatoreinheit auf und begann sich in Richtung der luftdichten Türen zu bewegen.

»Ja«, ein anderer Mann schloß sich ihr an, »und ich muß Wyzak finden, er ist immer noch nicht hier. Er wird Hilfe brauchen. Ich gehe mit Ihnen …«

»Nein!« rief Van Atta eindringlich und hätte fast hinzugefügt: *Sie werden alles verderben!* »Sie müssen auf die Entwarnung warten. Ich möchte keine Panik haben. Wir bleiben einfach ruhig sitzen und warten auf Anweisungen.«

Die Frau gab nach, aber der Mann fragte skeptisch: »Anweisungen von wem?«

»Graf«, sagte Van Atta. Ja, es war nicht zu früh, um

damit zu beginnen, Zeugen klarzumachen, wo die praktische Verantwortung lag. Er zügelte seinen erregt beschleunigten Atem und bemühte sich um eine Ausstrahlung standhafter Ruhe. Allerdings durfte er nicht zu ruhig wirken – er mußte so überrascht wirken wie alle anderen – nein, überraschter als alle anderen –, wenn das volle Ausmaß der Katastrophe offenkundig wurde.

Er richtete sich aufs Warten ein. Die Minuten zogen sich hin. Eine letzte Gruppe keuchender Zufluchtsuchender kam durch die Tür herein; das Tempo des habitatweiten Druckabfalls mußte sich verlangsamen. Einer der Administratoren von der Inventurkontrolle präsentierte ihm das Ergebnis einer ungebetenen Zählung der Anwesenden.

Van Atta verfluchte insgeheim die Initiative des Zählers, obwohl er das Resultat mit Dank entgegennahm. Der Beweis, daß nicht alle anwesend waren, könnte ihn zu Aktionen zwingen, die er nicht zu unternehmen wünschte.

Nur elf Mitglieder des planetarischen Personals hatten es nicht geschafft. *Ein notwendiger Preis, den man zahlen muß,* versicherte sich Van Atta nervös. Einige steckten sicher in anderen Winkeln, wo noch Druck herrschte, oder er konnte zumindest später behaupten, daß er das geglaubt hatte. Ihre tödlichen Fehler konnten Graf angelastet werden.

Eine Gruppe an der Tür bereitete sich auf einen Ausbruch vor. Van Atta holte Luft und zögerte; er war sich momentan unsicher, wie er sie aufhalten sollte, ohne alles zu verraten. Aber eine Frau stieß einen verzweifelten Schrei aus: »Aus unserem Korridor ist jetzt die ganze Luft raus! Ohne Druckanzüge kommen wir nicht durch!« Erleichtert atmete Van Atta aus.

Er bahnte sich den Weg zu einem der Ausguckfenster des Moduls; es umrahmte einen langweiligen Ausblick auf starr am Himmel stehende Sterne. Das Fenster auf der anderen Seite ermöglichte eine Sicht schräg nach hinten auf das Habitat. Eine Bewegung fiel ihm ins Auge, und in einem Versuch, die Details zu erkennen, preßte er seine Nase an das kalte Glas.

Silbern blitzten die Arbeitsanzüge von Gestalten, die über die Außenfläche des Habitats hüpften. Geflüchtete? Oder eine Reparaturmannschaft? War seine erste Hypothese von einem echten Unfall am Ende doch richtig? Nicht gut, aber in jedem Fall war der Schwarze Peter noch bei Graf.

Aber da draußen waren Quaddies, verdammt, Quaddies, die überlebt hatten. Graf hatte seinen Anschlag also nicht vollständig durchführen können. Bloß zwei überlebende Quaddies wären von Apmads Standpunkt aus gesehen genau so schlimm wie tausend, falls der eine männlich und die andere weiblich war. Vielleicht bestand die Mannschaft nur aus männlichen Schimpansen.

Da war unter den herumflitzenden Figuren Graf selber! Sie trugen allerlei Werkzeug mit sich. Die Verzerrung seiner schiefen Sicht durch das Fenster hinderten ihn daran zu erkennen, was sie genau bei sich hatten. Er verdrehte und reckte den Hals, bis er ihm wehtat. Dann entzog eine Biegung des Habitats die Mannschaft seinen Blicken. Ein Schubschiff glitt in Sicht und verschwand in einem eleganten Bogen über dem Vortragsmodul. Noch mehr Davongekommene? Quaddies oder Planetarier?

»He«, eine aufgeregte Stimme aus dem Vortragsmodul unterbrach seine verzweifelten Beobachtungen. »Wir haben Glück, Leute. Dieser ganze Schrank ist voll mit Atemmasken. Das müssen dreihundert sein.«

Van Atta wandte den Kopf, um den fraglichen Schrank zu betrachten. Beim letztenmal, als er sich in diesem Modul aufgehalten hatte, war dieser Lagerplatz mit audiovisuellem Gerät gefüllt gewesen. Wer, zum Teufel, hatte diesen Austausch veranlaßt, und warum...?

Ein heftiger Schlag dröhnte durch das Modul, mit einem eigentümlichen scharfen Widerhall, wie wenn man seinen Kopf in einen Metalleimer hält, während ein anderer mit einem Hammer daraufschlägt. Und zwar mit aller Macht. Es gab Geschrei und Gekreisch. Die Lichter gingen aus, dann kamen sie wieder mit einem Viertel ihrer vorherigen Leuchtkraft. Sie waren jetzt an die Notstromversorgung des Moduls angeschlossen. Der Strom vom Habitat war abgeklemmt.

Der Strom war nicht das einzige, was abgeklemmt war. Verdutzt sah Van Atta, wie das Habitat sich langsam an seinem Ausguckfenster vorbeizudrehen begann. Nein, es war nicht das Habitat – es war das Modul, das sich bewegte. Ein allgemeines »Aaah!« ertönte aus der Menge, als sie alle nach einer Seite zu schweben begannen und von der sanften Beschleunigung, die von außen auf das Modul einwirkte, an die Wand gedrückt wurden. Van Atta klammerte sich krampfhaft an die Handgriffe neben dem Ausguckfenster.

Die Erkenntnis überflutete ihn fast körperlich, strahlte heiß von seiner Brust in seine Arme und Beine hinab, pochte hinauf zu seinem Scheitel, als wollte sie seinen Schädel durchbrechen.

Verraten! Er war verraten worden, vollständig und auf jeder Ebene verraten. Eine zweibeinige Gestalt in einem Raumanzug winkte dem Modul fröhlich zum Abschied zu, und zwar von der Stelle, wo ein Loch in der Flanke des Habitats gähnte. Van Atta schüttelte sich vor Wut. *Ich werde dich erwischen, Graf! Ich werde dich erwischen, du Mistkerl mit deinem doppelten Spiel! Dich und jeden dieser vierarmigen kleinen Kriecher, die bei dir sind …*

»Beruhigen Sie sich, Mann!« sagte Dr. Yei, die sich irgendwie an sein Ausguckfenster herangeschlichen hatte. »Was ist los?«

Van Atta erkannte, daß er laut geknurrt hatte. Er

wischte sich den Speichel aus den Mundwinkeln und blickte Yei wütend an. »Sie … Sie … Sie haben es *nicht gemerkt*. Sie sollten sich über alles auf dem laufenden halten, was mit diesen kleinen Monstern vor sich ging, und Sie haben es überhaupt nicht gemerkt …« Er bewegte sich auf sie zu, ohne recht zu wissen, was er tun wollte, ließ einen Handgriff los, schwang herum und schlitterte an der Wand hinab. Sein Blut pochte so laut in seinen Ohren, daß er befürchtete, er hätte eine Koronarthrombose. Einen Augenblick lang lag er mit geschlossenen Augen da und keuchte, von seinen Emotionen überwältigt. *Reiß dich zusammen,* sagte er sich in Todesangst vor seiner drohenden Selbstzerstörung. *Reiß dich zusammen, beherrsche dich – und schnapp dir Graf später. Schnapp ihn dir, schnapp sie dir alle …*

KAPITEL 12

Leo zog seinen Raumanzug aus. Um ihn herum schrien aufgeregte Quaddies.

»Was meint ihr damit, daß wir sie nicht alle geschnappt haben?« fragte er, während seine gehobene Stimmung verflog. Er hatte so sehr gehofft, daß seine Probleme – oder zumindest deren planetarischer Teil – vorbei wären, sobald sie die Düse gezündet hatten, die das Vortragsmodul C abtrennte.

»Vier von den Bereichsaufsehern sind mit Atemmasken im Gemüsekühler eingeschlossen und wollen nicht herauskommen«, berichtete Sinda von der Ernährungsabteilung.

»Und die drei Crewmitglieder von dem Shuttle, das gerade angedockt hat, haben versucht, wieder auf ihr Schiff zu gelangen«, sagte ein Quaddie in gelbem Hemd von der Abteilung Docks & Schleusen. »Wir haben sie zwischen zwei luftdichten Türen eingesperrt, aber sie haben sich den Mechanismus vorgenommen, und wir glauben, daß wir sie nicht viel länger eingesperrt halten können.«

»Mr. Wyzek und zwei Aufseher von der Abteilung Life-Support-Systeme sind … hm … in der Systemzentrale gefesselt. An die Handgriffe in der Wand«, berichtete ein anderer Quaddie in Gelb und fügte nervös hinzu: »Mr. Wyzak ist ziemlich wild.«

»Drei der Krippenmütter haben sich geweigert, ihre Kinder zu verlassen«, sagte ein älteres Quaddie-Mädchen in Rosa. »Sie sind immer noch im Turnraum mit den übrigen Kleinen. Sie sind ziemlich aufgeregt. Niemand hat ihnen bisher gesagt, was los ist, zumindest nicht, als ich von dort weg bin.«

»Und da ist … hm … noch eine andere Person«, fügte der rotgekleidete Bobbi von Leos Schweiß- und Lötmannschaft mit schwacher Stimme hinzu. »Wir sind nicht ganz sicher, was wir mit ihm machen sollen...«

»Immobilisiert ihn mal für den Anfang«, begann Leo müde. »Wir werden einfach ein Rettungspod für die Nachzügler herrichten müssen.«

»Das wird vielleicht nicht so einfach sein«, sagte Bobbi.

»Ihr seid ihm doch zahlenmäßig überlegen, nehmt zehn – nehmt zwanzig – ihr könnt so vorsichtig sein, wie ihr wollt - ist er bewaffnet?«

»Nicht direkt«, gestand Bobbi ein, die scheinbar mit neu erwachter Faszination auf ihre unteren Fingernägel starrte. Das war bei den Quaddies dasselbe, wie wenn Planetarier verlegen mit den Füßen scharrten, erkannte Leo.

»Graf!« dröhnte eine herrische Stimme, während die Tür am Ende des Geräteraums sich öffnete. Dr. Minchenko schwang sich in das Modul, landete mit einem Bums neben Leo und versetzte dem Spind einen Extraschlag mit der Faust, um seine Empörung zu unterstreichen. Man konnte in der Schwerelosigkeit schließlich nicht mit den Füßen aufstampfen. Die unbenützte Atemmaske, die von seiner Hand baumelte, hüpfte und zitterte. »Was, zum Teufel, ist hier los? Es gibt keinen verdammten Druckabfall...« Er holte kräftig Luft, wie zum Beweis seiner Worte.

Das Quaddiemädchen Kara in weißem T-Shirt und weißen Shorts folgte hinter ihm und blickte besorgt drein. »Tut mir leid, Leo«, entschuldigte sie sich, »ich konnte ihn nicht dazu bewegen zu gehen.«

»Soll ich mich in eine Kammer zurückziehen, während alle meine Quaddies ersticken?« wollte Minchenko ungehalten von ihr wissen. »Wofür hältst du mich denn, Mädel?«

»So gut wie alle anderen haben es getan«, brachte sie stockend vor.

»Feiglinge – Schurken – *Idioten*«, sprudelte er hervor.

»Die anderen haben die Notfallinstruktionen des Computers befolgt«, sagte Leo. »Warum Sie nicht?«

Minchenko blickte ihn wütend an. »Weil die ganze Sache faul war. Ein Druckabfall im gesamten Habitat dürfte fast unmöglich sein. Da müßte schon eine ganze Kette von ineinandergreifenden Unfällen passieren.«

»Solche Ketten passieren allerdings«, sagte Leo und sprach damit aus Erfahrung. »Sie sind praktisch mein Spezialgebiet.«

»Ganz recht«, knurrte Minchenko und kniff die Augen zusammen. »Und dieser Parasit Van Atta hat Sie als seinen Lieblingsingenieur angekündigt, als er Sie herbrachte. Offen gesagt, ich dachte ... hm!« er blickte nur leicht verlegen drein, »daß Sie seine Marionette wären. Der Unfall schien gerade jetzt so verdächtig gut zu passen, von seinem Standpunkt aus gesehen. Da ich Van Atta kenne, war das praktisch das erste, woran ich dachte.«

»Danke«, knurrte Leo.

»Ich kenne Van Atta – Sie kannte ich nicht.« Minchenko zögerte und fügte dann in sanfterem Ton hinzu: »Ich kenne Sie immer noch nicht. Was meinen Sie denn, was Sie da tun?«

»Ist es nicht offensichtlich?«

»Nicht ganz, nein. Oh, gewiß, Sie können sich im Habitat einige Monate halten, abgeschnitten von Rodeo – vielleicht Jahre, falls Sie vorsichtig und clever genug sind und wir mal Gegenangriffe außer acht lassen – aber was dann? Hier gibt es keine öffentliche Meinung, die Ihnen zu Hilfe kommen kann, kein Publikum, vor dem Sie sich in Szene setzen können. Das Ganze ist nicht durchdacht, Graf. Sie haben keine Vorkehrungen getroffen, um Hilfe zu bekommen ...«

»Wir bitten nicht um Hilfe. Die Quaddies retten sich selbst.«

»Wie?« Minchenkos Ton war spöttisch, seine Augen jedoch begannen zu leuchten.

»Mit dem Habitat durchs Wurmloch. Und dann weiter.«

Sogar Minchenko war einen Augenblick sprachlos. »Oh ...«

Leo zog sich den roten Overall vollends an und griff nach dem Werkzeug, das er haben wollte. Mit der Laserlötpistole deutete er entschlossen auf Minchenkos Zwerchfell. Hierbei schien es sich nicht um eine Aufgabe zu handeln, die er ohne Gefahr an die Quaddies delegieren konnte. »Und Sie«, sagte er, »können sich in dem Rettungspod mit den übrigen Planetariern zur Transferstation begeben. Los, gehen wir.«

Minchenko würdigte die Lötpistole kaum eines Blickes. Er schürzte die Lippen voller Verachtung für die Waffe und, so empfand es Leo, für den, der sie hielt. »Benehmen Sie sich nicht idiotischer als unvermeidlich, Graf. Ich weiß, daß die Quaddies diesen Schwachkopf Curry reingelegt haben, und daß somit mindestens noch fünfzehn schwangere Quaddiemädchen dort draußen sind. Dabei sind die Ergebnisse nicht autorisierter Experimente noch nicht mitgezählt, die signifikant werden dürften, wenn ich danach gehe, wie schnell sich diese Schachtel mit Kondomen in der unverschlossenen Schublade in meinem Büro leert.«

Kara zuckte bestürzt und schuldbewußt zusammen, und Minchenko fügte leise zu ihr gesprochen hinzu: »Was meinst du, warum habe ich dich wohl auf diese Schachtel aufmerksam gemacht, meine Liebe? Sei dem, wie ihm wolle, Graf«, er fixierte Leo mit einem strengen Blick, »wenn Sie mich rausschmeißen, was planen Sie dann zu tun, falls eine bei den Wehen eine Placenta praevia bekommt? Oder einen Gebärmuttervorfall post partum? Oder wenn ein anderer medizinischer Notfall auftritt, der mehr erfordert als nur ein Heftpflaster?«

»Nun ... aber ...« Leo war verblüfft. Er war sich nicht ganz sicher, was eine Placenta praevia war, aber irgendwie glaubte er nicht, daß es nur um medizinisches

Kauderwelsch für einen Niednagel handelte. Nicht, daß eine präzise Erklärung des Begriffes etwas dazu beigetragen hätte, die unheilvolle Beklemmung aufzulösen, die er in ihm hervorrief. War es etwas, das wahrscheinlich auftreten konnte, wenn man die Veränderungen in der Anatomie der Quaddies in Betracht zog? »Es gibt keine Wahl. Hierzubleiben bedeutet den Tod für jeden Quaddie. Wegzugehen bedeutet eine Chance – nicht eine Garantie – auf Leben.«

»Aber Sie brauchen mich«, argumentierte Minchenko.

»Sie müssen ... was?« Leos Zunge verhaspelte sich.

»Sie brauchen mich. Sie können mich nicht rausschmeißen.« Minchenkos Blick streifte einen Sekundenbruchteil lang die Lötpistole.

»Nun na ja«, würgte Leo hervor, »ich kann Sie auch nicht kidnappen.«

»Wer verlangt das von Ihnen?«

»Sie, offensichtlich ...« Er räusperte sich. »Sehen Sie, ich glaube, Sie verstehen mich nicht. Ich nehme dieses Habitat über das Wurmloch hinaus, und wir kommen nicht zurück, nie mehr. Wir gehen so weit weg, wie wir können, jenseits aller bewohnten Welten. Das ist eine Reise ohne Wiederkehr.«

»Ich bin erleichtert. Am Anfang hatte ich gedacht, Sie würden etwas Törichtes versuchen.«

Leo fühlte einen Widerstreit der Emotionen, eine Mischung aus Mißtrauen, Eifersucht? – und einer schnell wachsenden Hoffnung. Was für eine *Erleichterung* würde es bedeuten, wenn er nicht alles allein machen mußte ... »Sind Sie sich sicher?«

»Sie sind *meine* Quaddies ...« Minchenko ballte die Hände zu Fäusten und öffnete sie wieder. »Daryls und meine. Ich glaube, Sie verstehen nicht einmal zur Hälfte, welche Arbeit wir da geleistet haben. Was für eine *gute* Arbeit, indem wir diese Leute entwickelt haben. Sie sind bestens an ihre Umgebung angepaßt. In jeder Weise überlegen. Die Arbeit von fünfunddreißig Jahren – soll ich zulassen, daß ein völlig Fremder sie durch die ganze Galaxis fortschleppt, einem unbekannten Schicksal entgegen? Außerdem hatte GalacTech vor, mich nächstes Jahr in Ruhestand zu schicken.«

»Sie werden Ihre Pension verlieren«, betonte Leo. »Vielleicht Ihre Freiheit – möglicherweise Ihr Leben.«

Minchenko schnaubte. »Davon ist nicht mehr viel übrig.«

Das stimmt nicht, dachte Leo. Der Biowissenschaftler besaß ein enormes Leben, angesammelt in einem dreiviertel Jahrhundert. Wenn dieser Mann starb, dann würde ein Universum an Spezialwissen ausgelöscht werden. Engel würden weinen über diesen Verlust. Es sei denn… »Könnten Sie Quaddies zu Ärzten ausbilden?«

»Überflüssig zu sagen, daß *Sie* es nicht können.« Minchenko fuhr sich mit den Händen durch sein kurzgeschorenes weißes Haar, in einer Geste, die teils Wut war, teils Bitte.

Leo blickte sich unter den unruhig wartenden Quaddies um, die mithörten – mithörten, während wieder Menschen mit Beinen über ihr Schicksal entschieden. Das war nicht recht… die Worte schlüpften ihm aus dem Mund, bevor vernünftige Vorsicht sie zurückhalten konnte. »Was meint ihr darüber?«

Sofort erhob sich ein Chor der Zustimmung für Minchenko – und in ihren Augen war auch Erleichterung zu lesen. Minchenkos vertraute Autorität würde für sie offensichtlich eine enorme Beruhigung darstellen, während sie weiter hinaus ins Unbekannte reisten. Leo erinnerte sich plötzlich daran, wie sich das Universum an jenem Tag in einen fremdartigeren Ort verwandelt hatte, als sein Vater gestorben war. *Daß wir Erwachsene sind, bedeutet noch nicht automatisch, daß wir euch retten können…* Aber das war eine Entdeckung, die jeder Quaddie zu seiner eigenen Zeit würde machen müssen. Er holte tief Luft. »In Ordnung...« Wie konnte man sich plötzlich um hundert Kilos leichter fühlen, wenn man schon schwerelos war? Placenta praevia, du lieber Himmel!

Minchenko reagierte darauf nicht mit sofortigem Wohlgefallen. »Da ist bloß noch eine Sache«, begann er und setzte ein unterwürfiges Lächeln auf, das überhaupt nicht in sein Gesicht paßte.

Worauf ist er jetzt aus? fragte sich Leo, und sein Mißtrauen erwachte wieder. »Was?«

»Madame Minchenko.«

»Wer?«

»Meine Frau. Ich muß sie holen.«

»Ich wußte nicht, daß Sie verheiratet sind. Wo ist sie?«

»Unten. Auf Rodeo.«

»Zum Teufel...« Leo unterdrückte den Impuls, sich seine restlichen Haare herauszureißen.

»Tony ist auch dort unten«, erinnerte ihn Pramod, der zugehört hatte.

»Ich weiß, ich weiß – und ich habe es Claire versprochen – ich weiß nicht, wie wir das schaffen...«

Minchenko wartete mit gespanntem Gesichtsausdruck – ein Mann, der nicht daran gewöhnt war zu betteln. Nur seine Augen baten stumm. Leo wurde davon angerührt. »Wir werden es versuchen. Wir versuchen es. Mehr kann ich nicht versprechen.«

Minchenko nickte würdevoll.

»Welche Meinung wird Madame Minchenko überhaupt über all das haben?«

»Sie verabscheut Rodeo seit fünfundzwanzig Jahren«, versprach Minchenko – etwas unbekümmert, für Leos Empfinden. »Sie wird froh sein, wegzukommen.« Minchenko sagte nicht: *hoffe ich,* aber Leo hörte es trotzdem.

»In Ordnung. Na ja, wir müssen noch diese Nachzügler zusammentreiben und sie loswerden...« Leo überlegte sehnsüchtig, ob es möglich war, nach einem Beklemmungsanfall schmerzlos tot umzufallen. Er führte seine kleine Truppe aus dem Umkleideraum hinaus.

Von Handgriff zu Handgriff flog Claire die sich verzweigenden Korridore entlang. Jetzt hatte sie keine Geduld mehr. Ihr Herz jubilierte vor Erwartung. Die Türen zu dem lärmerfüllten Turnraum waren von Quaddies umlagert, und sie mußte sich zurückhalten, um sich nicht gewaltsam mit den Ellbogen einen Weg durch sie zu bahnen. Eine ihrer alten Kameradinnen vom Schlafsaal, in das rosafarbene T-Shirt und die rosa Shorts des Krippendienstes gekleidet, erkannte sie mit einem Grinsen und streckte eine untere Hand aus, um sie durch die Menge zu ziehen.

»Die Kleinsten sind an Tür C«, sagte sie. »Ich habe dich schon erwartet ...« Nach einem kurzen prüfenden Blick, der sicherstellen sollte, daß ihre Flugbahn nicht gewaltsam auf jemanden anderen traf, der eine ähnliche Abkürzung nahm, half die Kameradin Claire, sich auf dem kürzesten Weg in diese Richtung abzustoßen, quer durch den großen Raum.

Die dralle Gestalt im rosafarbenen Overall, die Claire suchte, war praktisch unter einem Schwarm aufgeregter, erschreckter, schnatternder und weinender Fünfjähriger begraben. Claire empfand einen Stich echter Schuld, daß man es zu gefährlich für die Geheimhaltung ihres Unternehmens erachtet hatte, die jüngeren Quaddies im voraus vor den großen Veränderungen zu warnen, die über sie hinwegfegen würden. *Die Kleinen konnten auch nicht mit abstimmen,* dachte sie.

Andy war an Mama Nilla gegurtet und weinte jämmerlich. Mama Nilla versuchte verzweifelt, ihn mit einer Spritzflasche Babynahrung in der einen Hand zu beruhigen, während sie mit der anderen einen sich rötenden Gazebausch an die Stirn eines schreienden

Fünfjährigen hielt. Zwei oder drei weitere klammerten sich trostsuchend an ihre Beine, während sie versuchte, mit Worten die Bemühungen eines sechsten zu lenken, einem siebenten zu helfen, der aus Versehen eine Packung mit Proteinchips zu weit aufgerissen hatte, dessen Inhalt sich nun in die Luft ergoß. Durch alles hindurch klang ihre vertraute ruhige, gedehnte Sprechweise nur wenig gepreßter als gewöhnlich, bis ihr Blick auf Claire fiel. »Oh, meine Liebe«, sagte sie mit schwacher Stimme.

»Andy!« rief Claire.

Er drehte ihr den Kopf zu und stieß sich mit verzweifelten Schwimmbewegungen von Mama Nilla ab, doch als er am Ende seines Gurtes ankam, wurde er wieder zurück zu seiner Krippenmutter geschnellt. Jetzt brüllte er ernsthaft los. Wie ein Echo begann der blutende Junge auch lauter zu schreien.

Claire bremste sich an der Wand ab und näherte sich ihnen.

»Claire, Liebling, es tut mir leid«, sagte Mama Nilla und drehte ihre Hüften, um Andy zu verstecken, »aber ich kann ihn dir nicht geben. Mr. Van Atta hat gesagt, er würde mich auf der Stelle feuern, ob ich zwanzig Jahre im Dienst bin oder nicht – und Gott weiß, wen sie dann bekommen würden – es gibt so wenige, denen ich vertrauen kann, daß sie nicht auf den Kopf gefallen sind ...« Andy unterbrach sie, indem er sich wieder abstieß; er schlug ihr die dargebotene Flasche heftig aus der Hand, und sie rotierte davon und trug im Vorbeifliegen mit einigen Tropfen Babynahrung zu dem allgemeinen Durcheinander bei. Claire streckte die Hände nach ihm aus.

»... ich kann nicht, ich kann wirklich nicht – ach, zum Teufel, *nimm* ihn!« Es war das erstemal, daß Claire Mama Nilla überhaupt hatte fluchen hören. Sie hakte den Gurt los, und ihre freigewordene linke Seite wurde sofort von den wartenden Fünfjährigen okkupiert.

Andys Schreie gingen sofort in ein gedämpftes Weinen über, während seine kleinen Hände sich heftig an sie klammerten. Claire drückte ihn mit all ihren vier Armen nicht weniger heftig an sich. Er suchte mit dem Mund in ihrem Hemd – vergebens, wie Claire bewußt wurde. Ihn einfach nur zu halten mochte für sie genug sein, aber für ihn galt das nicht notwendigerweise. Sie schnupperte in seinem dünnen Haar und genoß seinen sauberen Babyduft, seine fein geschnittenen Ohren, seine durchscheinende Haut, seine zarten Wimpern, jeden Teil seines zappelnden Körpers. Mit dem Saum ihres blauen Hemdes wischte sie glücklich seine Nase.

»Es ist Claire«, hörte sie einen der Fünfjährigen einem anderen gescheit erklären. »Sie ist eine echte Mama.« Sie blickte auf und sah, wie die Kleinen sie neugierig in Augenschein nahmen; dann kicherten sie. Sie grinste zurück. Ein Siebenjähriger von einer benachbarten Gruppe hatte die Flasche aufgefangen und beobachtete Andy voller Interesse.

Als die Schnittwunde auf der Stirn des kleinen Quaddies nicht mehr blutete, war Mama Nilla endlich in der Lage, ein Gespräch zu führen. »Du weißt nicht zufällig, wo Mr. Van Atta jetzt ist, oder?« fragte sie Claire nervös.

»Fort«, sagte Claire voller Freude, »fort für immer! *Wir* übernehmen jetzt das Habitat.«

Mama Nilla blinzelte. »Claire, man wird euch nicht lassen ...«

»Wir haben Hilfe.« Sie deutete mit einem Nicken zur anderen Seite des Turnraums, wo ihr Blick auf Leo in seinem roten Overall fiel – er mußte gerade angekommen sein. Bei ihm war eine andere zweibeinige Gestalt in einem weißen Overall. Was tat Dr. Minchenko noch hier? Eine plötzliche Angst durchzuckte sie. War es ihnen schließlich doch nicht gelungen, die Planetarier aus dem Habitat zu entfernen? Zum erstenmal kam ihr der Gedanke, Mama Nillas Anwesenheit in Frage zu stellen. »Warum sind Sie nicht in Ihren Sicherheitsbereich gegangen?« fragte Claire sie.

»Sei nicht töricht, meine Liebe. Oh, Dr. Minchenko!« Mama Nilla winkte ihm zu. »Hier drüben!«

Die zwei Planetarier, denen das Vertrauen der Quaddies in den freien Flug fehlte, durchquerten den Raum an einem Netz, das an einem entfernten Bogen aufgehängt war, und bahnten sich ihren Weg zu Mama Nillas Gruppe.

»Ich habe hier einen, der etwas biotischen Kleber braucht«, sagte Mama Nilla zu Dr. Minchenko, sobald er in Hörweite war, und umarmte den Quaddie, der sich geschnitten hatte. »Was ist los? Ist es schon sicher, sie wieder in die Krippenmodule zu bringen?«

»Es ist sicher«, erwiderte Leo, »aber Sie werden mit mir kommen müssen, Ms. Villanova.«

»Ich verlasse meine Kinder nicht, bis meine Ablösung kommt«, sagte Mama Nilla scharf, »und neun Zehntel meiner Abteilung scheinen sich in Luft aufgelöst zu haben, meine Abteilungsleiterin eingeschlossen.«

Leo runzelte die Stirn. »Hatten Sie noch keine Besprechung mit Dr. Yei?«

»Nein ...«

»Sie haben sich die Besten für zuletzt aufgehoben«, sagte Dr. Minchenko grimmig, »aus offenkundigen Gründen.« Er wandte sich der Krippenmutter zu. »GalacTech hat gerade das Cay-Projekt abgebrochen, Liz. Ohne mich überhaupt zu Rate zu ziehen!« Mit schonungsloser Offenheit skizzierte er ihr das Abbruchsszenario. »Ich war gerade dabei, meinen Protest zu Papier zu bringen, aber Graf hier ist mir zuvorgekommen. Beträchtlich wirkungsvoller, nehme ich an. Die Insassen haben die Anstalt übernommen. Er meint, daß er das Habitat in ein Kolonieschiff umwandeln kann. Ich glaube ... ich ziehe es vor zu glauben, daß er das kann.«

»Sie wollen damit sagen, daß Sie für dieses Durcheinander verantwortlich sind?« Mama Nilla funkelte Leo an und blickte sich um, sichtlich verdutzt. »Ich dachte, Claire würde nur daherplappern…« Die anderen beiden Krippenmütter, Planetarierinnen wie Mama Nilla, die während Dr. Minchenkos Erklärungen herbeigekommen waren, hingen in der Luft und sahen ebenso verblüfft drein. »GalacTech *gibt* Ihnen das Habitat nicht… oder?« fragte Mama Nilla Leo matt.

»Nein, Ms. Villanova«, sagte Leo geduldig. »Wir stehlen es. Nun, ich möchte von Ihnen nicht verlangen, sich in etwas Illegales zu verstricken, wollen Sie mir also einfach zum Rettungspod folgen…«

Mama Nilla blickte im Turnraum umher. Ein paar Gruppen von Jüngeren wurden schon von einigen älteren Quaddies hinausgeleitet. »Aber diese Kinder können doch nicht für all diese Kinder sorgen!«

»Sie werden es müssen«, sagte Leo.

»Nein, nein… ich glaube, Sie haben nicht die leiseste Ahnung, wie arbeitsintensiv diese Abteilung ist!«

»Hat er nicht«, bestätigte Dr. Minchenko und rieb sich nachdenklich mit dem Zeigefinger über die Lippen.

»Es gibt keine *Wahl*«, sagte Leo und biß die Zähne aufeinander. »Jetzt, Kinder, laßt Ms. Villanova los«, wandte er sich an die Quaddies, die sich an sie klammerten. »Sie muß gehen.«

»Nein!« sagte der Kleine, der sich an ihrem linken Knie festhielt. »Sie muß uns nach dem Essen Geschichten vorlesen, sie hat es *versprochen.*« Das Kind mit der Schnittwunde begann wieder zu weinen. Ein anderes zupfte sie an ihrem linken Ärmel und flüsterte vernehmlich: »Mama Nilla! Ich muß aufs Klo!«

Leo fuhr sich mit den Händen durchs Haar und zwang sich sichtlich, sie nicht zu Fäusten zu ballen. »Ich muß *jetzt* meinen Raumanzug anziehen und draußen sein, Gnädigste, ich habe keine *Zeit*, mich herumzustreiten. Sie alle ...« – sein zorniger Blick umfaßte auch die beiden anderen Krippenmütter –, »raus mit ihnen!«

Mama Nillas Augen funkelten. Sie hielt ihm ihren linken Arm entgegen, an dem das Quaddiekind hing und mit blauen Augen um Mama Nillas kräftigen Oberarm herum Leo erschrocken anguckte. »Bringen Sie dann dieses kleine Mädchen zur Toilette?«

Das Quaddiemädchen und Leo starrten einander mit gleich großem Entsetzen an. »Sicher nicht«, würgte der Ingenieur hervor. Er blickte sich um. »Eine andere Quaddie wird das machen. Claire ...?«

Nachdem Andy wie ein Barracuda gesucht hatte, wählte er diesen Moment, um mit seinem Protestgeheul zu beginnen, weil aus den Brüsten seiner Mutter nicht die erwartete Milch kam. Claire versuchte ihn zu beruhigen, tätschelte seinen Rücken und war wegen seiner Enttäuschung selbst den Tränen nahe.

»Ich nehme an«, warf Dr. Minchenko sanft ein, »Sie würden nicht mit uns mitkommen wollen, Liz? Es würde natürlich keinen Weg zurück geben.«

»Mit uns?« Mama Nilla blickte ihn scharf an. »Machen Sie bei diesem Unsinn mit?«

»Ich glaube schon.«

»Na schön, also dann.« Sie nickte.

»Aber Sie können doch nicht ...«, begann Leo.

»Graf«, sagte Dr. Minchenko, »hat Ihr kleines Drama mit dem Druckabfall gerade eben diesen Damen Grund zu der Annahme gegeben, daß sie noch Luft zum Atmen haben würden, wenn sie bei ihren Quaddies blieben?«

»Sollte es eigentlich nicht«, sagte Leo.

»Ich habe darüber nicht einmal nachgedacht«, sagte eine der Krippenmütter und blickte plötzlich entsetzt drein.

»Ich schon«, sagte die andere und schaute Leo finster an.

»Ich wußte, daß im Turnmodul eine Notbelüftung vorhanden ist«, sagte Mama Nilla, »das gehört schließlich zu den regulären Übungen. Die ganze Abteilung hätte hierherkommen sollen.«

»Ich habe sie umgelenkt«, sagte Leo knapp.

»Die ganze Abteilung hätte Ihnen sagen sollen, Sie sollten sich zum Teufel scheren«, fügte Mama Nilla gleichmütig hinzu. »Erlauben Sie mir, daß ich für die Abwesenden spreche.« Sie lächelte den Ingenieur eisig an.

Eine der Krippenmütter wandte sich verzweifelt an Mama Nilla. »Aber ich kann nicht mit Ihnen mitkommen. Mein Mann arbeitet unten auf dem Planeten!«

»Niemand verlangt das von Ihnen!« knurrte Leo.

Die andere Krippenmutter ignorierte ihn und sagte zu Mama Nilla: »Es tut mir leid. Es tut mir so leid, Liz, aber ich kann einfach nicht. Das ist einfach zu viel.«

»Ja, genau.« Leos Hand zögerte über einer Ausbuchtung in seinem Overall. Dann ließ er wieder davon ab und versuchte statt dessen, sie alle mit weiten, winkenden Gesten hinauszuscheuchen.

»Es ist schon gut, Mädels, ich verstehe«, beruhigte Mama Nilla die offenkundige Besorgnis der beiden. »Ich werde bleiben und die Festung halten. Schließlich wartet niemand auf mich alte Tante«, erklärte sie lachend. Es klang etwas gezwungen.

»Übernehmen Sie dann die Abteilung?« holte sich Dr. Minchenko Mama Nillas Bestätigung. »Halten Sie sie in Betrieb, so gut Sie können – kommen Sie zu mir, wenn Sie es nicht können.«

Sie nickte in sich gekehrt, als ginge ihr erst jetzt auf, wie unendlich kompliziert die vor ihr liegende Aufgabe war.

Dr. Minchenko übernahm den Quaddiejungen mit der Schnittwunde auf der Stirn. Schließlich gelang es Leo, die beiden anderen Planetarierinnen loszureißen, und er sagte: »Kommen Sie schon. Ich muß als nächstes den Gemüsekühlraum leermachen.«

»Wieso verwendet er bei all dem Durcheinander Zeit für die Reinigung eines Kühlraums?« murmelte Mama Nilla vor sich hin. »Verrücktheit …«

»Mama Nilla, ich muß *jetzt*!« Das kleine Quaddiemädchen schlang all ihre Arme nachdrücklich um den Leib der Krippenmutter, und Mama Nilla machte sich mit ihr notgedrungen auf den Weg.

Andy brüllte immer noch seine Enttäuschung in ungehaltenen stoßweisen Ausbrüchen hinaus.

»He, kleiner Bursche«, redete Dr. Minchenko ihn an, »das ist doch keine Art, wie man mit seiner Mutter spricht …«

»Keine Milch«, erklärte Claire. Niedergeschlagen und mit einem schrecklichen Gefühl der Unzulänglichkeit, bot sie ihm die Flasche an, doch die stieß er beiseite. Als sie versuchte, ihn einen Augenblick loszulassen, um nach der Flasche zu fischen, klammerte er sich an ihren Arm und schrie verzweifelt. Einer der Fünfjährigen rollte sich zusammen und legte demonstrativ alle vier Hände auf seine Ohren.

»Komm mit uns zur Krankenstation«, sagte Dr. Minchenko mit einem verstehenden Lächeln. »Ich glaube, ich habe etwas, das dieses Problem lösen wird. Es sei denn, du willst ihn jetzt abstillen, was ich nicht empfehle.«

»O bitte«, sagte Claire voller Hoffnung.

»So wie die Biofeedback-Verzögerungszeit nun einmal ist«, warnte er, »wird es ein paar Tage dauern, bis euer beider Systeme wieder ineinandergreifen. Aber seit ich hochgekommen bin, hatte ich ja sowieso keine Gelegenheit, euch zu untersuchen …«

Claire schwebte dankbar hinter ihm her. Andy hörte sogar zu weinen auf.

Pramod hatte über die Klampen keine Witze erzählt, dachte Leo mit einem Seufzen, als er den zusammengeschmolzenen Klumpen betrachtete, den er vor sich hatte. Er rief auf der Computertastatur, die neben ihm schwebte, die Spezifikationen auf, etwas langsam und schwerfällig mit den Händen in den Druckhandschuhen. Dieses besondere isolierte Rohr leitete Abwasser weiter. Kein glanzvolles Objekt, aber ein Fehler hier konnte genau so ein Desaster hervorrufen wie anderswo.

Und hier würde es viel dreckiger werden, dachte Leo mit einem grimmigen Grinsen. Er blickte zu Bobbi und Pramod auf, die in ihren silbrigen Arbeitsanzügen einsatzbereit neben ihm schwebten; fünf weitere Quaddiemannschaften waren auf der Oberfläche des Habitats zu sehen, und in der Nähe brachte sich ein Schubschiff in Stellung. Im Hintergrund drehte sich die sonnenbeleuchtete Sichel von Rodeo. Tja, sie waren gewiß die teuersten Klempner der Galaxis.

Das Durcheinander verschieden codierter Röhren und Rohre vor ihm bildete die Nabelschnüre zwischen einem Modul und dem nächsten und wurde durch eine äußere Hülle vor Korrosion durch Mikrostaub und anderen Beschädigungen abgeschirmt. Die Aufgabe, die vor ihnen lag, bestand darin, die Module in einheitlichen Bündeln der Länge nach neu auszurichten, damit sie unter Beschleunigung standhielten. Jedes zusammengeschnürte Bündel würde mit den Frachtbehältern eine stabile, sich selbst tragende, ausbalancierte Masse bilden, zumindest unter den Bedingungen der relativ niedrigen Schübe, die Leo ins Auge faßte. Es war wie das Antreiben einer Gruppe von zusammengespannten Nilpferden. Aber das Neuausrichten der Module hatte zur Folge, daß all ihre Verbindungen neu hergestellt werden mußten, und es gab wirklich jede Menge an Verbindungen.

In den Augenwinkeln nahm Leo eine Bewegung wahr. Pramod Helm folgte der Drehung von Leos Kopf.

»Da ziehen sie hin«, bemerkte Pramod. In seiner Stimme mischten sich Triumph und Bedauern.

Das Rettungspod mit den letzten Planetariern an Bord floh lautlos in die Leere, und von einem Guckfenster blinkte ein Lichtblitz auf, bevor es hinter dem gebogenen Horizont von Rodeo aus ihrem Sichtfeld verschwand. Das war's dann also für die Zweihändigen, außer ihm selbst, Dr. Minchenko, Mama Nilla und einem leicht verrückten jungen Aufseher, den sie aus einer Rohrleitung herausgeholt hatten, und der seine heftige Liebe für ein Quaddiemädchen aus der Abteilung Wartung Luftsysteme erklärte, drohend einen Schraubenschlüssel schwenkte und sich weigerte, abgeschoben zu werden. Wenn er wieder bei Sinnen war, sobald sie Orient IV erreichten, dann würden sie ihn dort absetzen, entschied Leo. In der Zwischenzeit mußten sie wählen, ob sie ihn niederschießen oder bei der Arbeit einsetzen wollten. Leo hatte den Schraubenschlüssel beäugt und den Mann zur Arbeit abkommandiert.

Zeit. Die Sekunden schienen wie Insekten über Leos Haut unter seinem Anzug dahinzukrabbeln. Die restliche Gruppe der evakuierten Planetarier mußte bald die verwirrte erste Schar einholen und beginnen, mit ihnen ihre Beobachtungen zu vergleichen. Es würde danach nicht mehr lange dauern, war Leos Schluß, bis GalacTech anfangen mußte, Gegenmaßnahmen zu ergreifen. Man brauchte keinen Ingenieur, um tausend Arten der Verwundbarkeit des Habitats zu entdecken. Die einzige Option, die den Quaddies jetzt blieb, war schnelle Flucht.

Phlegmatische Ruhe, rief sich Leo ins Gedächtnis, war der Schlüssel, um hier lebend herauszukommen. Erinnere dich daran. Er lenkte seine Aufmerksamkeit wieder auf die Aufgabe, die vor ihm lag. »In Ordnung, Bobbi, Pramod, packen wir's an. Bereite die Notfall-Abschaltungen an beiden Enden vor, und wir werden dieses Monster ummanövrieren …«

KAPITEL 13

Seine Mitflüchtlinge traten vor ihm beiseite, als Bruce Van Atta aus dem Andockrohr in die Ankunftshalle für Passagiere auf dem Shuttlehafen Drei von Rodeo stürmte. Er mußte einen Moment innehalten und die Hände auf die Knie stützen, um einen Schwindelanfall zu überstehen, die von seiner abrupten Rückkehr zur Gravitation des Planeten ausgelöst wurde. Schwindel und Wut.

Einige Stunden lang, während des Fluges in dem abgetrennten Vortragsmodul durch den Orbit von Rodeo, war sich Van Atta entsetzlich sicher gewesen, daß Graf vorhatte, sie alle umzubringen, trotz des Gegenbeweises der Atemmasken. Falls dies ein Krieg war, dann würde aus Graf nie ein guter Soldat werden. *Selbst ich bin nicht so dumm, einen Mann so zu demütigen und ihn dann am Leben zu lassen. Es wird dir leidtun, Graf, daß du mich hinters Licht geführt hast; noch mehr wird es dir leidtun, daß du mich nicht umgebracht hast, als sich dir die Gelegenheit dazu bot.* Mühsam zügelte er seine Wut.

Van Atta hatte sich selbst an Bord des ersten verfügbaren Shuttles beordert, das von der mit der überraschenden Ankunft von fast dreihundert unerwarteten Gästen überlasteten Transferstation hinab zum Planeten flog. In den zwanzig Stunden, seit die Luftschleuse des abgetrennten Vortragsmoduls nach nervenaufreibenden Pannen und Verzögerungen endlich mit der eines Personaltransporters der Station verbunden worden war, hatte er nicht geschlafen. Er und die anderen Angestellten vom Cay-Habitat hatten ihr überfülltes mobiles Gefängnis verlassen und waren zur Transferstation übergesetzt worden, wo noch mehr Zeit verschwendet wurde.

Informationen! Seit sie aus dem Cay-Habitat vertrieben wurden, war fast ein ganzer Tag vergangen. Er brauchte Informationen. Er bestieg ein Gleitrohr und machte sich auf den Weg zum Verwaltungsgebäude von Shuttlehafen Drei, wo sich auch das Kommunikationszentrum befand. Hinter ihm plapperte weinerlich Dr. Yei; er schenkte ihr nur wenig Aufmerksamkeit.

Er erblickte an der Plexiplastikwand des Rohres sein eigenes schwankendes Spiegelbild, während er über das Rollfeld des Shuttlehafens transportiert wurde. Abgespannt. Er richtete sich auf und zog seinen Bauch ein. Es wäre nicht gut, wenn er vor anderen Administratoren geschlagen oder schwach wirkte. Die Schwachen waren dem Untergang geweiht.

Er blickte durch sein bleiches Ebenbild hindurch über den Shuttlehafen, der unter ihm lag. Am anderen Ende der Rollbahn, neben dem Terminal der Einschienenbahn, wurden schon Frachtbehälter gestapelt. Ach ja: die verdammten Quaddies waren auch ein Glied in dieser Kette. Ein schwaches Glied, ein zerbrochenes Glied, das bald ersetzt werden würde.

Er kam im Kommunikationszentrum zur gleichen Zeit an wie die Chefadministratorin des Shuttlehafens Drei, Chalopin. Ihr folgte ihr Sicherheitsoffizier, wie hieß er noch? ach ja, dieser Idiot Bannerji.

»Was, zum Teufel, ist hier los?« versetzte Chalopin ohne Vorrede. »Ein Unfall? Warum haben Sie nicht um Unterstützung gebeten? Man hat uns angewiesen, alle Flüge zurückzuhalten – jetzt haben wir einen beträchtlichen Rückstau des Produktionsausstoßes, die halbe Strecke bis zur Raffinerie.«

»Halten Sie sie weiter zurück. Oder setzen Sie sich mit der Transferstation in Verbindung. Die Beförderung Ihrer Fracht gehört nicht zu meinem Ressort.«

»O doch! Seit einem Jahr untersteht das Rangieren der Fracht im Orbit der Leitung des Cay-Projekts.«

»*Versuchs*-weise.« Er runzelte gereizt die Stirn. »Das mag zu meinem Ressort gehören, aber im Augenblick ist das nicht meine größte Sorge. Hören Sie, Gnädigste, ich habe es hier mit einer umfassenden Krise zu tun.« Er wandte sich an einen der Kommunikatortechniker: »Können Sie mich überhaupt zum Cay-Habitat durchstellen?«

»Sie beantworten unsere Anrufe nicht«, sagte Kommunikatortechniker unschlüssig. »Fast die gesamte reguläre Telemetrie ist abgeschaltet.«

»Versuchen Sie irgend etwas. Wegen mir auch eine Sichtung durch ein Teleskop.«

»Ich kann vielleicht eine Bildaufzeichnung von einem der Comsats abrufen«, sagte der Techniker. Er kehrte murmelnd zu seiner Steuertafel zurück. Nach ein paar Minuten präsentierte sein Bildschirm eine zweidimensionale Fernsicht des Cay-Habitats, aus einer synchronen Umlaufbahn gesehen. Er verstärkte die Vergrößerung.

»Was *machen* die denn dort?« fragte Chalopin, während sie auf den Bildschirm schaute.

Van Atta starrte ebenfalls darauf. Was für ein wahnsinniger Vandalismus war da am Werk? Das Habitat ähnelte einem komplexen dreidimensionalen Puzzle, das von einem gelangweilten Kind zerlegt worden war. Abgetrennte Module schienen achtlos verstreut zu sein und schwebten in allen möglichen Winkeln im Raum. Winzige silbrige Figuren düsten zwischen ihnen hin und her. Die Solarkollektoren waren mysteriöserweise auf ein Viertel ihrer normalen Größe zusammengeschrumpft. War Graf vielleicht auf irgendeinen irren Plan verfallen, das Habitat gegen Gegenangriffe zu befestigen? Nun, das würde ihm nichts nützen, schwor sich Van Atta schweigend.

»Bereiten die sich … auf eine Belagerung oder sowas vor?« fragte Dr. Yei laut. Sie hatte offensichtlich ähnliche Überlegungen angestellt. »Gewiß müssen sie doch erkennen, wie nutzlos das ist …«

»Wer weiß, was dieser verdammte Idiot Graf denkt?« knurrte Van Atta. »Der Mann ist verrückt geworden. Es gibt ein Dutzend Methoden, wie wir diese Installation aus einer Entfernung in Stücke sprengen können, und das auch ohne militärische Unterstützung. Oder wir warten einfach und hungern sie aus. Sie sind in ihre eigene Falle getappt. Der Mann ist nicht nur verrückt, er ist auch dumm.«

»Vielleicht«, sagte Yei unsicher, »wollen sie einfach dort oben im Orbit ruhig weiterleben. Warum nicht?«

»Den Teufel werden sie! Ich hole sie dort raus, und zwar ganz schnell. Irgendwie ... Kein Haufen jämmerlicher Mutanten wird mit einer Sabotage *dieses* Ausmaßes ungeschoren davonkommen. Sabotage – Diebstahl – Terrorismus ...«

»Sie sind keine Mutanten«, begann Yei, »sie sind genetisch produzierte Kind ...«

»Mr. Van Atta, Sir?« meldete sich ein anderer Kommunikatortechniker. »Ich habe eine dringende Nachricht für Sie auf meinem allgemeinen Verteiler. Können Sie sie hier übernehmen?« Yei, die dadurch unterbrochen worden war, hob frustriert die Hände.

»Was jetzt?« murmelte Van Atta und setzte sich vor die Kommunikatoreinheit.

»Es ist eine aufgezeichnete Botschaft vom Manager der Frachtrangierstation draußen am Sprungpunkt. Ich werde sie aufrufen«, sagte der Techniker.

Das ihm beiläufig bekannte Gesicht des Managers der Sprungpunktstation erschien vor Van Atta auf dem Schirm.
Er hatte ihn vielleicht einmal getroffen, am Anfang seines Aufenthaltes hier. Die kleine Sprungpunktstation wurde von Orient IV aus bemannt und unterstand dem Unternehmensbereich auf Orient IV, nicht Rodeo. Ihre Angestellten waren reguläre Planetarier von der Raumfahrergewerkschaft und hatten normal keinen Kontakt mit Rodeo oder mit den Quaddies, die einmal dafür bestimmt gewesen waren, sie zu ersetzen.

Der Stationsmanager machte einen gequälten Eindruck. Er rasselte die einführenden Identifikationskennungen herunter und kam dann abrupt zum Kern der Sache: »Was, zum Teufel, ist denn überhaupt mit euch los? Eine Mannschaft von Mutantenmonstern ist eben von Nirgendwo aufgetaucht, hat einen Sprungpiloten gekidnappt, einen anderen niedergeschossen und einen Frachtsuperjumper von GalacTech entführt. Aber anstatt damit *hinaus*zuspringen, sind sie damit nach Rodeo unterwegs. Als wir den Sicherheitsdienst von Rodeo unterrichteten, hat man uns mitgeteilt, daß die Mutanten wahrscheinlich Ihnen unterstehen. Gibt es dort noch mehr davon? Sind die verrückt geworden oder was? Ich möchte eine Antwort haben, verdammt noch mal. Ich habe hier einen Piloten auf der Krankenstation, einen eingeschüchterten Ingenieur und eine Crew am Rande der Panik.« Nach seinem Gesichtsausdruck zu schließen befand sich der Manager selbst am Rande der Panik. »Sprungpunktstation Ende!«

»Wie alt ist diese Nachricht?« fragte Van Atta ziemlich verdutzt.

»Etwa zwölf Stunden, Sir«, sagte der Techniker nach einem Blick auf seinen Monitor.

»Glaubt er, daß die Entführer Quaddies sind? Warum wurde ich nicht informiert …« Van Attas Blick fiel auf Bannerji, der ausdruckslos neben Chalopin stand, »warum wurde ich von der Sicherheitsabteilung hierüber nicht sofort informiert?«

»Zu dem Zeitpunkt, als der Vorfall gemeldet wurde, waren Sie nicht erreichbar«, sagte der Sicherheitsoffizier ohne jede Gemütsregung. »Wir haben seitdem die Bahn der D-620 verfolgt, und sie hat ihre Beschleunigung geradewegs auf Rodeo zu fortgesetzt. Sie antwortet auf unsere Signale nicht.«

»Und was tun Sie deswegen?«

»Wir beobachten die Lage. Ich habe noch keine Befehle bekommen, irgend etwas deswegen zu unternehmen.«

»Warum nicht? Wo ist Norris?« Norris war der leitende Manager für alle Operationen im gesamten Lokalraum von Rodeo; er sollte eigentlich eingeschaltet sein. Allerdings unterstand das Cay-Projekt nicht seiner Befehlskette, da Van Atta direkt dem Geschäftsbereich Operativer Betrieb der Gesellschaft verantwortlich war.

»Dr. Norris«, sagte Chalopin, »ist bei einer Konferenz für Materialentwicklung auf der Erde. In seiner Abwesenheit vertrete ich ihn. Captain Bannerji und ich haben die Möglichkeit erörtert, daß er seine Leute und das Sicherheits- und Rettungsshuttle von Shuttlehafen Drei nimmt und versucht, das entführte Schiff zu entern. Wir sind uns immer noch nicht sicher, wer diese Leute sind oder was sie wollen, aber sie scheinen eine Geisel genommen zu haben, was uns zur Vorsicht zwingt. Also haben wir sie ihre Entfernung verringern lassen, während wir *versuchen*, mehr Informationen über sie zu bekommen. Damit«, sie musterte ihn mit ihren kleinen, runden, glänzenden Augen, »kommen wir zu Ihnen, Mr. Van Atta. Hat dieser Vorfall irgendeine Verbindung mit Ihrer Krise auf dem Habitat?«

»Ich sehe nicht, wie…«, begann Van Atta und brach ab, denn plötzlich verstand er. »Dieser Mistkerl…«, flüsterte er.

»Lord Krishna«, sagte Dr. Yei und wandte sich wieder dem Live-Vid des Habitats zu, das halbzerlegt hoch über ihnen im Orbit hing. »Das kann nicht sein…«

»Graf ist verrückt. Er ist verrückt, der Mann ist ein Größenwahnsinniger. Er kann das nicht *machen*…« Die technischen Parameter zogen unerbittlich vor Van Attas geistigem Auge vorüber. Masse – Energie – Entfernung – ja, eine abgemagerte Version des Habitats, um einen Teil seiner weniger wesentlichen Komponenten reduziert, konnte vielleicht gerade noch von einem Supersprungschiff in den Wurmlochraum gezogen werden, falls es an dem fernen Sprungpunkt in die richtige Position gebracht werden konnte. Aber das ganze verdammte Ding... »Sie entführen das ganze verdammte Ding!« schrie Van Atta auf.

Yei rang ihre Hände vor dem Vid. »Das schaffen sie nie. Sie sind doch kaum mehr als Kinder! Er wird sie in den Tod führen! Das ist kriminell!«

Captain Bannerji und die Administratorin des Shuttlehafens blickten einander an. Bannerji schürzte die Lippen und hielt ihr die offenen Hände hin, als wollte er sagen: *Ladies first.*

»Glauben Sie also, daß die beiden Vorfälle miteinander in Zusammenhang stehen?« bedrängte Chalopin Van Atta.

Van Atta ging hin und her, als könnte er so die flache Darstellung des Habitats aus einem anderen Winkel sehen. »... das ganze verdammte Ding!«

Yei antwortete an seiner Stelle: »Ja, das glauben wir.«

Van Atta lief weiter auf und ab. »Verdammt, und sie haben es schon zerlegt! Wir haben keine Zeit mehr, um sie auszuhungern. Wir müssen sie auf irgendeine andere Weise aufhalten.«

»Die Mitarbeiter des Cay-Projekts waren sehr beunruhigt über den abrupten Abbruch des Projekts«, erklärte Yei. »Sie haben es vorzeitig herausgefunden. Sie befürchteten, daß sie hier unten zurückgelassen würden, wo sie doch nicht an die Schwerkraft gewöhnt sind. Ich hatte keine Chance, ihnen diese Idee schrittweise beizubringen. Ich glaube, sie versuchen vielleicht tatsächlich irgendwie – davonzulaufen.«

Captain Bannerjis Augen weiteten sich. Er stützte sich mit einer Hand auf die Konsole und starrte auf das Vid. »Denken Sie an die bescheidene Schnecke«, murmelte er, »die ihr Haus auf dem Rücken trägt. Wenn sie an kalten regnerischen Tagen spazierengeht, muß sie nie umkehren...«

Van Atta brachte einen zusätzlichen halben Meter Abstand zwischen sich und den plötzlich poetisch gewordenen Sicherheitsoffizier.

»Waffen«, sagte Van Atta. »Welche Waffen hat die Sicherheitsabteilung auf Lager?«

»Betäuber«, antwortete Bannerji, richtete sich auf und untersuchte seinen rechten Daumennagel. War da ein spöttisches Funkeln in seinen Augen? Nein, das würde er nicht wagen.

»Ich meine, auf Ihrem Shuttle«, sagte Van Atta gereizt. »Waffen, die auf dem Schiff montiert sind. Zähne. Ohne Zähne kann man nicht drohen.«

»Es gibt zwei mittelstarke Lasereinheiten auf dem Schiff. Das letztemal haben wir sie benutzt – warten Sie mal –, um einen Baumstumpf durchzubrennen, der Flutwasser aufgestaut hatte und ein Forschungslager bedrohte.«

»Ja, gut, das ist jedenfalls mehr als *sie* haben«, sagte Van Atta aufgeregt. »Wir können das Habitat angreifen – oder den Superjumper – eins von beiden. Die Hauptsache ist, sie davon abzuhalten, daß sie sich miteinander verbinden. Ja, nehmen wir uns zuerst das Sprungschiff vor. Ohne es ist das Habitat ein unbewegliches Ziel, das wir bequem wegputzen können. Ist Ihr Sicherheitsshuttle mit Treibstoff ausgestattet und startbereit, Bannerji?«

Dr. Yei erbleichte. »Halten Sie ein! Wer redet davon, irgend etwas anzugreifen? Wir haben noch nicht einmal Sprechkontakt hergestellt. Wenn die Entführer tatsächlich Quaddies sind, dann bin ich sicher, ich könnte sie überreden, vernünftig zu sein …«

»Es ist zu spät für Vernunft. Diese Situation verlangt *Taten.*«

Die Demütigung brannte heiß in Van Attas Eingeweiden, und sie wurde von der Angst genährt. Wenn die hohen Tiere in der Firma herausbekamen, wie komplett er die Kontrolle verloren hatte – na ja, dann sollte er lieber wieder die Kontrolle fest in Händen haben.

»Ja, aber ...« Yei leckte ihre Lippen. »Es ist ganz schön und gut zu drohen, aber der tatsächliche Einsatz von Gewalt ist gefährlich – vielleicht zerstörerisch. Sollten Sie nicht lieber zuerst eine Genehmigung dafür einholen? Wenn irgend etwas schrecklich danebengeht, dann würden Sie gewiß nicht gerne die Sache ausbaden mögen.«

Van Atta zögerte. »Das würde zu lange dauern«, widersprach er schließlich. »Es dauert vielleicht einen Tag, um die Distriktszentrale auf Orient IV zu erreichen und eine Antwort zu bekommen. Und wenn man dort entscheidet, die Sache sei zu heiß und sie den ganzen Weg zu Apmad auf der Erde weiterreicht, dann könnte es einige Tage dauern, bis wir eine Antwort bekommen.«

»Aber es wird doch sowieso einige Tage dauern, oder?« sagte Yei und blickte ihn gespannt an. »Selbst wenn es ihnen gelingt, das Habitat an den Superjumper anzufügen, dann können sie es nicht herumschwingen und wie einen Schnellkurier beschleunigen. Es würde nie die Belastung aushalten, es würde zuviel Treibstoff verbrauchen – es ist noch jede Menge Zeit. Wäre es nicht besser, eine Genehmigung einzuholen, um sicherzugehen? Wenn dann etwas schiefginge – dann wäre es nicht *Ihre* Schuld.«

»Nun ...« Van Atta wurde noch langsamer. Wie typisch für Yeis windelweiche, schwächliche Unentschlossenheit. In seiner Vorstellung konnte er sie fast hören: *Jetzt setzen wir uns mal alle hin und diskutieren die Sache wie vernünftige Leute ...* Es war ihm zuwider, sich von ihr beeinflussen zu lassen; jedoch war an dem, was sie sagte, durchaus etwas dran: Sich nach jeder Seite abzusichern war eine elementare Regeln für das Überleben sogar des Tüchtigsten.

»Nun ... nein, verflucht! Was ich verdammt sicher

garantieren kann, ist, daß GalacTech dieses ganze Fiasko geheimhalten möchte. Das Allerletzte, was die wollen, sind eine Menge Gerüchte darüber, daß ihre netten Mutanten durchgehen. Es ist besser für uns alle, daß diese Geschichte ausschließlich im Lokalraum von Rodeo erledigt wird.« Er wandte sich an Bannerji. »Das hat die höchste Priorität, dann – Sie und Ihre Leute müssen dieses Sprungschiff zurückholen, oder es zumindest betriebsunfähig machen.«

»Das«, bemerkte Bannerji, ohne ihn auch nur anzublicken, »wäre Vandalismus. Außerdem, wie schon zuvor ausgeführt wurde – der Sicherheitsdienst von Shuttlehafen Drei untersteht nicht Ihrem Befehl, Mr. Van Atta.« Er warf seiner Chefin einen bedeutsamen Blick zu. Chalopin stand da, hörte zu und zog nervös an einer Haarsträhne, die sich aus ihrer eleganten Frisur gelöst hatte.

»Das ist wahr«, pflichtete sie ihm bei. »Das Habitat mag Ihr Problem sein, Mr. Van Atta, aber diese Entführung des Sprungschiffes unterliegt ohne Zweifel meiner Jurisdiktion, ohne Rücksicht auf etwaige Verbindungen. Und dort oben ist auch immer noch ein Frachtshuttle angedockt, das mir gehört, obwohl die Transferstation gemeldet hat, daß man seine Crew aus einem Rettungspod geholt hat.«

Van Atta stand da, wütend und blockiert. Blockiert von den verdammten Frauen. Plötzlich erkannte er, daß es Yeis Absicht gewesen war, Chalopin zu beeinflussen, und das war ihr auch gelungen. »Das ist es dann also«, zischte er schließlich. »Wir reichen die Sache weiter an die Zentrale. Und dann werden wir ja sehen, wer hier das Sagen hat.«

Dr. Yei schloß für einen Moment erleichtert die Augen. Auf Anweisung von Chalopin begann ein Nachrichtentechniker, sein System für die Übertragung einer verschlüsselten Notfallnachricht an die Distriktszentrale vorzubereiten; diese Nachricht würde mit Lichtgeschwindigkeit zur Wurmlochstation gefunkt werden, dort würde man sie aufzeichnen und mit dem nächsten verfügbaren Sprungschiff durch das Wurmloch transportieren, und dann wieder über Funk an ihren Bestimmungsort übertragen.

»Was machen Sie inzwischen«, fragte Van Atta Chalopin, »mit *Ihrer*«, er dehnte das Wort sarkastisch, »Entführung?«

»Wir werden vorsichtig vorgehen«, erwiderte sie gleichmütig. »Wir glauben, daß schließlich eine Geisel dabei ist.«

»Wir sind auch nicht sicher, ob das gesamte GalacTech-Personal schon vom Habitat herunter ist«, warf Dr. Yei ein.

Van Atta knurrte, aber er konnte ihr nicht widersprechen. Aber wenn da noch Planetarier an Bord festgehalten wurden, dann mußte das höhere Management doch sicher die Notwendigkeit einer schnellen und energischen Reaktion erkennen. Er mußte als nächstes die Transferstation anrufen und sich die endgültige Zahl durchgeben lassen. Wenn all diese unentschlossenen Idioten ihn zwingen sollten, die nächsten paar Tage untätig herumzuhocken, dann konnte er wenigstens seine Aktionspläne für die Zeit festlegen, wo er wieder freie Hand hatte.

Und er war sich sicher, daß er früher oder später wieder freie Hand haben würde. Apmads unterschwelliger Horror vor den Quaddiemutanten war ihm nicht entgangen. Wenn die Nachricht von diesem Schlamassel schließlich auf ihrem Schreibtisch landete, dann würde sie drei Meter hoch in die Luft springen, Geiseln hin oder her – Van Atta kniff die Augen zusammen. »He«, sagte er plötzlich, »wir sind nicht so hilflos, wie Sie meinen. Dieses Spiel können zwei spielen – *ich* habe auch eine Geisel!«

»Sie?« sagte Dr. Yei verdutzt. Dann griff sie sich an den Hals.

»Ganz recht. Und wenn ich daran denke, daß ich das fast vergessen hätte. Dieser vierarmige Kriecher Tony ist hier unten!«

Tony war Grafs Lieblingsschüler – und das Herzblatt dieses kleinen Weibstücks Claire, und *die* war bestimmt eine Rädelsführerin – wenn sie das Ganze nicht zu seinen Gunsten umdrehen konnte, dann war er total blöd. Er drehte sich auf dem Absatz um. »Kommen Sie, Yei! Die kleinen Affen werden jetzt unsere Anrufe beantworten!«

Sprungpiloten mochten ja schwören, daß ihre Schiffe schön waren, dachte Leo, als die D-620 lautlos in Sicht kam, aber in Wirklichkeit ähnelte der Superjumper nichts so sehr wie einem mutierten mechanischen Tintenfisch. Ein schotenähnlicher Abschnitt an der Vorderseite enthielt den Steuerraum und die Mannschaftsquartiere, die vor den Materialrisiken während der Beschleunigung durch einen sphäroiden laminierten Schild und vor den Gefahren der Strahlung durch einen unsichtbaren Magnetkegel geschützt wurden. Hinter sich her zog das Schubschiff vier enorm lange, ineinander geklammerte Arme. Zwei enthielten normale Raumtriebwerke, die zwei anderen das Hauptstück der Zweckbestimmung des Schiffes, die Necklinfeldgeneratorstäbe, die das Schiff während eines Sprungs durch den Wurmlochraum wirbelten. Zwischen den vier Armen gab es einen riesigen leeren Raum, der normalerweise von den Frachtbehältern besetzt war. Das bizarre Schiff würde vernünftiger aussehen, sobald dieser Raum mit Habitatmodulen angefüllt wäre, dachte Leo. Dann würde sogar er nachgeben und es schön nennen.

Mit einem Rucken seines Kinns rief Leo ein Vid der Energie- und Versorgungsebenen seines Arbeitsanzuges auf, das auf der Innenseite seiner Gesichtsscheibe projiziert wurde. Er würde gerade noch Zeit haben, um zu sehen, wie das erste Modulbündel an seinen Platz geschoben und befestigt wurde, bevor er gezwungen sein würde, eine Pause zu machen und seinen Anzug nachzuladen. Eigentlich war er schon vor Stunden reif für eine Pause gewesen. Er blinzelte sich Augenflüssigkeit und Wasser aus den juckenden, ohne Zweifel blutunterlaufenen Augen und wünschte sich, er könnte sie reiben, und dann saugte er einen weiteren Mundvoll heißen Kaffee aus seinem Trinkrohr. Er hätte auch gern frischen Kaffee gehabt. Das Zeug, das er jetzt trank, war schon genau so lange hier draußen wie er selbst, schmeckte schon abscheulich chemisch und wurde trübe und grünlich.

Die D-620 kam nahe an das Habitat heran, hatte ihre Geschwindigkeit präzise dem Habitat angepaßt, und schaltete ihre Antriebsaggregate ab. Die Fluglichter gingen aus, die Parklichter, die anzeigten, daß man sich dem Schubschiff sicher nähern konnte, leuchteten auf. Flutlichtaggregate erleuchteten plötzlich den weiten Frachtraum, als wollten sie sagen: *Willkommen an Bord.*

Leos Blick wanderte zum Mannschaftsbereich, der im Vergleich zu den gebogenen Armen zwergenhaft wirkte. Aus den Augenwinkeln sah er, wie sich ein Personalpod von der Steuerbordseite des Superjumpers löste und zu den Modulen des Habitats herüberkam. Jemand auf dem Heimweg – Silver? Ti? Er mußte so bald wie möglich mit Ti reden. In seinem Bauch löste sich ein Knoten, den er zuvor nicht wahrgenommen hatte. *Silver ist sicher zurück.* Er raffte sich auf; *alle* waren zurück. Aber noch nicht sicher. Er aktivierte die Düsen seines Anzugs und holte seine Quaddiemannschaft ein.

Dreißig Minuten später entspannte sich Leo, als das erste Modulbündel reibungslos an seinen Platz in der Umarmung der D-620 glitt. In einer Angstvision, die auch durch mehrfache Überprüfung seiner Zahlen nicht vertrieben werden konnte, hatte er befürchtet, daß irgend etwas nicht paßte und dann endloser Aufschub wegen Korrekturen folgte. Die Tatsache, daß sie außer wiederholten Aufforderungen zur Kommunikation noch nichts vom Planeten gehört hatten, beruhigte ihn nicht sonderlich. Das GalacTech-Management auf Rodeo mußte schließlich irgendwann reagieren, und es gab nichts, was er gegen diese Reaktion unternehmen konnte, solange sie sich nicht manifestierte. Rodeos offensichtliche Lähmung konnte nicht mehr viel länger dauern.

Inzwischen war die Pausenzeit schon halb vorbei. Vielleicht konnte er Dr. Minchenko überreden, etwas für seinen Kopf, in dem es hämmerte, herauszurücken, um die acht Stunden Schlaf zu ersetzen, die er nicht bekommen würde. Leo wählte auf dem Kommunikator seines Anzugs die Frequenz seiner Vorarbeiterin.

»Bobbi, übernimm die Leitung. Ich gehe nach drinnen. Pramod, bring dein Team rein, sobald die letzte Strebe verbolzt ist. Bobbi, stell' sicher, daß das zweite Modulbündel solide verbunden ist, bevor du alle äußeren Luftschleusen anlegst und anschließt, kapiert?«

»Ja, Leo. Bin schon dran.« Vom anderen Ende des Modulbündels winkte Bobbi bestätigend mit einem unteren Arm.

Als sich Leo abwandte, löste sich einer der Einmann-Minischieber, der geholfen hatte, das Modulbündel an seinen Platz zu ziehen, und bereitete sich mit einer Drehung darauf vor, sich abzusetzen und bei dem nächsten Bündel zu helfen, das schon auf der anderen Seite des Superjumpers in Stellung gebracht wurde. Eine seiner Steuerdüsen pustete und spie dann, während Leo noch zuschaute, plötzlich einen tiefblauen Strahl aus. Seine Rotation beschleunigte sich.

Das ist unkontrolliert! dachte Leo. Seine Augen weiteten sich. In dem bloßen Augenblick, den er brauchte, um den richtigen Kanal auf dem Kommunikator seines Anzugs aufzurufen, wurde aus der Rotation ein Drall.

Das Minischubschiff düste wild davon und verfehlte um einen knappen Meter eine Kollision mit einem Quaddie in Arbeitsanzug. Während Leo entsetzt zuschaute, prallte es von der Verkleidung einer der Necklinstabarme des Superjumpers ab und taumelte in den Raum hinaus.

Der Kommunikationskanal des Minischiebers gab nur ein wortloses Kreischen wieder. Leo wechselte die Kanäle. »Vatel!« rief er den Quaddie, der in dem nächsten anderen kleinen Schubschiff saß. »Hinterher!«

Das zweite Schubschiff rotierte und flitzte an ihm vorüber; Leo sah, wie eine von Vatels behandschuhten Händen durch das Weitwinkelfrontfenster des Schubschiffes den Befehl visuell bestätigte. Leo zügelte einen herzzerreißenden Impuls, selbst hinter ihnen herzudüsen. In einem Arbeitsanzug, dessen Energievorrat erschöpft war, konnte er verdammt wenig tun. Jetzt hing es von Vatel ab.

War ein menschlicher Fehler – oder der eines Quaddie – oder ein mechanischer Defekt die Ursache des Unfalls gewesen? Nun, das würde er schnell genug feststellen können, sobald das Schubschiff wieder hergeschafft war. *Falls es hergeschafft wurde...* Er unterdrückte diesen Gedanken. Statt dessen düste er zu der Verkleidung des Necklinstabes hinüber.

Dort, wo das Schubschiff mit ihr kollidiert war, war die Verkleidung tief eingedellt. Leo versuchte sich selbst zu beruhigen. *Das ist nur ein Gehäuse. Es ist genau dazu da, daß es das Innere vor Unfällen wie diesem schützt, nicht wahr?* Er zischte bestürzt und zog sich auf die andere Seite, um mit der Lampe seines Arbeitsanzuges in die mannshohe, dunkle Öffnung am einen Ende des Gehäuses zu leuchten.

O Gott!

Der Vortex-Spiegel war angeknackst. Über drei Meter breit an seinem elliptischen Rand, der mathematisch geformt und bis zur Präzision von Ångström-

Einheiten poliert war, stellte der Spiegel eine integrale Steuerfläche des Sprungsystems dar, denn er reflektierte, dämpfte oder verstärkte nach dem Belieben des Piloten das Necklinfeld, das von den Hauptstäben erzeugt wurde. Und jetzt war er nicht bloß angeknackst – zersprungen in einem sternförmigen Bruch, kaltes Titan, das über seine Grenzwerte hinaus deformiert war. Leo stöhnte.

Eine zweite Lampe leuchtete an ihm vorbei hinein. Leo schaute sich um und erblickte Pramod neben sich.

»Ist das so schlimm, wie es ausschaut?« würgte Pramods Stimme über den Kommunikator hervor.

»Ja«, seufzte Leo.

»Können Sie das nicht – mit Schweißen reparieren?« Pramod hob die Stimme. »Was machen wir?«

Müdigkeit und Panik – die schlimmstmögliche Kombination. Leo zwang sich zu einem gleichmütigen Tonfall. »Die Versorgungsanzeige meines Anzugs sagt, daß wir jetzt sofort nach drinnen gehen und eine Pause einlegen werden. Danach werden wir sehen.«

Als Leo seinen Anzug abgelegt hatte, hatte zu seiner ungeheuren Erleichterung Vatel das durchgegangene Schubschiff aufgelesen und ins Dock an seinem Habitatmodul zurückgebracht. Sie holten eine erschrockene Quaddiepilotin heraus, die blaue Flecken davongetragen hatte.

»Es hat blockiert. Ich konnte es nicht losbekommen«, weinte sie. »Wogegen bin ich gestoßen? Habe ich jemanden getroffen? Ich *wollte* den Treibstoff nicht ablassen, es war die einzige Art und Weise, die mir einfiel, um die Düse abzuwürgen. Es tut mir leid, daß ich den Treibstoff vergeudet habe. Ich konnte sie nicht abstelle...«

Sie war ganze vierzehn Jahre alt, vermutete Leo. »Wie lange warst du auf Schicht?« wollte er wissen.

»Seit wir angefangen haben«, schniefte sie. Sie zitterte und alle ihre vier Hände bebten, während sie neben ihm in der Luft hing. Er unterdrückte den Impuls, sie ›aufzurichten‹.

»Du lieber Himmel, Kind, das ist ja über 26 Stunden. Mach jetzt mal Pause. Iß was und geh schlafen.«

Sie schaute ihn verwirrt an. »Aber die Schlafraumeinheiten sind alle abgetrennt und mit den Krippen zusammengebündelt. Von hier aus komme ich nicht dahin.«

»Ist das der Grund …? Schau mal, drei Viertel des Habitats sind im Augenblick unzugänglich. Such dir einen Winkel im Rüstraum oder sonstwo.« Er betrachtete einen Moment lang verblüfft ihre Tränen, dann fügte er hinzu: »Es ist *erlaubt*.« Sie hatte sichtlich Verlangen nach ihrem eigenen vertrauten Schlafsack, den ihr Leo jetzt aber nicht verschaffen konnte.

»Ganz allein?« sagte sie sehr leise.

Sie hatte wahrscheinlich in ihrem bisherigen Leben nie mit weniger als sieben anderen Kindern im gleichen Raum geschlafen, überlegte Leo. Er holte tief Luft, um seine Beherrschung nicht zu verlieren – er würde jetzt *nicht* anfangen, sie anzuschreien, ganz egal, wie wunderbar das seine eigenen Gefühle entlasten würde –, wie war er überhaupt in diesen Kinderkreuzzug geraten? Im Augenblick konnte er sich nicht daran erinnern.

»Komm mit!« Er nahm sie bei der Hand zum Rüstraum, fand einen Wäschesack, den er an der Wand aufhängte, und half ihr, zusammen mit einem eingewickelten Sandwich in den Sack zu schlüpfen. Ihr Gesicht lugte aus der Öffnung heraus, und einen seltsamen Moment lang kam er sich wie ein Mann vor, der gerade damit beschäftigt war, einen Sack mit kleinen Katzen zu ersäufen.

»Na dann.« Er zwang sich zu einem Lächeln. »Jetzt ist alles besser, was?«

»Danke, Leo«, schniefte sie. »Es tut mir leid wegen dem Schubschiff. Und dem Treibstoff.«

»Wir werden uns darum kümmern.« Er zwinkerte heldenhaft. »Schlaf jetzt ein bißchen, ja? Es wird noch genug Arbeit da sein, wenn du aufwachst, du versäumst gar nichts. Also …
gute Nacht.«

»'Nacht …«

Im Korridor rieb er sich mit den Händen über das Gesicht. »Nng …«

Drei Viertel des Habitats unzugänglich? Jetzt waren es eher neun Zehntel. Und alle Modulbündel liefen auf Notstrom und warteten darauf, wieder an die Hauptstromversorgung angeschlossen zu werden, während sie in den Superjumper geladen wurden. Für die Sicherheit und das Wohlergehen derjenigen, die an Bord der verschiedenen Untereinheiten eingeschlossen waren, war es lebenswichtig, daß das Habitat so schnell wie möglich voll rekonfiguriert und einsatzbereit gemacht würde.

Ganz zu schweigen davon, daß alle beginnen mußten, sich in dem neuen Labyrinth zurechtzufinden. Mehrfache Kompromisse hatten die Gestaltung beeinflußt – die Krippeneinheiten zum Beispiel konnten in ein inneres Bündel kommen; Docks und Luftschleusen mußten nach außen, dem Raum zugewandt, positioniert werden; Entsorgungsöffnungen waren unvermeidlicherweise abgeschnitten worden; Energiemodule mußten in einer ganz bestimmten Weise montiert werden; die Ernährungseinheiten, die jetzt etwa dreitausend Essen pro Tag ausgaben, brauchten einen bestimmten Zugang zu den Lagerräumen … Bis jeder seine tägliche Routine angepaßt haben würde, gab es eine Weile ein ziemliches Durcheinander, selbst wenn man davon ausging, daß alle Modulbündel mit der richtigen Seite nach oben eingeladen und mit dem richtigen Ende nach vorn verbunden wurden, wenn Leo nicht persönlich die Aufsicht führte – oder selbst wenn er *zuschaute,* gestand sich Leo ein. Er blickte starr vor sich hin.

Und jetzt die knifflige Frage – sollten sie überhaupt mit dem Beladen weitermachen, auf einen Superjumper, der möglicherweise irreparabel beschädigt war? Der Vortex-Spiegel, du lieber Himmel! Warum hatte sie nicht einen der normalen Triebswerksarme gerammt? Warum nicht einfach Leo selbst umgehauen?

»Leo!« rief eine vertraute männliche Stimme.

Ti Gulik, der Sprungpilot, kam den Korridor herabgeschwebt. Er war verärgert und hatte die Arme gekreuzt. Wie ein Seestern kam Silver von Handgriff zu Handgriff hinter ihm her, gefolgt von Pramod. Gulik packte einen Griff und hielt neben Leo an. Leos Augen trafen Silvers Blick in einem frustrierend kurzen und stummen Gruß, bevor der Sprungpilot ihn bedrängte.

»Was haben Ihre verdammten Quaddies mit meinen Necklinstäben angestellt?« sprudelte Ti hervor. »Wir machen uns diese ganze Mühe, dieses Schiff zu schnappen, bringen es hierher, und ihr fangt praktisch sofort damit an, es in Trümmer zu schlagen – ich hatte es noch kaum geparkt!« Er dämpfte seine Stimme. »Bitte, sagen Sie mir, hat der kleine Mutant«, er wies auf Pramod, »das angestellt …?«

Leo räusperte sich. »Eine von den Steuerdüsen des Schubschiffs blieb offensichtlich in der Stellung ›Ein‹ hängen und versetzte das Schubschiff in einen unkontrollierbaren Drall. Der Begriff ›unvermeidlicher Fehler‹ kommt in meinem Wortschatz nicht vor, aber es war bestimmt nicht der Fehler des Quaddies.«

»Was?« sagte Ti. »Na ja, Sie versuchen wenigstens nicht, es dem Piloten anzuhängen … aber was für einen Schaden hat es wirklich gegeben?«

»Der Stab selbst wurde nicht getroffen …«

Ti stieß erleichtert den Atem aus.

»… aber der Vortex-Spiegel aus Titan an der Backbordseite wurde zertrümmert.«

Ti gab ein gedämpftes Aufheulen von sich. »Das ist genau so schlimm!«

»Beruhigen Sie sich! Vielleicht nicht ganz so schlimm. Ich habe noch ein oder zwei Ideen. Ich wollte sowieso mit Ihnen reden. Als wir das Habitat übernahmen, war ein Frachtshuttle am Dock.«

Ti beäugte ihn mißtrauisch. »Da hatten Sie Glück. Also?«

»Das war Planung, nicht Glück. Etwas weiß Silver noch nicht ...« Leo fing ihren Blick auf; sie machte sich sichtlich auf etwas gefaßt und folgte nüchtern seinen Worten. »Wir konnten Tony nicht zurückholen, bevor wir das Habitat übernahmen. Er ist immer noch im Hospital unten auf Rodeo.«

»O nein«, flüsterte Silver. »Gibt es einen Weg ...?«

Leo rieb seine schmerzende Stirn. »Vielleicht. Ich bin nicht sicher, ob es gutes militärisches Denken ist – der Präzedenzfall hatte etwas mit Schafen zu tun, glaube ich –, aber ich glaube, ich könnte mir selber nicht mehr in die Augen schauen, wenn wir nicht wenigstens versuchten, ihn zurückzuholen. Dr. Minchenko hat auch versprochen, mit uns zu gehen, wenn wir irgendwie Madame Minchenko aufnehmen können. Sie ist auch unten auf dem Planeten.«

»Dr. Minchenko ist bei uns geblieben?« Silver klatschte in die Hände, sichtlich erfreut. »Oh, das ist gut.«

»Nur, wenn wir Madame heraufholen«, mahnte Leo zur Vorsicht. »Das sind also zwei Gründe, einen Ausflug auf den Planeten zu riskieren. Wir haben ein Shuttle, wir haben einen Piloten ...«

»O nein«, begann Ti, »warten Sie mal einen Augenblick ...«

»... und wir brauchen unbedingt ein Ersatzteil. Wenn wir einen Vortex-Spiegel in einem Lagerhaus auf Rodeo ausfindig machen können ...«

»Das werden Sie nicht«, unterbrach ihn Ti nachdrücklich. »Die Reparaturen von Sprungschiffen werden ausschließlich in den Orbitdocks des Distrikts auf

Orient IV durchgeführt. Dort wird alles gelagert. Ich weiß das, weil wir einmal ein Problem hatten und vier Tage warten mußten, bis eine Reparaturmannschaft von dort kam. Rodeo hat nichts mit Superjumpern zu tun, nichts.« Er verschränkte die Arme.

»Das habe ich befürchtet«, sagte Leo leise. »Nun, es gibt noch eine weitere Möglichkeit. Wir könnten versuchen, einen neuen Spiegel herzustellen, hier an Ort und Stelle.«

Ti blickte drein, als hätte er in eine Zitrone gebissen. »Graf, diese Sachen schweißt man nicht aus Alteisen zusammen. Ich weiß verdammt gut, daß man sie in einem Stück herstellt – es heißt, daß eine Naht den Fluß des Feldes behindert – und dieses Baby ist an seinem oberen Ende drei Meter breit! Das Ding, mit dem man solche Spiegel preßt, wiegt 'zig Tonnen. Und die erforderliche Präzision – Sie würden sechs Monate brauchen, um ein solches Projekt zum Laufen zu bringen!«

Leo schluckte und hielt beide Hände mit gespreizten Fingern hoch. Wäre er ein Quaddie gewesen, dann hätte er vielleicht die Versuchung empfunden, die Schätzung zu verdoppeln, aber er sagte: »Zehn Stunden. Sicher, ich hätte gerne sechs Monate. Unten auf dem Planeten. In einer Gießerei. Mit einem Monstrum von Druckgußform aus legiertem Stahl, die bis aufs Millimikron ausgerichtet ist. Und mit jeder Menge Wasserkühlung und einem Team von Assistenten und unbegrenzten Geldmitteln – dann wäre ich in der Lage, zehntausend Einheiten zu produzieren. Aber wir brauchen keine zehntausend Einheiten. Es *gibt* eine andere Methode. Ein schnelles und schmutziges Einmalverfahren, aber wir werden auch nur für einmal Zeit haben. Doch ich kann nicht *hier oben* sein und einen Vortex-Spiegel herstellen, und gleichzeitig *dort unten* und Tony retten. Die Quaddies können nicht hinunterfliegen. Ich brauche Sie, Ti. Ich hätte Sie sowieso in jedem Fall als Pilot für das Shuttle gebraucht. Nun müssen Sie nur ein bißchen mehr für mich tun.«

»Hören Sie mal«, begann Ti, »die ursprüngliche Idee war, daß ich aus der ganzen Sache mit heiler Haut davonkommen würde, weil GalacTech glauben würde, daß ich gekidnappt wurde und euch durch das Wurmloch hinausgebracht habe, weil man mir eine Waffe an den Schädel hielt. Ein hübsches, einfaches, glaubhaftes Szenario. Jetzt wird es aber verdammt zu kompliziert. Selbst wenn ich eine solche Nummer abziehen könnte, dann würde man mir nicht glauben, daß ich unter Zwang gehandelt hätte. Was würde mich davon abhalten, daß ich hinunterfliege – und mich einfach stelle? Das ist die Art von Fragen, die man stellen wird, und da können Sie Ihren Arsch drauf verwetten. Nein, verdammt noch mal. Nicht für Liebe, und nicht für Geld.«

»Ich weiß«, knurrte Leo, »wir haben beides angeboten.« Ti blickte ihn wütend an, zog jedoch seinen Kopf ein, um Silvers Blick auszuweichen.

Eine dünne junge Stimme erklang im Korridor. »Leo? Leo …!«

»Hier!« antwortete Leo. Was war jetzt schon wieder los …?

Einer der jüngeren Quaddies kam in Sicht und stürzte sich auf sie. »Leo! Wir haben überall nach Ihnen gesucht. Kommen Sie schnell!«

»Was gibt's?«

»Eine dringende Botschaft. Auf dem Kommunikator. Von unten.«

»Wir antworten nicht auf deren Botschaften. Totale Funkstille, erinnerst du dich? Je weniger Informationen wir ihnen geben, um so länger brauchen sie, um herauszufinden, was sie mit uns tun sollen.«

»Aber es ist Tony!«

Leos Magen krampfte sich zusammen, und er taumelte hinter dem Boten her. Silver, ganz bleich im Gesicht, und die anderen folgten aufgeregt.

Das Holovid stabilisierte sich und zeigte ein Krankenbett. Tony lehnte an der angehobenen Rückenstütze und blickte direkt ins Vid. Er trug T-Shirt und Shorts und einen weißen Verband um seinen linken unteren Bizeps. Sein Rumpf wirkte dick und steif, was auf Verbände unter der Kleidung schließen ließ. Sein Gesicht war von Falten durchzogen und gerötet. Seine blauen Augen wanderten immer wieder nervös zur Rechten des Bettes, wo Bruce Van Atta stand.

»Sie haben lang genug gebraucht, auf unseren Ruf zu antworten, Graf«, sagte Van Atta und grinste unangenehm.

Leo schluckte schwer. »Hallo, Tony. Wir hier oben haben dich nicht vergessen. Claire und Andy geht es gut, sie sind wieder zusammen…«

»Sie sind zum Zuhören hier, Graf, nicht zum Reden«, unterbrach ihn Van Atta. Er betätigte einen Schaltknopf. »Jetzt habe ich Ihre Audioleitung abgeschaltet, da können Sie sich Ihre Worte sparen. Also los, Tony«, Van Atta stupste den Quaddie mit einem silbrigen Stab – was war das? fragte sich Leo besorgt –, »sag dein Sprüchlein auf.«

Tonys Blick wanderte wieder zurück, zu dem stummen Vid-Bild, wie Leo vermutete, und seine Augen weiteten sich. Er holte tief Luft und begann herunterzurasseln: »Was auch immer Sie tun, Leo, machen Sie weiter. Zerbrechen Sie sich nicht den Kopf über mich. Bringen Sie Claire fort – bringen Sie Andy fort…«

Das Holovid wurde sofort abgeschaltet, obwohl der Audiokanal noch einen Moment länger offen blieb. Er übertrug ein seltsames klatschendes Geräusch, einen Schrei und Van Attas Fluch: »Halt still, du kleiner Scheißkerl!«, dann wurde der Ton auch abgeschaltet.

Leo entdeckte, daß er eine von Silvers Händen hielt.

»Claire war hierher unterwegs«, sagte Silver leise, »um diese Übertragung mitzubekommen.«

Leos Augen trafen ihren Blick. »Ich glaube, du solltest sie lieber ablenken.«

Silver nickte grimmig; sie hatte verstanden. »Ganz recht.« Sie schwang sich hinweg.

Das Vid meldete sich wieder. Tony saß stumm zusammengekauert am anderen Ende des Bettes, hatte den Kopf gesenkt und hielt sich die Hände vors Gesicht. Neben ihm stand Van Atta mit wütendem Blick und wippte heftig auf seinen Absätzen.

»Der Bursche lernt anscheinend nur langsam«, knurrte Van Atta. »Ich werde es kurz und deutlich machen, Graf. Sie mögen zwar Geiseln haben, aber wenn Sie sie auch nur anrühren, dann können Sie vor jedes Gericht in der Galaxis gebracht werden. *Ich* habe eine Geisel, mit der ich legal alles tun kann, was ich will. Und wenn Sie nicht glauben, daß ich's tun werde, dann probieren Sie's einfach aus. Nun, wir werden Ihnen in einer kleinen Weile ein Sicherheitshuttle hochschicken, um die Ordnung wieder herzustellen. Und Sie *werden* kooperieren.« Er hielt den silbrigen Stab hoch und drückte auf etwas; Leo sah, wie ein elektrischer Funke von der Spitze sprang. »Das ist ein einfaches Gerät, aber ich kann damit wirklich kreativ werden, wenn Sie mich dazu zwingen. Zwingen Sie mich nicht, Leo.«

»Niemand zwingt Sie ...«, begann Leo.

»Ah«, unterbrach Van Atta, »einen Augenblick ...« – er berührte die Steuerung seines Holovids – »reden Sie jetzt, damit ich Sie hören kann. Und es sollte lieber etwas sein, daß ich hören will.«

»Niemand hier kann Sie zwingen, irgend etwas zu tun«, knirschte Leo. »Was immer Sie tun, Sie tun es aus Ihrem eigenen freien Willen. Wir haben keine Geiseln. Was wir haben, sind drei Freiwillige, die sich entschieden haben zu bleiben, aus ... aus Gewissensgründen, nehme ich an.«

»Wenn Minchenko einer von ihnen ist, dann sollten Sie lieber achtgeben, Leo. Zum Teufel mit dem Gewissen, er möchte sein kleines Reich behalten. Sie sind ein Narr, Graf. Hier…«, er machte eine Bewegung vom Vid fort, »kommen Sie und reden Sie mit ihm in seiner eigenen Sprache, Yei.«

Dr. Yei trat steif ins Sichtfeld, traf Leos Blick und befeuchtete die Lippen. »Mr. Graf, bitte, beenden Sie diese Verrücktheit. Was Sie zu tun versuchen, ist unglaublich gefährlich, für alle Betroffenen…« Van Atta illustrierte diese Worte, indem er den Elektrostab mit einem säuerlichen Grinsen über ihrem Kopf schwenkte; sie blickte ihn irritiert an, sagte aber nichts und machte grimmig weiter: »Ergeben Sie sich jetzt, und der Schaden kann wenigstens begrenzt werden. Bitte. Um aller Beteiligten willen. Sie haben die Macht, das Ganze zu stoppen.«

Leo schwieg für einen Augenblick, dann lehnte er sich vor. »Dr. Yei, ich bin vierundvierzigtausend Kilometer hoch über Ihnen. Sie sind dort mit ihm im gleichen Raum… stoppen *Sie* ihn.« Er schaltete das Holovid aus und verharrte in starrem Schweigen.

»Ist das klug?« würgte Ti unsicher hervor.

Leo schüttelte den Kopf. »Ich weiß es nicht. Aber ohne Zuhörer gibt es gewiß keinen Grund, weiter eine Schau abzuziehen.«

»War das nur Theater? Wie weit wird der Kerl wirklich gehen?«

»In der Vergangenheit habe ich erlebt, daß er ein ziemlich unbeherrschtes Temperament hat, wenn er erregt ist. Ein Appell an sein Eigeninteresse hat ihn für gewöhnlich wieder abgeregt. Aber wie Sie bestimmt selbst erkannt haben, sind die Karrieregewinne bei diesem Schlamassel minimal. Ich weiß nicht, wie weit er gehen wird. Ich glaube, das weiß nicht einmal er selbst.«

Nach einer langen Pause sagte Ti: »Brauchen Sie immer noch – einen Shuttlepiloten, Leo?«

KAPITEL 14

In einer Mischung aus Heiterkeit und Furcht hielt Silver die Armlehnen des Copilotensessels des Shuttles fest umklammert. Auf der Suche nach Halt krümmten sich ihre unteren Hände um den vorderen Rand des Sitzes. Die Verzögerung und die Gravitation zogen an ihr. Mit einer Hand überprüfte sie den Schnappverschluß des Schultergurts, der sie an den Sitz schmiegte, während das Shuttle seine Fluglage änderte, Bug nach unten, und der Boden sichtbar wurde. Rote Wüstenberge, felsig und abschreckend, erhoben sich unter ihnen und flogen immer schneller vorbei, während sie tiefer sanken.

Ti saß neben ihr auf dem Sessel des Shuttlekommandanten, seine Hände und Füße bewegten die Steuerinstrumente unmerklich in winzigen, ständigen Korrekturen; dabei sprang sein Blick völlig konzentriert von Anzeige zu Anzeige und dann zum realen Horizont. Die Atmosphäre dröhnte über die Außenhaut des Shuttles, und eine vorüberwehende Bö schüttelte das Raumfahrzeug heftig. Silver begann zu begreifen, warum Leo trotz seiner ausdrücklichen Besorgnis über das Risiko, das es für sie alle darstellte, Ti auf dem Planeten zu verlieren, nicht Zara oder einen der anderen Schubschiffpiloten an Tis Stelle eingesetzt hatte. Selbst wenn man die Fußpedale außer acht ließ, war die Landung auf einem Planeten ganz entschieden eine andere Disziplin als das Herumdüsen in der Schwerelosigkeit, besonders in einem Flugkörper, der fast die Größe eines Habitatmoduls hatte.

»Da ist der Grund des ausgetrockneten Sees«, Ti deutete mit einem Nicken nach vorn und sprach zu ihr, ohne den Blick von seiner Arbeit abzuwenden. »Direkt am Horizont.«

»Ist es – sehr viel schwieriger, als auf der Rollbahn eines Shuttlehafens zu landen?« fragte Silver besorgt.

»Kein Problem.« Ti lächelte. »Wenn überhaupt, dann ist es leichter. Der See war nur eine große Pfütze – und ist sowieso einer unserer alternativen Landeplätze für Notfälle. Man muß nur den Rinnen am Nordende ausweichen, und dann haben wir es schon geschafft.«

»Oh«, sagte Silver beruhigt. »Ich hatte nicht gewußt, daß du schon zuvor hier draußen gelandet bist.«

»Nun, das bin ich auch nicht«, murmelte Ti, »denn ich habe noch keinen Notfall gehabt...« Er setzte sich noch konzentrierter hin und faßte die Steuerknüppel noch fester, und Silver beschloß, daß es vielleicht besser wäre, ihn jetzt nicht mit einer Fortsetzung des Gesprächs abzulenken.

Sie guckte um den Rand ihres Sitzes herum auf Dr. Minchenko, der hinter ihnen auf dem Platz des Flugingenieurs saß, um zu sehen, wie er dies alles aufnahm. Er reagierte mit einem ironischen Lächeln, als wollte er sie wegen ihrer Besorgnis necken, aber sie bemerkte, daß auch seine Hand die Sitzgurte überprüfte.

Der Boden kam schnell näher. Silver bedauerte es fast, daß sie letztlich mit dieser Landung nicht auf den Schutz der Dunkelheit gewartet hatten. Dann wären sie wenigstens nicht in der Lage gewesen, ihren Tod auf sich zukommen zu sehen. Natürlich konnte sie die Augen schließen. Sie machte sie zu, aber öffnete sie fast sofort wieder. Warum sollte man die letzte Erfahrung seines Lebens versäumen? Es tat ihr leid, daß Leo ihr gegenüber nie einen Annäherungsversuch gemacht hatte. Er mußte sicher auch unter Stressanhäufung leiden. Schneller und schneller...

Das Shuttle rumpelte, hüpfte, polterte, schwankte und dröhnte über die flache, rissige Oberfläche. Silver tat es leid, daß *sie* nie einen Annäherungsversuch Leo gegenüber gemacht hatte. Offensichtlich konnte man sterben, während man darauf wartete, daß andere

Leute einem das Leben in Gang brachten. Ihre Sitzgurte schnitten ihr in die Brüste, während die Verlangsamung sie nach vorne zog und die rumpelnden Erschütterungen ihre Zähne klappern ließen.

»Nicht so glatt wie ein Rollfeld«, rief Ti, grinste und warf ihr endlich einen strahlenden Bick zu. »Aber gut genug für Firmenarbeit...«

Also gut, niemand anderer schnatterte vor Schrekken, und vielleicht sollte eine Landung so sein. Sie rollten zu einem ganz ordentlichen Halt auf freier Strecke. Gezackte karminrote Berge säumten einen leeren Horizont. Schweigen herrschte.

»Nun«, sagte Ti, »da sind wir...« Er löste mit einem Klicken seine Gurte und wandte sich Dr. Minchenko zu, der sich aus dem Technikersessel hochrappelte. »Was jetzt? Wo ist sie?«

»Wenn Sie so nett wären«, sagte Dr. Minchenko, »und für uns mal die Umgebung abscannen...«

Ein Panorama des Horizonts rollte ein paarmal über einen Monitor, während für Silvers Gehirn die Minuten verrannen. Die Schwerkraft, entdeckte Silver, war nicht halb so schlimm, wie Claire sie beschrieben hatte. Ihre Empfindung erinnerte sie sehr an die Zeit, die sie auf dem Weg zum Wurmloch unter Beschleunigung verbracht hatte, nur war es jetzt ganz still und es gab keine Vibrationen, oder es war wie auf der Transferstation, nur stärker. Es hätte ihr geholfen, wenn das Design des Sitzes ihrem Körperbau entsprochen hätte.

»Was ist, wenn die Flugkontrolle von Rodeo uns hat landen sehen?« fragte sie. »Was ist, wenn GalacTech zuerst hierherkommt?«

»Es macht mir mehr Angst zu denken, daß die Flugkontrolle uns übersehen haben könnte«, sagte Ti. »Wenn es darum geht, wer zuerst hierherkommt – nun, Dr. Minchenko?«

»Mm«, sagte der Arzt niedergeschlagen. Dann hellte sich sein Gesicht auf, er beugte sich vor, hielt das

Scannerbild an und deutet mit dem Finger auf einen kleinen Fleck auf dem Schirm, vielleicht 15 Kilometer entfernt.

»Ein Sandsturm?« sagte Ti, der offensichtlich versuchte, seine Hoffnungen zu zügeln.

Der Fleck wurde schärfer. »Ein Landrover«, sagte Dr. Minchenko und lächelte befriedigt. »O mein *braves* Mädchen.«

Der Fleck wuchs sich zu einem brodelnden Wirbel orangefarbenen Staubs aus, der von einem dahinrasenden Landrover hochgeschleudert wurde. Fünf Minuten später hielt das Fahrzeug neben der vorderen Einstiegsluke des Shuttles an. Die Gestalt unter dem verstaubten, blasenförmigen Verdeck hielt inne, und legte eine Atemmaske an, dann ging das Verdeck hoch, und die Trittstufen wurden herabgeschwenkt.

Dr. Minchenko setzte seine Atemmaske auf und eilte, gefolgt von Ti, über die Stufen des Shuttles, um der zerbrechlichen, silberhaarigen Frau zu helfen, die sich mit einer Ansammlung seltsam geformter Pakete abmühte. Sie war offensichtlich froh, als sie alle den Männern überreichte, ausgenommen einen massiven schwarzen Kasten, der eher wie ein Löffel geformt war und den sie auf ziemlich ähnliche Weise an ihre Brust hielt, dachte Silver, wie Claire das Baby Andy. Dr. Minchenko führte seine Dame besorgt zur Luftschleuse hinauf – auf den Stufen bewegten sich ihre Knie steif – und hinein, wo sie endlich ihre Atemmasken abnehmen und klar mit einander sprechen konnten.

»Alles mit dir in Ordnung, Warren?« fragte Madame Minchenko.

»Vollkommen«, versicherte er ihr.

»Ich konnte fast nichts mitbringen – ich wußte kaum, was ich auswählen sollte.«

»Denk bloß an die Menge Geld, die wir dann bei den Transportgebühren sparen werden.«

Silver war fasziniert von der Art und Weise, wie die

Schwerkraft der Kleidung von Madame Minchenko Form verlieh. Es aus einem warmen, dunklen Stoff, hatte einen silbernen Gürtel um die Taille und hing in weichen Falten um ihre Knöchel, die in Stiefel steckten. Der Rock schwang zu Madame Minchenkos Schritten hin und her, wie ein Echo ihrer Erregung.

»Es ist schierer Wahnsinn. Wir sind zu alt, um noch Flüchtlinge zu werden. Ich mußte mein Cembalo zurücklassen!«

Dr. Minchenko tätschelte ihr mitfühlend die Schulter. »In der Schwerelosigkeit würde es sowieso nicht funktionieren. Die kleinen Docken fallen nur unter Schwerkraft wieder an ihren Platz zurück.« Seine Stimme schnappte fast über vor Eindringlichkeit. »Aber man versucht meine Quaddies umzubringen, Ivy!«

»Ja, ja, ich verstehe...« Madame Minchenko blickte mit einem etwas gespannten und zerstreuten Lächeln auf Silver, die mit einer Hand an einem Gurt hing und zuhörte. »Du mußt wohl Silver sein.«

»Ja, Madame Minchenko«, sagte Silver atemlos mit ihrer höflichsten Stimme. Diese Frau war die bei weitem älteste Planetarierin, die Silver je gesehen hatte, abgesehen von Dr. Minchenko und Dr. Cay selbst.

»Wir müssen jetzt los, um Tony zu holen«, sagte Dr. Minchenko. »Wir werden so schnell zurück sein, wie wir fahren können. Silver wird dir helfen, sie ist sehr gut. Haltet das Schiff!«

Die beiden Männer eilten wieder nach draußen, und binnen weniger Augenblicke raste der Landrover durch die öde Landschaft davon.

Silver und Madame Minchenko blieben zurück und blickten einander an.

»Tja«, sagte Madame Minchenko.

»Es tut mir leid, daß Sie all Ihre Sache zurücklassen müssen«, sagte Silver schüchtern.

»Hm. Nun ja, ich kann nicht sagen, daß es mir leidtut, von hier wegzugehen.« Madame Minchenkos

Blick, der im Laderaum des Shuttles umherwanderte, schloß implizit Rodeo mit ein.

Sie gingen in den Pilotenraum und setzten sich hin; der Monitor scannte den monotonen Horizont. Madame Minchenko hielt immer noch den großen Kasten in Form eines Löffels in ihrem Schoß. Silver rutschte in ihrem falsch geformten Sitz herum und versuchte sich vorzustellen, wie es sein mochte, mit jemandem länger als das Doppelte ihres eigenen Lebensalters verheiratet zu sein. War Madame Minchenko einmal jung gewesen? Dr. Minchenko war sicher schon seit jeher alt.

»Wie sind Sie denn eigentlich dazu gekommen, Dr. Minchenko zu heiraten?« fragte Silver.

»Das frage ich mich manchmal selbst«, murmelte Madame Minchenko trocken, halb für sich selbst.

»Waren Sie Krankenschwester oder Labortechnikerin?«

Sie blickte mit einem leichten Lächeln auf. »Nein, meine Liebe, ich war nie eine Biowissenschaftlerin. Gottseidank!« Ihre Hand liebkoste den schwarzen Kasten. »Ich bin so etwas wie eine Musikerin.«

Silver reckte interessiert den Kopf. »Synthavids? Programmieren Sie? Wir hatten einige Synthavids in unserer Bibliothek, das heißt in der Bibliothek der Firma.«

Madame Minchenko verzog die Mundwinkel zu einem halben Lächeln. »In dem, was ich tue, gibt es nichts Synthetisches. Ich bin eine registrierte Künstlerin für die Aufführung alter Musik. Ich halte alte Fertigkeiten am Leben – stell mich dir als ein lebendiges Museumsstück vor, das etwas abgestaubt werden muß – nur ein paar Spinnweben hängen an meinem Ellbogen...« Sie öffnete ihren Kasten und ließ Silver hineinschauen. Lackiertes rötliches Holz, glatt wie Seide, fing die bunten Lichter der Pilotenkanzel auf und spiegelte sie wider. Madame Minchenko hob das Instrument und klemmte es unter ihr Kinn. »Das ist eine Violine.«

»Ich habe Bilder davon gesehen«, erinnerte sich Silver. »Ist sie echt?«

Madame Minchenko lächelte und zog ihren Bogen mit einer schnellen Folge von Tönen über die Saiten. Die Musik lief hinauf und hinab wie ... wie Quaddiekinder im Turnsaal, das war der einzige Vergleich, der Silver einfiel. Die Lautstärke war erstaunlich.

»Wo sind diese Drähte da oben an die Lautsprecher angeschlossen?« wollte Silver wissen, stützte sich mit ihren oberen Händen hoch und reckte den Hals.

»Es gibt keine Lautsprecher. Der Klang kommt ganz allein aus dem Holz.«

»Aber er hat den ganzen Raum ausgefüllt!«

Madame Minchenko lächelte. »*Dieses* Instrument könnte einen ganzen Konzertsaal ausfüllen.«

»Spielen Sie ... in Konzerten?«

»Einst, als ich jung war – in deinem Alter, vielleicht ... Ich bin auf eine Schule gegangen, wo man solche Fertigkeiten gelehrt hat. Die einzige Musikschule auf meinem Planeten. Eine Kolonialwelt, weißt du, wo man wenig Zeit für Künste hatte. Es gab einen Wettbewerb – der Gewinner sollte zur Erde reisen dürfen und Schallaufzeichnungen machen. Was er im folgenden auch tat. Aber die Tonträgergesellschaft, die diese Sache durchführte, war nur an dem allerbesten interessiert. *Ich* war die zweite. Es gibt nur für so wenige Platz ...« Sie seufzte. »Ich blieb zurück mit einer erfreulichen persönlichen Leistung, die keiner hören wollte. Nicht, wenn sie nur eine Diskette auflegen mußten, um nicht nur den Besten meiner Welt, sondern den Besten der ganzen Galaxis zu hören. Glücklicherweise begegnete ich etwa um diese Zeit Warren. Mein dauernder Mäzen, mein ständiges Publikum. Wahrscheinlich war es gut, daß ich damals keine Karriere daraus machen wollte, wir zogen damals so oft um, als er sein Studium beendete und bei GalacTech zu arbeiten begann. Ich habe hier und da Unterricht gegeben, für Liebhaber alter Künste …« Sie neigte den Kopf Silver zu. »Und hat man euch Musik gelehrt, bei all den Dingen, die man euch auf diesem Satelliten beigebracht hat?«

»Wir haben einige Lieder gelernt, als wir klein waren«, sagte Silver scheu. »Und dann waren da noch die Blasflöten. Aber die gab es nicht lange.«

»Die Blasflöten?«

»Kleine Plastikdinger, in die man hineinblies. *Die* waren echt. Eine der Krippenmütter brachte sie mit herauf, als ich etwa … oh … acht war. Aber dann gelangten sie über das ganze Habitat, und die Leute beschwerten sich über das … hm … Geflöte. So mußte sie alle wieder mitnehmen.«

»Ich verstehe. Warren hat die Blasflöten nie erwähnt.« Madame Minchenkos Augenbrauen zuckten. »Ach … was für Lieder waren das?«

»Oh …« Silver holte Luft und sang: »Rog G. Biv, Rog G. Biv, er ist der Farbenquaddie, der das Spektrum ergibt: Rotorange-gelb, grün und blau, indigo und violett, das ist nett …« Sie brach ab und errötete. Ihre Stimme klang so zittrig und schwach, im Vergleich zu dieser erstaunlichen Violine.

»Ich verstehe«, sagte Madame Minchenko mit einer seltsam verkrampften Stimme. Ihre Augen tanzten jedoch, so daß Silver nicht dachte, sie wäre beleidigt. »O Warren«, seufzte Madame Minchenko, »die Dinge, für die du verantwortlich bist …«

»Darf ich …?«, sagte Silver und brach ab. Sicher würde sie diese wertvolle Antiquität nicht berühren dürfen. Was, wenn sie für einen Moment vergaß, sie zu halten, und die Schwerkraft ihr die Violine aus der Hand zog?

»Einmal versuchen?« beendete Madame Minchenko ihren Gedanken. »Warum nicht? Wir scheinen uns hier ein bißchen Zeit vertreiben zu müssen.«

»Ich habe Angst …«

»Ach was! Oh, auf die hier habe ich immer gut achtgegeben. Sie wurde jahrelang nicht gespielt, lag eingesperrt in einem Gewölbe mit Klimaanlage… tot. Dann habe ich in letzter Zeit mich zu fragen begonnen, wofür ich sie denn aufhebe. Hier, jetzt. Heb dein Kinn, so; klemm sie darunter, so«, Madame Minchenko legte Silvers Finger um den Hals der Violine. »Was für hübsche lange Finger du hast, meine Liebe. Und… hm… *so viele*. Ich überlege…«

»Was?« fragte Silver, als Madame Minchenko verstummte.

»Hm? Oh. Ich sah gerade vor meinem geistigen Auge ein Bild von einem Quaddie in der Schwerelosigkeit mit einer zwölfsaitigen Gitarre. Wenn du nicht so in einen Sessel gequetscht wärst wie jetzt, dann könntest du mit dieser unteren Hand nach oben greifen…«

Es war vielleicht ein Trick des Lichts von Rodeos im Westen stehender Sonne, die auf den gezackten Horizont herabsank und ihre roten Strahlen durch das Kabinenfenster schickte, aber Madame Minchenkos Augen schienen zu leuchten. »Jetzt biege deine Finger, so…«

Feuer.

Das erste Problem war gewesen, im Habitat genügend reinen Titan-Schrott zu finden, der der Masse des ruinierten Vortex-Spiegels hinzugefügt werden sollte, um die unvermeidlichen Verluste während der Wiederherstellung zu berücksichtigen. Ein Zusatz von vierzig Prozent Masse wäre ausreichend gewesen, damit Leo sich keine Sorgen zu machen brauchte.

Es hätte eigentlich Vorratstanks aus Titan für gefährliche ätzende Flüssigkeiten geben müssen – ein einziger Tank von etwa hundert Litern hätte schon den Zweck erfüllt – Rohrleitungen, Ventile, irgendwas. Während der ersten verzweifelten Stunde der Suche war Leo überzeugt, daß sein Plan schon hier bei Stufe Eins scheitern würde. Dann fand er das Material ausgerechnet in der Abteilung Ernährung: einen Kühler voll von Vorratskanistern aus Titan, von denen jeder ein gutes halbes Kilo Masse hatte. Ihre verschiedenen Inhalte wurden hastig in alle Ersatzbehälter umgefüllt, die Leo und sein Quaddie-Stoßtrupp auftreiben konnten. »Das Saubermachen«, hatte Leo schuldbewußt über die Schulter dem erschrockenen Quaddiemädchen zugerufen, das jetzt die Abteilung Ernährung leitete, »überlassen wir als Übung den Schülern.«

Das zweite Problem war gewesen, einen Platz für die Arbeit zu finden. Pramod hatte auf eines der verlassenen Habitatmodule hingewiesen, einen Zylinder mit einem Durchmesser von etwa vier Metern. Es war die Arbeit von weiteren zwei Stunden gewesen, Löcher als Eingang in die Seite zu schneiden und das Modul am einen Ende mit all dem leitfähigen Schrottmetall vollzupacken, das sie finden konnten. Die Masse wurde dann mit einem Oberflächenbelag aus noch mehr Außenhülle eines aufgegebenen Habitatmoduls versehen, der so glatt wie Glas gehämmert worden war, wie sie es bei einer flachen konkaven Schale mit einer sorgfältig berechneten Biegung nur machen konnten, die sich jetzt über den Durchmesser des Moduls erstreckte.

Jetzt hing ihre Masse aus Titanschrott gewichtslos in der Mitte des Moduls. Die Bruchteile des Vortex-Spiegels und die plattgeschlagenen Nahrungskanister wurden zusammengehalten von einer Spule aus reinem Titan, die ein kluges Quaddiekind ihnen aus dem Lager angeschleift hatte. Das dichte graue Metall glitzerte und glühte unter ihren Arbeitslampen und dem Widerschein eines grellen Sonnenstrahls, der durch eines ihrer Eingangslöcher fiel.

Leo blickte sich zum letztenmal in der Kammer um. Vier Quaddies in Arbeitsanzügen bedienten jeweils eine Lasereinheit, die an den Wänden befestigt waren und die Titanmasse umgaben. Leos Meßinstrumente schwebten an einer Leine an seinem Gürtel, bereit für seine Hände in den Druckhandschuhen. Es war Zeit. Leo aktivierte über die Steuerung seines Helms die Verdunkelung seiner Gesichtsscheibe.

»Fangt zu feuern an«, sagte er in den Kommunikator seines Anzugs.

Gleichzeitig schossen vier Strahlen von Laserlicht in den Schrott. In den ersten paar Minuten schien nichts zu geschehen. Dann begann es zu glühen, dunkelrot, hellrot, gelb, weiß – dann begann sichtbar einer der früheren Nahrungskanister zu zerlaufen und in das Durcheinander zu fließen. Die Quaddies ließen auch weiterhin die Energie hineinströmen.

Die Masse begann leicht zu wandern, wie Leo von seinen Anzeigen ablesen konnte, obwohl der Effekt für das bloße Auge noch nicht zu sehen war. »Einheit Vier, etwa zehn Prozent mehr Energie«, wies Leo an. Einer der Quaddies winkte bestätigend mit einer unteren Hand und betätigte seine Steuerung. Der Abtrieb hörte auf. Gut, seine Umklammerung funktionierte. Leo hatte eine Schreckensvision gehabt, wie die geschmolzene Metallmasse gegen eine Seitenwand trieb, oder, noch schlimmer, jemanden lebensbedrohlich streifte, aber gerade die Strahlen, die sie schmolzen, schienen auszureichen, um ihre Bewegung unter Kontrolle zu halten, zumindest beim Fehlen eines stärkeren Bewegungsmoments.

Jetzt war die Schmelze offensichtlich, das Metall wurde zu einem riesigen weißglühenden Tropfen Flüssigkeit, der im Vakuum schwebte und nach der Form einer vollkommenen Kugel strebte. *Junge, dieses Zeug wird völlig rein sein, wenn wir fertig sind,* überlegte Leo befriedigt.

Er schaute auf seine Überwachungsgeräte. Jetzt näherten sie sich einem Augenblick, wo eine kritische Entscheidung getroffen werden mußte: Wann sollten sie aufhören? Sie mußten genügend Energie hineinströmen lassen, um eine absolut einheitliche Schmelze zu erreichen, es durften keine komischen Klumpen mitten in der Soße übrigbleiben. Aber auch nicht zuviel; obwohl es für das Auge noch nicht sichtbar war, wußte Leo, daß jetzt Metalldampf aus dieser Blase strömte, Teil seines einkalkulierten Verlustes.

Wichtiger noch war, auf den nächsten Schritt zu achten – jede Kilokalorie, die sie in diese Titanmasse luden, mußte auch wieder herausgeholt werden. Auf dem Planeten, wäre die Form, die er anstrebte, in einer kupfernen Gußform hergestellt worden, mit Unmengen von Wasser, die die Hitze im gewünschten Tempo – in diesem Fall schnell – davontrugen; Einzelkristall-Spritzkühlung wurde das genannt. Nun ja, wenigstens hatte er herausbekommen, wie er den Teil des Spritzens dabei bewerkstelligte …

»Laser aus!« befahl Leo.

Und da hing sie nun, ihre Kugel aus geschmolzenem Metall, blauweiß mit der heftigen Hitzeenergie in ihrem Innern, vollkommen rund. Leo prüfte mehrfach ihre zentrierte Position und ließ Laser Zwei noch einmal eine halbe Sekunde feuern, nicht zum Schmelzen, sondern um des Ruhemoments willen.

»In Ordnung«, sprach Leo in seinen Kommunikator. »Jetzt schaffen wir aus diesem Modul alles raus, was rausgeht, und überprüfen alles, was drinnenbleibt. Das Letzte, was wir jetzt gebrauchen können, ist, daß jemand seinen Schraubenschlüssel in den Suppentopf fallen läßt, kapiert?«

Leo schloß sich den Quaddies an, die ihre Geräte zwanglos durch die Löcher in der Seitenwand des Moduls nach draußen schoben. Zwei seiner Laserbediener gingen mit hinaus, zwei blieben bei Leo. Er überprüfte erneut die Zentrierung und dann gurteten sie sich alle an die Wände.

Leo wechselte bei seinem Kommunikator auf einen anderen Kanal über. »Bereit, Zara?« rief er.

»Bereit, Leo«, antwortete die Quaddiepilotin aus

ihrem Schubschiff, das jetzt mit dem Heck des ausgeweideten Moduls verbunden war.

»Jetzt denk dran, langsam und sanft. Aber fest. Stell dir vor, dein Schubschiff ist ein Skalpell und du bist gerade dabei, eine deiner Freundinnen zu operieren oder sowas.«

»In Ordnung, Leo.« In ihrer Stimme klang ein Grinsen an. *Gib nicht an, Mädchen,* betete Leo stumm.

»Los, wenn du bereit bist.«

»Gestartet. Haltet euch fest da oben!«

Zunächst gab es keine wahrnehmbare Veränderung. Dann begannen Leos Gurte sanft an ihm zu ziehen. Das Habitat-Modul bewegte sich, aber nicht die Kugel aus geschmolzenem Titan. Das Metall driftete nicht; die Rückwand bewegte sich vorwärts und umschloß sie.

Es funktionierte, bei Gott, es funktionierte! Die Metallblase berührte die Rückwand, breitete sich aus und senkte sich in die flache Schale.

»Beschleunigung um eine Stufe erhöhen«, rief Leo in seinen Kommunikator. Das Schubschiff beschleunigte und der Kreis aus geschmolzenem Titan dehnte sich aus, seine Ränder näherten sich dem erwünschten Durchmesser von etwa drei Metern, und sein helles Glühen ließ schon nach. So entstand ein Titanrohling von kontrollierter Dicke, der nach der Abkühlung bereit wäre zum explosiven Guß in seine endgültige heikle Form.

»Halt! Das reicht!«

Spritzkühlung? Na ja, nicht direkt. Leo war sich unbehaglicherweise bewußt, daß sie wahrscheinlich im Innern keine vollkommene Einzelkristall-Erstarrung erzielen konnten. Aber sie würde gut sein, gut genug – solange sie gut genug war, daß sie nicht wieder alles einschmelzen und von vorn beginnen mußten, das war das Äußerste, worum Leo zu beten wagte. Sie hatten kaum Zeit, eines dieser Babies herzustellen. Nicht zwei. Und wann kam die angedrohte Reaktion von Rodeo? Sicher bald.

Er überlegte kurz, was die neue Gravitationstechnologie für Fabrikationsprobleme im All wie dem vorliegenden bedeutete. Revolution schien ein zu milder Ausdruck dafür zu sein. *Schade, daß wir jetzt noch nichts davon haben,* dachte er. Immerhin – er grinste im Schutze seines Helms – kamen sie ganz gut voran.

Er zielte mit seinem Temperaturmesser auf die Rückwand. Das Stück kühlte so schnell ab, wie er es erhofft hatte. Sie mußten noch ein paar Stunden abwarten, bis es genügend Hitze abgegeben hatten, daß man es von der Wand abnehmen und ohne Gefahr der Verformung behandeln konnte.

»In Ordnung, Bobbi, ich überlasse dir und Zara hier die Leitung«, sagte Leo. »Es sieht gut aus. Wenn die Temperatur auf etwa fünfhundert Grad Celsius gefallen ist, dann meldet ihr mir das. Wir werden versuchen, für die endgültige Abkühlung und die zweite Phase der Formung bereit zu sein.«

Vorsichtig, um die Wände nicht in Vibrationen zu versetzen, löste Leo sich aus seinen Gurten und kletterte zu dem Ausstiegsloch. Aus dieser Entfernung hatte er eine schöne Sicht auf die D-620, die jetzt mehr als halb beladen war, und dahinter auf Rodeo. Er sollte lieber jetzt zurückkehren, bevor die Distanz größer wurde, als die Düsen seines Anzugs überbrücken konnten.

Er aktivierte seine Düsen und entfernte sich schnell von der Seite der immer noch sanft beschleunigenden Modul-und-Schubschiff-Einheit. Sie schwebte dahin und sah tatsächlich aus wie ein notdürftig hergerichtetes Wrack und barg doch Hoffnung in ihrem Innern.

Leo wandte sich dem Habitat zu, und der Phase II seines Plans der Sprungschiffreparatur während der Wartezeit.

Sonnenuntergang über dem ausgetrockneten See. Silver blickte besorgt auf den Monitor in der Steuerkabine des Shuttles, dessen Scanner über den Horizont hin und her strich und der jedesmal hell und dann wieder dunkel wurde, wenn der rote Sonnenball vorbeirollte.

»Es dauert mindestens noch eine weitere Stunde, bis sie zurück sind«, erklärte Madame Minchenko, die Silver beobachtete, »im günstigsten Fall.«

»Ich halte nach etwas anderem Ausschau«, antwortete Silver.

»Hm.« Madame Minchenko trommelte mit ihren langen, vom Alter gekrümmten Fingern auf die Konsole, klinkte den Sitz des Copiloten aus seiner Verankerung, schwenkte ihn nach hinten und starrte nachdenklich auf die Decke der Kabine. »Nein, vermutlich nicht. Jedoch – wenn die Flugkontrolle von GalacTech euch landen sah und einen Jetcopter losgeschickt hat, um die Sache zu untersuchen, dann hätte der schon längst hier sein müssen. Vielleicht ist ihnen eure Landung doch entgangen.«

»Vielleicht sind sie bloß nicht sehr gut organisiert«, meinte Silver, »und rücken jede Minute an.«

Madame Minchenko seufzte. »Das ist nur allzu wahrscheinlich.« Sie betrachte Silver und schürzte die Lippen. »Und was solltest du in diesem Fall tun?«

»Ich habe eine Waffe.« Silver berührte ihre Laserlötpistole, die auf der Konsole vor dem Pilotensitz lag, in dem sie sich räkelte. »Aber ich würde lieber auf keinen mehr schießen. Nicht, wenn ich es vermeiden kann.«

»Auf keinen *mehr*?« Madame Minchenkos Stimme klang um eine Nuance respektvoller.

Auf Leute zu schießen war eine so *dumme* Sache. Warum waren alle – jeder! – so beeindruckt? fragte sich Silver irritiert. Man sollte meinen, sie hätte etwas wirklich Großes getan, wie zum Beispiel eine neue Behandlungsmethode für die schwarze Stengelfäule entdeckt. Sie preßte ihre Lippen aufeinander.

Dann öffnete sie den Mund und beugte sich vor, um

auf den Monitor zu starren. »Oh, oh. Hier kommt ein Bodenwagen.«

»Sicher nicht unsere Jungs«, sagte Madame Minchenko mit einem gewissen Unbehagen. »Ich frage mich, ob etwas schiefgegangen ist.«

»Es ist nicht Ihr Landrover.« Silver fummelte an den Knöpfen für die Bildauflösung herum. Das schräg einfallende Sonnenlicht ergoß sich auf den Staub und verwandelte ihn in einen rotglühenden Rauchschleier. »Ich glaube ... es ist ein Bodenwagen des GalacTech-Sicherheitsdienstes.«

»Ach du lieber Himmel.« Madame Minchenko setzte sich aufrecht hin. »Was jetzt?«

»Wir öffnen jedenfalls die Luken nicht. Unter keinen Umständen.«

Nach ein paar Minuten hielt der Bodenwagen etwa fünfzig Meter vor dem Shuttle an. Aus seinem Dach stieg eine Antenne auf und schwenkte sich ihnen gebieterisch zu. Silver schaltete den Kommunikator ein – es irritierte sie, daß sie ihre unteren Arme nicht voll einsetzen konnte – und rief vom Computer ein Menü der Kommunikatorkanäle auf. Das Shuttle schien Zugang zu einer Unmenge Kanäle zu haben. 9999 war der Audiokanal der Sicherheitsabteilung. Sie stellte den Kommunikator darauf ein.

»... bei Gott! He, Sie da drinnen – antworten Sie!«

»Ja, was wünschen Sie?« sagte Silver.

Nach einer Pause der Überraschung: »Warum haben Sie nicht geantwortet?«

»Ich wußte nicht, daß Sie mich sprechen wollten«, antwortete Silver ganz logisch.

»Ja, nun – dieses Frachtshuttle ist Eigentum von GalacTech.«

»Ich ebenfalls. Also, was gibt's?«

»Hä ...? Hören Sie, Lady, hier ist Sergeant Fors vom GalacTech-Sicherheitsdienst. Sie müssen aussteigen und uns dieses Shuttle übergeben.«

Eine Stimme im Hintergrund, die nicht ausreichend gedämpft wurde, fragte: »He, Bern – glaubst du, wir kriegen hierfür den Zehnprozent-Bonus für die Wiederbeschaffung von gestohlenem Eigentum?«

»Träum ruhig weiter«, knurrte eine andere Stimme. »Niemand wird *uns* eine Viertelmillion geben.«

Madame Minchenko hob die Hand und lehnte sich vor, um zitternd einzuwerfen: »Junger Mann, hier spricht Ivy Minchenko. Mein Mann, Dr. Minchenko, hat dieses Raumfahrzeug beschlagnahmt, um auf einen dringenden medizinischen Notfall zu reagieren. Das ist nicht nur sein Recht, es ist seine gesetzlich vorgeschriebene Pflicht – und *Sie* sind nach den Vorschriften von GalacTech gehalten, ihm zu helfen, nicht ihn zu behindern.«

Darauf kam ein etwas verblüfftes Knurren: »Ich bin gehalten, dieses Shuttle zurückzubringen. Das sind meine Befehle. Niemand hat mir etwas von einem medizinischen Notfall gesagt.«

»Nun gut, dann sage ich es Ihnen jetzt.«

Wieder die Stimme aus dem Hintergrund: »... es sind nur ein paar Frauen. Los!«

Der Sergeant: »Werden Sie die Luke öffnen, Lady?«

Silver antwortete nicht. Madame Minchenko hob fragend die Augenbrauen, und Silver schüttelte stumm den Kopf. Madame Minchenko seufzte und nickte.

Der Sergeant wiederholte seine Forderungen, seine Stimme klang gereizt – nach Silvers Empfinden war er kurz davor, ordinär zu werden. Nach einer Minute oder zwei brach er ab.

Nach ein paar weiteren Minuten gingen die Türen des Bodenwagens auf und die drei Männer kletterten heraus. Sie trugen Atemmasken, stapften herüber und starrten auf die Luken des Shuttles hoch über ihren Köpfen. Sie kehrten zum Bodenwagen zurück, stiegen ein – das Fahrzeug fuhr einen Bogen. Fuhr es weg? Silver hoffte es, wider alle Hoffnung. Nein, es kam wieder und parkte wieder, unter der vorderen Luke des Shuttles. Zwei der Männer wühlten hinten im Wagen nach Werkzeugen, dann stiegen sie auf das Dach ihres Fahrzeugs.

»Sie haben so eine Art Schneidewerkzeuge«, sagte Silver erschrocken. »Sie versuchen anscheinend, das Shuttle aufzuschneiden.«

Schläge hallten durch das Shuttle.

Madame Minchenko nickte in Richtung der Laserlötpistole. »Ist es Zeit dafür?« fragte sie furchtsam.

Silver schüttelte unglücklich den Kopf. »Nein. Nicht schon wieder. Außerdem kann ich auch nicht zulassen, daß sie das Schiff beschädigen – es muß raumfähig bleiben oder wir kommen nicht mehr nach Hause.«

Sie hatte Ti beobachtet... Sie holte tief Luft und griff nach der Shuttle-Steuerung. Es war hoffnungslos schwierig, die Fußpedale zu erreichen, sie würde ohne sie auskommen müssen. Rechtes Triebwerk aktivieren, linkes Triebwerk aktivieren – ein Summen lief durch das Schiff. Bremsen – da waren sie, sicher. Sie zog den Hebel sanft auf die Stellung ›Freigabe‹. Nichts geschah.

Dann taumelte das Shuttle vorwärts. Erschrocken über die plötzliche Bewegung, stieß Silver den Bremshebel wieder zurück und das Schiff kam schwankend zum Stehen. Sie suchte hektisch auf den Außenmonitoren. Wo...?

Die Steuerbordtragfläche des Shuttles war über das Dach des Bodenwagens dahingefegt und hatte es nur um einen halben Meter verfehlt. Silver erkannte mit einem schuldbewußten Schaudern, daß sie die Höhe der Tragfläche hätte überprüfen sollen, bevor sie das Shuttle in Bewegung setzte. Sie hätte den Flügel abreißen können, mit gräßlichen Konsequenzen für sie alle.

Die Sicherheitsleute waren nirgendwo zu sehen – nein, da lagen sie, über den trockenen Seegrund verstreut. Einer erhob sich aus dem Sand und hinkte zurück zum Bodenwagen. Was jetzt? Wenn sie parkte, oder selbst wenn sie in eine gewisse Entfernung rollte und dann parkte, dann würden sie es nur wieder versuchen. Es konnte nicht viele weitere Versuche geben, bevor sie schlauer wurden und die Reifen des Shuttles zerschossen oder es auf andere Weise unbeweglich machten. Eine gefährlich instabile Sackgasse.

Silver saugte an ihrer Unterlippe. Dann lehnte sie sich unbeholfen nach vorn, in einem Sitz, der nicht für Quaddies entworfen worden war, ließ die Bremsen teilweise los und schaltete das Backbordtriebwerk ein. Das Shuttle zitterte ein paar Meter weiter vorwärts, schlitternd und stöhnend. Der Monitor zeigte, wie hinter ihnen der Bodenwagen halb von orangefarbenem Staub verdeckt wurde, den der Auspuff des Shuttletriebwerks hochwirbelte. Das Bild des Bodenwagens zitterte in der Hitze der Abgase.

Sie stellte die Bremsen so fest, wie es nur ging, und gab dem Backbordtriebwerk noch mehr Saft. Sein Surren wurde zu einem Winseln – sie wagte es nicht, es bis zum Jaulen hochzufahren, das Ti bei der Landung hervorgerufen hatte. Wer wußte, was dann geschehen würde?

Das Plastikverdeck des Bodenwagens zerbrach in einem Krakelee sternförmiger Sprünge und sackte zusammen. Falls Leo recht gehabt hatte mit seiner Beschreibung des Treibstoffs, den sie hier unten für ihre Fahrzeuge benutzten, dann müßte eigentlich dieses Kohlenwasserstoff-Zeugs in jener Sekunde …

Ein gelber Feuerball verschlang den Bodenwagen. Er leuchtete einen Moment lang heller als die untergehende Sonne. Trümmer flogen in alle Richtungen davon, vollführten phantastische Bögen und Sprünge unter dem Einfluß der Schwerkraft. Ein Blick auf ihre Monitore zeigte Silver, daß die Sicherheitsleute jetzt alle in die andere Richtung davonrannten.

Silver drosselte das Backbordtriebwerk, löste die

Bremsen und ließ das Shuttle vorwärts über den festgebackenen Lehm rollen. Glücklicherweise war der alte Seegrund eben, so daß sie sich nicht um die Feinheiten der Shuttlebedienung wie das Steuern kümmern mußte.

Einer der Sicherheitsleute lief eine Minute oder zwei hinter ihnen her und winkte mit den Armen, aber er blieb schnell zurück. Silver ließ das Shuttle ein paar Kilometer rollen, bremste wieder und schaltete die Triebwerke aus.

»Tja«, seufzte sie, »damit sind *die* versorgt.«

»Ganz gewiß«, sagte Madame Minchenko matt und regulierte die Monitorvergrößerung für einen letzten Blick nach hinten. Eine schwarze Rauchsäule und ein ersterbendes orangefarbenes Glühen markierte ihren früheren Parkplatz.

»Ich hoffe, daß ihre Atemmasken gut gefüllt waren«, fügte Silver hinzu.

»Ach, meine Liebe«, sagte Madame Minchenko. »Vielleicht sollten wir umkehren und ... etwas unternehmen. Allerdings werden sie sicher so vernünftig sein und in der Nähe ihres Wagens bleiben und auf Hilfe warten, und nicht versuchen, in die Wüste hinauszugehen. Die Sicherheitsvids der Firma betonen das immer. ›Bleiben Sie bei Ihrem Fahrzeug und warten Sie auf den Such- und Rettungstrupp.‹«

»Sollen nicht die ein Such- und Rettungstrupp *sein*?« Silver studierte die winzigen Bilder auf dem Monitor. »Von dem Fahrzeug ist nicht viel übrig. Aber sie scheinen alle drei dort zu bleiben. Na ja ...« Sie schüttelte den Kopf. »Es ist zu gefährlich für uns, wenn wir versuchen, sie aufzuklauben. Aber wenn Ti und der Doktor mit Tony zurückkommen, dann könnten vielleicht die Sicherheitsleute Ihren Landrover haben, um damit nach Hause zu fahren – falls niemand anderer zuerst hierherkommt.«

»Oh«, sagte Madame Minchenko, »das stimmt. Gute

Idee. Jetzt ist mir viel besser zumute.« Sie guckte nachdenklich auf den Monitor. »Arme Kerle.«

Eis.

Aus der abgeschlossenen Steuerkabine über der Frachtbucht des Habitats beobachtete Leo, wie vier Quaddies in Arbeitsanzügen den intakten Vortex-Spiegel, den sie vom zweiten Necklinstab der D-620 abgenommen hatten, vorsichtig durch die Luke von draußen hineinmanövrierten. Der Spiegel war heikel zu handhaben, praktisch ein enormer, flacher Titantrichter, drei Meter im Durchmesser und einen Zentimeter dick an seinem breiten Rand, nach mathematischen Berechnungen gekrümmt und an der zentralen, geschlossenen Vertiefung zu einer Dicke von etwa zwei Zentimeter anwachsend. Eine hübsche Kurve, aber ganz und gar kein Standardwert, und mit dieser Tatsache mußte Leos Wiederherstellungsvorhaben fertigwerden.

Der unbeschädigte Spiegel wurde an den vorgesehenen Platz bugsiert und inmitten eines Geschnörkels von Kühlerspiralen abgesetzt. Die Quaddies in den Raumanzügen verließen die Frachtbucht. Von der Kontrollkabine aus ließ Leo die Luke nach draußen schließen und wieder Luft in die Ladebucht pumpen. In seiner Unruhe flitzte Leo buchstäblich aus der Steuerkabine, mit einem Zischen der Luft aufgrund des restlichen Druckunterschieds, und mußte den Unterkiefer bewegen, um seine Ohren zu öffnen.

Die einzigen Kühlerspiralen, die für die Aufgabe entsprechend groß genug waren, hatte Bobbi in einem Augenblick der Eingebung gefunden, und zwar wieder in der Abteilung Ernährung. Das Quaddiemädchen, das die Abteilung leitete, hatte gestöhnt, als sie Leo und seine Mannschaft wieder nahen sah. Sie hatten rücksichtlos die Eingeweide aus ihrer größten Kühlkammer herausgerissen und sie zu ihrem Arbeitsbereich bugsiert, in dem größten verfügbaren Andockmodul, das jetzt als Teil der D-620 installiert war. Leo schätzte, daß weniger als ein Viertel der endgültigen Umstrukturierung des Habitats noch zu machen war, trotz der Tatsache, daß er ein Dutzend der besten Arbeiter für sein Projekt abgezogen hatte.

Ein paar Minuten später kamen drei seiner Quaddies zu Leo in die Frachtbucht. Leo überprüfte sie. Sie hatten zusätzliche T-Shirts und Shorts übergezogen, dazu Overalls mit langen Ärmeln, die von den vertriebenen Planetariern zurückgelassen worden waren; dabei waren die Hosenbeine eng um ihre unteren Arme gewickelt und mit elastischen Bändern festgebunden. Sie hatten genügend Handschuhe organisiert; das war gut, denn Leo hatte sich schon Sorgen gemacht, daß es bei all den ungeschützten Fingern Erfrierungen geben könnte.

»In Ordnung, Pramod, bereit zum Rollen. Her mit den Wasserschläuchen!«

Pramod entrollte etliche Schläuche und gab sie den wartenden Quaddies; ein anderer überprüfte ihre Anschlüsse an den Wasserhähnen. Leo schaltete die Kühlerspiralen ein und nahm einen Schlauch.

»In Ordnung, Jungs, beobachtet mich, und ich zeige euch, wie man's macht. Ihr müßt das Wasser langsam auf die kalte Oberfläche fließen lassen und Spritzer in die Luft vermeiden; gleichzeitig müßt ihr dafür sorgen, daß es dauernd fließt, damit eure Schläuche nicht einfrieren. Wenn ihr merkt, daß eure Finger taub werden, dann macht eine kurze Pause im der Nachbarkammer. Wir können uns keine Verletzungen leisten.«

Leo drehte sich zur Rückseite des Vortex-Spiegels, der inmitten der Kühlerspiralen saß, sie aber nicht berührte. In den letzten paar Stunden draußen hatte sich der Spiegel im Schatten befunden und war hinlänglich abgekühlt. Er drehte mit dem Daumen sein Ventil auf und ließ einen silbrigen Schuß Wasser auf die Spiegelfläche fließen. Es verteilte sich rasch in Federn aus Eis. Er versuchte es mit einigen Tropfen auf den Spiralen; sie froren sogar noch schneller.

»In Ordnung, genau so. Fangt an, die Eisgußform um den Spiegel herum aufzubauen. Macht sie so solide, wie ihr könnt, ohne Luftlöcher. Vergeßt später nicht, das kleine Rohr einzusetzen, damit die Luft aus der Formkammer entweichen kann.«

»Wie dick soll es werden?« fragte Pramod, der mit seinem Schlauch Leos Beispiel folgte und fasziniert beobachtete, wie sich das Eis bildete.

»Mindestens einen Meter. Die Masse des Eises muß mindestens gleich der Masse des Metalls sein. Da wir es hier nur einmal versuchen können, nehmen wir wenigstens das Doppelte der Masse des Metalls. Leider werden wir von diesem Wasser nichts zurückgewinnen können. Ich möchte noch einmal unsere Wasserreserven überprüfen, weil eine Dicke von zwei Metern sicher besser wäre, wenn wir es entbehren können.«

»Wie sind Sie darauf gekommen?« fragte Pramod in respektvollem Ton.

Leo prustete, als er erkannte, daß Pramod den Eindruck hatte, er würde sich diese ganze Prozedur in der Hitze des Gefechts ausdenken. »Das habe nicht ich erfunden. Ich habe darüber gelesen. Es ist eine alte Methode, die man bei vorbereitenden Versuchsanordnungen verwendete, bevor die Fraktaltheorie vervollkommnet und die Computersimulationen bis zum heutigen Standard verbessert worden waren.«

»Oh«, sagte Pramod ziemlich enttäuscht.

Leo grinste. »Wenn du je zwischen Wissen und Inspiration wählen mußt, mein Junge, dann wähle das Wissen. Es funktioniert häufiger.«

Hoffe ich zumindest. Leo wich zurück und beobachtete prüfend, wie seine Quaddies arbeiteten. Pramod hatte zwei Schläuche, in jedem Händepaar einen, und wechselte rasch zwischen beiden ab. Schuß um Schuß Wasser floß auf die Spiralen und den Spiegel, und das Eis begann schon sichtbar dicker zu werden. Bis jetzt hatte er keinen Tropfen verloren. Leo stieß einen müden Seufzer der Erleichterung aus; es schien, als könnte er ihnen diesen Teil der Aufgabe unbesorgt überlassen. Er gab Pramod ein Zeichen und verließ den Raum, um einen Teil der Aufgabe in Angriff zu nehmen, den er niemand anderem zu überlassen wagte.

Leo verirrte sich zweimal, als er sich seinen Weg durch das Habitat zum Giftstofflager suchte, und dabei hatte er doch selbst die Rekonfiguration entworfen. Es war kein Wunder, daß er unterwegs an so vielen verwirrt dreinblickenden Quaddies vorbeikam. Alle schienen hektisch beschäftigt zu sein; nach dem Grundsatz, daß geteiltes Leid halbes Leid ist, konnte Leo dem nur zustimmen.

Das Giftstofflager war ein kühles Modul, das keinerlei Verbindungen mit dem Rest des Habitats hatte außer einer Luftschleuse aus dickem Stahl, die aus drei Kammern bestand und immer geschlossen war. Leo ging hinein und traf dort einen der Quaddies seiner Schweißer- und Lötertruppe, der noch mit der Rekonfiguration des Habitats beschäftigt war und gerade herauskam.

»Wie geht es voran, Agba?« fragte Leo ihn.

»Ziemlich gut.« Agba sah müde aus. Rote Linien zogen sich über sein gelbbraunes Gesicht und seine gelbbraune Haut und verrieten, daß er bis vor kurzem längere Zeit seinen Arbeitsanzug getragen hatte. »Diese blöden gefrorenen Klampen haben uns wirklich aufgehalten, aber jetzt sind wir mit ihnen so gut wie fertig. Wie geht Ihre Sache voran?«

»Ganz gut soweit. Ich bin hergekommen, um den Sprengstoff vorzubereiten; so weit sind wir schon. Weißt du noch, wo wir, verdammt noch mal, in diesem ganzen Verhau ...« – die gekrümmten Wände des Moduls waren mit Vorräten vollgepackt – »den Flüssigsprengstoff aufbewahren?«

»Der *war* da drüben«, erwiderte Agba und deutete mit dem Kopf.

»Gut...« Plötzlich hatte Leo ein flaues Gefühl im Magen. »Was meinst du damit, *war*?« *Er meint nur, daß das Zeug umgeräumt wurde,* versuchte Leo sich hoffnungsvoll einzureden.

»Na ja, wir haben ihn ganz schön schnell verbraucht, beim Aufsprengen der Klampen.«

»Aufsprengen? Ich dachte, ihr würdet sie abschneiden.«

»Haben wir zuerst gemacht, aber dann hat Tabbi herausgefunden, wie man eine kleine Ladung hinpackt, die sie an der Linie der Vakuumverschmelzung aufknackt. Etwa die Hälfte davon sind wiederbenutzbar. Die andere Hälfte ist nicht stärker beschädigt, als wenn wir sie durchgeschnitten hätten.« Agba schien sehr stolz auf sich zu sein.

»Ihr habt doch sicher nicht *alles* dafür verwendet, oder?«

»Na ja, ein bißchen wurde verschüttet. Draußen natürlich«, fügte Agba hinzu, der Leos entsetzten Blick mißverstand. Er hielt Leo eine verschlossene Halbliterflasche vor die Nase. »Das ist der letzte Rest. Ich nehme an, damit wird die Sache zum Ende kommen.«

»Grr!« Leo grapschte nach der Flasche und drückte sie an seinen Bauch wie ein Mann, der eine Granate unschädlich machen möchte. »Die brauche ich! Die muß ich haben!« *Ich muß zehnmal soviel haben!* heulte er innerlich stumm auf.

»Oh«, sagte Agba, »tut mir leid.« Er blickte Leo völlig unschuldig an. »Bedeutet das, daß wir die Klampen wieder durchschneiden müssen?«

»Ja«, quiekte Leo. »Geh!« fügte er hinzu. Ja, bevor er selbst explodierte.

Mit einem unsicheren Lächeln verdrückte sich Agba

wieder durch die Luftschleuse. Sie schloß sich und ließ Leo einen Moment allein, damit er in Ruhe Luft holen konnte.

Denk nach, Mann, denk nach! sagte Leo zu sich selbst. *Keine Panik!* Etwas rumorte in seinem Hinterkopf, ein schwer faßbares Faktum, das ihm zu sagen versuchte, daß dies nicht das Ende war, aber er konnte sich im Augenblick nicht daran erinnern. Er ging seine Berechnungen noch einmal in Gedanken sorgfältig durch und benutzte zum Rechnen die Finger (ach, wenn er jetzt doch ein Quaddie wäre!), aber unglücklicherweise wurde seine anfängliche Befürchtung bestätigt.

Die Umformung des Titanrohlings mittels einer Sprengung in die komplexe Form des Vortex-Spiegels erforderte, außer allerhand Distanzstücken, Ringen und Klampen, drei hauptsächliche Teile: die Gußform aus Eis, den Metallrohling und den Sprengstoff zur Vermählung der beiden. Eine Mußheirat, in der Tat. Und welches ist der wichtigste Fuß eines dreibeinigen Schemels? Natürlich der, der fehlt. Und er hatte gedacht, der Plastiksprengstoff wäre der *leichteste* Teil …

Verzweifelt begann Leo das Giftstofflagermodul systematisch durchzugehen und seine Vorräte zu überprüfen. Eine Extraflasche des Sprengstoffs war *vielleicht* irgendwo falsch abgestellt worden. Leider waren die Quaddies nur allzu gewissenhaft bei ihrer Lagerkontrolle. Jeder Behälter enthielt nur, was sein Etikett verkündete, nicht mehr, nicht weniger. Agba hatte sogar das Etikett auf diesem Behälter auf den neuesten Stand gebracht: *Inhalt: Flüssigsprengstoff Typ B-2, Halbliterflaschen. Menge: 0.*

Da stolperte Leo buchstäblich über ein Faß mit Benzin. Nein, sechs Fässer von dem verdammten Zeug, das irgendwie hier gelandet und jetzt fest an die Wände gezurrt war. Gott allein wußte, wohin der Rest der hundert Tonnen geraten war. Leo wünschte ihn in die Hölle, wo er zumindest von einem gewissen vorstellbaren Nutzen sein mochte. Er hätte gern die ganzen hundert Tonnen gegen vier Tabletten Aspirin getauscht. Hundert Tonnen Benzin, von dem …

Leo blinzelte und stieß ein frohlockendes »Aaah« aus.

Von dem ein Liter oder so, vermischt mit Tetranitromethan, einen noch *stärkeren* Sprengstoff ergeben würde.

Er würde in einem Handbuch nachschauen müssen – er würde auf jeden Fall das genaue Mischungsverhältnis nachschlagen müssen –, aber er war sich sicher, daß er sich richtig erinnert hatte. Wissen *und* Inspiration, das war die allerbeste Kombination. Tetranitromethan wurde in verschiedenen Habitat- und Schubschiffsystemen als Notfall-Sauerstoffquelle benutzt. Es ergab mehr O_2 pro cc als flüssiger Sauerstoff, ohne die Temperatur- und Druckprobleme der Lagerung, in einer höchst verfeinerten Version der frühen Tetranitromethan-Kerzen, die Sauerstoff *abgaben*, wenn sie angezündet wurden. Wenn jetzt – o Gott! – nur das TNM nicht von jemandem völlig aufgebraucht worden war, um – um Ballons für Quaddiekinder aufzublasen oder irgend so einen Unsinn – sie *hatten* während der Rekonfiguration des Habitats Luft verloren …

Leo stellte die Flasche wieder in ihren Lagerbehälter und befestigte auf den Fässern eine Notiz, die in großen roten Buchstaben verkündete: DIESES BENZIN GEHÖRT LEO GRAF. WENN JEMAND ANDERER ES ANRÜHRT, WIRD ER IHM ALLE SEINE ARME BRECHEN. Dann eilte er aus dem Giftstofflager davon, zum nächsten Terminal des Bibliothekscomputers.

KAPITEL 15

Zwielicht lag über dem ausgetrockneten See. Die leuchtende Kuppel des Himmels dunkelte allmählich über ein tiefes Türkis zu einem mit Sternen übersäten Indigo. Silvers Aufmerksamkeit wurde immer wieder durch die überwältigenden Farbveränderungen der Planetenatmosphäre, die sie durch die Fenster sah, von der Beobachtung des Horizontes abgelenkt. Welcher subtilen Vielfalt sich die Planetarier erfreuten: Streifen von Purpur, Orange, Zitronengelb, Grün, Blau, dazu die kobaltfarbenen Federn des Wasserdampfes, der am westlichen Himmel dahinschmolz. Mit einem gewissen Bedauern schaltete Silver den Scanner auf Infrarot. Die vom Computer verstärkten Farben gewährten ihr eine deutliche Sicht, aber nach den natürlichen Farben erschienen sie ihr grob und grell.

Endlich kam in Sicht, wonach sie sich von Herzen sehnte: ein Landrover, der über den fernen Paß zwischen den Hügeln rumpelte, die letzten felsigen Abhänge herabrutschte und dann mit maximaler Beschleunigung über den Seegrund dahinfegte. Madame Minchenko lief hastig aus dem Pilotenabteil, um die Lukentreppe herabzulassen, während der Landrover dröhnend neben dem Shuttle zum Stehen kam.

Silver klatschte vor Freude mit allen Händen, als sie sah, wie Ti die Rampe heraufstapfte, mit Tony huckepack auf dem Rücken, genau wie Leo sie auf der Transferstation getragen hatte. *Sie haben ihn! Sie haben ihn!* Dr. Minchenko folgte dicht hinterdrein.

An der Luftschleuse gab es einen kurzen Disput zwischen den gedämpften Stimmen von Doktor und Madame Minchenko, dann galoppierte Dr. Minchenko wieder die Treppe hinab, entzündete ein kaltes Signallicht und stellte es auf das Dach des Landrovers. Es leuchtete in hellem Grün. Gut, die gestrandeten Sicherheitsleute dürften keine Schwierigkeiten haben, dieses Leuchtfeuer zu sehen, dachte Silver mit einer gewissen Erleichterung.

Silver krabbelte wieder hinüber auf den Sitz des Copiloten, als Ti in das Pilotenabteil taumelte, Tony auf dem Technikersitz absetzte und sich in den Pilotensessel schwang. Mit einer Hand riß er seine Atemmaske herunter, mit der anderen schaltete er die Steuerung ein. »He, wer hat an meinem Schiff herumgepfuscht...?«

Silver wandte sich um und zog sich hoch, um über die Lehne ihres Sitzes einen Blick auf Tony zu werfen, der sich von seiner Atemmaske befreit hatte und jetzt versuchte, seine Sitzgurte in Ordnung zu bekommen. »Du hast es geschafft!« sagte sie grinsend.

Er grinste zurück. »Gera'e noch. Sie sin' 'irekt hin'er uns her.« Seine blauen Augen waren, wie Silver erkannte, von Schmerz wie von Erregung geweitet, seine Lippen geschwollen.

»Was ist mit dir passiert...?« Silver wandte sich an Ti. »Was ist mit Tony passiert?«

»Dieses Arschloch Van Atta hat ihn im Mund gebrannt, mit seinem verdammten Rinderstachel oder was sonst das Ding war, das er in Händen hielt«, sagte Ti grimmig, während seine Hände über seinen Steuerinstrumenten tanzten. Die Triebwerke wurden aktiv, Lichter flackerten, und das Shuttle begann zu rollen. Ti schalte seine Bordsprechanlage ein. »Dr. Minchenko? Sind Sie dahinten schon angeschnallt?«

»Einen Moment noch...«, erwiderte Dr. Minchenko. »Jetzt. Ja, los!«

»Hattet ihr irgendwelche Schwierigkeiten?« fragte Silver, ließ sich wieder auf ihren Sitz gleiten und griff nach ihren Gurten, während das Shuttle in Startposition rollte.

»Zuerst nicht. Wir kamen ohne weiteres zum Hospital und marschierten direkt hinein, ohne Probleme. Ich hatte gedacht, die Krankenschwestern würden gewiß Fragen stellen, wenn wir Tony holten, aber offensichtlich halten sie alle dort Dr. Minchenko für einen Gott. Wir fegten da einfach durch und waren auf unserem Weg nach draußen, wobei ich den Tragesel spielte – das ist alles, was ich bin, einfach ein Transporteur, weißt du –, als wir in der Tür niemand anderen trafen als diesen Scheißkerl Van Atta, der gerade hereinkam.«

Silver hielt den Atem an.

»Wir stellten ihm ein Bein – Dr. Minchenko wollte anhalten und ihm die Knochen aus dem Leib prügeln, wegen Tonys Mund, aber das hätte er zum größten Teil mir überlassen müssen – er *ist* ein alter Mann, auch wenn er es kaum zugeben möchte –, ich schleifte ihn hinaus zu dem Landrover. Als letztes hörte ich, wie Van Atta wegrannte und nach einem Jetcopter der Sicherheitsleute rief. Inzwischen hat er sicher einen gefunden …« Ti blickte nervös auf die Monitore. »Ja. Verdammt. Da«, er zeigte. Ein buntes Licht fegte über die Berge und markierte auf dem Monitor die Position des Jetcopters. »Tja, jetzt erwischen sie uns nicht.«

Das Shuttle zog rüttelnd einen weiten Kreis und blieb dann stehen; das Geräusch der Triebwerke stieg von einem Surren über ein Winseln zu einem Jaulen an. Die weißen Landungslichter durchbohrten die Dunkelheit vor ihnen. Ti löste die Bremsen, und das Shuttle sprang vorwärts, als wollte es das Licht verschlingen, mit einem schrecklich lauten Dröhnen, das abrupt aufhörte, als sie sich in die Luft erhoben. Die Beschleunigung drückte sie alle zurück auf ihre Sitze.

»Was glaubt denn der Idiot da, was er macht?« murmelte Ti, als der Jetcopter auf dem Überwachungsmonitor schnell größer wurde. »Will der mit *mir* hier Mutprobe spielen …?«

Es wurde schnell offensichtlich, daß genau das die Absicht des Jetcopters war. Er flog in einem Bogen auf sie zu und kam herab, während sie abhoben, anscheinend mit der Absicht, sie wieder zu Boden zu zwingen. Ti preßte seine Lippen fest aufeinander, seine Augen funkelten, und er beschleunigte sein Schiff noch mehr. Silver knirschte mit den Zähnen, behielt jedoch die Augen offen.

Sie kamen nahe genug, um den Jetcopter mit bloßem Auge durch die Cockpitfenster zu sehen, wie er wie ein stroboskopischer Blitz durch ihre Lichter hindurchsauste. In dem Lichtschimmer konnte Silver durch das blasenförmige Verdeck des Jetcopters Gesichter sehen, starre weiße Flecken mit schwarzen runden Löchern, nur einer, möglicherweise der Pilot, hielt die Hände vor die Augen.

Dann war nichts mehr zwischen ihnen und den Sternen.

Feuer und Eis.

Leo überprüfte noch einmal die Festigkeit jeder C-Klampe, dann düste er ein paar Meter in seinem Arbeitsanzug zurück, um seine Vorbereitungen noch ein letztesmal in Augenschein zu nehmen. Sie schwebten im Raum einen sicheren Kilometer entfernt von der D620-Habitat-Konfiguration, die jetzt riesig und vollendet über der Krümmung von Rodeo hing. Von außen sah sie jedenfalls vollendet aus, solange man nichts von den hysterischen Verbindungsarbeiten wußte, die in letzter Minute innen drin noch vonstatten gingen.

Als die Gußform aus Eis fertig gewesen war, hatte sich herausgestellt, daß sie über drei Meter breit und nahezu zwei Meter dick war. Ihre Außenfläche war unregelmäßig; es hätte sich dabei um ein dahertorkelndes Stück Raumschutt aus dem Eisring eines Gasgiganten handeln können. Ihre verborgene Innenseite gab präzise die sanfte Kurve des Vortex-Spiegels wieder, der sie geformt hatte.

Die evakuierte Innenkammer war mit verschiedenen Schichten bedeckt. Zuerst der Titanrohling, als nächstes eine Schicht reinen Benzins als – eine nützliche zweite Einsatzmöglichkeit, die Leo dafür gefunden hatte: anders als andere mögliche Flüssigkeiten würde es bei der gegenwärtigen Temperatur des Eises nicht gefrieren –, dann die dünne kreisförmige Trennwand aus Plastik, dann sein kostbarer Sprengstoff aus TNM und Benzin, dann eine Abdeckung aus Schrott von der Außenwand des Habitats, dann die Riegel und Klampen – alles in allem war es ein hübscher Geburtstagskuchen. Es war Zeit, die Kerze anzuzünden und seine Wünsche in Erfüllung gehen zu lassen, bevor die Eisform im Sonnenlicht zu sublimieren begann.

Leo wollte sich gerade umwenden und seinen Quaddiehelfern winken, sie sollten sich hinter die Schutzbarriere eines der aufgegebenen Habitatmodule zurückziehen, das in der Nähe schwebte, da sah er, wie ein Quaddie von der D-620-Habitat-Konfiguration herübergedüst kam. Leo wartete einen Moment lang, um ihm oder ihr Zeit zu geben, herzukommen und in Deckung zu gehen. Es handelte sich nicht um einen Boten, denn dafür hatte er ja seinen Kommunikator …

»Hallo, Leo«, kam Tonys Stimme etwas dumpf über den Kommunikator. »Lei'er komm ich su spä' sur Arbei' – is' noch was übrig für mich?«

»Tony!«

Es war nicht leicht, jemanden in einem Arbeitsanzug zu umarmen, aber Leo versuchte sein Bestes. »He, he, du kommst gerade rechtzeitig zum besten Teil, mein Junge!« sagte Leo aufgeregt. »Ich habe vorhin gesehen, wie das Shuttle angedockt hat.« Ja, und einen Moment lang hatte es ihm einen entsetzlichen Schock versetzt, weil er dachte, es handelte sich dabei um Van Attas angedrohte Sicherheitskräfte, bis er es korrekt als ihr Shuttle identifiziert hatte. »Ich hätte nicht gedacht, daß Dr. Minchenko dich woanders hingehen ließe als auf die Krankenstation. Geht es Silver gut? Solltest du dich nicht ausruhen?«

»Silver geh's gu'. Dr. Minchenko ha' eine Menge zu 'un, un' Claire un' An'y schlafen – hab sie gesehn – woll'e's Baby nich' wecken.«

»Bist du sicher, daß es dir gut geht, Junge? Deine Stimme klingt komisch.«

»Hab mein' Mun' verless'. Is' schon gu'.«

»Aha.« Leo erklärte kurz die vor ihnen liegende Aufgabe. »Du bist zum großen Finale gekommen.«

Leo manövrierte sich in seinem Anzug herum, bis er gerade noch über das aufgegebene Modul blicken konnte. »Was wir dort drüben haben, in der Schachtel oben – die Kirschbombe auf dem Zuckerguß sozusagen – ist ein Ladekondensator mit ein paar tausend Volt darinnen. Führt hinunter zu einem Glühdraht im flüssigen Sprengstoff – ich habe den Draht einer Glühbirne genommen, von der ich die Polyglashülle abgeschlagen hatte –, das Ding, das da so hervorsteht, ist ein elektrisches Auge, das ich von einer Türsteuerung geklaut habe. Wenn wir es mit einem Strahl dieses optischen Lasers hier treffen, dann schließt es den Schalter ...«

»Un' 'er S'rom sün'e'ne Sprengs'off?«

»Nicht ganz. Die Hochspannung, die durch den Glühdraht fließt, läßt buchstäblich den Draht explodieren, und die Druckwelle des explodierenden Drahtes zündet das TNM und das Benzin. Das sprengt den Titanrohling hinaus, bis er auf die Eisform trifft und seine Wucht abgibt, woraufhin das Titan anhält und das Eis den Stoß fortträgt. Ziemlich spektakulär, und deshalb verstecken wir uns auch hinter diesem Modul ...« Er schaute sich prüfend nach seiner Quaddiemannschaft um. »Alle Mann bereit?«

»Wenn Sie Ihren Kopf hochrecken und zuschauen dürfen, warum wir nicht?« beschwerte sich Pramod.

»Ich brauche eine Sicht für den Laser«, sagte Leo spröde.

Er zielte sorgfältig mit dem optischen Laser und zögerte in einem plötzlichen Anfall von Angst. Es konnte soviel schiefgehen – er hatte geprüft und nochmals geprüft –, aber es kommt ein Zeitpunkt, wo man alle Zweifel fallenlassen und zur Tat schreiten muß. Er vertraute sich Gott an und drückte den Knopf.

Ein heller, lautloser Blitz, eine Wolke aus kochendem Dampf, und die Eisform zerbarst, Bruchstücke flogen in alle Richtungen. Die Wirkung war überwältigend. Mit Mühe zog Leo seinen Blick ab und duckte sich hastig hinter das Modul. Das Nachbild tanzte über seine Netzhaut, dunkelgrün und magentarot. Seine Hand in dem Druckhandschuh, die auf der Hülle des Moduls ruhte, spürte heftige Erschütterungen, als ein paar Eiswürfel mit hoher Geschwindigkeit gegen die andere Seite schlugen und abprallten.

Leo blieb noch einen Moment lang zusammengekauert und starrte ziemlich ausdruckslos auf Rodeo hinab. »*Jetzt* habe ich Angst zu schauen.«

Pramod düste um das Modul herum. »Es ist jedenfalls noch alles beisammen. Er torkelt – es ist schwer, die genaue Form zu sehen.«

Leo holte Luft. »Los, holen wir das gute Stück, Kinder. Und schauen wir mal, was wir da bekommen haben.«

Es war die Arbeit von ein paar Minuten, das Werkstück einzufangen. Leo weigerte sich noch, es schon den ›Vortex-Spiegel‹ zu nennen – es könnte sich immer noch herausstellen, daß es bloß Schrottmetall war. Die Quaddies tasteten die gekrümmte graue Fläche mit ihren verschiedenen Scannern ab.

»Ich kann keine Sprünge finden, Leo«, sagte Pramod atemlos. »An manchen Stellen ist es ein paar Millimeter zu dick, aber nirgends zu dünn.«

»Zu dick, damit können wir uns während dem abschließenden Glätten mit dem Laser befassen. Zu dünn, das könnten wir nicht beheben. Deshalb nehme ich lieber zu dick«, sagte Leo.

Bobbi schwenkte ihren optischen Laser und fuhr damit immer wieder über die gekrümmte Fläche, Zahlen liefen auf ihrer Digitalanzeige vorüber. »Es entspricht den Spezifikationen! Leo, es entspricht den Spezifikationen! Wir haben es geschafft!«

Leos Eingeweide waren wie schmelzendes Wachs. Er stieß einen langen und sehr erschöpften, aber sehr glücklichen Seufzer aus. »In Ordnung, Kinder, bringen wir es hinein. Zurück zur … zur … verdammt, wir können es nicht immerzu die ›D-620-Habitat-Konfiguration‹ nennen.«

»Ah, können wir sicher nich'«, stimmte Tony zu.

»Wie sollen wir es also nennen?« Eine Menge Möglichkeiten gingen Leo durch den Kopf: *Die Arche – der Stern der Freiheit – Grafs Narretei …*

»Unser Heim«, sagte Tony einfach einen Augenblick später. »Gehen wir heim, Leo.«

»Heim.« Leo ließ den Namen in seinem Mund rollen. Er schmeckte gut. Er schmeckte sehr gut. Pramod nickte, und eine von Bobbis oberen Händen berührte ihren Helm als Geste des Saluts für diese Wahl.

Leo blinzelte. Ein irritierender Dunst in der Luft seines Anzugs war zweifellos schuld daran, daß Wasser in seine Augen trat und daß seine Brust sich zusammenschnürte. »Ja, bringen wir unseren Vortex-Spiegel heim, Leute.«

Bruce Van Atta hielt auf dem Korridor vor Chalopins Büro im Shuttlehafen Drei an, um Atem zu holen und sein Zittern unter Kontrolle zu bringen. Er hatte auch Seitenstechen. Es würde ihn überhaupt nicht überraschen, wenn er von dieser ganzen Sache ein Magengeschwür bekäme. Das Fiasko draußen auf dem ausgetrockneten See hatte ihn in Rage versetzt. Daß er den Weg bahnte und ihn dann pfuschende Untergebene völlig im Stich ließen – das war über alle Maßen ärgerlich.

Es war ein purer Zufall gewesen, daß er, nachdem er in sein Quartier auf Rodeo zurückgekehrt war, um eine sehr notwendige Dusche zu nehmen und etwas zu schlafen, daß er also aufgewacht war, um zu pinkeln, und dann im Shuttlehafen Drei anrief, um sich über den Fortschritt der Dinge zu informieren. Man hätte ihm möglicherweise sonst überhaupt nicht erzählt, daß dieses Shuttle gelandet war! In Erwartung von Grafs nächstem Schachzug hatte er seine Kleider übergezogen und war zum Hospital geeilt – wenn er nur Augenblicke eher angekommen wäre, hätte er vielleicht Minchenko drinnen in der Falle gehabt.

Er hatte den Jetcopter-Piloten schon zur Schnecke und ihm die Hölle heiß gemacht für seine Feigheit, weil er es nicht geschafft hatte, das startende Shuttle wieder auf den Boden zu zwingen, und für sein Versagen, weil er nicht eher auf dem See angekommen war. Der Pilot hatte mit rotem Gesicht die Zähne aufeinandergebissen und die Fäuste geballt und nichts gesagt, zweifellos, weil er sich entsprechend schämte. Aber das wirkliche Versagen lag weiter oben – auf der anderen Seite genau dieser Bürotür. Er drückte auf den Knopf, und die Tür glitt zur Seite.

Chalopin, ihr Sicherheitsoffizier Bannerji und Dr. Yei hatten über dem Vid-Display von Chalopins Computer ihre Köpfe zusammengesteckt. Captain Bannerji deutete mit dem Finger darauf und sagte gerade zu Yei: »... können hier hereinkommen. Aber *wieviel* Widerstand, was meinen Sie?«

»Sie werden sie sicher sehr erschrecken«, sagte Yei.

»Hm. Ich bin scharf darauf, meine Männer zu bitten, hinaufzufliegen und mit Betäubern gegen verzweifelte Leute vorzugehen, die viel gefährlichere Waffen haben. Was *ist* der wirkliche Status dieser sogenannten Geiseln?«

»Dank Ihres Verhaltens«, knurrte Van Atta, »ist das Verhältnis der Geiseln jetzt fünf zu null. Sie sind mit Tony abgehauen, verdammt noch mal. Warum haben Sie nicht eine 27-Stunden-Wache vor diesem Quaddie aufgebaut, wie ich es Ihnen gesagt hatte? Wir hätten auch Madame Minchenko bewachen sollen.«

Chalopin hob den Kopf und starrte ihn ausdruckslos an. »Mr. Van Atta, Sie scheinen an einigen falschen Vorstellungen über die Größe meiner Sicherheitskräfte hier zu leiden. Ich habe nur zehn Männer, um drei Schichten zu besetzen, und das sieben Tage in der Woche.«

»Plus zehn von jedem der anderen beiden Shuttlehäfen. Das sind dreißig. Angemessen bewaffnet wären sie ein beträchtliches Einsatzkommando.«

»Ich habe schon sechs Leute von den anderen beiden Häfen ausgeliehen, um unsere Routineaufgaben zu erfüllen, während meine gesamte Mannschaft sich diesem Notfall widmet.«

»Warum haben Sie nicht alle abgezogen.«

»Mr. Van Atta, die Niederlassung Rodeo ist ein großes Werk – aber eine sehr kleine Stadt. Hier gibt es zusammen keine zehntausend Angestellten, dazu die gleiche Anzahl von Angehörigen, die nicht auch bei GalacTech beschäftigt sind. Mein Sicherheitsdienst ist eine Polizeitruppe, kein Militär. Sie haben ihre eigenen Pflichten zu erfüllen, müssen Vertretungen übernehmen für den Notdienst und den Such- und Rettungsdienst und müssen bereit sein, der Feuerwehr zu helfen.«

»Verdammt – ich habe Ihnen mit Tony eine Trumpfkarte in die Hand gegeben. Warum haben Sie nicht sofort das Beste daraus gemacht und das Habitat geentert?«

»Ich hatte eine Truppe von acht Mann bereit, in den Orbit hinaufzugehen«, sagte Chalopin scharf, »aufgrund Ihrer Zusicherung, daß Ihre Quaddies kooperieren würden. Wir konnten jedoch vom Habitat selbst keine Bestätigung dieser Kooperation bekommen. Dort hielt man weiterhin die Funkstille aufrecht. Dann entdeckten wir, daß unser Frachtshuttle zurückkehrte, also dirigierten wir die Truppe um, um es in Besitz zu nehmen – zuerst mit einem Bodenwagen, und dann, wie Sie selbst es vor nicht ganz zwei Stunden verlangten, als Sie brüllend hier hereinkamen, mit einem Jetcopter.«

»Nun, dann holen Sie sie wieder zusammen und schicken Sie sie in den Orbit, verdammt noch mal!«

»Erstens einmal haben *Sie* drei von ihnen draußen auf dem Seebett zurückgelassen«, bemerkte Captain Bannerji. »Sergeant Fors hat sich gerade gemeldet – sagt, ihr Bodenwagen sei manövrierunfähig gemacht worden. Sie kommen in Dr. Minchenkos zurückgelassenem Landrover zurück. Es wird mindestens noch eine weitere Stunde dauern, bis sie wieder da sind. Zweitens, wie Dr. Yei mehrfach ausgeführt hat, haben wir noch keine Vollmacht bekommen, irgendeine Art tödlicher Gewalt anzuwenden.«

»Sicherlich gibt es irgendeine Klausel über Verfolgung bei einem Notstand«, argumentierte Van Atta. *»Das da«*, er zeigte nach oben und meinte offensichtlich die aktuellen Vorgänge im Orbit von Rodeo, »ist zumindest schwerer Diebstahl, der gerade im Gange ist. Und vergessen Sie nicht, ein GalacTech-Angestellter ist von denen schon angeschossen worden.«

»Diese Tatsache habe ich nicht übersehen«, murmelte Bannerji.

»Aber«, warf Dr. Yei ein, »da wir die Zentrale um die Vollmacht zum Einsatz von Gewalt gebeten haben, sind wir jetzt verpflichtet, auf die Antwort zu warten. Was ist schließlich, wenn man die Bitte ablehnt?«

Van Atta blickte sie finster an und kniff die Augen zusammen. »Ich wußte, daß wir nie hätten fragen sollen. Sie haben uns da reinmanövriert, verdammt noch mal. Man hätte jedes Fait accompli geschluckt, das wir präsentiert hätten, und wäre froh darüber gewesen. Jetzt ...« Er schüttelte frustriert den Kopf. »Jedenfalls übersehen Sie andere Personalreserven. Das Habitatpersonal selbst kann dazu eingesetzt werden, durch die Öffnung, die die Sicherheitsleute aufsprengen, ins Innere des Habitats einzudringen.«

»Die Leute vom Habitat sind jetzt über ganz Rodeo verstreut«, bemerkte Dr. Yei, »die meisten von ihnen in ihren Quartieren für den Urlaub auf dem Planeten.«

Bannerji krümmte sich sichtlich. »Und haben Sie eine Vorstellung von der juristischen Verantwortung, die eine solche Situation dem Sicherheitsdienst auferlegen würde?«

»Dann ernennen Sie sie doch zu Hilfskräften der Sicherheit ...«

Ein Piepsen von Chalopins Schreibtischkonsole unterbrach Van Atta; auf dem Vid erschien das Gesicht eines Kommunikationstechnikers.

»Administratorin Chalopin? Hier spricht das Kommunikationszentrum. Sie haben uns angewiesen, Sie über jede Veränderung im Status des Habitats oder der D-620 zu unterrichten. Sie ... hm ... scheinen sich darauf vorzubereiten, den Orbit zu verlassen.«

»Legen Sie das Bild hierher«, befahl Chalopin.

Der Kommunikationstechniker brachte wieder das flache Bild von dem Satelliten. Er vergrößerte es, und die Habitat-D-620-Konfiguration füllte das halbe Vid. Die beiden Triebwerksarme der D-620 für Normalraum waren um die vier großen Beschleunigereinheiten verstärkt worden, die die Quaddies benutzten, um Frachtbündel aus dem Orbit hinauszubringen. Während Van Atta noch entsetzt auf das Vid schaute, trat das Aggregat von Triebwerken mit Stichflammen in Aktion. Das monströse Raumfahrzeug wirbelte eine glitzernde Wolke von Raumschrott auf und setzte sich in Bewegung.

Dr. Yei stand da und starrte mit offenem Mund auf

das Vid; sie hatte die Hände auf die Brust gepreßt, und in ihren Augen glitzerte es seltsam. Van Atta kam es vor, als müßte er selbst aus hilfloser Wut weinen.

»Sehen Sie…«, er zeigte auf das Vid, und seine Stimme schnappte fast über, »sehen Sie, was bei all dem endlosen Hin und Her herausgekommen ist? Sie *hauen ab!*«

»Ach, noch nicht«, sagte Dr. Yei. »Es wird mindestens ein paar Tage dauern, bis sie am Wurmloch ankommen. Es gibt keinen Grund zur Panik.« Sie zwinkerte Van Atta zu und fuhr mit einer fast hypnotisch besänftigenden Stimme fort: »Sie sind natürlich extrem erschöpft, wie wir alle. Erschöpfung verleitet zu Fehlern in der Beurteilung. Sie sollten sich ausruhen – schlafen Sie etwas…«

Seine Hände zuckten; er hatte das brennende Verlangen, sie auf der Stelle zu erwürgen. Die Administratorin des Shuttlehafens und dieser Idiot Bannerji nickten zum Zeichen, daß sie ihr zustimmten. Ein ersticktes Knurren brach aus Van Attas Kehle. »Jede Minute, die Sie warten, macht unsere logistische Lage komplizierter – vergrößert den Abstand – vergrößert das Risiko…«

Sie blickten ihn alle mit dem gleichen ausdruckslosen Gesicht an. Van Atta brauchte nicht mit der Nase daraufgestoßen werden – er konnte eine konzertierte Nicht-Kooperation erkennen, wenn er sie witterte. Verdammt, verdammt, verdammt! Er blickte finster und mißtrauisch auf Yei. Aber seine Hände waren gebunden, seine Autorität von ihren bequemen Argumenten unterminiert. Wenn es nach Yei und ihresgleichen ginge, dann würde nie jemand auf einen anderen schießen, und Chaos würde das Universum beherrschen.

Er knurrte unartikuliert, drehte sich auf den Absätzen um und stolzierte hinaus.

Claire erwachte, öffnete jedoch die Augen noch nicht und kuschelte sich in ihren Schlafsack. Die Erschöpfung, die sie am Ende der letzten Schicht überschwemmt hatte, wich nur langsam aus ihren Gliedern. Andy rührte sich noch nicht; das war gut, eine kurze Atempause vor dem Wechseln der Windeln. In zehn Minuten würde sie ihn wecken, und sie würden sich gegenseitig helfen: er würde ihre Brüste, die kribbelten, von ihrer Milch erlösen, die Milch würde seinen hungrigen Bauch erlösen – Mamas brauchen Babies ebenso sehr, dachte sie schläfrig, wie Babies Mamas brauchen, sie waren aufeinander angewiesen, zwei Individuen, die ein biologisches System gemeinsam hatten ... so hatten die Quaddies das technologische System des Habitats gemeinsam, jeder hing von allen anderen ab ...

Sie hingen auch von ihrer Arbeit ab. Was stand als nächstes an? Keimboxen, Pflanzrohre – nein, heute konnte sie keine Pflanzrohre herumschleifen, heute war ja der Tag der Beschleunigung – sie riß die Augen auf. Und sie weiteten sich vor Freude.

»Tony!« flüsterte sie. »Wie lange bist du schon hier?«

»Hab dich etwa fünfzehn Minuten beobachtet. Du schläfst so hübsch. Darf ich hereinkommen?« Er schwebte in der Luft, wieder in seiner vertrauten, bequemen roten Kleidung, T-Shirt und Shorts, und beobachtete sie im Zwielicht ihrer Kammer. »Muß mich sowieso anbinden, denn die Beschleunigung wird gleich beginnen.«

»Schon ...?« Sie schlängelte sich zur Seite und machte Platz für ihn, umschlang ihn mit all ihren Armen, berührte sein Gesicht und den beunruhigenden Verband, der noch um seinen Rumpf gewickelt war. »Geht es dir gut?«

»Jetzt schon«, er seufzte glücklich. »Als ich dort lag, in diesem Hospital – na ja, da habe ich nicht erwartet, daß jemand mir zu Hilfe kommen würde. Es war ein entsetzliches Risiko für dich – es war es nicht wert!« Er schnupperte an ihrem Haar.

»Wir haben darüber gesprochen, über das Risiko. Aber wir konnten dich nicht zurücklassen. Wir Quaddies – wir müssen zusammenhalten.« Sie war jetzt völlig wach und genoß seine körperliche Wirklichkeit, seine muskulösen Hände, seine leuchtenden Augen, seine struppigen blonden Augenbrauen. »Dich zu verlieren hätte uns geschwächt, sagte Leo, und nicht bloß genetisch. Wir müssen jetzt ein Volk sein, nicht bloß Claire und Tony und Silver und Siggy – und Andy –, das ist vermutlich, was Leo ›Synergie‹ nennt. Wir sind jetzt ein Synergismus.«

Durch die Wände der Kammer summte eine seltsame Vibration. Claire rutschte herum und hob Andy aus seinen Schlafgurten neben ihr und drückte ihn mit ihren oberen Händen an sich, während sie noch unter dem Schutz des Schlafsacks mit den unteren Tonys untere Hände hielt. Andy quäkte, schmatzte mit den Lippen und schlief wieder ein. Langsam und sanft wurden ihre Schulterblätter gegen die Wand gedrückt.

»Wir sind auf dem Weg«, flüsterte sie. »Es geht los...«

»Es hält zusammen«, bemerkte Tony staunend. Sie klammerten sich aneinander. »Ich wollte bei dir sein, in diesem Augenblick...«

Sie überließ sich der Beschleunigung, legte den Kopf an die Wand und bettete Andy auf ihre Brust. In ihrem Schrank machte etwas *klonk;* sie würde später nachschauen, was das war.

»Das ist die richtige Art zu reisen«, seufzte Tony, »viel besser als im Frachtraum...«

»Es wird seltsam sein, ohne GalacTech«, sagte Claire nach einer Weile. »Nur wir Quaddies... Wie wird wohl Andys Welt aussehen?«

»Das liegt vermutlich an uns«, sagte Tony nüchtern. »Das ist fast noch fürchterlicher als Planetarier mit

Schußwaffen, weißt du? Freiheit. – Uff!« Er schüttelte den Kopf. »So hatte ich sie mir nicht vorgestellt.«

An Schlaf, den Yei vorgeschlagen hatte, war nicht zu denken. Mürrisch kehrte Van Atta nicht in seine Unterkunft, sondern in sein eigenes Büro auf Rodeo zurück. Er hatte sich dort ein paar Wochen nicht sehen lassen. Nach der Ortszeit von Shuttlehafen Drei war es jetzt ungefähr Mitternacht; seine Sekretärin auf Rodeo hatte dienstfrei. Es entsprach seiner scheußlichen Laune, jetzt allein zu schmollen.

Nachdem er etwa zwanzig Minuten damit zugebracht hatte, vor sich hinzumurmeln, beschloß er, seine angesammelte elektronische Post durchzuschauen. Seine übliche Büroroutine war in diesen letzten paar Wochen sowieso auf den Hund gekommen, und die Ereignisse der letzten zwei Tage hatten ihr völlig den Rest gegeben. Vielleicht würde ihn eine gehörige Dosis langweiliger Routinearbeit genügend beruhigen, so daß er schließlich an Schlaf denken konnte.

Veraltete Mitteilungen, nicht mehr aktuelle Bitten um Instruktionen, irrelevante Fortschrittsberichte – die Quaddiekaserne auf dem Planeten, nahm er mit einem grimmigen Schnauben zur Kenntnis, wurde als bereit zum Bezug gemeldet, und das mit fünfzehn Prozent über dem Budget. Falls er irgendwelche Quaddies schnappen konnte, um sie in die Kaserne zu stecken. Instruktionen von der Zentrale, die Abwicklung des Cay-Projekts betreffend, unerbetene Ratschläge über die Verschrottung und Entsorgung der verschiedenen Teile des Habitats …

Van Atta hielt plötzlich inne und blätterte auf seinem Vid zwei Schirme zurück. Um was war es da noch mal gegangen?

Betreff: Postfötale experimentelle Gewebekulturen. Menge: 1000. Entsorgung: Verbrennung nach den IGS-Standardvorschriften für Biolabors.

Er schaute nach dem Ursprung dieser Anweisung. Nein, sie war nicht aus Apmads Büro gekommen, wie er zuerst vermutet hatte. Sie kam von der Abteilung Allgemeine Buchhaltung und Inventurkontrolle und war Teil einer langen, von einem Computer erstellten Liste, die auch eine Reihe von Laborvorräten aufführte. Die Anweisung war jedoch von einem Menschen unterzeichnet, von einem unbekannten mittleren Manager in der AB&IK daheim auf der Erde.

»Verdammt«, fluchte Van Atta sanft, »ich glaube, dieser Trottel weiß nicht einmal, was Quaddies *sind*.« Die Anweisung war schon vor einigen Wochen unterzeichnet worden.

Er las noch einmal die Einleitung: *Der Projektleiter wird dafür Sorge tragen, daß dieses Projekt mit aller gebührenden Eile beendet wird. Die schnelle Freisetzung von Mitarbeitern für andere Einsätze ist besonders wünschenswert. Sie sind ermächtigt, alles Material oder Personal, das Sie vorübergehend brauchen, um diese Abwicklung bis zum 1. 6. zu beenden, von benachbarten Unternehmensbereichen anzufordern.*

Nach einer weiteren Minute verzog er die Lippen zu einem wilden Grinsen. Vorsichtig nahm er die kostbare Mitteilungsdiskette aus der Maschine, steckte sie ein und machte sich auf den Weg zu Chalopin. Er hoffte, daß er sie aus dem Bett jagen würde.

KAPITEL 16

Sind Sie da draußen immer noch nicht fertig?« fragte Tis Stimme knisternd über den Kommunikator in Leos Arbeitsanzug.

»Eine letzte Schweißung noch, Ti«, antwortete Leo. »Überprüfe noch mal diese Ausrichtung, Tony.«

Tony winkte bestätigend mit seiner behandschuhten Hand und ließ den optischen Laser prüfend über die Linie laufen, der der Elektronenstrahlschweißbrenner bald folgen würde. »Alles klar, Pramod«, rief er und bewegte sich zur Seite.

Der Schweißbrenner bewegte sich in seinen Spuren über das Werkstück und flickte einen Flansch für die letzte Klampe, die den neuen Vortex-Spiegel in seinem Gehäuse an Ort und Stelle halten sollte. Das Licht an der Spitze des Schweißbrenners wechselte von Rot auf Grün, er schaltete sich selbst ab, und Pramod kam heran, um ihn abzunehmen. Bobbi schwebte unmittelbar hinter ihm her, um die Schweißnaht mit einem Echoscanner zu überprüfen. »Die ist gut, Leo. Die wird halten.«

»In Ordnung. Holt das Zeug heraus und bringt den Spiegel herein.«

Seine Quaddies bewegten sich schnell. Binnen Minuten war der Vortex-Spiegel in seine isolierten Klampen eingepaßt und seine Ausrichtung überprüft. »In Ordnung, Leute. Gehen wir zurück und lassen wir Ti den Rauchtest machen.«

»Rauchtest?« fragte Tis Stimme über den Kommunikator. »Was ist das? Ich dachte, Sie wollten eine Triebwerksleistung von zehn Prozent.«

»Das ist ein alter und ehrbarer Ausdruck für den letzten Schritt bei jedem Ingenieursprojekt«, erklärte Leo. »Einschalten und sehen, ob es Rauch gibt.«

»Das hätte ich mir denken sollen«, keuchte Ti. »Wie außerordentlich wissenschaftlich.«

»Der Echteinsatz ist immer der letztgültige Test. Aber geben Sie langsam Gas, ja? Ganz sachte. Wir haben hier ein empfindliches Baby.«

»Das haben Sie jetzt schon acht- oder zehnmal gesagt, Leo. Entspricht denn jetzt das Stück den Spezifikationen oder nicht?«

»Schon. Jedenfalls auf der Oberfläche. Aber die innere kristalline Struktur des Titans – na ja, das ist nicht so gut kontrolliert worden, wie es bei normaler Produktion geschehen wäre.«

»*Entspricht* es den Spezifikationen oder *nicht*? Ich werde nicht tausend Leute mit einem Sprung in den Tod nehmen, verdammt noch mal. Besonders, wenn ich dabei bin.«

»Entspricht, entspricht«, sagte Leo entschlossen. »Aber – machen Sie bloß damit keinen Unfug, ja? Meinem Blutdruck zuliebe, wenn Sie schon sonst nichts schonen.«

Ti murmelte etwas, das vielleicht *zum Teufel mit Ihrem Blutdruck* hätte heißen können, aber Leo war sich nicht sicher. Er bat nicht um Wiederholung.

Leo und seine Quaddiemannschaft sammelten ihre Gerätschaften zusammen und düsten in eine sichere Entfernung von dem Necklinstabarm. Sie hingen etwa hundert Meter über dem ›Heim‹. Das Licht von Rodeos Sonne war hier, eine Stunde vom Wurmlochsprungpunkt entfernt, bleich und scharf; mehr als ein heller Stern, aber weit weniger als der Nuklearofen, der das Habitat im Orbit von Rodeo erwärmt hatte.

Leo nutzte den Augenblick, um von diesem seltenen externen Aussichtspunkt aus auf ihr zusammengeschustertes Kolonieschiff zu schauen. Über hundert Module waren schließlich entlang der Achse des Schiffes zusammengebündelt worden; alle erfüllten – mehr oder weniger – ihre früheren Funktionen. Verdammt, wenn die Gestaltung nicht auf eine wahnsinnig funktionale Art und Weise fast absichtlich aussah! Es erinnerte Leo ein bißchen an die entzückende Häßlichkeit der frühen Raumsonden des zwanzigsten und einundzwanzigsten Jahrhunderts.

Wunderbarerweise hatte es unter der ständigen Beschleunigung und Verlangsamung während zweier Tage zusammengehalten. Unvermeidlicherweise hatte es sich herausgestellt, daß drinnen verschiedene Punkte hier und da übersehen worden waren. Die jüngeren Quaddies waren tapfer herumgekrochen und hatten aufgeräumt; der Abteilung Ernährung war es gelungen, allen etwas zu essen zu geben, wenn auch das Menü ein bißchen willkürlich war; dank der bewundernswerten Bemühungen des jungen Leiters der Abteilung Wartung Luftsysteme, der bei ihnen geblieben war, und seiner Quaddiemannschaft, brauchten sie nicht länger periodisch die Beschleunigung unterbrechen, damit die sanitären Installationen funktionierten. Eine Zeitlang war Leo überzeugt gewesen, daß die verrückten Stopps der Tod für sie alle sein würden, aber er hatte trotzdem selbst die Gelegenheiten für die letzte Verbesserung an ihrem Vortex-Spiegel ergriffen.

»Sehen Sie Rauch?« fragte Tis Stimme in seinem Ohr.

»Nö.«

»Das ist's dann also. Schaut jetzt lieber, daß ihr eure Ärsche reinkriegt. Und sobald Sie alles erledigt haben, Leo, hätte ich es gern, daß Sie einmal in den Navigationsraum kommen.«

Etwas im Klang von Tis Stimme ließ Leo frösteln. »So? Was steht an?«

»Es nähert sich ein Sicherheitsshuttle von Rodeo. Ihr alter Kumpel Van Atta ist an Bord und befiehlt uns aufzugeben. Ich glaube, wir haben nicht mehr viel Zeit.«

»Sie behalten immer noch die Funkstille bei, hoffe ich?«

»O ja, sicher. Aber das hält mich ja nicht davon ab zuzuhören, oder? Es gibt eine Menge Geschnatter von der Sprungstation – aber das beunruhigt mich nicht so sehr wie das, was von hinten kommt. Ich... hm... glaube, Van Atta wird nicht gut mit Enttäuschungen fertig.«

»Ist er gereizt?«

»Mehr als gereizt, glaube ich. Diese Sicherheitsshuttles sind bewaffnet, wie Sie wissen. Und im Normalraum viel schneller als dieses Monstrum. Daß ihre Laser bloß als ›leichte Waffen‹ klassifiziert sind, bedeutet nicht, daß es nicht gerade gesund ist, sich in ihrer Nähe zu befinden. Ich würde lieber springen, *bevor* sie in Schußweite sind.«

»Verstanden.« Leo winkte seine Mannschaft zur Eingangsluke in das Rüstmodul.

Jetzt also spitzte es sich endlich zu. Für die langerwartete physische Konfrontation mit GalacTech-Leuten, die versuchten, das Habitat wieder in Besitz zu nehmen, hatte sich Leo in seinen Gedanken ein Dutzend Verteidigungsmethoden ausgedacht, fest installierte Strahlenschweißbrenner zum Beispiel, oder Sprengminen. Aber seine ganze Zeit war durch den Vortex-Spiegel in Anspruch genommen worden, und folglich waren jetzt nur die dringendsten Waffen verfügbar, wie die Strahlenschweißbrenner, und selbst die waren bei einem Enterkampf innerhalb des Habitats nutzlos. Er konnte sich direkt vorstellen, wie einer sein Ziel verfehlte und eine Wand zu einem benachbarten Krippenmodul durchschnitt. Im Einzelkampf in der Schwerelosigkeit mochten die Quaddies manche Vorteile haben, aber Waffen machten sie wieder zunichte, weil sie für die Verteidiger gefährlicher waren als für die Angreifer. Es hing alles davon ab, welche Art von Angriff Van Atta startete. Und Leo verabscheute es, von Van Atta abhängig zu sein.

Van Atta fluchte ein letztesmal in den Kommunikator, dann versetzte er der AUS-Taste einen wütenden Hieb.

Schon vor Stunden waren ihm die Schimpfwörter ausgegangen, und er war sich bewußt, daß er sich wiederholte. Er wandte sich von der Kommunikationskonsole ab und blickte finster im Steuerraum des Sicherheitsshuttles umher.

Pilot und Copilot waren vorne mit ihrer Arbeit beschäftigt. Bannerji, der die Truppe befehligte, und Dr. Yei – wie hatte die sich überhaupt in die Expedition eingeschlichen? – saßen an ihre Beschleunigungssessel gegurtet, Yei auf dem Platz des Technikers, Bannerji an der Waffenkonsole auf der anderen Seite des Mittelgangs.

»Das ist's dann also«, fauchte Van Atta. »Sind wir schon in Schußweite für die Laser?«

Bannerji blickte auf eine Anzeige. »Noch nicht ganz.«

»Bitte«, sagte Dr. Yei, »lassen Sie mich es nur noch einmal versuchen, mit ihnen zu reden ...«

»Wenn die den Klang Ihrer Stimme halb so überhaben wie ich, dann werden sie nicht antworten«, knurrte Van Atta. »Sie haben Stunden damit verbracht, mit ihnen zu reden. Akzeptieren Sie es – die hören nicht mehr zu, Yei. Soviel zum Thema Psychologie.«

Fors, der Sergeant von der Sicherheit, streckte den Kopf vom hinteren Abteil herein, wo er mit seinen sechsundzwanzig Kameraden vom GalacTech-Sicherheitsdienst saß. »Wie steht's, Captain Bannerji? Sollen wir schon die Raumanzüge fürs Entern anlegen?«

Bannerji schaute Van Atta fragend an. »Nun, Mr. Van Atta? Welcher Plan soll es sein? Es scheint, daß wir alle Szenarien abhaken können, die davon ausgingen, daß sie sich ergeben.«

»Sie haben das Problem ganz richtig kapiert.« Van Atta brütete vor dem Kommunikator, der auf seinem Vid nur ein graues leeres Zischen von sich gab. »Sobald wir in Schußweite sind, beginnen Sie also auf sie zu feuern. Machen Sie zuerst die Arme mit den Necklinstäben unbrauchbar, dann die normalen Raumtriebwerke. Dann sprengen wir ihnen ein Loch in die Seite, marschieren rein und räumen auf.«

Sergeant Fors räusperte sich. »Sie sagten, da wären *tausend* von diesen... ah... Mutanten an Bord, nicht wahr, Mr. Van Atta? Wie steht es mit dem Plan, das Entern zu überspringen und einfach das ganze Raumfahrzeug in Schlepptau zu nehmen, zurück dorthin, wo Sie es haben wollen? Sind nicht die Chancen fürs Entern ein bißchen ungleich verteilt?«

»Beschweren Sie sich bei Chalopin. Sie hat sich gesträubt, Hilfe vom eigentlichen Sicherheitdienst draußen anzufordern. Aber die Chancen stehen nicht so, wie es scheint. Die Quaddies sind Waschlappen. Die Hälfte von ihnen sind Kinder unter zwölf, um Himmels willen. Gehen Sie einfach rein und betäuben Sie alles, was sich bewegt. Was meinen Sie, Fors, wie vielen fünfjährigen Mädchen sind Sie gewachsen?«

»Ich weiß nicht, Sir«, Fors blinzelte. »Ich habe mir nie vorgestellt, mit fünfjährigen Mädchen kämpfen zu müssen.«

Bannerji trommelte mit seinen Fingern auf seiner Waffenkonsole und blickte Yei an. »Ist auch das Mädchen mit dem Baby an Bord, das ich an jenem Tag im Lager fast erschossen habe, Dr. Yei?«

»Claire? Ja«, erwiderte sie ruhig.

»Aha.« Bannerji wich ihrem intensiven Blick aus und rutschte auf seinem Sitz herum.

»Hoffen wir, daß Sie diesmal besser zielen, Bannerji«, sagte Van Atta.

Bannerji ließ ein Computerschema eines Superjumpers auf seinem Vid rotieren und stellte Berechnungen an. »Sind Sie sich bewußt«, sagte er langsam, »daß bei dem tatsächlichen Geschehen einige unkontrollierbare Faktoren eine Rolle spielen – die Wahrscheinlichkeit ist hoch, daß wir am Ende ein paar Extralöcher in die bewohnten Module schießen, während wir es auf die Necklinstäbe abgesehen haben?«

»Das geht alles in Ordnung«, sagte Van Atta. Bannerji verzog zweifelnd die Lippen. »Hören Sie, Bannerji«, fügte Van Atta ungeduldig hinzu, »die Quaddies sind … äh … haben sich zum Freiwild gemacht, indem sie kriminell wurden. Das sind Kriminelle auf der Flucht.«

Dr. Yei fuhr sich heftig mit den Händen übers Gesicht. »Lord Krishna«, stöhnte sie. Sie zeigte ihm ein eigenartiges, verkniffenes Lächeln. »Ich habe mich gefragt, wann Sie das sagen würden. Ich hätte darauf wetten sollen – hätte einen Wettpool eröffnen sollen …«

Van Atta wurde ungehalten. »Wenn Sie Ihre Arbeit richtig gemacht hätten«, erwiderte er nicht weniger verkniffen, »dann wären wir jetzt nicht hier. Ich möchte das später wirklich dem Management darlegen, glauben Sie mir. Aber ich muß mich nicht mehr mit Ihnen streiten. Für alles, was ich zu tun beabsichtige, habe ich eine entsprechende Vollmacht.«

»Die Sie mir nicht gezeigt haben.«

»Chalopin und Captain Bannerji haben sie gesehen. Wenn es nach mir geht, dann werden Sie dafür gekündigt, Yei.«

Sie sagte nichts, nahm aber die Drohung mit einer kurzen ironischen Neigung des Kopfes zur Kenntnis. Sie lehnte sich in ihrem Sessel zurück und verschränkte die Arme, anscheinend endlich zum Schweigen gebracht. *Gottseidank,* dachte Van Atta bei sich.

»Legen Sie Ihre Anzüge an, Fors«, sagte er zu dem Sicherheitssergeanten.

Der Steuerraum auf der D-620 war gerammelt voll. Ti regierte von seinem Pilotensessel aus, wo er unter seinem Kopfaggregat thronte; Silver bediente den Kommunikator; und Leo - hatte die Stelle des Chefingenieurs inne, wie er vermutete. Die Befehlskette wurde zu diesem Zeitpunkt ziemlich verschwommen.

Er hatte ein flaues Gefühl im Magen und seine Kehle war wie zugeschnürt, als alle Handlungsfäden sich ihrem Schnittpunkt, dem *›Punkt ohne Umkehr‹*, näherten.

»Das Sicherheitsshuttle hat aufgehört zu senden«, berichtete Silver.

»Das ist eine Wohltat«, sagte Ti. »Du kannst jetzt den Ton wieder aufdrehen.«

»Keine Wohltat«, sagte Leo. »Wenn sie aufgehört haben zu reden, dann bereiten sie sich vielleicht auf einen Beschuß vor.« Und es war zu spät, zu nahe am Sprungpunkt, um eine Mannschaft mit einem Strahlenschweißbrenner nach draußen zu schicken und zurückzufeuern.

Ti verzog verzweifelt den Mund. Er schloß die Augen; die D-620 schien sich schrägzulegen, während sie unter der Beschleunigung dahinrumpelte. »Wir sind fast in der Position zum Sprung«, sagte er.

Leo spähte auf den Monitor. »Sie sind fast in Schußweite.« Er zögerte, dann fügte er hinzu: »Sie *sind* in Schußweite.«

Ti gab ein Quieken von sich und zog sein Kopfaggregat herunter. »Ich bringe das Necklin-Feld hoch …«

Silvers Hand tastete nach Leos. Er war überwältigt von einem Verlangen, um Verzeihung zu bitten, bei Silver, bei den Quaddies, bei Gott … er wußte nicht, bei wem noch. *Ich habe euch in diese Lage gebracht … es tut mir so leid …*

»Wenn du einen Kanal aufmachst, Silver«, sagte Leo verzweifelt, den Kopf voller Panik – alle diese Kinder! –, »wir können uns immer noch ergeben …«

»Niemals«, sagte Silver. Ihr Griff um seine Hand wurde fester, und ihre blauen Augen begegneten seinem Blick. »Und ich wähle für alle, nicht nur für mich. Wir springen.«

Leo knirschte mit den Zähnen und nickte knapp. Die Sekunden pulsierten in seinem Hirn, synkopiert vom

Hämmern seines Herzens. Das Sicherheitsshuttle auf dem Monitor wurde größer.

»Warum feuern sie nicht?« fragte Silver.

»Feuer!« befahl Van Atta.

Bannerjis helles Computerschema richtete sich aus, Zahlen leuchteten auf, Lichter konvergierten. Dr. Yei war nicht länger auf ihrem Platz, wie Van Atta bemerkte. Vielleicht versteckte sie sich in der Toilette. Diese Dosis realen Lebens und realer Konsequenzen war zweifellos zu viel für sie. *Genau wie einer dieser schlappschwänzigen Politiker,* dachte Van Atta sarkastisch, *die die Leute in ein Desaster hineinschwatzen und dann verschwinden, wenn das Schießen beginnt …*

»Feuer!« wiederholte er zu Bannerji, als der Computer Feuerbereitschaft zeigte und auf sein Ziel fixiert war.

Bannerjis Hand bewegte sich auf den Feuerschalter zu, zögerte dann. »Haben Sie eine Arbeitsanweisung dafür?« fragte er plötzlich.

»*Was* soll ich haben?« sagte Van Atta.

»Eine Arbeitsanweisung. Mir fällt ein, daß dies praktisch als Maßnahme zur Beseitigung von Problemmüll betrachtet werden kann. Dazu ist eine Arbeitsanweisung notwendig, unterschrieben vom Anforderer – das sind Sie –, meiner Vorgesetzten – das ist Administratorin Chalopin – und dem Firmenbeauftragten für Problemmüll.«

»Chalopin hat Sie mir überstellt. Das macht es offiziell, Mister!«

»Aber nicht vollständig. Die Firmenbeauftragte für Problemmüll ist Laurie Gompf, und sie ist drunten auf Rodeo. Sie haben nicht *ihre* Vollmacht. Die Arbeitsanweisung ist unvollständig. Tut mir leid, Sir.« Bannerji verließ die Waffenkonsole, ließ sich auf den freien Technikersitz plumpsen und verschränkte die Arme. »Ich möchte nicht meinen Job aufs Spiel setzen, indem ich eine Maßnahme zur Beseitigung von Problemmüll ohne ordnungsgemäße Anweisung durchführe. Das Gutachten über die Auswirkungen auf die Umwelt müßte auch beigefügt sein.«

»Das ist Meuterei!« brüllte Van Atta.

»Nein, ist es nicht«, widersprach Bannerji freundlich. »Wir sind hier nicht beim Militär.«

Van Atta starrte wütend mit rotem Gesicht auf Bannerji, der seine Fingernägel studierte. Mit einem Fluch schwang sich Van Atta auf den Sitz vor der Waffenkonsole und aktivierte sie. Er zögerte, während ihm die technischen Parameter der Superjumper der D-Klasse durch den Kopf rasten. Wo auf dieser komplexen Struktur mochte wohl ein Treffer nicht nur die Stäbe außer Betrieb setzen, sondern auch die Haupttriebwerke hochgehen lassen?

Verbrennung, in der Tat! Und der Tod der vier oder fünf Planetarier an Bord konnte, falls nötig, Bannerji in die Schuhe geschoben werden – *ich habe mein Bestes getan, gnädige Frau – wenn er seine Aufgabe erfüllt hätte, so wie ich es zuerst von ihm verlangt hatte …*

Das Schema drehte sich auf dem Vid-Display. Es mußte einen Punkt in der Struktur geben – ja. Da und da. Wenn er sowohl *diesen* Steuernexus und *diese* Kühlerleitungen wegpusten könnte, dann wäre das Ergebnis – wahrscheinlich eine Beförderung, sobald der Staub sich gelegt hatte. Apmad würde ihn abküssen. Wie einen heldenhaften Arzt, der auf sich allein gestellt eine Pest genetischer Scheußlichkeiten davon abhielt, sich über die Galaxis zu verbreiten …

Das Zielschema richtete sich wieder aus. Van Attas schwitzende Hand umfaßte den Feuerknopf. Noch einen Augenblick – bloß noch einen Augenblick …

»Was machen Sie *damit,* Dr. Yei?« fragte Bannerjis Stimme verdutzt.

»Ich setze Psychologie ein.«

Van Attas Hinterkopf schien mit einem gräßlichen

Knacksen zu explodieren. Er fiel vorwärts, schlug mit dem Kinn auf die Konsole auf und knallte auf die Tastatur, woraufhin sein Zielprogramm auf dem Vid sich in ein konfettibuntes Durcheinander verwandelte. Er sah Sterne *innerhalb* des Shuttles, verschwommene Purpurflecken und grüne Pünktchen – keuchend richtete er sich wieder auf.

»Dr. Yei«, protestierte Bannerji, »wenn Sie versuchen, einen Mann k.o. zu hauen, dann müssen Sie *viel* härter zuschlagen.«

Yei zuckte ängstlich zurück, als Van Atta von seinem Sitz hochschoß. »Ich wollte nicht riskieren, ihn zu töten...«

»Warum nicht?« murmelte Bannerji.

Wütend schlossen sich Van Attas Hände um Yeis Handgelenk. Er entriß ihr den Schraubenschlüssel. »Sie können wirklich nichts richtig machen, oder?« knurrte er.

Sie keuchte und weinte. Fors, schon in seinem Raumanzug, aber noch ohne Helm, steckte erneut den Kopf vom hinteren Abteil herein. »Was, zum Teufel, ist hier los?«

Van Atta schob ihm Yei zu. Bannerji, der sich voller Unbehagen auf seinem Sitz wand, war offensichtlich nicht zu trauen. »Halten Sie dieses verrückte Miststück fest. Sie hat gerade versucht, mich mit einem Schraubenschlüssel umzubringen.«

Mit einem Zischen ließ sich Van Atta wieder auf den Sitz vor der Waffenkonsole fallen und rief erneut das Zielprogramm auf. Die D-620-Habitat-Konfiguration zeichnete sich deutlich auf dem Vid ab, das kalte und ferne Sonnenlicht ließ ihre Struktur silbern erglänzen. Die Zielfäden des Schemas konvergierten und schlossen die Konfiguration ein.

Die D-620 zitterte, rotierte und verschwand.

Die Laser feuerten, Lanzen von Licht schossen in den leeren Raum.

Van Atta brüllte auf und schlug mit den Fäusten auf die Konsole. Von seinem Kinn rannen Bluttropfen. »Sie sind *entkommen*. Sie sind *entkommen*. Sie sind *entkommen*...«

Yei kicherte.

Leo hing schlaff in seinen Sitzgurten. Aus seiner Kehle stieg ein Gelächter auf. »Wir haben es geschafft!«

Ti schob seinen Steuerhelm hoch und saß nicht weniger schlaff da, sein Gesicht war bleich und von Linien durchzogen – Wurmlochsprünge erschöpften einen Piloten. Leo hatte ein Gefühl, als wäre er soeben von innen nach außen gestülpt worden, er würgte, aber das Ekelgefühl verging schnell.

»Ihr Spiegel hat den Spezifikationen entsprochen, Leo«, sagte Ti schwach.

»Ja. Ich hatte gefürchtet, daß er während der Belastung durch den Sprung explodieren würde.«

Ti guckte ihn ungehalten an. »Das haben Sie aber nicht *gesagt*. Ich dachte, Sie wären ein As als Testingenieur.«

»Hören Sie, ich hatte sowas nie zuvor gemacht«, protestierte Leo. »Man *weiß* nie. Man stellt nur die bestmöglichen Vermutungen an.« Er setzte sich auf und versuchte seine zerstreuten Sinne zu sammeln. »Wir sind da. Wir haben es geschafft. Aber was geht draußen vor? Hat das Habitat Schäden abbekommen? – Silver, schau mal, was du über den Kommunikator hereinbekommst.«

Sie war ebenfalls bleich. »Du lieber Himmel!« Sie blinzelte. »Das war also ein Wurmlochsprung. Wie sechs Stunden von Dr. Yeis Wahrheitsserum in eine Sekunde zusammengequetscht. Uff! Werden wir das oft machen?«

»Ich hoffe schon«, sagte Leo. Er löste seine Gurte und schwebte zu ihr hinüber, um ihr zu helfen.

Der Raum um das Wurmloch war leer und ruhig –

Leos geheimer paranoider Alptraum, daß sie mitten in einen Hinterhalt militärischen Feuers sprangen, würde nicht Realität werden, stellte er erfreut fest. Aber warte mal, da näherte sich ihnen ein Schiff – kein Handelsfahrzeug, sondern etwas, das gefährlich und offiziell aussah...

»Es ist eine Art Polizeischiff von Orient IV«, vermutete Silver. »Bekommen wir Schwierigkeiten?«

»Zweifellos«, sagte Dr. Minchenko, der in den Steuerraum geschwebt kam. »GalacTech wird das bestimmt nicht hinnehmen. Sie tun uns allen einen Gefallen, Graf, wenn Sie jetzt das Reden einfach mir überlassen.« Er schob Silver und Leo mit den Ellbogen beiseite und übernahm den Kommunikator. »Der Gesundheitsminister von Orient IV ist zufällig ein Berufskollege von mir. Zwar hat er in seiner Stellung keinen großen politischen Einfluß, aber er stellt einen Kommunikationskanal zu den höchsten Regierungsebenen dar. Wenn ich ihn erreichen kann, dann werden wir in einer viel besseren Position sein, als wenn wir mit irgendeinem subalternen Polizeisergeanten verhandeln, oder, noch schlimmer, mit einem Offizier vom Militär.« Minchenkos Augen funkelten. »Im Augenblick haben GalacTech und Orient IV nicht viel füreinander übrig. Allen Beschuldigungen von GalacTech können wir etwas entgegensetzen – Steuerbetrug – oh, die Möglichkeiten...«

»Was machen wir, während Sie reden?« fragte Ti.

»Weiter beschleunigen«, riet Minchenko.

»Es ist noch nicht vorbei, nicht wahr?« sagte Silver leise zu Leo, während sie Minchenko Platz machten. »Irgendwie hatte ich gedacht, unsere Schwierigkeiten würden vorbei sein, wenn wir nur vor Mr. Van Atta davonkämen.«

Leo schüttelte den Kopf. Ein fröhliches Grinsen zog seine Mundwinkel nach oben. Er nahm eine ihrer oberen Hände. »Unsere Schwierigkeiten wären vorbei gewesen, wenn Brucie-Baby einen Treffer gelandet hätte.

Oder wenn der Vortex-Spiegel mitten im Sprung explodiert wäre, oder wenn… – hab keine Angst vor Schwierigkeiten, Silver. Sie sind ein Zeichen des Lebens. Wir werden uns ihnen zusammen stellen – morgen.«

Sie stieß einen tiefen Seufzer aus, die Spannung schwand aus ihrem Gesicht, ihrem Leib, ihren Armen. Schließlich leuchteten ihre Augen auf, funkelten wie Sterne. Sie wandte ihm erwartungsvoll das Gesicht zu.

Er ertappte sich dabei, wie er ganz tölpelhaft grinste – und das bei einem Mann, der auf die Vierzig zuging. Er versuchte, mehr Würde in seinem Gesicht zu zeigen. Schweigend blickten sie sich an.

»Leo«, sagte Silver, »sind Sie *etwa schüchtern*?«

»Wer ich?« fragte Leo.

Einen Moment lang glitzerten die blauen Sterne ganz beutegierig. Sie küßte ihn. Leo, ungehalten über ihre Beschuldigung, erwiderte den Kuß nachdrücklich. Jetzt war es an ihr, tölpelhaft zu grinsen. Ein Leben lang bei den Quaddies, überlegte Leo, Teufel auch, das könnte ganz interessant werden…

Sie wandten ihre Gesichter der neuen Sonne zu.